凤凰谋

月影兰析作品

新世界出版社

图书在版编目(CIP)数据
凤凰谋/月影兰析著. —北京:新世界出版社,2009.12
ISBN 978-7-5104-0681-2

Ⅰ.凤... Ⅱ.月... Ⅲ.长篇小说—中国—当代
Ⅳ.I247.5

中国版本图书馆 CIP 数据核字(2009)第 204367 号

凤凰谋

作者/月影兰析
责任编辑/吕晖 董晓琼
策划编辑/秦瑶
封面设计/灵犀点点
出版发行/新世界出版社
地址/北京市西城区百万庄大街 24 号(100037)
总编室/ +86 10 6899 5424 6832 6679(传真)
发行部/ +86 10 6899 5968 6899 8705(传真)
网址/ http://www.nwp.cn(中文)
http://www.newworld-press.com(英文)
版权部电话:+86 10 6899 6306 frank@nwp.com.cn
经销/新华书店
印刷/北京市通州京华印刷制版厂
开本/970×650 1/16
印张/18
字数/383 千字
版次/2009 年 12 月第 1 版
印次/2009 年 12 月第 1 次印刷
书号/ISBN 978-7-5104-0681-2
定价/29.80 元

目录

CONTENTS

楔子

争斗

FENCHUANG MOU

有些记不清了，她在这里呆了多久。

这里是冷宫，比坟墓还要死寂，比炼狱还要可怕，而住在这里的人，更是连幽魂野鬼还不如，因为她们的心都死了，如同行尸走肉。

每一晚，她都听着隔壁那些恐怖的令人毛骨悚然的凄喊声入睡，而每一晚她也都要自己记住这些凄喊声，牢牢地记住、刻骨铭心地烙在心田里，就像记住那一笔笔未偿的血债。

她在等待着出去的那一刻。

身后，终于传来了脚步声。

她的唇角也勾起了一抹淡淡的笑。

她等的人，来了。

“皇后娘娘驾到！”

紧接着那一声通报，她听到了一阵阵熟悉的轻脆的“叮当”声响。

那个女人的身上总是带着很多腰环玉佩，每每人未到，声先到了，就像在时刻提醒着众人那高贵的身份，提醒着众人应该跪地接驾了。

她又笑了，眼角却闪过轻蔑与嘲弄，虽然那“叮当”声近了，她并没有转身看一眼，更不用说跪地接驾。

“姚淑妃，见到皇后娘娘还不接驾？”身后有太监在叫嚣。

她还在笑，终于站起回身，朝面前那个高高在上的女人福了福身。

“恭迎皇后娘娘。”

她依旧没有下跪。现在她这双膝只跪那些为了她而死去的人。

那一瞬间，她满意地看到那个女人的眼角微微抽搐了一下。

“妹妹就不用行这诸多礼仪了。皇上这次是让本宫亲自接你回羽心殿，妹妹你终于可以离开这里了，本宫为你感到高兴啊。”皇后的脸上也挂着笑，但那虚伪的笑容里却藏着冰冷的刀。

“是啊，臣妾终于可以离开这里了。不过，还是有些舍不得呢。”她漫不经心地环顾了四周一眼。

这里其实什么也没有，除了那冰冷惨白的石墙，还有那一张老旧残破的硬床。

“舍不得？”皇后眼中掠过一丝诧异，“妹妹真是爱说笑了，这里本宫还真是看不出有什么令妹妹舍不得的地方。”

她抬眼，深深注视着皇后，眼神清澈明亮，却又犀利如箭：“等娘娘日后住进这座宫殿时，自然能体会到臣妾所说的舍不得。”

皇后的脸色终于变了。

她笑着走过皇后的身边，甚至很明显地感觉到了那具身体在微微颤抖。

是愤怒呢？

还是害怕？

一步步地，她慢慢地踏出了这座冰冷死寂的宫殿。

当宫外那刺目耀眼的阳光照射在她的脸上、身上时，她唇角的笑容也一点点地凝结。

她终于走出了这里。

然而，在这座宫殿之外已经没有了等待她的人，也没有了值得她去爱的人。

现在的她，只剩下一具没有灵魂的躯壳。

这座吃人的皇宫啊，改变了多少人的命运，又吞噬了多少人的生命。

朵儿、芷兰姐姐、唐钰……还有她唯一的亲妹妹佳莹，所有的人都已离她而去了。

如果可以选择，她宁愿流浪街头，也不愿踏进这皇宫一步。然而，这世间并没有那么多的如果，而她，也无从选择……

第一章 出逃

FENGHUANG MOU

倾盆大雨狂泻而下，她和妹妹浑身都已湿透了，就连身上的包袱也被雨水浸得沉甸甸的。雨势实在太大了，而且她们又被困在了陌生的丛林里，举步维艰。

“姐，现在我们该怎么办啊？”

雨里传来了妹妹害怕而压抑的哭声，她拉住了妹妹的手，紧紧地握了握：“佳莹，不要害怕，姐姐一定能带你逃出去的。”

“嗯。”姚佳莹重重地点头。

互相扶持着，她们又在丛林里艰难地走了一阵，却骇然发现，又回到了原地。

先前为了认清方向，她扯下一块下襟，然后撕成条状，走一段路便在树枝上绑一根布条，但现在，她们竟又回到了绑着布条的地方。

“姐，我们是不是遇到鬼了？”姚佳莹脸色煞白，娇弱的身子也因害怕而微微颤抖着，“怎么办？我们走了这么久也没走出去，我害怕！姐，我们真的走不出去了。”

“佳莹，没事的。这世上哪有什么鬼啊？是你自己吓自己的。”姚羽琦伸手扣上姚佳莹的肩头，调皮地眨了眨眼，“不相信姐姐了吗？”

也只有姐姐这样的人，到了这个时候还能笑得出来吧？

她说过，人生应该始终微笑着面对。

姚佳莹紧紧咬住下唇，原本苍白的唇瓣瞬间泛出了一道血色：“姐，不是我不相信你。肯定是因为我们违抗圣旨，现在老天来罚我们了。我们斗不过老天的——斗不过的——”泪水混着雨水滑下脸庞，姚佳莹压抑地低泣，“那我们就进宫当采女吧，也许那样，老天就不会惩罚我们了。”

“佳莹！”姚羽琦打断了她的话，目光坚定地直视着她，“佳莹，我们还没走到绝路，你就已放弃了吗？我们不是说好了吗？不要在那座深宫里孤寂地老死，我们一定要快快乐乐地活下去——相信姐姐一次，好不好？姐姐一定能把你带出去的。”

姚佳莹含泪看向姚羽琦。

姐姐就比她大一岁，但这十七年来，一直都是姐姐在照顾着她。她们都是没有母亲的孩子，在那座冰冷的宅院里，她们倍受欺负和冷落，都是姐姐替她出头的。

如今，她怎么可以不信任姐姐呢？

“对不起。”姚佳莹低垂下头，“对不起，姐，我再也不会说这样的话了。”

姚羽琦这才微松了口气：“我们走，看看能不能找到地方先躲雨。”她再度牵起姚佳莹的手，突然天际打下一道响雷，姚佳莹被吓了一跳，脚下没注意，重重地一扭，一阵钻心剧痛。

“好痛！”她惊呼了一声，跌坐在地上。

“佳莹——”姚羽琦连忙扶起她，担忧地问，“你没事吧？”

“我的脚好像扭到了。”姚佳莹痛得脸色发白。

“来，我背你。”姚羽琦二话不说，将她背了起来。

背上那沉甸甸的负重，让姚羽琦微微拧了下眉。

一步，又一步，艰难地向前走着，雨水模糊了眼前的视线，也让她精疲力竭，但她相信，她们一定能走出这鬼地方。

“姐——”趴在姚羽琦的背上，姚佳莹哽咽着声，泪水已忍不住再度滑落。她们年纪相仿，姐姐的身形甚至比起自己还要瘦小一些，在雨中背着自己肯定很辛苦。

其实，都是她的错。

是她说，害怕在深宫里孤寂地老死，不愿去当什么采女，姐姐才会带着她离家出走；也是因为她吃不了苦，没走几步路，就要歇一歇，结果耽误了行程，才会流落这荒凉的丛林，遇上大雨，陷入了困境里……

一切，都是她的错。

是她拖累了姐姐。

“怎么了？你的脚还很疼吗？”听到了妹妹的呜咽声，姚羽琦担忧地问。

“不怎么疼的。”姚佳莹轻轻地回答，然后将头靠在了姚羽琦瘦弱的背上，“姐，我们是不是要去找唐钰哥哥？”

唐钰是她们青梅竹马一起长大的儿时同伴。喜性自由的他早在一年前就离开了唐府，独去闯他的江湖了。

每每说到唐钰，姐姐总是羡慕不已。

她知道，姐姐也想做一只鸟雀，在宽阔的天空里自由展翅高飞。

可惜，她绑住了姐姐的翅膀。

“天下这么大，我们找唐钰可能不容易呢。”姚羽琦轻笑，眼睛里始终燃烧着某种不灭的光彩，“不过，我相信有缘的话，总有一天，我们会碰到他的。”

“是啊是啊，唐钰哥哥一定很希望和姐姐你碰面。”姚佳莹掩住了唇偷笑，“他可是喜欢姐姐喜欢得很。”

“佳莹，不要胡说啦！”姚羽琦觉得脸颊有些微热。

“我没有胡说嘛。姐姐，我们以后一定要永远生活在一起，就算我们以后嫁了夫君，也要住一起，好不好？”

姚羽琦笑了：“好呀，只要你以后嫁的夫君同意。”

“他要是不同意，我就不嫁。”

“真是傻话。”姚羽琦笑着，心底却涌上了一丝温暖。突然之间，她觉得眼前的辛苦已不是那么难捱了，只要能带着佳莹逃出去，她们以后的生活一定会很幸福吧？

也不知走了多久，就在姚羽琦觉得自己快要撑不住的时候，大雨终于停了。

眼前的一切都豁然开朗起来，姚羽琦只觉精神一振。

“佳莹，我们一定能走出去的。”她的脸上露出了笑容。

此刻虽已精疲力竭，但心底的希望却没有完全熄灭，也不知从哪里生出了气力，她背着姚佳莹加快了脚步。

雨后轻风吹拂而过，带来了阵阵清凉，即使依旧湿衣贴身，此时也感到舒适了一些。

“姐，你听——”在背后的姚佳莹忽然叫了一声。

“什么？”

“你听听，有箫声。”姚佳莹的声音里透露出了兴奋。

“箫声？”姚羽琦连忙侧耳倾听，果然有淡淡的箫声传来。

“姐，看来那边有人，我们顺着箫声走过去吧，也许那人知道出去的路。”姚佳莹心底也重新燃起了希望。

“嗯。”姚羽琦点头，朝着箫声传来的方向走去。箫声越发清晰了，婉转低回，缠绵悱恻，却又带着淡淡的落寞与哀伤。

“这人怎么吹这么悲凉的曲子啊？”姚佳莹撇嘴，“让人心情无端地烦闷。”

姚羽琦微拧眉听了好一会儿，才道：“也许这人有着谁也不知道的伤心事吧？”

这时姚佳莹兴奋地叫道：“啊，姐，你发现没有，刚才我们朝着这个方向走，好像没再回到以前绑布条的地方了。”

“好像是啊！”姚羽琦也心知她们已经被箫声带出了迷宫似的丛林。

真应该谢谢这位吹箫人了。

越往前走，原本盘根错节的树林渐渐变得稀松起来，前面出现了一条宽阔的大道。而在不远的树下，一名手执玉箫的男子静静地伫立于树下，一身白衣胜雪，飘逸出尘；而另一名黑衫男子则是坐在树下的石块上，一头黑色长发也未束起，任意地披散肩后，带着三分懒散，七分张狂。

两名都是相貌俊美的男子，一立一坐，一静一动，就如同一幅完美的画卷。

姚佳莹伸手轻掩住双唇，小小声地惊叹道：“姐，原来这世间还有这么俊美的男子吗？我们是不是遇到仙人了？”

姚羽琦无奈地叹了口气。她这个妹妹怎么老想着鬼怪神魔的，就算他们长得再好，也肯定是人。

这时，坐在树下的黑衫男子发现了她们的存在。

“没想到这深山野林之中，竟会出现两个小姑娘。”黑衫男子唇角虽噙笑，但那目光却带着些许审视的意味。

姚羽琦将妹妹放了下来，朝他们微微一福："两位公子打扰了，我们姐妹二人在林间迷了路，请问两位公子是否知道出路？"

黑衫男子若有所思地看了她一眼，然后伸手一指："继续顺着这条大道走，再往南拐就可以走出去了。"

"多谢。"

姚羽琦扶着姚佳莹就要离开，突然，姚佳莹"哎呀"轻呼了一声，弯腰扶着脚踝，柳眉紧皱。

"佳莹，你没事吧？"

姚佳莹苦着脸："姐，我的脚好痛。"

"姑娘受伤了吗？"黑衫男子站起身，眼神关切地看向姚佳莹。

"我刚才不小心扭到脚踝了。"那眼神太深邃，望不见底，让姚佳莹双颊不由微微一热，低下了头。

"扭伤脚踝可大可小。在下略懂些医术，若是姑娘信得过在下，不如让在下帮你看看？"见黑衫男子朝姚氏姐妹走去，从刚才开始就一直沉默的白衣男子微微一蹙眉，却没说什么。

"这——"姚羽琦为难了，毕竟对方是身份不名的陌生人，而佳莹是女儿家，又怎么好让陌生男子随便看呢？不过，看佳莹的样子，好像疼得很厉害。

这时，姚佳莹附耳轻声道："姐，看这位公子一定是好人，没事的。"

姚羽琦看了看黑衫男子，见他笑意真诚，似乎也不像有恶意的模样，只好扶着妹妹在旁边一块大石上坐下。

"那就麻烦公子了。"姚羽琦小小退开了一步。

黑衫男子弯下腰为姚佳莹看脚伤，姚羽琦也跟着一脸紧张地看着，偶尔不经意地抬头，就会瞥见树下站着的那名白衣男子。

他似乎对什么都漠不关心。

这个人怎么这么冷血？

姚羽琦心里不由嘀咕了一句。

正自出神，忽听姚佳莹"啊"的一声痛呼。

"佳莹——"

姚羽琦吃了一惊，下意识就推开了面前的黑衫男子，护在姚佳莹身前。

"你对我妹妹做了什么？"

黑衫男子微一挑眉，没说话。

"姐——"姚佳莹轻扯了扯姚羽琦的衣角。

"佳莹，你没事吧？"姚羽琦紧张地蹲下身子。

"姐，这位公子是在帮我治伤啊！"

“那你刚才怎么——”

姚佳莹脸红地低下头，然后偷偷看了那黑衫男子一眼：“是我受不住那疼痛。”

姚羽琦怔了怔，尴尬地起身，朝那黑衫男子歉意地低下头：“对不起，刚才是我太鲁莽了。”

黑衫男子笑道：“姑娘护妹心切，人之常情。只是一场误会而已，姑娘又何必放在心上？”

姚羽琦见对方并不介意，不由松了口气，重新展开了笑容，刹那间，好像有阳光跑到了她的脸上，整个人都明亮了起来。

黑衫男子微一失神。

“多谢公子仗义相助，不知公子高姓大名？”姚羽琦开心地问道。

“在下姓皇。”

“原来是皇公子啊。”

姚羽琦话音刚落，姚佳莹已朝那黑衫公子福了福身：“公子大恩，佳莹日后若有机会，定当泉涌相报。”

“只是举手之劳罢了。”黑衫男子上下打量了姚家姐妹一眼，“你们两位姑娘家为何会出现在荒山野林之中？”

姚家姐妹互看一眼，面露为难之色。

黑衫男子淡淡一笑，也不追问：“二位若是赶路，就快点起程吧，一会儿天色黑下来，更为危险了。”

“多谢了。”姚羽琦拉起妹妹正欲离开，怀中忽掉出一物。

“姑娘，你的东西——”

黑衫男子捡起一看，是块通体碧绿的玉牌，正面刻着一个“姚”字，反面则刻着一个“琦”字。

男子眼中隐隐闪过一丝异色。

“谢谢。”姚羽琦从男子手中接过玉牌，用衣袖细细擦过，才重新放入怀中藏好。

“看来这必是姑娘珍视之物。”黑衫男子微笑。

“是啊，这是我娘亲留给我的最后遗物。”姚羽琦笑了下，眼底却掠过一丝哀伤。

“对不起，提及姑娘的伤心事了。”

“没事，你又不是故意的。”姚羽琦朝黑衫男子福了福身，“皇公子，后会有期了。”说完，她重新拉过姚佳莹的手。

“走吧。”

谁知姚佳莹竟“啊”的一声低呼，面露痛苦之色。

“怎么了，佳莹？”姚羽琦担忧地问。

“姐姐，我——我的脚还有些疼。”姚佳莹垂下头，脸色通红，声音更是低如蚊蚁。

姚羽琦看了她一眼，似乎明白了什么：“那我们休息一会儿再走吧！”然后，她扶着姚佳莹走到对面的树下坐下。

黑衫男子见状也走回了刚才自己所坐的地方，却见那白衣男子不知何时已盘膝坐了下来，闭目养神。

"怎么，你累了？"黑衫男子笑问。

白衣男子缓缓睁开了眼，一派从容淡定："看来你还是老样子，只对美貌女子有耐性。"

黑衫男子一挑剑眉，在白衣男子身旁坐下，双手枕着脑后，靠向树背，目光投向对面不远处树下的姚氏姐妹。

"怎么了？"白衣男子淡淡地问。

黑衫男子唇角一挑，让他整个人又邪魅了三分："其实你错了，我向来只对我的女人有耐性。"

白衣男子一怔。

黑衫男子忽然问了一句："再过两天，这一届的采女就要进宫了吧？"

"嗯。怎么突然问起这件事了？"

"没什么。"黑衫男子眸光闪了闪，然后闭起双目。

白衣男子也未再追问，忽然觉得胸口气息有些不顺，不禁掩唇轻咳了两声，若有所思地看向了对面树下的姚氏姐妹。

而此时，对面的姐妹二人正在说着悄悄话。

"佳莹，你是真的脚疼啊？"姚羽琦朝妹妹眨了眨眼。

"我是脚疼嘛。"姚佳莹别过脸，不敢看姚羽琦的眼睛。

"我还不知道你吗？"姚羽琦笑了，"看来你对那位皇公子很有好感呀。为了他都不想走了。"

"姐姐，你不要乱说。"姚佳莹闻言脸颊上的那两抹红晕此刻都烧到了耳根子。

"如果你真的喜欢他，姐姐一定帮你。你能有个好归宿，也是姐姐最大的心愿。"

"真的吗？"姚佳莹欣喜地抬起头，忽然，像是想到了什么，又垂下了头，"姐姐，我们现在自身都难保，又哪里能期盼什么好归宿？"

"没事的。我们都会没事的。"姚羽琦伸手揽住了妹妹的肩头，笑容真挚而坚定，"佳莹，相信姐姐，我一定能帮你找到一个好归宿，而不是老死在那座皇宫里。"

"姐姐——"姚佳莹语声哽咽，只觉心头阵阵温暖。

她是前世修来的福分，才遇到这样一个好姐姐。

"不知道那位皇公子是什么想法——"思忖间，姚羽琦抬起头，朝那黑衫男子所坐的地方望去，却不经意对上了一双如墨玉般的眼眸。

那人的眼睛很黑很漂亮，却也像深潭，望不见底，看不出任何波澜。

姚羽琦心头莫名一跳，作势瞪了他一眼。

这个穿白衣的家伙在看什么？

那白衣男子似没料到她会瞪他，微怔了怔，然后轻轻合上了眼帘。

“姐姐？”

姚佳莹见姚羽琦失神，轻轻用手肘碰了碰她。

“嗯？”姚羽琦回神。

“你怎么了？”

“没事。我——”姚羽琦话音未落，脸色倏地一变，惨白如纸。

她看见那两名男子的身后，数十名黑衣人正如鬼魅般朝他们靠近。

那些人的头脸都用黑布蒙住，只露出了一双双阴森冷酷的眼睛，每个人的手上都拿着武器。而树下那两名闭目养神的男子却恍若未觉。

强烈的杀气已在寂静的山林中漫延了开来，明晃晃的刀锋，刺得人遍体生寒。

姚佳莹浑身发颤地紧紧地抓住了姚羽琦的衣袖，连声音都发不出来了。

“小心，你们身后！”

姚羽琦虽害怕，还是出声示警了。

见行踪暴露，不知是谁低喝了一声：“杀。”那些黑衣人顿时举起刀锋，朝那两名男子袭去。

几乎在同一时刻，树下的两道身影动了。

姚羽琦还未来得及看清什么，刚才朝那两名男予攻去的黑衣人竟纷纷惨叫着，接连着倒下了好几个。

那只是发生在一瞬间的事。

姚羽琦连忙拉起姚佳莹迅速地躲到了树后。幸好，那些人的目标似乎不是她们，也没留意她们的行动。

“姐，他们——他们是不是强盗？”姚佳莹害怕地问。

“没事，有姐姐在。”姚羽琦抓紧了妹妹的手，低声安慰。

“嗯。”姚佳莹含泪点头。

姚羽琦偷偷探出头往外看去，只见对面已倒下了一大片的黑衣人，而那两名男子依旧还是一副淡定从容的模样，黑衫男子的唇角甚至还带着倨傲轻蔑的笑容。

“萧靖，这一回你输给我了，我比你多了一个。”

白衣男子也未回应，只是手执玉箫站在黑衫男子身边，静静地看着眼前剩下的敌人。

黑衫男子目光忽一冷，一步步朝呆愣的敌人逼近。

“不是想杀我吗？还不动手？”

那气势如同君临天下的王者，让剩下的黑衣人不由自主地产生了畏惧之情，一步步后退着。

其中一名黑衣人多退了两步，刚好撞到了姚羽琦她们躲藏的大树上。

“啊！”原本就被惊吓到的姚佳莹终于忍不住发出了一声尖叫。

黑衣人本能地就举刀朝姚佳莹砍去，姚佳莹吓得转身就逃，谁知脚下却被一绊，狼狈地跌倒在地上。

“佳莹——”

姚羽琦想也不想就扑了过去，护在姚佳莹身上。

头顶上刀声霍霍，刀锋上的寒意渗入肌肤，姚羽琦已经听到了死亡逼近的声音，下意识地紧紧闭上双目。

忽然，“叮”的一声，那致命的一刀并没有如预料般刺下。

姚羽琦缓缓睁开了眼睛，刀锋已被一管玉箫架住，竟赫然是那名神情冷漠的白衣男子。

还未回神，那白衣男子在黑衣杀手身上连点了几下，那黑衣人刹时无法动弹，只能惊恐地瞪大了眼睛。

耳畔惨叫声接二连三地响起，姚羽琦转过头，就见刚才袭击的黑衣人，除了被点住的那个，其余已全数倒地。

“凭这种三流的角色，也想要我的命吗？”黑衫男子置身于那些尸体当中，唇角的笑容虽浅，却让人遍体生寒。

姚羽琦终于清醒过来，连忙拉起了被吓得面无人色的姚佳莹。

“佳莹，你没事吧？”

“姐姐——”姚佳莹竟“哇”的一声，扑进姚羽琦怀里大哭了起来，“姐姐，我好怕。我真怕刚才那个人会杀了我——”

“没事的。乖。”姚羽琦一边轻拍着妹妹的背，以示安抚，一边看向那白衣男子，“多谢公子相救。”

白衣男子只是轻点了点头。

这个人虽然神情冷漠疏离，不爱说话，但出手相救的人，也是他。

姚羽琦不由多看了他一眼。

这时那黑衫男子走了过来，笑道：“刚才应该多谢姑娘不顾危险出声示警才对。”

姚羽琦摇头，看了眼遍地的尸首，眉峰微拧：“这些人是公子的仇家吗？”

“仇家？”黑衫男子挑眉一笑，“也可以这么说吧。”

正说着，前方忽然传来了马蹄声，尘烟滚滚，似乎有大队人马正往这里急速赶来。

惊魂未定的姚佳莹又吓出了一身冷汗：“难道又有坏人来了吗？”

“不用怕。”黑衫男子微笑，双手负后，气定神闲地站在她们身前。

大队人马已离他们越来越近了，姚羽琦看到黄色的笙旗飘扬，旗上画着两只展翅高飞的凤凰。两只凤凰的中央，用红色写着一个大大的“凤”字，

姚羽琦心中一跳。

她曾见过这面笙旗，好像是御林军用的皇家军旗。

再近一些，姚羽琦终于看清了，那队人马果然是军队。

而为首那一名威风凛凛的老者，姚羽琦认得。他是骠骑大将军李瑞，经常来姚府走动，她曾见过几次。

姚佳莹一看见李瑞，已经激动地叫了起来："姐，你看，李将军，是李将军。"

这时，军队已赶到他们面前，马上的士兵纷纷下马屈膝跪下，而李瑞更是看也不看姚氏姐妹一眼，直接赶到黑衫男子面前，跪拜伏首道："微臣救驾来迟，请皇上降罪。"

皇上？

姚羽琦和姚佳莹惊呆了，不约而同看向了黑衫男子。

原来他并不是姓皇，而是姓皇甫——凤天皇朝的当朝天子皇甫皓。

皇甫皓冷笑，脸上明显带着怒色："李瑞，这一回若不是有萧太傅在，你们就等着为朕收尸吧！"

"微臣不敢，请皇上恕罪！请皇上恕罪！"李瑞头垂得更低了，几乎要贴到地面。所有的人都跟着战战兢兢，提心吊胆。

萧靖上前朝皇甫皓微一躬身，为李瑞求情："皇上，李将军纵然有过，也罪不至死。恳请皇上念在他一片赤胆忠心，从轻发落。"

皇甫皓微一沉吟："好，既然太傅求情，那朕就看在你的分上饶他这一次。"

"谢皇上。"萧靖直起身。

"谢皇上，谢太傅。"李瑞感激地不住地叩头。

皇甫皓冷哼了一声："李瑞，这次朕虽饶了你，但限你七日之内，查出这次刺杀事件的幕后黑手，否则，朕一样要斩了你。"

"臣领旨谢恩。"李瑞慌忙起身，吩咐属下清理堪察现场，然后转身看向姚氏姐妹，"羽琦、佳莹，为什么你们会在这里？"

"李将军，原来你与这两位姑娘认识吗？"皇甫皓淡淡地开口。

李瑞垂首道："启禀皇上，她们姐妹俩是护国大将军姚成将军的女儿，也是这一届应选的采女。"

"原来是姚成的女儿吗？"皇甫皓深深看了姚氏姐妹一眼。

姚羽琦连忙拉着姚佳莹跪下："民女不识皇上圣颜，请皇上恕罪。"

皇甫皓笑着将她们扶了起来："不知者无罪。更何况这次多亏你们提醒相救，否则朕可能已经成为那些黑衣人的刀下亡魂了。你们二人就一起随朕回宫吧，回宫之后，朕自会论功行赏。"

"谢皇上龙恩。"姚羽琦和姚佳莹连忙叩头谢恩。

等她们抬起头，皇甫皓和萧靖已经远去。

李瑞笑呵呵地走过来，扶起她们："羽琦，佳莹，这一回你们误打误撞救了皇上，是上天给你们的恩赐。日后一定能得到皇上的宠信，前程似锦啊！"

“姐，难道我们就这样进宫了吗？”姚佳莹觉得自己在做梦。她们分明是想逃走的，但阴差阳错之下竟碰到了皇帝。不过，很意外的，她并不觉得难过，反而有点点窃喜。

而此时的姚羽琦，也不知道自己该喜还是该悲？

这样进了宫，怕是逃不掉了。伴君如伴虎啊！

姚羽琦轻轻叹了一口气。

一入宫门深似海，不知日后等待她们的会是什么？

第二章 入宫

FENGHUANG MOU

长廊如带，迂回曲折，一直延绵向不知名的远方。亭台楼阁参差环抱，飞檐高耸如角，金碧辉煌之中，却隐隐藏着一丝让人心颤的寒意与冷森。

这里是储秀宫，是每届应选采女所居住的地方。在这座宫殿，住过的采女不计其数。虽然出过不少后来倍受宠爱的贵妃娘娘，但更多的，是连皇帝一面都没见到过的可怜宫女。

凤天皇朝每两年都要征选一次采女，整个凤天皇朝上至达官贵人，下至平民百姓，凡是家中有 14 至 18 岁的未婚女子皆要应征。而奉命初选的官吏，会从千万应征的少女中挑选出相貌品行出众的，择吉日入宫进行二选。那些二选过后的采女们，再由皇后娘娘亲自进行三选，然后才进行相关的礼仪训练。待训练过后，皇帝才在这些经过精挑细选的采女中，择相貌品行出众者晋封。而那些落选的，则由掌管后宫薄籍的掖庭局司员安排，分派入各宫当女官或宫女，然后就这样度过她们的一生。

姚羽琦坐在回廊前，看着遥远的天际怔然失神。

她正在发愁，她和佳莹日后的命运。转眼，她们已经住进储秀宫两天了。新一届的采女们还都未入宫，现在这座冷冰冰的宫殿，除了一些服伺她们的宫女和太监，并没有其他人，显得特别空荡而冷清。

因为救驾有恩，她们破例越过了二选，直接进入三选。这是莫大的殊荣，凤天皇朝数百年来都未曾出现过这样的事。储秀宫的宫女和太监们，都小心翼翼地服伺着她们，不敢有丝毫的怠慢，甚至连负责训练她们的司员李公公都对她们点头哈腰，笑脸相迎。

姚羽琦心底很明白，这些人大多是看在父亲姚成的面子上。

父亲是朝中一品大员，护国大将军，手中更握有朝中近三分之一的兵权，就连皇帝也忌惮三分，更何况宫中的这些太监宫女们？

可这些人并不知道，她虽是家中长女，但因为是庶出，再加上母亲已经过世，并不得重男轻女的父亲重视。而佳莹跟她一样，因其母年老色衰，又体弱多病，业已失宠，所以，她们二人在家中并没有什么地位。

这次皇帝征选采女，父亲根本就不赞同，只是圣旨已下，他来不及给她们婚配，无法公然抗旨，只能冷酷地告诫她们，宫中规矩严格，不要在宫中犯错，她们身首异处是小，祸及姚家是大。

本来就胆小的佳莹正是因为这些警告，才会对那座皇宫产生了畏惧，鼓起勇气与她离家出走。

而出走的这些天，姚家根本没有派人出来寻找。

也许，父亲早就铁了心让她们自生自灭了吧?

姚羽琦心中涌上一丝淡淡的苦涩。

只是，一切好像注定了。逃不掉的，终究逃不掉。谁又会料到，她们竟会在途中遇到了当今皇上?

"姐姐，姐姐——"

身后忽然响起了姚佳莹的轻唤，姚羽琦这才回神，转过头去。

"嗯？什么事？"

"姐姐，你发什么呆啊？我叫你半天了。"姚佳莹笑盈盈地走过来，身上那一袭碧纱裙，让原本就相貌出众的她又添了几分亮丽的神采。

"漂亮吗？"

姚佳莹在她面前转了两个圈，绿色的轻纱飞扬，飘逸似仙。发髻上的步金摇在阳光下闪烁着令人眩目的光彩。

"漂亮。"姚羽琦站起身，上下端详着姚佳莹，"我的妹妹当然是最漂亮的。"

"姐姐，刚才皇上又差人送过来好多衣服和首饰呢，你不去看看?"姚佳莹喜滋滋地伸出手腕，露出了一只翠绿通透的玉镯，"看，这只玉镯是我刚刚挑的，也很漂亮吧？"

"都漂亮。"姚羽琦见姚佳莹笑得开心，也跟着心情愉悦起来。

"姐姐，皇上对我们真的很好呢。"姚佳莹说着说着，脸颊微微红了起来，"不仅派了这么多人来服伺我们，还老是赏赐贵重的东西。"

"那是因为皇上宠爱两位主子呀，这可是很多人盼也盼不来的。"身后响起了宫女沐朵儿掩唇偷笑的声音。

姚佳莹闻言，脸更红了，连忙转移话题："姐姐，我刚帮你挑了件石榴色的衣裙，快去试试。"说着，伸手就推着姚羽琦往殿内走去。

"好好。"姚羽琦连连点头，笑道，"佳莹，别急着推我呀。那些衣服我们可以慢慢试穿，多的是时间——"

正笑闹间，外面突然响起一声通传："皇后娘娘驾到！"

众宫女太监一惊，慌忙跪下。

姚羽琦也连忙拉着姚佳莹跟着屈膝一跪。寂静的宫殿里，隐隐传来了阵阵悦耳的"叮当"脆响，那是上等的瑶环玉佩相互击撞所发出的声音。

此时脚步声近了，姚羽琦首先看到了一双红色的金边绣花鞋，鞋面上还绣着一对展翅相望的龙凤。

“参见皇后娘娘。”

姚羽琦和姚佳莹连头也不敢抬。

“平身吧！”

一双纤纤玉手伸了过来，分别扶起了姚羽琦和姚佳莹。

“谢皇后娘娘。”

姚羽琦这才敢抬起头。

面前之人，年约二十三四，身穿朱锦罗衫，腰系金色锻带，雍容华贵，端庄优雅，正是当今母仪天下的勒皇后。

“别在这殿外吹风，先随本宫入殿内详谈吧！”皇后一脸亲切的微笑，左手拉着姚羽琦，右手拉着姚佳莹一起走入殿内。

姚羽琦一颗心几乎要跳出胸膛。

姚佳莹更是连大气都不敢出一声。

入了殿内，皇后脸上的笑容也未落下：“还真是一对可人的姐妹花。”皇后分别轻拍了拍二人的手背，你们姐妹二人在这储秀宫中，可还住得习惯？”

“习惯。”姚羽琦和姚佳莹连连点头。

皇后朝身后的太监微一示意，立刻有人送上了一对锦盒，并打了开来。

那一刹那间，异样的光辉照亮了整座宫殿。

锦盒里赫然放着两颗鸡蛋大小的夜明珠。

皇后笑道：“这一对上等的夜明珠，是本宫最喜爱之物。你们姐妹二人，救驾有功，本宫自然也要替皇上好好赏赐你们。”

“谢皇后娘娘赏赐。”姚羽琦和姚佳莹连忙跪拜叩首，接过那个锦盒。

“快平身吧！”皇后笑着让她们起身，“你们俩可是皇上的救命恩人，本宫理应早早来看看你们了，无奈后宫事务繁多，一时走不开，结果就耽搁了两日——”

见皇后比自己想像中的要和蔼可亲得多，姚羽琦稍稍放下了一颗心，抬起了头，展开了笑容。

皇后看了她一眼，笑道：“现在才是真正的笑容吗？”

姚羽琦一惊，就要下跪：“皇后娘娘恕罪——”

“不用这么紧张，本宫又没说要责罚你。”皇后拉起姚羽琦，“在这皇宫之中，已很少有人对本宫露出真正的笑容了。”皇后说着，轻轻叹了口气。

“皇后娘娘——”姚羽琦不解。

“你们姐妹二人刚进宫，很多事还不懂。这宫中人心险恶，尔虞我诈，虽然有很多人都惧怕本宫这个皇后，但更多的人，却是想把本宫从这个位置上拉下来，你们说，又有谁会对本宫露出真正的笑容呢？”

姚羽琦和姚佳莹沉默。

“本宫今日跟你们这样说，其实也是想告诉你们，这后宫中的人，不要轻易相信。知道吗？”

“谢皇后娘娘教诲。”

皇后满意地点了点头：“明日这届入选的采女就会入住这储秀宫，与你们一起跟着李公公进行相关的礼仪训练，虽然辛苦，但这也是宫中规矩，希望你们不要让皇上和本宫失望。”

“是。”姚羽琦和姚佳莹连忙点头。

又客气寒暄了几句，皇后便离开了。

送走皇后，姚羽琦回到房中，这才轻轻吐出一口气：“没想到皇后会来。”

姚佳莹也跟着拍了拍胸口，随后压低了声音：“不过，姐姐，这个皇后娘娘好像没有想像中的可怕啊，她好像一直在笑，对我们说话也很客气。我一直以为皇后都是高高在上的呢。”

姚羽琦点头：“皇后娘娘是比我们想像中要亲切得多。”

“姐姐，也许后宫并没有我们想像中的那样可怕。”姚佳莹的眼中浮现出了一丝希翼，“再加上现在皇上又对我们这么好——”

姚羽琦笑了，偷偷地附在她耳畔，说了一句：“怎么？现在不想逃了？”

话音刚落，红霞又布满了姚佳莹的脸颊：“姐姐，你笑话我。”

“我哪有？”姚羽琦一耸肩。

“就是有嘛！你就是在笑话我。”姚佳莹不依了，伸手就去挠姚羽琦的痒痒。姐妹俩笑闹着，一起滚到了床上，打成一团。

“好了好了，是我不对，我不笑你了。”

姚羽琦最终受不了姚佳莹的攻势，举手投降。

两人微微喘息着，仰躺在床上，闭目养神。

过了良久，姚佳莹忽然开口了：“姐姐——”

“嗯？”

“我那天不是说过吗?即使我以后嫁了夫君，我们也要住在一起。现在，算不算实现了愿望？”

“是啊。我们以后都会住在一起了。”有些困倦的姚羽琦迷迷糊糊地回答。

姚佳莹抬起半个身子，笑盈盈地问：“那姐姐，你喜欢皇上吗？”

姚羽琦愣了一下，顿时清醒了几分，睁开了眼。

“姐姐，你快回答我嘛。”姚佳莹摇了摇姚羽琦的身子。

“我不知道。才见过一面而已啊，怎么知道喜不喜欢啊？”姚羽琦说着，脑海中竟闪过了一道白色淡雅的身影，还来不及捕捉什么，就被姚佳莹打断。

“其实皇上真的很不错啊，你看他——”姚佳莹微微一顿，眉眼间浮现出一抹娇羞，“那天，他给我治伤时，很温柔。”

"是啊是啊，皇上是对你很好。"姚羽琦笑着推了姚佳莹一把，打趣道，"好妹妹，若是以后皇上一心宠着你，你可不能忘了姐姐我啊！"

"那是当然。"姚佳莹伸手揽住了姚羽琦的腰，"姐姐是这世上对我最好的人。如果佳莹以后得了宠，一定也会想方设法让皇上也对姐姐好的。"说着说着，她也感到有些累了，轻轻合了眼帘，"姐姐，我们说好了哦，永远也不分开。"

声音渐渐低弱了下去，姚佳莹沉入了香甜的梦乡之中，而姚羽琦却反倒睡不着了。

如果有的选择，她真的宁愿在外流浪，也不愿呆在这座皇宫里，只是佳莹……她已经迷足深陷了吧？

她又怎能丢下佳莹一个人呢？

这一晚的储秀宫，突然间热闹起来。并不是因为第二天将会有其他入选的采女进宫，而是一晚上，储秀宫来了很多姚羽琦姐妹见也未见过的妃嫔。

那些妃嫔们都带来了礼物，每个人脸上的笑容都亲切而和蔼，甚至有人拉着她们当场就要结拜成义姐妹，这让姚羽琦和姚佳莹更是受宠若惊。

直到夜深人静，姚羽琦才送走那些莫明其妙上门造访的妃嫔们。

"姐姐，这些后宫里的妃嫔们每个人都很好啊！"姚佳莹喜滋滋地看着满屋的奇珍异宝，"原来这里并不是很可怕。"

"是啊。"姚羽琦点头，但心里的疑惑却是越来越大。

"主子——"宫女沐朵儿欲言又止。

"嗯？朵儿，有什么话就直说吧？"姚羽琦转头看着沐朵儿。朵儿自她们入宫以后，就一直在身边伺候着，据说，她三岁的时候就入宫了，已经在宫里呆了十三个年头。

"主子，这座皇宫可没有你们想得那么简单啊。"只有十六岁的沐朵儿虽然还是一脸的雅气，但那双眼睛却透露出与年龄不相符的沧桑与世故。

"这怎么说啊？"姚佳莹好奇地问。

沐朵儿微垂下眼帘："朵儿只是一介奴才，不敢嚼各位娘娘们的舌根，只是这宫里的人与事，朵儿希望两位主子多留个心眼儿。"

"心眼儿？"姚羽琦一双柳眉微蹙了起来，她想起了刚才皇后离去时所说的话。

"天色不早了，两位主子就早点歇息吧，明天李公公就要带着那些入选的采女进宫了，然后对主子们进行相关的礼仪教授，会比较辛苦。"

"嗯。"姚羽琦点头，朝着沐朵儿微笑，"朵儿，你也早点去休息吧。"

"是。"沐朵儿福了福身，退下。

姚羽琦转过头，看见姚佳莹还在那里不亦乐乎地翻看着桌上的奇珍，心中突然莫名烦乱起来。

即使现在锦衣玉食，高床软枕，她却无法真正开心。

如果这个时候，她们在宫外那该有多好！

心中这个念头不断地翻涌着，让她的心越来越不平静。

也许应该去附近走走，透透气。

提着灯笼，她出了殿门，漫无目的地行走着，脑海里的胡思乱想终于渐渐平息。然而等她回过神时，却发现自己不知身在何处了。这座皇宫太过宽广了，四处望去都一个样，她怕是迷了路，现在根本就找不到回储秀宫的路了。

此时夜色已经很深了，四下一片寂然无声。只是偶尔有夜风吹过树梢带来了“沙沙”的轻响声，却像虫子一样咬着人的心，让人毛骨悚然。

“糟了，现在要怎么回去？”她跺了跺脚，有些无措地张望着四周，希望能碰到一两个宫女太监，就在这时，她隐约听到了一阵阵压抑的低泣声，似有若无。

那一瞬间，她汗毛都竖了起来，手心发冷冒汗。

她从未做过亏心事，她怕什么！

深吸了口气，她壮了壮胆，轻喝：“谁？是谁在那里？”

没有人回答，但哭声依旧。

也许是哪个宫女跟她一样，不小心迷了路吧？

她强迫自己往好的方面想，然后提着灯笼，寻着哭声传来的方向走去，拐过一个回廊，她来到了一座荒凉的园林。

这里杂草丛生，月光惨淡，四周也没有什么高雅的亭台楼阁，只有一座小木屋孤伶伶地立于杂草丛中，看起来就像是一座传说中的鬼屋一般。

哭声就是从小屋里传出来，时断时续。

她握紧了手中所提的灯笼，正要走近看个究竟，突然身后传来了一声断喝：“什么人？”

“啊！”那一声断喝，让毫无防备的她吓得魂飞魄散，手中的灯笼也甩手而出，掉于地上，燃起一道耀眼的火焰后，随即归为了黑暗。

“谁在那里？”

声音近了，有人提了灯笼赶过来。

姚羽琦定了定神，这才看清是两个小太监。

那两个小太监提着灯笼往她脸上照了照，其中一人低呼了一声：“原来是姚采女，您怎么在这里啊？”

没想到这小太监竟认得她。

姚羽琦轻轻舒出一口气：“我迷路了，不小心走到这里来。”她说着，往小屋里看了眼，这才发现哭声已经停了。

“姚采女，这宫中是有规矩的，而且皇宫又大，最好不要乱走动。”小太监笑眯眯地，一脸亲切，“这样吧，奴才这就送姚采女回储秀宫。”说完，他往旁边的小太监看了眼，“小林子，你就先在这里看着。”

“这怎么行？”那个叫小林子的太监立即变了脸，“单公公，奴才可不敢一个人呆在这个鬼地方。”

“难道你让我呆在这里，然后由你送姚采女回去吗？”单公公也变了脸。

姚羽琦不解：“这究竟是什么地方？”

单公公回道：“姚采女，这里可是皇宫禁地，您最好还是不要问，免得犯了宫中的忌讳。”

“哦。”姚羽琦点了点头，不再追问。见那两位公公还是一脸不悦之色，连忙道：“二位公公就不用送我了，只要告诉我怎么回储秀宫就行了。

“这——”单公公脸上露出了为难的神色。

“没事的。你们送我一个灯笼就行。”姚羽琦笑着看了眼他们两人手上的灯笼，“二位公公的好意我心领了，羽琦也不敢让两位公公因我而误了差事。”

“好吧，姚采女您只要拐过前面那个回廊，会看到一座满是竹子的园林，那是劲竹园。到了劲竹园，您再往左走，就可以看到储秀宫了。”

“谢谢单公公。”姚羽琦接过单公公递来的灯笼，往劲竹园的方向走去。

这时，身后又隐隐传来了哭声，她听到那个单公公恶狠狠地骂了句：“哭什么哭，都哭了二十年了，就没个头了吗？”

二十年了？

姚羽琦心底隐隐涌上一股寒意。

那小屋里是关着什么人吗？

拐过了回廊，她果然看到一座种满青竹的园林，园林的牌匾上写着劲竹园三个大字。

月光照在那满园的翠竹上，带起了一层淡淡的银芒，跟刚才那个荒凉的园林比较起来，这里可谓是人间仙境。

正想按着那个单公公的话往左拐，忽然园林里传来了一阵箫声。

婉转低回，空灵而感伤。

这曲箫声好熟悉。好像是那日在山中萧靖萧太傅所吹奏的箫曲。

往园林里走了几步，她伸头往里一探，就见一道熟悉的白色身影正立在那片翠竹之下。月光皎洁，投射在那人的身上，似隐隐泛起了一层淡淡的银辉。

果然是萧靖。

她原想出声轻唤，却又不忍打断这美妙的箫声，便轻合起双目，靠着石壁静静聆听。

她发现，这箫声虽略带感伤，却能让她的心情平静。

蓦地，箫声戛然而止。

她睁开了眼，不期然却迎上了一双如墨玉般深沉的黑眸，吓了她一大跳。

“萧、萧公子——”惊觉自己叫法不对，连忙更正，“萧太傅。”

萧靖见到她，却微微蹙了下眉峰："服侍的宫女可有提醒过姚采女，深夜不能在皇宫禁内乱闯？"

这是他第一次跟她说话。

语气虽然淡漠，但那声音却很好听。

"有。"姚羽琦低下了头，暗自吐舌。

偷偷抬眼，发现萧靖依旧是那副平静淡然的神色，没有什么血色的薄唇也微抿着。

这个人难道从来不笑的吗？而且他这么晚了为什么还呆在这里？

姚羽琦心中涌上了一丝好奇。

"对了，上次真是谢——"姚羽琦正想感谢萧靖上次的救命之恩，却被他打断。

"既然姚采女知道宫中的规矩，请回储秀宫歇息吧！"淡淡地丢下话，萧靖竟转身就走。

"萧太傅——萧太傅——"姚羽琦错愕地在他身后连连唤呼，他却仿若未闻般，连头也没回一下，转眼间便消失在了夜幕之中。

"这个人怎么这样？"姚羽琦不满地拧起秀眉，"我想跟他道谢的啊，怎么都不听我把话说完？"

又往夜色里看了眼，萧靖早就不知去向了。

真是个冷漠的怪人。

回到储秀宫后，姚羽琦一整晚都在想着那小屋里传来的哭声，辗转反侧，直到天亮，她才迷迷糊糊地睡去。

然而，没睡多久，她就听到门外有争吵声传来，而且有越演越劣的趋势——

"为什么她们可以住这里?就因为她们莫名其妙地救了皇上?天知道那次的刺杀事件是不是跟她们有关呢？"

"就是啊，凭什么让她们住这么好的厢房？而且这还有一间是空的呢。"

"对呀，反正她们两姐妹爱睡在一起，一间空在这里放着，我们这些人却在受罪。"

"各位主子，请你们息怒，这储秀宫里的厢房有好有坏，主子们分配到哪间房，并不是奴才能做得了主的。而且，这两间厢房是皇上特意下的旨，里面的两位主子，奴才不敢得罪——"

"什么？她们不能得罪，那我身为吏部尚书之女就可以得罪了？"

"奴才不敢。奴才只是奉旨办事。"

……

是什么人这么吵？而且一大清早就站在她房门外吵闹？

姚羽琦抚着沉重的额，睁开了眼。

"发生什么事了？"姚佳莹也被吵醒，神色迷茫地睁开了眼睛。

"我去看看。"姚羽琦披衣下床，一打开门，就见一堆美艳女子围在房间门口，环肥燕瘦，各有千秋。而站在最前面的一名女子穿着火红夺目的艳丽纱衣，相貌虽娇艳，但眉宇间的嚣张跋扈却远胜过容貌。

"是你。"姚羽琦认得这名女子——她是吏部尚书刘少品的女儿刘淑萍。

今年过年的时候，刘少品曾带着妻女拜访过姚家。当时刘淑萍见姚家姐妹不受宠，便耍心眼想欺负柔弱的佳莹，想将佳莹推下池塘，被自己抢先一步，反倒是她掉下去了。

虽然姚羽琦因此受到父亲姚成的狠厉责罚，但刘淑萍一直记恨在心。

没想到，冤家路窄，她们竟又在皇宫碰面了。

刘淑萍上下打量了眼姚羽琦，脸上尽是冷笑："原来你姚大小姐还记得我啊，我还以为，当山鸡爬上了枝头变成为凤凰，就眼高不认人了。"

姚羽琦暗中一握拳，脸上却是云淡风轻的笑："其实我的记性一向不太好，不过呢，却总记得那些仗势欺人的阿猫阿狗。"

刘淑萍立刻变脸："姚羽琦，你竟骂我是阿猫阿狗！"

"啊，我有吗？"姚羽琦一脸无辜地反问，"我只是说记得一些阿猫阿狗，没说是你啊？"

人群里传来了压抑的偷笑声，刘淑萍脸上青一阵白一阵，恨恨跺了跺脚："哼，别得意。姚羽琦，你爹虽是一品武将，但你不过是庶出，没身份也没地位，连你爹都不宠你，更何况皇上？你又凭什么跟我争？等我册了封，我一定要你好看！"丢下话，刘淑萍愤然拂袖离去。

"姐姐——"姚佳莹在身后轻扯了扯姚羽琦的衣裳。

"佳莹，别怕。有姐姐在呢。"姚羽琦知道姚佳莹上次着过刘淑萍的道后，至今仍有些后怕，连忙回身安慰。

"嗯。"姚佳莹点头。

"两位主子。"负责教授她们礼仪的李公公朝她微躬了躬身，"请两位主子好好梳洗歇息一下，一个时辰后，奴才便要开始教主子们相关的礼仪与规矩了。"

"好的。谢谢公公。"

送走李公公，刚才围观的采女们也渐渐散去，却有一名女子依旧驻足观望，似是欲言又止。

那女子并没有像其他采女那般把自己打扮得娇艳万分，而是一身简单素衣，甚至连发髻上都没带什么首饰，脸色也略显苍白，那弱不禁风的模样让人不由生出三分怜爱。

"这位姐姐，你有什么事吗？"姚羽琦好奇地问。

那女子看了刚才刘淑萍离开的方向一眼，低声道："虽然我们这些人今天才刚刚入宫，但有些人却是早已派人打点好一切了，妹妹明白我的话吗？"

姚羽琦明白这名女子话中的意思。

刘淑萍的父亲是吏部尚书、三品大员，而且听说与朝中重臣勒晋太师走得很近，更让人心生怯意。

勒晋是三朝元老，在朝中势力庞大，唯一的女儿又是当今母仪天下的皇后勒蓉，连皇帝对他都忌惮三分，更何况其他人?

"谢谢姐姐提醒。"姚羽琦一眼就对这女子产生了好感。

"那小女子告退了。"

目送着那素衣女子转身离去，姚羽琦低呼了一声："啊，刚才忘记问她名字了。"

"下次碰见再问吧，这位姐姐真是好人呢。"姚佳莹也出声感叹。

"是啊。"姚羽琦看着已经空荡荡的外庭，深深吸了一口气，然后转头看向姚佳莹，"佳莹，我们这才刚刚开始啊，现在那个刘嚣张也来了，以后也许还要受很多罪。"

"刘嚣张？"姚佳莹疑惑地问。

"就是那个刘淑萍呀！"

姚佳莹扑哧一声笑了出来："姐姐，这名字可真难听。"

"什么样的人配什么样的名嘛。"姚羽琦耸耸肩，心情已好了不少，"反正我们以后兵来将挡，水来土掩。有姐姐在，谁也没办法欺负到你。"

"嗯。"姚佳莹重重地点头。

第三章 结怨

FENGCHUANG MOU

宫中的规矩多不胜数，而学习相关礼仪更是繁杂而枯燥。

姚羽琦并不是个坐得住的人，她向来喜欢自由自在，可宫里无论是哪条规矩，都带着强制性的束缚力，让姚羽琦暗暗叫苦不已。

原本她以为娇弱的姚佳莹肯定也会受不了，却没想到，佳莹竟是越学越精神，甚至巴不得短时间内就把所有的礼仪都学会，好早日见到皇帝。

每当带着一身疲倦回储秀宫时，姚佳莹时常说，自己比那些采女们幸福。

因为她亲眼见过了皇帝，而挂念一个人的感觉，是旁人所无法体会的。

既痛苦，又甜蜜。

姚羽琦不太明白，究竟挂念一个人是痛苦还是甜蜜，但她还是有些无法理解，为什么妹妹第一眼见到皇帝，就陷得如此之深？

难道真的是一见倾心吗？

而一见倾心又是什么感觉？

日子在枯燥与忙碌中一天天地度过，刘淑萍也许是因为顾忌她们姐妹俩现今得皇帝重视，除了碰面时冷嘲热讽一阵，其他也做不了什么。

姚羽琦以为自己总算可以过过清静的日子，却在近段时间发现自己的贴身宫女朵儿时常带着一身青紫回来，但每每问起来时，朵儿却总是闪烁其词。

今天早间的时候，朵儿又被负责储秀宫杂事的太监司员王公公叫了去，说是洗衣房急缺人手，需要朵儿帮一下忙。

而每一次，这个王公公叫朵儿去帮忙，朵儿总会莫名地受伤。于是这一次，姚羽琦决定偷偷地跟去。

果然，如姚羽琦所料，朵儿并没有去什么洗衣房帮忙，而是被那个王公公七拐八弯地带到了一座后花园。

花园里，刘淑萍一脸悠闲得意地坐在石桌旁，桌上摆放着各类点心瓜果，身后还站着几名太监宫女随时伺候着。

她找朵儿干什么？

姚羽琦心生疑虑，便悄悄藏在假山之后，想弄清事情的真相。

那个王公公将朵儿推到了刘淑萍面前，然后狠狠地从旁踹了朵儿的右后膝一脚："还不跪下？你这个狗奴才真是不识时务。"

朵儿吃痛，一脸苍白地跪了下来。

姚羽琦气得直想冲出去，这时忽听刘淑萍冷冷一笑："怎么样？朵儿，想好没有？今天给我什么答案？"

朵儿低头，紧紧咬着唇。

"这么简单的事还要想这么久吗？"刘淑萍朝旁边的宫女使了个眼色，那个宫女立刻拿出了一根白玉簪子，塞到朵儿手里。

"只要你把这根簪子放到姚羽琦的首饰盒里，让我来个人赃并获，然后，你再出来做个证人就行了。事成之后，我不仅会重重赏你，而且还会请皇后娘娘提前放你出宫。"刘淑萍冷笑地看着朵儿，"你不是一直想早点回家看望你的父母吗？"

姚羽琦紧紧地握住了手。

原来这个狠毒的女人想胁迫朵儿陷害她！

不可饶恕！

"奴婢绝不会做对不起自家主子的事。"朵儿的声音忽然坚定地响起。

姚羽琦心头一热，她看到朵儿将那只簪子丢到了地上。

刘淑萍愤怒地霍然起身："好一个忠心的狗奴才。那我倒要看看，今天你又能忍到什么时候?"话语一顿，她满意地看到朵儿浑身一颤，然后一挥手，"给我打。今天用藤条——"

旁边立刻有太监双手奉上藤条鞭，那根根倒挂的勾刺，让人看一眼都觉得心惊胆寒，可以想像若是打在身上会是多么的疼痛。

王公公有些不安："用这个打会不会太过火了点？万一打出什么事来，到时姚采女问起，奴才可不太好交代——"

刘淑萍瞪了他一眼："原来王公公一心只想着给那个姚羽琦交代吗？"

王公公一惊，脸色惨白地直摇头："不，不是。奴才不敢！"

"哼，谅你也不敢！"刘淑萍冷哼了一声，吩咐身后的太监，"还不动手？"

"是。"那个太监举鞭就要朝朵儿打下，姚羽琦已冲了出来，护在朵儿身前。

"住手！谁敢打我的人？"

那双眼睛里的愤怒与冰冷，让执刑的太监不自觉地后退了两步。

"姚羽琦！"刘淑萍也有些吃惊地看着突然出现的姚羽琦，但随即她阴冷一笑，"这个奴才偷了我的簪子，怎么不能打了？手脚不干净的奴才，自然要重罚。"

"刘淑萍，你不要胡乱栽赃！"姚羽琦气得浑身颤抖，"刚才分明是你将这只簪子硬塞到朵儿手里的。"

"是吗?这里谁看见了?"刘淑萍环顾了四周一眼，问那些宫女太监，"你们谁看到我把簪子塞到朵儿手里了？"

一名太监阴着声附合："主子，刚才奴才们只看见朵儿偷簪子，其他什么也没看到。"

刘淑萍满意地笑了："姚大小姐，你听到了吗？这里有这么多双眼睛看到朵儿偷簪子了，你还有什么话可说？"

"刘淑萍，你若恼恨我，便冲着我来，不要对我身边的人下手！"姚羽琦气得手脚冰冷，是她太大意了，没能保护住身边的人。

"啧啧，真是让人感动啊！一个小小的奴才而已，犯得着你这样护着她吗？"刘淑萍满脸的不屑与轻视。

"什么奴才不奴才，朵儿是人。就算她只是一个小小的宫女，也是个人。"姚羽琦一把拉起朵儿，"朵儿，我们走。不要理他们。"

"站住！"刘淑萍冷喝，一旁早有太监宫女拦住了姚羽琦和朵儿的去路。

刘淑萍走到姚羽琦和朵儿面前，冷冷地盯着她们："这个狗奴才偷了我的东西，哪里能这么简单就放行的？"

"朵儿没偷你的东西。"姚羽琦愤怒地与刘淑萍对视着。

"可我说她偷了。这里这么多人证也说她偷了。"

"你！"姚羽琦真恨不得一巴掌打歪那张嚣张的脸，但她更明白，若是自己这么做了，朵儿的下场怕只会更加凄惨。

"来人，把这个狗奴才拖下去重打二十鞭。"刘淑萍脸上写满了狠毒。

几个太监宫女纷涌而上，就要从姚羽琦手中抢过朵儿。

姚羽琦急了："你们干什么？放开她！"姚羽琦双拳难敌四手，哪里能敌得过那些宫女太监，只能眼睁睁看着朵儿被强行拖了过去。

"主子，你走吧！不要管我！"朵儿哭喊着，泪流满面。

她不是因为害怕，而是因为感动。

能遇上这样尽心为自己的主子，就算这一刻真的被打死，她也无憾了。

"打！"刘淑萍一声令下。

高举的藤鞭眼看就要落在朵儿身上，姚羽琦也不知从哪里生出的力气，一把推开了拦住她的宫女太监们，扑到朵儿身上，牢牢护住她。

"主子！"朵儿震惊地睁大了眼。

"啪！"

藤鞭甩下时，带来了刺耳的破空之声。

姚羽琦下意识就闭上了眼睛。

然而，预期中的疼痛并没有落下，四周反而传来了阵阵倒吸冷气的声音。

姚羽琦缓缓睁开了眼，抬头一看，就见自己身前不知何时出现了一名白衣男子，徒手握住了那条藤鞭。

竟然是萧靖！

姚羽琦惊讶不已。

“萧、萧太傅——”执刑的太监连声音都颤抖了起来。

“是谁允许你们擅自动用私刑的？”萧靖冷声问。

“是——是——”那太监看向了刘淑萍求救。

刘淑萍走了过来，朝萧靖微福了福身：“采女刘淑萍见过太傅大人。”她自报姓名，等于是告诉了萧靖身份。

萧靖淡淡看了她一眼：“原来是吏部尚书刘大人的千金。”

“正是。”

萧靖放开了那根藤鞭，松手的那一瞬间，那根藤鞭竟节节断裂，一节节掉落于地上，惊得那些宫女太监们目瞪口呆。

有人偷偷看了眼萧靖的手，竟没半点伤痕。

传闻中，太傅萧靖武功深不可测，果然是真的。

“究竟发生了什么事？”萧靖淡淡地问。

“这个奴才手脚不干净，偷了我的簪子，这里这么多双眼睛可都看到了。而我也只是想稍微教训一下，但姚采女却一心护短。”

“不是这样的——朵儿她没有——”姚羽琦想为朵儿辩护，却被萧靖打断。

“就是那根簪子吗？”萧靖看着地上躺着的那根白玉簪子。

萧靖走过去，弯腰捡了起来：“质地上乘，做工精细，这根玉簪看来价值不菲。”

“那是自然。这根玉簪可是皇后娘娘亲赐的。”

萧靖淡淡地道：“原来这玉簪是皇后娘娘所赐。皇家之物失窃，滋事体大。这件事，应该交由宫闱局处理。”

刘淑萍怔了一下。

宫闱局是宫里专门负责刑罚的事务局。若是宫女太监们犯了严重的错误，要处罚定刑，一般是由宫闱局出面处理。传闻中，宫闱局的司员林大人铁面无私，素来不讲人情世故，而且似乎与萧靖交情不错。

“你们几个全是人证？”萧靖扫了眼四周的宫女太监们。

“是。”那些人低声应着，头却不敢抬起。

萧靖淡淡地道：“那好，全都跟我一起去宫闱局。当着林大人的面，你们把自己知道的事说清楚就好。若有半句假话，你们应该很清楚林大人的脾气。”

没有人敢迈出那一步。

刘淑萍强笑：“萧太傅，这种小事何必劳烦到林大人？这件事我再查查清楚，兴许里面有什么误会——”

她话音未落，姚羽琦直接打断。

“这确实是误会。玉簪是朵儿捡到的。”

朵儿立刻心领神会，朝着刘淑萍跪了下来。

"刘采女,奴婢真的没偷这只玉簪,是刚才路过后花园,在花园里捡到的。诸位公公与姐姐们却误以为奴婢偷了玉簪。"

刘淑萍脸色顿时铁青。

姚羽琦强压下笑,又闲闲地插了一句:"这件事我可以做证。当时我正和朵儿在一起。我亲眼看着朵儿捡起玉簪,这时诸位公公赶来,一见朵儿手里拿着玉簪,便误会了。"说着,她看向旁边那些低着头的宫女太监们,"是这样吧?"

那些太监宫女们哪里敢应声,一个个脸色惨白如鬼。

萧靖若有所思地看了眼姚羽琦。

"原来是这样吗?"刘淑萍唇角挂着僵硬的笑,"那看来真是误会了。"刚才她只随口说说什么误会,想先打发了萧靖,谁知这朵儿和姚羽琦鬼得很,一下子就抓住了她的语病。这回真是吃了个大大的哑巴亏。

"你们这些狗奴才,做事竟如此莽撞。"刘淑萍只有将火气发泄在这些人身上。

那些奴才们吓得纷纷下跪求饶:"主子饶命。主子饶命。"

"哼,真该让萧太傅带你们去宫闱局让林大人好好办办你们!"刘淑萍甩下话,转身怒气冲冲地离去。

那些奴才连忙跟着落荒而逃。

"哈哈哈——"还没等刘淑萍走远,姚羽琦已再也忍不住大笑了出来,笑得眼泪直流,"朵儿,你说说她这叫不叫搬起石头砸自己的脚啊?"

朵儿忽然朝着萧靖和姚羽琦跪下:"多谢太傅和主子的救命之恩,朵儿没齿难忘。"

姚羽琦连忙将朵儿扶了起来:"你这是干什么啊?你是因为我才会被那个刘嚣张胁迫,我救你更是应该。你若是真因为我而出了什么事,那才让我不安心呢。"

"主子——"朵儿眼角已然湿润。

"当然,这一次我们可要好好谢谢萧太傅——"姚羽琦说着转头,正想向萧靖道谢,但眼前哪里还有萧靖的人影?

"人呢?"姚羽琦错愕地眨眼。

"太傅走了。"

姚羽琦不禁跺了跺脚:"这个人怎么每次都不听完别人说的话。"

前一次这样,这一次也这样。

算了,还是改天找机会跟他道谢吧!

不过,下一次遇到他,是不是要先拿条绳子绑住他的脚呢?

这当然是不可能的事。

姚羽琦在心底挫败地叹了口气。

月儿已东斜,更深露重,姚羽琦依旧毫无睡意。

虽然日间及时救回了朵儿，但若再有下一次怎么办？她可没有那么好运气，每次都能碰到萧靖救命。

才刚刚进宫没多久，就树下了强敌。往后的日子一定多灾多难了吧？她倒是不怕自己受欺负，她怕的是身边的人因她而受到连累。

而且这一次，萧靖出手帮了她，刘淑萍肯定连萧靖也记恨上了吧？

“我该怎么跟他道谢呢？”姚羽琦苦恼地托着腮帮子，望着窗外的月光。

越想越清醒，她索性走了出去。

庭外月影婆娑，风儿拂过树叶带来了轻轻的“沙沙”细响。姚羽琦盯着那些月光下翠绿的枝叶，忽然想起了劲竹园。

“不知道能不能碰到他。”

心里还在这么想着，脚下却已行动。

然而，当她到达了劲竹园，园子里并没有萧靖的身影。

“是啊，都这么晚了，萧靖怎么还会在这里啊？”姚羽琦有些失望，“看来是没有机会跟他道谢了。”

她伸手扶着身边一株光滑的青竹，想起那夜萧靖就在这里吹箫。

他的箫声总是带着淡淡的悲伤，不知是不是有什么不开心的事。

“一个人若是从来都没有笑过，那肯定是有伤心事了。”姚羽琦自言自语了一阵，眼角的余光忽然瞥见了脚边一块尖锐的小石子。

她看了看身边的青竹，又看了看那块石子，脑中灵光一闪。

“啊，对了，他不听我说，我可以留字啊。”弯腰捡起石子，她吃力地在竹背上刻下了几个大字。

“萧靖，谢谢你。羽琦留字。”

“字难看了些。”姚羽琦蹙眉看着那几个歪歪扭扭的大字，然后甩了甩头，“算了，不管了，刻出来的字能好看到哪去？也不知他能不能看到？希望能看到吧！”这样她也安心些，不然她老是记挂着。

丢了石子，她拍去了手中的尘灰，然后转身离去。

匆忙离去的她并没有发现，就在此时，竹林深处走出了一道白色修长的身影。

看着青竹上留下的字，萧靖眼中却闪过一丝淡淡的复杂神情。

居然就这样留下他和她的名字吗？若是被有心之人看到，不知会掀起怎样的狂风巨浪。

伸手往竹上轻轻一抹，萧靖将那些字全数抹去。

抬起头，若有所思地看着刚才姚羽琦离去的方向，他掩唇轻咳了两声。

这样毫无心机、喜形于色的少女，又能在宫中生存多久？

自那日萧靖为姚羽琦出头之后，宫里原本都站在刘淑萍这一边的太监宫女们更是不敢跟姚羽琦公然作对了。

现在储秀宫，姚羽琦是唯一敢对刘淑萍怒目相向的人了。

刘淑萍并不甘心，于是，只能明里暗里地欺负那些软弱的或是没有强硬后台的采女们出气，姚羽琦也听到了不少的抱怨，但很多人都是敢怒而不敢言。

这一日，难得李公公放她们一天假好好休息，姚羽琦就拉着姚佳莹散心透气。但毕竟这里是皇宫，不能走远，她们也只能在储秀宫各殿走动，走到回廊的时候，听到了压抑的痛呼声，紧接着响起了刘淑萍的怒骂声："你这个贱人，拿这么烫的水泼我，差点毁了我的容知不知道？"

"对不起，我不是故意的。"有人在低声哀求。

"对不起？你以为一句对不起就完事了吗？"

不知这个刘淑萍又在欺负谁了。回想起那日朵儿的遭遇，姚羽琦心一沉，冲出去时就听见刘淑萍一声立下："来人，给我打。"

顿时有太监蜂拥而上，围住原本就跌在地上的女子一顿拳打脚踢。

旁边虽站着几名采女，但没有一个人肯伸出援手。

"住手！"姚羽琦想也不想就冲了出去，"你们都给我住手！"

那些人一见是姚羽琦，毕竟也有点顾忌，便停了手。

姚羽琦和姚佳莹连忙扶起地上的女子。

女子掩唇轻咳了两声："谢谢。"

"是你？"看到那张熟悉而苍白的脸，姚羽琦震惊万分。

正是那日好意提醒她们的那名女子。此刻，她的身上伤痕累累，连衣发也显得散乱不堪。

"到底发生了什么事？"

"我刚才只是想弄点热水洗脸，但不小心撞到了——"女子抬头看了刘淑萍一眼，便又低下了头去。

"就因为一盆洗脸水泼到她身上，她就这样对你？"姚羽琦只觉愤怒填满了身心。

刘淑萍冷笑着插了一句："若是刚才烫坏了我的脸，我立刻就让她毁容。"

"刘淑萍，你太过分了。一盆洗脸水能烫坏你的脸吗？"姚羽琦再也忍不住，起身怒目瞪视着刘淑萍，"你和她都是这一届的采女，与你平起平坐，你有什么权力这样打她？"

刘淑萍冷哼了一声："就凭她也配与我平起平坐吗？她爹连五品都称不上——"

"这里并不是朝堂，是后宫。"姚羽琦冷声打断了刘淑萍的话，"你现在只是一个小小的采女，甚至连品级都没有，你又凭什么打人？"

"姚羽琦！"刘淑萍气得脸色青紫，"你别仗着皇上的那点恩惠就得寸进尺，你以为我不敢动你？"

"你试试！"姚羽琦挺胸向前踏了一步，昂首怒视着刘淑萍。

"你——"刘淑萍怒极，扬起了手，但最终还是放下了，紧紧地握住，"姚羽琦，总有一天——总有一天——"

"总有一天怎样？"姚羽琦不甘示弱地反问。

"等我被封为了淑妃，我会让你死无葬身之地！"刘淑萍甩袖离去，那一帮小太监也连忙跟上。

"淑妃？"姚羽琦一挑眉，对着她的背影做了个鬼脸，"就凭你那副德性，也配做淑妃吗？"

"姐姐——"姚佳莹扯了扯姚羽琦的衣袖，"还是不要太招惹她的好。"

"放心，我才不怕她。"姚羽琦朝妹妹露出了一个大大的笑容。

旁边看热闹的采女一个个地散去了，姚羽琦不禁拧眉："这些人眼睁睁看着你被打竟也不伸出援手，改日若是她们被打，也无人相救时，看她们心里什么滋味？"

"这也不能怪她们。"那女子轻叹了口气，"聪明人都懂得明哲保身。"

姚羽琦笑道："啊，那看来我是个笨人了。"

"啊，不是这样的，我并不是说你——"女子急于解释，却又触动了伤口，不由一声低呼。

"你没事吧？"姚羽琦连忙扶住她，"我只是开个玩笑而已，我知道你说的意思啊！"

"没事，只是小伤。"女子轻摇了摇头。

"我先扶你去那边坐下吧！休息一会儿，然后让朵儿请御医过来看看——"

女子在姚家姐妹的搀扶下，坐到了一旁的长椅上："不用劳烦御医了，免得惹来麻烦。"

"你竟还怕给那个刘嚣张惹来麻烦啊？"姚羽琦一脸不以为然。

"刘嚣张？"女子脸上露出了不解。

"我姐姐说的就是那个刘淑萍啦！"姚佳莹含笑解释。

"你们说说，我给她取的这个名有错吗？她的脸上除了嚣张跋扈，还能看出什么来？"

女子闻言掩唇轻笑。

"你会笑就说明你真的没事啦！"姚羽琦这才稍稍放下一颗心，"对了，不知姐姐贵姓，我叫——"

"我知道，你叫姚羽琦。"女子微笑着转头看了姚佳莹一眼，"而这位是你的妹妹姚佳莹。你们救过皇上一命，直接越过三选被皇上带进了宫里。整个储秀宫几乎没有人不知道的。"

"原来我们这么出名啊！"姚羽琦与姚佳莹对看了一眼。

"那姐姐你——"

"我姓纪，名芷兰，家父是御史中丞纪紫阳。"

"芷兰姐姐。"姚羽琦笑得一脸灿烂,"你不介意我以后这样叫你吧?"

"多谢妹妹抬爱——"

"哎呀,不要这样文绉绉了,以后就直接叫我们羽琦和佳莹吧?"

"好。"纪芷兰深深看了姚羽琦的笑脸一眼,"现在后宫里能遇到像羽琦这样的人已是很难得了。"

"怎么你也这么说呢?皇后也说过类似的话啊!"

纪芷兰笑而不答,而是转移了话题:"其实,羽琦你知不知道,为什么刘淑萍在这储秀宫里横行霸道,却没有人敢制止?"

"不就是因为她爹是个三品大员嘛,而且听说与勒太师走得很近。"

"这话三分对了。"

"只对了三分?"姚羽琦好奇地问。

"嗯。刘大人其实是勒太师的门生,而且身为吏部尚书,也深得皇上器重。"

"原来是这样啊!不过,就算刘淑萍的父亲多么得志,也不能像这样仗势欺人啊!大家都是采女,以后谁有机会被册封,还是个未知数呢。"

"羽琦你这话就错了。后宫中的是与非,又岂是这么简单?"纪芷兰轻叹,"刘淑萍若没有把握,又怎么轻意说自己能当上淑妃?"

姚佳莹终于忍不住问:"芷兰姐,这其中究竟有什么玄机啊?"

"你们应该知道,这后宫是由皇后掌管,而在皇后之下,设有四妃。她们的权力,仅次于皇后娘娘。如今后宫之中,四妃已有三妃。德妃、贤妃和贵妃也都深得皇上宠爱。只有淑妃之位悬空,这个位子有多少人想争啊?勒太师想争,蓝大人更想争!"

"蓝大人?"

"就是尚书令蓝台明大人。他唯一的掌上明珠,就是近来最得宠的德妃娘娘。如今朝中唯一能与勒太师抗衡的,就只有蓝大人了吧。他又怎会放过这个机会?"

"那刘淑萍凭什么认定自己将来会当上淑妃?"姚羽琦转了下眼珠,半开玩笑地道,"难道就因为她名字里有个淑字啊?"

纪芷兰笑了:"羽琦你真是爱说笑。这能不能当上淑妃怎会跟名字有所关联?后宫的真正权力,当然是在皇后娘娘的手里。"

姚羽琦不解了:"芷兰姐,你这话是说,现在淑妃这个位置谁坐,是皇后说了算的吗?皇上自己没有决定权?那到底是皇上选妃,还是皇后选妃啊?"

"羽琦!"纪芷兰忽然紧张地一把捂住了姚羽琦的嘴,"噤声!"

往左右看了眼,似没见到什么人,纪芷兰才轻舒了口气:"小心隔墙有耳。"

姚羽琦连忙点头。

姚佳莹轻叹了口气:"姐姐,你就是这冲动爽直的毛病了,想什么就说什么。这里可不是我们家啊!"

纪芷兰放开了姚羽琦:"佳莹说得对,羽琦,以后在这里讲话,要处处小心。"

姚羽琦苦笑："我就知道，这个地方根本不适合我。"说着，她转移了话题，"芷兰姐，你刚才的话还没说完呢。"

"嗯。"纪芷兰压低了声音，"皇上登基还不到三年，根基未稳。而勒太师和蓝大人都是三朝元老，在朝中势力庞大，手握兵权，皇上自是忌惮。勒蓉能成为皇后，怕也是勒太师一手安排的。而皇上从来不管后宫的事，就连每年的选妃也都是兴趣缺缺，除了德妃娘娘，就连贵妃和贤妃都是皇后钦点的。而这回淑妃的位置，怕也是逃不出皇后的安排了。刘淑萍既是勒太师门生的女儿，当然是最有可能成为淑妃的人选。"

姚佳莹忽然插了一句："听说贵妃和贤妃是双生姐妹，能歌善舞。"

姚羽琦诧异地看了她一眼："佳莹，你连这都知道了。"

姚佳莹吐吐舌头，小声地道："知己知彼才能百战百胜嘛。"

姚羽琦无奈地在心中叹了口气。

没想到胆小懦弱的佳莹，竟也有这样心思细密的一面。

那个皇帝究竟有什么好？大家都这样争来争去？

脑海中晃过了那张狂傲不驯的脸庞，姚羽琦摇了摇头。

她还是没想到那个皇帝究竟有什么迷人的地方。

"连贵妃和贤妃都是皇后的人啊，如果再加上一个淑妃，那个德妃不是很凄惨？"姚羽琦将注意力放了回来。

纪芷兰笑而不答，既没反驳，也没点头称是。

"好复杂。"姚羽琦一想到这么多人争来斗去，她就觉得头痛，"不过，芷兰姐，你懂得的可真多。"

纪芷兰浅笑："要在这深宫之内生存，有些事情是必须要知晓的。就像佳莹刚才所说的，知己知彼，才能百战百胜。"

姚羽琦夸张地仰天长叹了一声："真希望我会落选。"

纪芷兰看了她一眼："羽琦，你不想成为皇上的妃嫔？"

"我可没兴趣跟那么多女人争一个男人。"姚羽琦耸耸肩，"那我宁愿当尼姑去。"

纪芷兰摇头失笑。

"走吧，我先扶你回去，就算不找御医，也要拿点药酒擦擦。"

姚羽琦和姚佳莹扶着纪芷兰离去，她们并没看到，就在她们离去不久之后，回廊的另一侧，走出了两名男子。

身着黑衣的男子，发也未盘，而是任由它们披落在肩后，显出几分慵懒与邪魅。

而在他的身侧，则站着一名白衣淡雅的男子，五官俊逸，但眼睛里神色永远是那种平静淡定，看不出什么波澜。

"不知你什么时候养成了偷听习惯？"白衣男子目送着三名女子远去，淡淡地开口道。

黑衣男子唇角微挑，黑眸里却闪烁着一丝兴味："若不偷听，我又怎会听到这么精彩的对话呢？原来这后宫之中，还有不愿当嫔妃的女人，一直期盼着落选。看来姐姐可比妹妹有趣得多了。你说，我要不要如她所愿？”

白衣男子看了他一眼，并没有回答他的问题，而是反问：“你想不想她落选？”

黑衣男子哈哈大笑：“你说呢？”再度将问题丢了回去，男子潇洒地转身离去。

第四章 误解

救下纪芷兰后，为了不让纪芷兰再受刘淑萍的欺负，姚羽琦的姐妹二人行，就变成了三人行。

虽然学习礼仪的日子很辛苦，但在宫中认识了好姐妹，让姚羽琦的精神又振奋了不少，再加上，纪芷兰好像对宫中很了解，总会知道什么地方好玩，什么时候没有守卫，然后会悄悄带着她们一同前往游玩，这比起任何事都让姚羽琦开心。

这一日，纪芷兰又跟姚家姐妹说找到了一个好地方，当她神秘兮兮地带着姚羽琦她们到达那个地方时，姚羽琦简直惊呆了。

这是一个清静的后园。

园子里栽满了各种说不出名字的花朵，姹紫嫣红连成一片，在微风中摇曳生姿，就连空气里都充满了花的香气，引来各色蝴蝶翩翩起舞，构画成一幅美好而令人心旷神怡的画卷。

"轻尘园。"姚羽琦抬头看着上方的牌匾。

"芷兰姐，这是什么地方？竟比御花园还要漂亮！"姚佳莹发出了惊叹。

纪芷兰微笑："我也不知这是什么地方啊！我也只是不小心路过，一看到就带你们来看了。"

"芷兰姐，谢谢你啊！如果没有你在，我一定会在这后宫里闷死的。"姚羽琦开心地朝花丛里跑过去，一朵朵地细细观赏。

"不知道这些花叫什么，真是见也没见过啊！"

姚羽琦兴奋地左顾右盼，一时没注意到脚下，也不知被什么一绊，整个人向前倾倒。

"啊——"

一声低呼，她闭目朝花丛中跌去，但并没有预期中的疼痛，反而身下所处之地，略带着些许的温暖与柔软。

姚羽琦不解地睁开了眼，便迎上一张绝世倾城的脸庞。一身雪白的长袍，黑发也未绑起，而是随意地披散在肩后。五官精致如画，特别是那双含笑温柔的眼睛。姚羽琦从来不知道这世间竟有如此美丽的眼睛，那眼瞳似有双层叠影，如同有着一股无形的魔力能将人的灵魂吸引进去，沉溺其中，不可自拔。

“姑娘，你没事吧？”一把低沉悦耳的声音响起，温柔的、淡雅的，如同清泉一般，瞬间惊醒了她。

“啊，对不起，对不起，这位姑娘，你有没有被我压到？”姚羽琦慌乱地起身，但失措之下，却将那人的雪白衣袍踩出了一个个乌黑的脚印。

“对不起，对不起——”姚羽琦又想弯下腰拭去那些污渍，却被一只修长的手拦住。

“没关系，回头换一件就行了。”那美人朝她笑了一下，温柔的笑容几乎令天地失色。

姚羽琦怔然看着她。

这种美能震慑人的心魂。

“姐姐。”

“羽琦。”

此时姚佳莹和纪芷兰已赶了过来。

“姐姐，你没事吧？”姚佳莹担忧地摇了摇发呆中的姚羽琦。

“没、没事。”姚羽琦轻摇了摇头，然后看了眼白衣美人，脸上满是歉意，“只是不知这位姑娘有没有被我压伤了？还有，我还踩脏了她的衣服——”

白衣美人又笑了，笑容淡雅温文，却也带着几分无奈：“我并没有被姑娘压伤，衣服脏了，也不过是件小事。只是，我希望姑娘纠正一下称呼。”

“称呼？”姚羽琦还未完全从对方的美貌中脱离出来，反应有些迟钝。

“难道我真的这么像女人吗？”

“你——”姚羽琦惊讶地瞪大了眼睛，伸手指着那白衣美人，“你——”

“羽琦，他的声音明显就是男人啊，而且，你没看见他的喉结吗？”纪芷兰轻叹了口气。

“我——我——”姚羽琦一时之间不知该如何回答，只是目不转睛地看着还席地而坐的白衣美人。

果然，是有喉结的。

姚羽琦几乎想把自己埋进地洞里去。

“你们几个好面生，是这一届新进宫的采女吧？”白衣男人微笑着站起了身。

“嗯。”姚羽琦点头，好不容易才平复了下情绪，“不知公子是？”能在这座皇宫里出现，应该也不是什么普通人吧？

那白衣男人笑了笑：“我只是一个闲散的种花人。你们可以叫我种花人。”

“种花人？”姚羽琦眨了眨眼，然后往四周环顾了一眼，“这些花全是你种的？”

白衣男人点头。

“真厉害，你一个人竟种出这么多漂亮的花。”姚羽琦总算恢复了正常。

“只是闲来无事，随便种种。”白衣男人还是一脸温和谦让的笑，他的笑容好像带着光辉，将四周这些美丽的花全都比了下去。

姚羽琦左顾右盼，看到了一株奇怪的紫色花朵。园子里几乎群花盛开，竞相争艳，却只有它含苞待放，安静地立于一角。

姚羽琦走了过去，好奇地问：“这是什么花？为什么不开？”

“这是紫薇香。”白衣男人微笑着回答，“它只有在夜晚才开放。”

“这么特别？跟昙花是同一种吗？”

“跟昙花有些类似吧。不过，这种花一离水土就会立即枯死。”

“啊，那种这花要特别小心了吧。”姚羽琦兴趣浓厚地打量着那株紫薇香，姚佳莹和纪芷兰也跑过来凑热闹。

姚佳莹也开始对花产生了兴趣：“姐姐，这花这么奇怪，你说当它盛开的时候是不是也特别漂亮？”

“应该是吧！”

白衣男人看了她们一眼，淡淡一笑：“几位姑娘慢慢看，在下有事要先行告辞了。”

“好的。谢谢你啊，种花人！”

白衣男人转身离去，没走几步却又回过头：“几位姑娘若是喜欢这里的花花草草，可以挑几株喜欢的回去。”

“真的？”姚羽琦开心地问。

“就当是送给姑娘们的见面礼吧！这里的花随便选。”

白衣男人离开了，姚羽琦看着满园的奇花，还真不知要哪株才好。

姚佳莹看着那朵还没盛开的紫薇香：“姐姐，不如就它吧！我们看看它晚上开花时会是什么模样。”

“嗯。”姚羽琦点头，抱起了那盆紫薇香。

三人离开了轻尘园。

纪芷兰笑道：“下次我们可要送些回礼给这个种花人了。”

“是啊，不知要送些什么才好？”姚羽琦看着紫薇香，回想起那种花人的模样，“看那种花人的样貌应该不是普通人吧？”

“真是个漂亮俊雅的人呢。”姚佳莹轻叹了口气，“姐姐，如果我有那个种花人那般的美貌，皇上一定会宠我一辈子吧？”

纪芷兰掩唇笑道：“佳莹每天都记挂着皇上啊。”

姚佳莹脸红了：“我哪有每天啊？”她不依地抓着姚羽琦的衣袖，“姐姐，你看芷兰姐欺负我！”

姚羽琦故意清了清嗓子：“芷兰姐，我们家佳莹脸皮薄，她是没有每天记挂皇上啊——”话峰一转，她眨了眨眼，“她是每时每刻都记挂着皇上——”

"啊，姐，你好坏！"姚佳莹嗔怒地跺脚，作势就欲打姚羽琦。

姚羽琦赶紧抱着紫薇香就跑。

"站住！看我这回饶不饶得你了！"

姚佳莹举步追赶，姚羽琦一心想躲避姚佳莹，却没注意到前方走来两个人，一不小心撞到了其中一个的怀里。

"啊！"她低呼了一声，手下一滑，紫薇香已失手跌落。

"糟了，我的花。"她急忙伸手就去接。

但另一个人比她快了一步，稳稳地接住了那盆紫薇香。

姚羽琦抬头，惊愕地看着来人："萧太傅——"

眼前之人正是萧靖，他的身边还站着另一名年轻男子，一身青衫，温文尔雅，朗俊不凡，唇角挂着温暖如风的笑容。

"这花是哪里来的？"萧靖并没有将紫薇香还给姚羽琦，而是淡淡地问。

"这是——"

姚羽琦正要回答，姚佳莹和纪芷兰已赶了过来。

"羽琦，你——"纪芷兰原本想询问姚羽琦有没有受伤，却一眼看见了萧靖身边的年轻男子，怔忡之下，不自觉地停下了脚步，垂下了眼帘。

几乎在同一时刻，青衫男子脸上也露出了复杂的神色，甚至连唇角的笑容都凝结了。

"姐姐，你没事吧？"姚佳莹没察觉到纪芷兰的异样，只是关切地上下打量着姚羽琦。

"我没事。"姚羽琦摇头。

萧靖又淡淡地问："姚采女还未告诉我，这花是从哪里来的？"

"轻尘园啊。"姚羽琦指了指轻尘园的方向，"这是那里的种花人送我的。"

萧靖眸光一沉："那里是皇宫禁地，你们竟敢私闯禁地？"

"禁地？"姚羽琦吃了一惊，"我不知道那是——"

一旁的纪芷兰忽然跪了下来："萧太傅，是我带她们姐妹俩去轻尘园的。若要怪罪，就请怪罪于我。与她们无关。"

"芷兰姐姐，你快起来，为什么要一人承担？"姚羽琦连忙将纪芷兰扶了起来。

萧靖也没阻拦，只是若有所思地看着纪芷兰："你为何要带她们进去？"

纪芷兰平静地回答："我只是有一天路过那里，发现园子里种了很多奇花异草，很是漂亮，于是就想带她们去看看——"

"你不知道这是禁地吗？"萧靖淡淡地问。

纪芷兰轻轻摇头，不经意对上了那青衫男子的目光，又连忙垂下了眼帘。

这一幕场景被姚羽琦撞个正着。

姚羽琦心中生起了好奇心。

芷兰姐姐似乎与这男子认识。

暂时压下心头的疑问，她转头看向萧靖，替纪芷兰求情："萧太傅，芷兰姐姐真的不知道那是禁地。我们以后也不会再去了。"皇宫的规矩可真多，那座小木屋是禁地，现在连一座花园也成了禁地了。

这时萧靖身边的青衫男子也开口说话了："萧靖，念在她们是初犯，这一次就网开一面吧。"

男子笑容已重新挂起，只是目光总是若有若无地看向跪在地上的纪芷兰。

萧靖点了点头："你们要记住，那里是皇宫禁地，没有皇上允许，谁也不准进入。"

"好好，我们明白了。"姚羽琦不由松了口气。

芷兰姐姐可是一片好心，若是因此而被责罚，她可会不安一辈子。

"走吧！"

萧靖带着那青衫男子就要离开，但那盆紫薇香却没有还给姚羽琦。

姚羽琦连忙唤住他："萧太傅，我的花——"

萧靖淡淡看了紫薇香一眼："这株紫薇香不能带出轻尘园。"

姚羽琦奇怪地问："那轻尘园是禁地，难道这紫薇香也是禁花吗？"

"不是。"萧靖摇头。

姚羽琦不解："既然不是，那请太傅大人还我。"这毕竟是别人送她的礼物，她有权带它回去吧?

萧靖看了她一眼，还是摇头："你不能带它回去。"

"喂，你——"

姚羽琦跺脚，就算要拿走她的东西，也应该给她一个理由啊。

正欲追上去，问萧靖一个明白，却听到"咣啷"一声巨响，那盆紫薇香竟被萧靖失手跌落于地上，花盆尽碎。

脱离了泥土的紫薇香静静地躺在地上，原本深紫的花苞开始变得苍白枯萎。

"糟了。"姚羽琦想起种花人说起过，紫薇香不能离开泥土，连忙飞奔过去，试图挽救，可惜，已来不及。

紫薇香一离开泥土，瞬间就枯死了。

"你不让我带走它，也不用将它打碎啊！"姚羽琦恼了。

萧靖站在那里，脸色有些苍白，但紧抿着唇什么也没解释。

"萧靖！"青衫男子已赶了过来，"你——"

他话未说完，就被萧靖打断："天色已晚，还请几位姑娘速回储秀宫，不要在外逗留。"

姚羽琦没应声，只是默默地将那株枯死的紫薇香收了起来。

"姐姐，我们快走吧！"姚佳莹拉起了姚羽琦。

姚羽琦轻咬着下唇，看了萧靖一眼。

他还是什么也没解释。

“我们走！”

眼见姚羽琦抱着枯花负气离去，萧靖这才伸手紧紧扣住心口，脸色苍白得可怕，脚下也有些站不稳。

“我就知道——”青衫男子轻叹了口气，扶着萧靖在道旁的树下坐下，然后从怀里拿出一个瓷瓶，倒出一颗药塞进他嘴里。

过了片刻，萧靖的脸色终于缓和了些。

“好些了吗？”青衫男子关切地问。

“嗯。”萧靖点头。

青衫男子叹息地摇头：“你刚才是突然病发才失手打碎了那盆紫薇香吧？”

萧靖没有回答，只是掩唇低咳着。

“那位姑娘刚才一直在偷看你，明显是在等你给她一个解释，可你偏偏什么都不说。”青衫男子无奈地苦笑，“也难怪她会生气了。”

“没什么好解释的。”萧靖淡淡地道。

相交多年，深知萧靖的脾性，青衫男子也不再多说什么。

“走的动吗？我先扶你回去休息，最近你发作得越来越频繁了，都是你平时不好好调养留下的祸根。你不要以为自己也精通医术，就可以为所欲为。”青衫男子脸上写满了责备。

萧靖却是轻摇了摇头：“我现在不能回去。”

青衫男子一怔：“那你要去哪里？”

“我要去找皇上。”萧靖扶着树慢慢地站了起来。

青衫男子拧眉：“找皇上干什么？我们刚才不是刚从霜龙殿出来吗？而且现在你最应该做的事是躺床上休息。”

“我没事了。”萧靖又咳了两声，目光却落在了地上那碎了满地的花盆上。

紫薇香吗？

他终于动手了。

姚羽琦只觉得火气一直往上涌。

她不知道自己为什么会这么生气。不就是一盆花吗？可是，火气就是控制不住。

想起刚才萧靖淡漠的神情，冰冷的语气，她就更觉得气不打一处来。

若是失手打碎，他至少说一声对不起，为什么他什么也不说？难道是故意的？但看他不像这样的人啊。若他真是这样无理无情的人，上次也不会出手救自己和朵儿吧？

萧靖，你到底是一个怎样的人？

姚羽琦烦躁地捂住头。

姚佳莹在一旁坐了下来，看着烦恼不已的姚羽琦，轻叹了口气："姐姐，你还在生萧太傅的气吗？"

姚羽琦抬起了头，眼中恼意未散："他真是太过分了。"

"是啊，确实有些过分了。好好一盆紫薇香就这样毁了。"姚佳莹惋惜地看了眼桌上的那株枯花，"原本还以为今晚能看到一朵漂亮的奇花呢。"

姚羽琦伸手摆弄着那枯死的花苞，心中疑惑顿生："不知那轻尘园到底是什么地方，竟然是禁地。那个种花人又是什么人啊？为什么会住在禁地之内？"

"姐姐，这座皇宫里可是藏着很多秘密呢。"姚佳莹看了姚羽琦一眼，"有时候，有些秘密我们还是不要去探究比较好。"

听到姚佳莹的话，姚羽琦有些意外："佳莹，没想到你会说出这样的话啊。你真是长大了。"

姚佳莹有些脸红："这都是芷兰姐姐教我的啦。她教我以后若要在这宫里生存，便要学会不去探究秘密，否则，很容易招来杀身之祸。"

"这座皇宫真是让人喜欢不起来啊——"

姚羽琦叹了口气看向门外，却见纪芷兰正站在门口望着夕阳发呆。

"芷兰姐姐？"

姚羽琦轻唤了一声，纪芷兰似乎没听到。

姚羽琦站起了身，轻拍了拍她的肩，提高了声："芷兰姐——"

纪芷兰这才回过神："嗯？什么事？"

"你在想什么呢？这么出神？"

"没什么。"纪芷兰淡淡一笑。

"真的没什么吗？"姚羽琦凑近了纪芷兰，眨了眨眼，"我知道你在想什么？"

"你知道？"纪芷兰失笑。

"那我猜猜吧！"姚羽琦故意拖长了音调，"你是在想刚才那个穿青衫的男子吧？"

纪芷兰怔了一下："别胡说，我才没有。"

姚羽琦伸手搭上了纪芷兰的肩头："芷兰姐，你别瞒我了，你是不是跟她认识啊？刚才你们俩的表情都已经告诉我了。"

"啊，芷兰姐，你们真的认识吗？那个人是谁啊？"姚佳莹也凑了过来。

纪芷兰知道自己瞒不过了，只好道："那个人是太医院的御医谢秋书。"

"原来是御医啊！"姚羽琦眼珠一转，"那是怎么跟芷兰姐你认识的啊？芷兰姐，你不是和我们一样，才入宫没几天嘛。"

"我们两家人是世交。从小就认识的。"纪芷兰笑了笑，那笑容却有些牵强。

"那——"姚佳莹正欲再问，却被姚羽琦一把拉开。

"佳莹，我饿了。"

"饿了？"姚佳莹愣神间，就被姚羽琦拖了出去。

到了门外，姚佳莹才反应过来：“姐姐，你怎么突然就不问了？刚才不是你一直想追问嘛。”

姚羽琦叹了口气：“笨妹妹，你没发现吗？芷兰姐并不开心。也许她和那个谢太医真有什么交情吧。可是，现在芷兰姐和我们一样都是采女，以后都有可能是皇上的嫔妃。我刚才真不该问。”姚羽琦懊恼不已。

姚佳莹不知想起了什么沉默了，神色也有些忧郁。

“怎么了？”姚羽琦担心地问。

“我只是想到以后要跟那么多人争皇上，就觉得——觉得——”姚佳莹的语声有些哽咽了，“而且，我也许有一天会成为芷兰姐的对手，甚至连姐姐你——”

“傻丫头，看来你是真的喜欢上皇上了。”姚羽琦叹了口气，“我不是早就说过了吗？我是不会跟你抢的。不过，你应该明白，就算姐姐不抢皇上，皇上身边还有很多其他女人——”

“我知道。”姚佳莹开心地抬头看向姚羽琦，“只要姐姐不特意跟我抢就行了。我可以跟别的女人去抢去争，但不希望有一天跟姐姐争。因为你是我最亲最亲的人。”

“嗯，我知道。”姚羽琦宠溺地拍了拍妹妹的头，眼底却闪过担忧。

只有真心喜欢上了一个人，才不会容许别人染指自己心爱的人吧？

可是，佳莹喜欢上的，却是皇帝。

一个拥有三千后宫佳丽，一个也许根本不懂得如何去爱的、高高在上的男人。

夜色已深，万籁俱寂。

姚佳莹已经熟睡了，可姚羽琦还是对着月色发呆。

自打进宫，她好像就得了失眠症了。

托着腮帮子，看着天际的冷月，脑海里忽然闪过了那个小木屋的影子。

不知道为什么她总是记挂着那间木屋里传出的哭声。二十年……那是怎样一段漫长的日子，真的有人被关在里面二十年吗？

都说这皇宫是虎狼之地，一不小心犯了错，轻者打入冷宫，重者立时丧命，不知那个被关在木屋里的人犯了什么错，受到这样的惩罚。

“主子，您怎么还不睡？”

身后传来了朵儿的声音。

姚羽琦回身：“睡不着啊。”

“奴婢看您最近好像总是睡不着，不如请太医来瞧瞧吧！”朵儿一脸担忧地看着姚羽琦略显憔悴的脸。

姚羽琦心中一暖，朵儿对待自己是真心实意，并不像其他人，有的是看在皇帝的面子上，也有的是看在她父亲的面子上，才对她巴结逢迎。

“我没事啦，只是想一些事想得烦了，就睡不着。”

“主子在烦恼什么事？不知奴婢能不能帮上忙。”

“啊，这个你也许知道。”姚羽琦的目光朝那个小木屋的方向看去，“你知不知道在宫里有一座小木屋？”

“小木屋？”朵儿微一蹙眉，“主子，您是说劲竹园附近的那间小木屋吗？”

“朵儿，你果然知道啊。”

“主子，您去过了？”朵儿的眉峰又紧拧了几分。

“怎么了？”

“那可是皇宫禁地，而且里面关着的人传闻得了一种难治的传染怪病，您要是不小心被传染了就不好了。”

“传染病？”姚羽琦微微一惊。

“是啊。听说被关了二十年了吧！那个人据说是先皇的妃子。”

“真的被关了二十年吗？”姚羽琦心中泛起不忍。她不敢想像一个人被关在小木屋里整整二十年会是怎样一幅场景。

“嗯。据说是有二十年了。除了每天给她送饭的人，和看守值夜的太监，一般没有什么人敢靠近那个地方，大家都怕被传染。”

“究竟是什么样的病这么厉害？”

“这个奴婢就不知道了。”朵儿摇头，“我只听负责看守的单公公说过，那种病很可怕，他们这些负责看守的人每天都在提心吊胆。他们只有在万不得已的情况下，才会去那里看上一两次。”

连看守的人都不愿意呆在那里吗？看来那个被关在小木屋里的可怜嫔妃，大多数的时间都只有孤孤单单地一个人了。

姚羽琦不禁想起了那夜听到的哭声。

朵儿见姚羽琦还在为这事伤神，连忙劝道：“主子，您就别想了，快些歇息去吧！别为了这些不相干的事伤神。”

“嗯。朵儿，你先去睡吧！我马上就去歇息。”

“是。”朵儿告退。

姚羽琦轻叹了口气，看着月光发呆。

先皇若是对那可怜的妃子有半分情意，就不应该把她一个人关在小木屋里二十多年吧？

帝王之家当真是冷酷无情……

走入那僻静荒凉的园林，姚羽琦往四周张望了下，并没有发现守卫的太监或是宫女。看来朵儿说的没错，负责看守的人一有机会就开溜了。

白天的荒园没有夜晚那般可怕，但依旧寂静得让人寒毛直竖。

在这个地方，好像连风都是静止的，没有任何生气。

姚羽琦轻轻叹了口气，低头看了眼手中的食篮。

今天特意托朵儿在御膳房做了些小点心。

那个人被关了二十年，应该没有吃过什么好东西吧？

虽然她很清楚，就这些小点心帮不了那个人什么忙，但她就是放不下那个人。

一步步地走近那间小木屋，她这才发现，这间小木屋的房门是被钉死的，只是在房门上方开了一个十来寸大的小口。

虽然现在是白天，但小口里透出来的，只有一片冰冷的黑暗。

“今天终于有人记得给我送饭了吗？”忽然，小木屋里传出了冷笑声。声音沙哑而疲倦，却也带着嘲弄。

“经常没有人给你送饭吗？”姚羽琦心一酸。

“你是什么人？”木屋里的人顿生警觉。

“我、我只是路过的。”姚羽琦掀开了盖在食篮里的布，拿出里面的一碟小点心，送进了小窗口，“先吃一些点心吧，虽然填不饱肚子，但至少——”她话未说完，里面的人突然伸手一推，将那碟小点心打翻在地。

“怎么？觉得我被关在这里还不够，现在想要我的命了吗？”

姚羽琦一怔：“不是，我不是——”

“滚！给我滚得远远的。在没见到我的泓儿之前，我绝不会让自己死。我知道你们肯定在点心里下了毒，我绝不会吃的。滚！滚！”木屋里那凄厉而带着怨恨的呐喊声，让姚羽琦打了个寒颤。

正欲解释，那人却在屋子里头开始发疯，不知摔了什么东西，“嘭嘭嘭”一阵乱响。

这时，园子前头忽然传来了杂乱的脚步声和怒斥声。

“那老太婆又在发疯了。”

“是啊，每隔几天都要发一次疯，真想直接把那个窗口堵上，闷死她算了。”

姚羽琦知道是单公公他们回来了，连忙躲到旁边的杂草丛里。

“吵什么吵什么，再发疯，我直接请示皇上，放把火烧了这间屋子，大家都清静。”单公公这一威胁似乎起到了效果，里面渐渐安静了下来。

单公公暗啐了一口，满脸不屑：“我就知道这老太婆怕死。”

一旁的小林子连忙点头哈腰地附合：“是啊是啊，公公您就别为这死老太婆生气了，王公公他们还在那里等着呢，您可是运气正旺的时候，不要被这老太婆沾了晦气。”

刚才他们正赌得顺手呢，全被这死老太婆搅和了。

“哼！”单公公挥挥衣袖走了，小林子也急忙跟上。

二人来也匆匆，去也匆匆，竟丝毫也没注意到那个被打翻在地的小点心。

姚羽琦从杂草丛中走了出来，看了眼又重归为寂静的小木屋，心中更是沉重。

看来关在屋子里的人防备心很重，就算自己真想帮点什么，人家也不领情啊。

稍稍收拾了一下地上那些小点心，然后提起了食篮无奈地转身离去，她并没有注意到，那个黑暗的小窗口里，忽然露出了一双布满血丝的眼睛，若有所思地注视着她的背影……

月光轻洒，照出劲竹园里一片清辉。投射而出的竹影在月色下摇摆舞动着。

竹园里，一名黑衣男子负手而立，长发披散，狂傲而慵懒，对着天上的冷月出神。

忽然，身后传来了几声压抑的咳嗽声，男子转过身，若有所思地看着来人苍白的脸："看来这紫薇香的花毒确实厉害，还未开花，就能瞬间引发你的旧疾。若是开了花，那毒性就可想而知了。"

"他这次没能成功，一定会想下个方法。"萧靖走到一株青竹旁坐下，伸手轻揉了揉眉心。

"一切果然都被你料中了。看来我真是找了一个绝好的帮手。"黑衣男人深深看了萧靖一眼，"这满朝的文武百官，没有一人及得上你，可惜——"男人顿住了话语。

萧靖沉默，微微合上双眸。

黑衣男人唇角一扬，又转头看向了远方黑沉的夜幕："连紫薇香都用上了啊。他以为这样就可以神不知鬼不觉地杀了那个女人吗？"男子唇角扬起了冷酷的笑容，"我想，我也许应该提前册封。"

黑衣男人淡淡的一句话，让萧靖睁开了眼。

"因为我已经迫不及待下这盘棋局了。等一册封，我倒要看看姚成还能不能明哲保身？"黑衣男子冷冷一笑，眼中掠过一丝森冷的寒气。

"不要忘记你答应过我的事。"萧靖淡淡地道。

"当然，君无戏言。"黑衣男人又笑了，眼眸深处却闪过一丝异样的光芒。

第五章 册封

FENGHUANG MOU

一大清早，储秀宫里便传来了好消息，皇上将在两天后举行晋选和册封仪式。

储秀宫上下顿时欢腾成一片，几乎所有的人都寻思着怎么打扮才能让皇帝选中，只有姚羽琦兴趣缺缺。

她巴望着自己不能入选，但天又随她所愿吗？

“姐姐——姐姐——”

失神间，耳畔传来了姚佳莹的轻唤声。

“嗯？”她回过神，看了眼姚佳莹，“怎么了？”

“姐姐，你在发什么呆啊？我都叫你老半天了。”姚佳莹不满地瞅了她一眼。

“啊，我只是、只是在想些事。”

“想什么呢？你快帮我想想，我两天后穿什么衣服啊？”姚佳莹抱了一堆衣物，堆在桌面上，“快，好姐姐，帮我想想啊！”

姚羽琦看了看满桌的漂亮衣物，无奈地叹了口气：“佳莹，这些衣服都很漂亮啊，你穿什么都好看，真的。”

“可是——”姚佳莹脸上露出了苦恼之色，“这一届采女那么多，而且又不乏美人，我要怎样才能让皇上注意到我嘛。”

姚羽琦随口应了一句：“我们不是对皇上有恩吗？他应该早就注意你了啊！”

姚佳莹一扫刚才的烦恼与沮丧：“啊，对呀，皇上这次肯定会册封我们的。不然，他不会给我们这么多特殊照顾对不对？”

“我可不想被册封啊！”这回换姚羽琦烦恼了。

她的声音太小，姚佳莹一时没听清：“姐，你刚说什么？”

“没什么。”姚羽琦无力地回答。

“姐姐，你是不是发生什么事了？”姚佳莹关切地看她，“你今天精神好像不太好。”

“只是昨晚没睡好。”姚羽琦挥了挥手。

昨夜她一直做噩梦，梦到那个关在黑屋里的人拼命地哭喊求救，而她却只能站在远处远远地看着。

"那你现在去补眠吧。反正李公公说,我们那些礼仪规矩也学得差不多了,这两天就放我们假,让我们好好休息。这样才能容光焕发地去见皇上!"

"我不需要容光焕发——"话未说完,姚羽琦突然像是想到了什么,一下子坐起来,"啊,我是不是该让自己生病?"

"姐姐,你胡说什么啊?"姚佳莹奇怪地问。

"是啊,羽琦,你在说什么胡话呢,哪有人盼着自己生病的?"门外传来了一道悦耳轻脆的声音,是纪芷兰。

"就是。芷兰姐,你看看我姐是不是真的生病了,竟说些胡话?"姚佳莹眼中不由露出了担忧之色。

纪芷兰伸手一探姚羽琦的额际:"没发热啊!"

"啊,芷兰姐姐,我现在没生病啦!"姚羽琦拉开了纪芷兰的手,"不过,我倒是很希望自己生病,这样就一脸病容了对不对?再加上不刻意地打扮的话,皇上和皇后他们一定不会注意到我的。"

纪芷兰莞尔:"你就这么想落选啊?"

"我说过我不想跟一堆女人抢一个男人嘛。"姚羽琦说着,又趴回了桌面上。那个关在黑屋里的可怜嫔妃,也许就是自己以后的写照。

纪芷兰摇头失笑:"现在你和佳莹可算是皇上身边的红人。单是越过三选直接进入储秀宫这点,就足以证明,皇上对你们很上心。又怎么可能不册封呢?"

这一番话,姚佳莹听了心中暗喜,姚羽琦却是苦恼倍增。

如果真被选上了,她该怎么办?

两天很容易过,一转眼就到了皇上晋选册封采女们的日子。

储秀宫里所有的采女们都精心打扮着,想尽办法展现出自己最美的一面,以博得皇上的注意力。

姚羽琦坐在床边,看着朵儿帮姚佳莹换了数十套衣物,累得满头大汗,姚佳莹却还是不满意。

"啊,我觉得还是不够漂亮。"

眼前的姚佳莹一头长发高高盘起,发间插满了珠翠。原本就漂亮的五官,略施上了一些胭脂水粉,又添了几分秀丽,再加上额际中央以朱笔点了一记红砂,更是美艳不可方物。而她的身上穿着一袭绛紫色的长裙,外披同色系,但稍浅一些的薄轻纱,显得飘飘若仙。

"主子,这——"沐朵儿低垂着头。

"这样还不漂亮啊,那姐姐我就要钻地洞去了。"姚羽琦终于看不过去,开口说话了,"佳莹,你就别折腾我们朵儿了。"

"姐姐,你取笑我。"姚佳莹不依地跺跺脚。

“姐姐哪有取笑你啊，我说的是实话。”姚羽琦笑着站起身，眼前却忽然一黑，连忙扶住床沿。

“主子，你没事吧？”沐朵儿连忙扶住她。

“啊，只是还有点头晕而已。”姚羽琦苦笑。

“姐姐，我就说吧，有些话是不能乱说。前两天老咒自己生病，现在应验了吧？”姚佳莹又好气又心疼。

“一点点风寒，过两天就好了。”还是觉得头晕，姚羽琦坐回了床上。

“主子，我帮你施点胭脂吧，这样脸色会好看些。”沐朵儿担心地看着脸色苍白的姚羽琦。

“啊，不用不用。我不用施胭脂。”姚羽琦连连摆手，“朵儿，你也知道我从来不用那个东西。”

“可是——”

“没什么可是啦！”姚羽琦连忙打断沐朵儿的话，“你快去帮佳莹看看，还有什么要打点的。”

“哦，好吧！”沐朵儿见她如此坚持，也只能无奈答应。

姚羽琦轻轻吐出了一口气，虽然自己并不是真的想生病，毕竟生病的话，受罪的人是自己啊，但现在既然生病了，说明老天还是给她这个机会的。

瞄了眼床边一袭月白色的素衣长裙，姚羽琦伸手拿了过来。

应该是穿得朴素，越不会引人注意了吧？

希望皇上已经忘记她这个救命恩人了。

不过说起来，她其实也没为皇上做过什么吧？只是小小地出声示警了一下而已。

这算什么大恩惠？

按凤天皇朝的规矩，选秀晋封是在皇后所住的坤清殿里举行。皇上若有看中，只需发给一块玉牌待命，然后会由皇后按皇帝的意思下诏进行相应册封。

册封正三品婕妤九人，正四品美人九人，正五品才人九人，正六品宝林二十七人，还有正七品御女二十七人。

数百号人只册封区区八十余名，剩下的那些没有收到玉牌的采女们，则由掌管后宫事薄的掖庭局安排，派入各宫做宫女，或是女官。年限满后，若未得到过皇帝的宠幸，便可出宫，重获自由之身。

跟着各位艳丽照人的采女们，走进坤清殿。姚羽琦始终低垂着头，巴不得谁也没看到自己。

可她并没有注意到，这大殿之上，众采女衣着艳丽缤纷，唯有她一枝独秀，月色长裙，简装素发，反倒更引人注目。

此刻坤清殿里，虽然很多人进进出出，却井然有序，甚至没有一点喧哗吵闹的声音。

也不知过了多久，姚羽琦听见皇后轻声道："皇上，这一届的采女真是比往年好上太多，我看每一个都不错，不知皇上可有特别喜欢的？"

姚羽琦偷偷抬眼，看了眼高高在上的皇后。

皇后还是跟上次见面时一样，穿着端庄典雅，脸上的笑容更是和蔼可亲。而在皇后的身侧，坐着一名身着玄袍、头上戴着皇冠的男人。

这是姚羽琦第二次见到皇帝。

与穿一身黑衣时所散发出来的狂傲不驯不同，此刻的皇帝眉眼微垂，看不出什么情绪，但浑身上下都有一种说不出的王者威严，让人不敢直视。

皇帝似乎感觉到姚羽琦的目光，往那个方向看了眼，姚羽琦吓了一跳，连忙垂下头。

糟了，早知道她不看了，现在反倒引起注意了。

皇后似也注意到皇帝的目光，看了姚羽琦一眼，然后示意太监发给了姚羽琦一块玉牌。

当姚羽琦接到那块通体晶莹剔透的玉牌时，心顿时落到了谷底。

不一会儿，姚佳莹、纪芷兰也都收到了玉牌，刘淑萍自然不会例外。

等她们退回储秀宫待旨，姚佳莹高兴得几乎要飞到天上去，而姚羽琦却在不住地懊恼自己刚才为什么忍不住要偷看皇帝。

"姐姐，现在我们都入选了，不知册封我们什么。"姚佳莹捧着那块绿色的玉牌，就怕自己一不小心弄丢了，"据说最高的可以册封到三品婕妤呢。姐姐，你说皇上会册封我们为婕妤吗?姐姐?"自说自话了半天，没见姚羽琦有反应，姚佳莹不满地走过去，扯了扯姚羽琦的衣袖，"姐姐，你又在发呆了？"

"我刚才为什么要偷看皇上呢？"姚羽琦忽然低呼了一声，伸手掩住了脸。

"偷看皇上？"姚佳莹怔了一下。

"是啊，我刚听到皇后说话，就忍不住抬了下头，结果一眼就看见皇后娘娘身边的皇上了，谁知，他刚好也朝我这里看过来——"姚羽琦哭丧着脸，"我本来就是不想引起他注意的，巴不得他忘记有我这个人了啊！"

姚佳莹迟疑了一下，脸色已没有了刚才的高兴与开心："姐姐，你若是不想被册封，也太不小心了。"

"是啊，都怪我自己不好。"姚羽琦并没有注意到妹妹微变的脸色，"现在该怎么办？我能不能跟皇上说，我不想被册封？"

"这怎么可能？"姚佳莹低呼，"姐，你是不是想拉着我们全家人一起送命啊！"

"我只是随便说说。"姚羽琦苦笑。

正说着，外面传来了一声："圣旨到。"

姚佳莹慌忙拉着姚羽琦下跪接旨。

“奉天承运，皇帝诏曰。采女姚氏羽琦、姚氏佳莹，品行端庄、谦顺识礼，兼救驾有功，特封姚氏羽琦为昭容，赐住羽心殿，姚氏佳莹为昭仪，赐住玄心殿。钦此。”

姚羽琦和姚佳莹不敢置信地睁大了眼睛。

她们竟被分别封为了昭容与昭仪。品阶二品。

“姚昭容，姚昭仪，还不领旨谢恩？”宣读圣旨的公公笑眯眯地提醒二人。

“谢皇上龙恩。吾皇万岁、万万岁。”

接了旨，姚羽琦和姚佳莹还未从震惊中回神，直到被封为才人的纪芷兰推门而进，才惊醒了姐妹二人。

“羽琦、佳莹，没想到你们俩竟被直接册封为二品嫔妃。真是天大的殊荣啊！凤天皇朝数百年来，可从来没有采女直接被封为嫔妃的。”

“芷兰姐姐，那我是不是快要能——快要能——见到皇上了？”姚佳莹兴奋地忘乎所以。

“你就这么急着见皇上啊？”纪芷兰笑道。

姚佳莹两颊顿时窜上红霞：“芷兰姐姐笑我。”

“对了，还有一件事。”

“嗯？什么事？”

“刘淑萍也破例被封为了昭媛。”

姚佳莹笑了下：“我还以为她会直接册封为淑妃呢。”

纪芷兰摇头失笑：“采女不可能直接晋封为妃的。不过，我想这次皇后娘娘能让刘淑萍也封为昭媛，那被封为淑妃是迟早的事。羽琦，你说呢？”

纪芷兰看向从刚才开始就一直沉默不语的姚羽琦。

“羽琦，你怎么了？都不说话？”

“我——”姚羽琦刚要说些什么，只觉一阵头晕目眩，眼前一片黑暗，向前跌去。陷入黑暗之前，她只来得及听见姚佳莹和纪芷兰的惊呼声……

昏昏沉沉中，姚羽琦觉得有人将自己抱在怀里，将苦涩的药汁灌入她的嘴里。

好苦！

她下意识地想避开，却被一具宽阔而有力的怀抱紧紧地禁锢住：“乖乖听话，把药喝了，否则朕就要强行给你喂了。”

是谁用这样威胁的语气跟她说话？

她不喝这么苦的药！

无力说出话，也无力睁开眼睛，她只是本能地紧咬住牙关。

忽然，一张略显冰冷的唇封住了她的双唇，还未及反应，一股温热而苦涩的药汁便全数被渡进了嘴里，她只能咽了下去。

末了，那人还轻轻咬了下她柔软的下唇。

昏迷中的她微拧起了眉心。

迷糊中，她听见有人在轻笑："这就是不听话的惩罚。"

意识又渐渐开始迷糊起来，睡意更是如同潮水般涌上，她又昏沉地睡了过去。

在黑甜的梦乡里，她梦见了很多人，很多事。

她梦见她离了宫，回到了姚府，爹和娘正相伴在门外等着她，而且向来对她冷言冷语的爹，竟露出了亲切的微笑。

再后来，她又梦见佳莹受到了皇帝的宠爱，被封为了淑妃。佳莹抱着她痛哭欢叫，说她终于得到了皇帝的心。

还没来得及替佳莹高兴，画面一转，她听到了熟悉的箫声。

低回婉转，空灵如风。

她看见萧靖依旧站在那片翠竹下，背影孤单而落寞。

"萧靖。"

她叫着他的名字，朝他走近。

萧靖转过身，看了她一眼，却在她靠近他的那一刻，朝后退开了两步。

"萧靖。"她又唤了一声。

但萧靖依旧没有回答，还是默默地后退，越退越远。

她忽然觉得有点难过。

转过身时，却赫然看见了另一道熟悉的身影。

那一袭皇袍，几乎刺痛了她的眼睛。

待她看清眼前的情景时，却发现自己被关在一间黑暗的屋子里，叫天不应，叫地不灵。

心口一窒，她猛地睁开了眼睛，那一刹那间，她分不清是梦境还是现实。

"主子，您醒了吗？"

耳畔响起了焦急的轻唤声，她眨了眨眼，视线终于清晰了些。

"主子——主子——"那是朵儿的声音。

微侧过头，她看清了朵儿焦急关切的脸庞。

"朵儿——"一开口，才发现自己的声音艰涩而沙哑。

"主子，您醒了就好。您知不知道，您已经昏迷了三天三夜了。"朵儿的脸上露出了松了口气的神色，"大家都很担心您呢，除了姚昭仪和纪才人，就连皇上都守了你三天，刚刚才离开的——"

"皇上来了？"姚羽琦惊讶地瞪大了眼睛。

"是啊。"朵儿掩嘴轻笑，"您不知道，皇上这三天衣不解带照顾您，甚至——甚至还——当众——"朵儿忽然红了脸。

"当众什么？"姚羽琦想起了昏迷中似有人轻咬了自己的双唇。

"当众以嘴对嘴，给您喂药呀！"朵儿终于说了出来，红霞却飞满了双颊，"当时除了给您看诊的谢太医，姚昭仪、纪才人，就连萧太傅都在场呢。现在这事都传遍了三宫六院了。”

“皇上他竟然——”姚羽琦一时之间也说不出是什么感受。

原本以为那只是自己的错觉，未曾想竟是真的。

“是啊。原本谢太医是皇上特意请去乾坤殿，给萧太傅看诊的。一听说您昏倒了，就立刻带着谢太医和萧太傅一起过来了。”朵儿一边说，一边搀扶着姚羽琦坐起来，“谢太医说，您近来精神过劳、肝火过旺，引至焦虑失眠，再加上受了风寒，所以才会病情加重昏倒。”

“没想到真是病来如山倒。”姚羽琦轻揉着还在隐隐作痛的额际，从小到大，她都极少生病，但这一次一病就昏了三天。

“主子，要不要吃点什么？奴婢这就叫人去做，顺道也要向皇上秉报这个好消息。”

“我现在什么也不想吃。”姚羽琦着实没什么味口，又想起刚才做的梦，前半段分明很开心，可最后那一幕，却像石头一样压着她的心。

“那主子您先休息一下，奴婢去秉报皇上，还有姚昭仪、纪才人她们也在等着您醒呢。”朵儿说着，为姚羽琦盖好了锦被，便起身离开。

姚羽琦环顾了下四周，这才发现原来自己早已不在储秀宫了。

这间房远比储秀宫所住的那间大得多，富丽堂皇、雕梁画栋，就连墙上所悬挂的，都是上好的夜明珠。

她想起来了，圣旨上好像说赐她一座宫殿，叫羽心殿。

强撑起身子，正想翻身下床，殿外忽传来一道笑声：“病才刚好些，就不能在床上乖乖躺着吗？”

姚羽琦一怔，抬起头，就看见皇帝走了进来。

“皇上。”姚羽琦就要下床接驾，却被皇帝早一步扶住。

“朕不是让你在床上躺着吗？”皇帝将她扶上床坐好，并拿了个软枕给她靠上，“你就是不爱听话。”

那黑沉的眼眸闪烁着令人捉摸不透的笑意，姚羽琦下意识地就伸手掩住了双唇。

“哈哈哈——”皇帝大笑了起来，“知道吗，光看你的表情，朕就能知道你在想什么。”他俯下身，凑近她的脸，深深注视着她的眼睛，“看来你记得朕给你喂过药。”

姚羽琦脸色通红，一时之间，也不知该回答什么，心里却在盼着朵儿快点回来。

皇帝直起了身，在床边坐了下来：“再多休息几天，等身子完全康复了，朕就让人大摆宴席。”

“宴席？”姚羽琦不解，慢慢放下了掩唇的手。

皇帝笑道：“这是凤天皇朝的规矩。每年晋选册封之后，都会大摆宴席，普天同庆。原本宴席三天前就要举行了，偏偏你病了，朕自然让人延后了。”

姚羽琦吃惊地看着他：“为我——”惊觉自己称呼不对，姚羽琦连忙改口，“皇上为臣妾延后宴席？”

皇帝的眼神蓦然深邃了几分，伸出手，他温柔地为她撩起额际散落的发丝，唇角一挑：“为什么露出这样吃惊的神色？不信朕所说的话？”

“不——”姚羽琦连连摇头，微垂眼帘，“臣妾不敢。”

皇帝笑了：“在没有旁人的时候，朕可准你不用自称臣妾。那些烦死人的礼仪，你尽管丢一边去。”

看着面前笑得狂傲不驯的男人，姚羽琦露出了一脸不可思议的神情。

眼前之人真是一国之君吗？

“不过，朕有一个条件。”皇帝微微一顿，唇角的笑意让人无法捉摸，“若无旁人，你可以叫我——皓。”

姚羽琦受宠若惊。

全天下有谁敢直呼皇帝的名字？

这对姚羽琦来说，冲击太过巨大，一时之间，她也慌了：“皇上这样待臣妾好，就是因为臣妾那天示警吗？其实——其实那只是举手之劳——”

皇帝低笑着问：“羽琦，难道你认为，我对你好，只是因为那一句示警？”皇帝话语一顿，一双黑眸望不见底，“我喜欢你。那天见你的第一眼，我就被你吸引了，一见倾心。”

这句突如其来的表白，让姚羽琦瞬间僵立在了床头：“皇上，这是、是在开臣妾的玩笑吗？怎么可能——”

“自古君无戏言，而且这世间有着千千万万种可能。羽琦，你为何不信？”

感觉到皇帝的目光深深注视着自己，姚羽琦连动都不敢动，只是低头死命瞪着自己绞在一起的双手。

她一定是在做梦。

皇帝对她一见钟情？不可能的，怎么可能？

肯定是哪里弄错了，皇帝喜欢的，应该是佳莹，不应该是这样！

“臣妾——臣妾——”

支吾了半天，姚羽琦也不知道自己该说些什么。

皇帝忽然轻叹了一声：“羽琦，你怎么就是这么不听话？我不是说过了吗？无旁人时，你不必自称为臣妾。”

“可是——”

姚羽琦才刚抬头，红唇就被人猛地封住，她震惊地瞪大了眼睛，脑海里一片空白。

完全不同于上次喂药时的轻柔，这是一个热烈而霸道的吻，火一般地滚烫，就好像要把她整个人都吞噬进去。

“皇、皇上——姐姐——”

门外，姚佳莹那不敢置信的惊呼声，彻底惊醒了姚羽琦的神智。

她下意识，一把就推开了皇帝。

那一瞬间，她看见了皇帝那双黑眸里闪过了冷森的怒意。

第六章 毒计

"臣妾叩见皇上。"

"臣妾叩见皇上。"

"奴婢叩见皇上。"

姚佳莹、纪芷兰还有沐朵儿三人在门外跪了下来。

"平身吧！"皇帝从床上站起身，脸上已没了笑意，"你们帮朕好好照看姚昭仪，朕先行回霜龙殿。"丢下话，他转身踏出了殿外，看也没看跪在地上的三人一眼。

"臣妾恭送皇上。"

"臣妾恭送皇上。"

"奴婢恭送皇上。"

殿内三人伏首，也未敢动，直到殿外传来太监一声大喊："摆驾！"脚步声远去，姚佳莹等人才敢抬头起身。

"姐姐。"姚佳莹连忙跑到姚羽琦床前，眼中写满了责备，"你刚才怎么可以推开皇上？你知不知道，这样做若是惹怒了皇上，你可能——"姚佳莹话语一顿，气恼地跺了跺脚。

姚羽琦紧抿着双唇不说话，脸色有些苍白。

纪芷兰走过来，轻扯了扯姚佳莹的衣袖："佳莹，羽琦可能只是病糊涂了，一时神智不清。"

姚佳莹语气顿时软了下来："姐姐，对不起。我刚才只是——只是太担心了——"

姚羽琦抬头强笑了一下："嗯，我明白的。"

"你身体好些了吗？这几天真是担心死我了。"姚佳莹在床边坐了下来。

"好多了。"姚羽琦忽然觉得面对佳莹有点心虚，虽然知道不是自己的错，但总有一种夺人所爱的感觉，更何况，这个人还是自己的妹妹。

"好多了就好。"纪芷兰微笑着走过来，"你那天突然昏倒，把我们都吓了一大跳。"

"对不起，让你们挂心了。"姚羽琦低下了头。

"好了好了，现在先好好休息养病。"纪芷兰轻拍了拍姚羽琦的肩，"你昏迷了三天，滴水未进，一定饿坏了，我让朵儿给你弄点米粥之类的吧？"

"我不饿。"姚羽琦又将自己埋进了被窝里。

纪芷兰轻叹了口气："既然不想吃，那就先好好休息。"转过身，她吩咐朵儿，"朵儿，小心照看姚昭容。"

"是，奴婢会小心照顾昭容的。"

"那我先走了。"纪芷兰回头问姚佳莹，"佳莹，你呢？"

"我在这里再陪姐姐说说话吧！"

"好吧！"

纪芷兰告辞。

"朵儿，你也先下去歇息吧！"姚佳莹让朵儿退下，羽心殿内，顿时恢复了一片寂静。

姚羽琦在被窝里闷了半晌，才钻出头来，看到姚佳莹正静默地坐在床边，也不知在出什么神，便小心地轻唤了一声："佳莹。"

姚佳莹没有回头，眼眸还是失神地盯着殿内的某一件东西："皇上好像喜欢姐姐啊！"

姚羽琦轻咬住下唇，不知自己该如何回答。

"姐姐，你知道吗？你生病的这几天，都是皇上亲自给你喂药的，喂不进去时，甚至——甚至以嘴对嘴地喂进去。"姚佳莹的脸颊有些红，却也有些落寞，"这世间的事，真是让人无法预料呢。姐姐一直说，并不想得到皇上的宠爱，可是皇上偏偏对你好，而我——"她忽然轻笑了一下，略带着自嘲，"虽然得到了昭仪的荣封，皇上却连看都未看我一眼——"

"佳莹，不是这样的。"姚羽琦慌忙坐了起来，"你听我说，这几天只是因为我病了，皇上出于仁义才会——才会这样照顾我——"

"那刚才呢？"姚佳莹转过头深深注视着姚羽琦，"刚才我看得清清楚楚。皇上并没有给你喂药，而是——而是——"紧咬着下唇，她的语声已有些哽咽，"姐姐，你又何必骗我呢？"

"佳莹——"姚羽琦伸手轻揽住姚佳莹瘦弱的肩头。

"姐姐，其实这是命啊，皇上若不喜欢我，也是强求不来的事。"姚佳莹从姚羽琦怀中抬起头来，眼中带着泪光，"我应该为姐姐感到高兴才对，皇上这么宠爱你，是姐姐的福气，也是我们姚家的福气——"

"佳莹。"姚羽琦轻叹了口气，"姐姐知道你不开心，不过，放心吧，我一定会让皇上对你另眼相看，宠爱有加——"

"真的吗？姐姐？"姚佳莹一扫脸上的忧色，惊喜地看着姚羽琦。

"傻丫头，姐姐何时骗过你啊？"

"姐姐，你真好！"姚佳莹扑入姚羽琦的怀抱，"我就知道，姐姐不会丢下我不管的——"

姚羽琦笑道:"其实你这么乖巧漂亮,不用我说,皇上也迟早会注意到你的。"

"姐姐,你就会笑话我。"姚佳莹起身,作势就欲打她,二人又笑闹成一团。

忽然,门外传来了朵儿的通报声:"主子,丁婕妤、冯才人、陈宝林等在外求见。"

"怎么又有人来?"姚羽琦和姚佳莹面面相觑。

"快请她们进来吧!"

姚佳莹拿了件外衣给姚羽琦披上,那些婕妤、才人们纷纷笑脸走了进来,每个人的手上都拿着礼物,跟上次一样,一个个都是姐姐长、妹妹短的,整个羽心殿热闹非凡。

到晌午的时候,皇后娘娘甚至又派人送来了补品,让姚羽琦好好休养,更是羡煞了一殿的嫔妃。

就在羽心殿外,刘淑萍带着宫女远远地看着,嘴角掠过冷笑:"姚羽琦,我就看你能得意多久?"

她愤然甩袖离开,一路疾行,却怎么也挥不散心头的郁闷之气。她想不明白,那个姚羽琦,论容貌、身份都比不上自己,为什么皇上就是对那个贱人另眼相看?

走着走着,忽然觉得一阵异香扑面而来,她抬起头,就看见一座开满了异花的花园,那一片姹紫嫣红在阳光下摇曳生姿,如梦似画。

"这是什么地方?"刘淑萍转首问身后的宫女。

"回昭媛,这是轻尘园。"

"轻尘园?"刘淑萍又往那花园深处看了眼,"没想到这宫里还有这样一个好地方。"话落,提起裙摆就想走过去。

"昭媛——"身后的宫女连忙唤住她,"这座园子您去不得。"

"大胆。"刘淑萍反手就给了那个宫女一巴掌,"你是什么东西,也敢阻止本昭媛?"

"昭、昭媛——"宫女觉得委屈,捂着肿痛的脸颊,哽着声道,"这座园子,是皇宫禁地,您、您真的不能——"

"什么禁地不禁地?本昭媛是什么身份?区区一个禁地也能阻得我了吗?"甩开了宫女,刘淑萍径直走了进去。

越往里走,越觉得里面香味浓重,满园子的花花草草基本都是刘淑萍见也未见过的。随手正欲摘下一朵,不远处忽传来了一名女子的声音:"种花人,请问这是什么花?长得好奇特。"

听那声音耳熟,刘淑萍悄悄地走近,就看见一名宫妆打扮的女子站在花丛中,而她的对面,一个白衣人正拿着银剪,弯腰修剪前面的花花草草。

因为那白衣人背对着她,看不清那个白衣人的模样,只看见那一头披散的乌黑长发。看身形,似乎是个男子。

而那女子，刘淑萍认得，是纪芷兰。

她的面前正放着一盆异彩缤纷的鲜花，红、蓝、白三色花瓣组成一枚花骨朵儿，正含苞待放。

刘淑萍冷冷一笑，低语道："竟与男人在这里幽会吗？"心中正盘算着，怎么向皇后告密，忽然那白衣人淡淡地答道："这叫奇兰花。不要碰，这花有毒。"

"有毒？"纪芷兰轻呼，收回了正欲伸出碰花的手。

"嗯。"白衣人依旧在剪他的花，并没有起身，"这花只在夜里开放，花一开，便会释放出浓郁的香气。不过，香气虽香，却含有致命的毒性。吸入奇兰花香的人，就像中了慢性毒药，若是有病在身，这病会越来越重，直至不治身亡——"

"这么厉害！"纪芷兰似受到了惊吓，脸色变得有些苍白。

白衣人轻叹了口气："最主要的是，中了奇兰花毒性的人，若是原本就有病在身，很难查出真正的死因。"

"那你怎么还种这么危险的花？"纪芷兰心有余悸地轻拍了拍胸口。

"我这一生，除了与这些花花草草为伴，又还能做什么？"白衣人起身转头的那一刹那，刘淑萍也将他的容貌看得分明。

好漂亮的男子！

刘淑萍以手掩口，阻住了自己的惊呼声。

没想到这皇宫里还有这么漂亮的人，看穿着打扮，虽朴素，却淡雅，并不像是普通人，不知是什么身份来历。

"天色不早了，纪才人也该回去了。"白衣人朝纪芷兰微微一笑，"代我向姚昭容问候一声，让她好好养病。"

"嗯，好的。你的话我一定带到。"纪芷兰福了福身，便转身离去。

白衣人也站了一会儿，便也走入了花丛中，渐渐消失了踪影。

"原来这人跟姚羽琦那个贱人也认识吗？"赵淑萍的目光落到了那株奇兰花上，一抹阴毒的冷笑泛上嘴角。

这几天羽心殿几乎要被礼物给堆满了，奇花异草、珍珠玛瑙、古玩翡翠……让人目不暇接。

"这是皇上赐的，这是皇后赏的，这是齐修仪送的，还有封才人、冯宝林……"姚佳莹看着那琳琅满目的礼物，掩唇笑道，"姐姐，你现在真是集万千宠爱于一身了。"

"佳莹，你这是笑话我呢。"姚羽琦有气无力地坐在床边，她头痛得厉害，浑身就像是散了架一般。

"姐姐，我是说真的啊！"姚佳莹挑起一只金镯子，放在手腕上左比右看，"这里每一件可都是珍品呢。"

"你喜欢就拿去吧。"姚羽琦苦笑，"我这里东西都要放不下了。这些天人来人往，有些东西，连谁送来的都不知道。”

姚佳莹将那只金镯子戴在了手腕上，然后深深吸了一口气，只觉一阵沁人花香扑入鼻端：“姐姐，现在你的羽心殿应该改名为花香殿才对，这殿里的奇花都可以比美轻尘园的花草了。”

说起轻尘园，姚羽琦想起了那盆被萧靖打碎的紫薇香。

失神间，听闻朵儿在一旁笑着附合：“是啊，这些花都是德妃娘娘送的呢。德妃娘娘平日里也就爱摆弄这些花花草草，听说主子病了，便派人送来了几盆奇花，说是这些花的香味，可以驱邪防病。”

“真的假的啊？”姚佳莹走近摆在窗台的几株花草，花儿开得正盛，姹紫嫣红，说不出的娇艳，“连德妃娘娘都给姐姐你送花来了，姐姐，你真是好大的面子。”

“说起来，我还没见过德妃呢。”姚羽琦掩唇低咳了两声。自她册封之后，她就一直在生病，连皇后都没能去请安。

“是啊，姐姐，等你病好了，你肯定要去各宫赔礼了。其实呢，皇后娘娘还是很好说话的，还有柳贵妃与柳贤妃，她们姐妹俩也是很亲切，倒是那个德妃娘娘——”姚佳莹轻叹了口气。

“德妃娘娘怎么了？”姚羽琦强提着精神问。

“德妃娘娘虽然长得很漂亮，但骨子里却透着一股清冷。”姚佳莹说着，刻意压低了声，“听说，她对皇上好像也是那样一副冷冷淡淡的样子，相比之下，她更爱种花种草的。但也有人说，她之所以这样做，是为了引起皇上的注意力。男人嘛，得不到的，总是最好的。”

“是吗？”姚羽琦对这些宫中的是非不太感兴趣。

“姐姐，我这几日在各宫中走了一趟，才知道，原来各宫中的嫔妃为了吸引皇上的注意力，真的无所不用其及呢。”

姚羽琦勉强一笑：“佳莹，没想到短短几日，你便对宫中的事情这么了解了。”

“姐姐，我不是说过吗，知己知彼才有胜利的机会啊。”姚佳莹看着窗台上的那些花草，眼底掠过一丝淡淡的复杂，“虽然我知道姐姐一定会帮我，但我自己总也该做些什么，这样才能更快让皇上注意到我。”

姚羽琦看着姚佳莹单薄纤弱的背影百感交集。

脱离了她的保护圈的佳莹，似乎变得有点不一样了。但究竟是好是坏，她也说不清楚。

心中一阵激荡，不禁掩着唇一阵剧烈的咳嗽声。

“姐姐——”姚佳莹连忙走过去，伸手轻拍着她的背，眼中露出忧色，“你这病怎么一直不见好啊？”

姚羽琦抬起头，强露出笑容：“没事，可能从小没怎么生病，现在这一病算是把利息全算上了。”

"姐,你这时候还说笑。"姚佳莹不依地跺了跺脚,"还是皇上叫那个谢太医来给你看看比较好,上次你昏倒,就是他来给你诊的脉,我觉得,他的医术比较厉害啊,一剂药下去,你的脸色就好多了,可现在——那些庸医——"

"佳莹,别这么说。太医院的御医们各个医术都很精湛。"姚羽琦强撑着站起身,"我肯定是这几天闷在屋里太久了,出去走走就没事了。"

"好吧,我扶你出去走走也行。"姚佳莹搀扶着姚羽琦,然后转头吩咐朵儿,"朵儿,你去太医院请谢太医过来一下。"

"是。"朵儿福身退下。

"佳莹——"姚羽琦苦笑,"听说谢太医主要是负责为皇上和萧太傅诊病的,一般情况下,他不会给其他官员或是嫔妃出诊啊。"

姚佳莹一边扶着姚羽琦出殿门,一边道:"姐姐,你不用操心了。现在皇上这么宠你,只是让谢太医过来为你看病,应该不为过吧? 而且,我看皇上也会盼着你快点好的。"

姚羽琦在心底轻轻叹了口气,那日自她推开皇帝之后,除了每日差人送来礼物和补品,并没有再踏入羽心殿,想必他是生气了吧?

走出殿门,一阵清新的空气顿时扑面而来,姚羽琦也感到精神好了不少。

现已是夏末,清晨的微风里已带上了初秋的凉意。

姚羽琦扶廊而坐,望着蔚蓝色的天空上那一只只飞过的鸟雀,心神飘向了不知名的远方。

"姐姐,你在想什么呢? "姚佳莹端了一碗汤药出来,递给她,"快点趁热把药喝了。"

"没想什么。"姚羽琦接过汤药,觉得药有些烫手,便暂时先搁在了一旁。

姚佳莹开心地俯下身,仔细看了看姚羽琦的脸色:"出来透透气,好像气色真的好多了。"

"我就说啊,我只是闷坏了。"

姚羽琦转头看向姚佳莹:"佳莹,你这几天为了照顾我,也累坏了,回去休息吧!"

"可是——"

"我不是已经没事了吗? "姚羽琦微笑,"别担心了。"

"那好吧!"姚佳莹点头,"姐姐你可要好好休息,别乱跑啊! 还有,要把药喝了。"

"嗯。"

"那我走了。"

目送着姚佳莹的身影渐渐远去,姚羽琦又开始发呆。整天被困在这座华丽的宫殿里,她什么事也不用做,而想做的事又做不了,这样的日子将要伴她一生一世吗?

越想越觉得烦闷,正打算外出透透气,外面忽走进一宫女通报道:"启禀姚昭容,姚大将军在外候见。"

“爹？”姚羽琦吃了一惊，连忙整了整衣衫站起，“快让姚大将军进来。”

“是。”宫女领命退下。

姚羽琦却是站在那里不知所措，心中更是涌起百般滋味。

她没料到爹会来。

是来……看望她的吗？

那一瞬间，有一撮小小的希望火苗在心底燃烧了起来。

耳畔传来了沉稳而熟悉的脚步声，当那道修长挺拔的身影映入她的眼帘之时，姚羽琦只觉得眼眶微微一热。

竟真的是爹。

他还是跟往常一样，穿着一身青衣锦袍，看起来还是很健康，精神也很好。

“微臣参见姚昭容。”姚成朝着姚羽琦微一躬身。

“爹，女儿怎能受您这一拜？”姚羽琦连忙扶起姚成。

姚成直起了身，脸上并没有什么笑容。

姚羽琦心口微微刺痛了一下，但还是扯开了笑容：“爹，您怎么来了？”

“昭容病重，皇上特意让微臣过来看看。”

“是皇上让您来的？”心中那撮希望的火苗熄灭了几分。

“嗯。”姚成淡漠地点了点头。

一时间父女俩竟无话可说，满殿的沉默。

半晌，姚羽琦终于找到了另一个话题：“爹，您一会儿要去看看佳莹吗？她就住在玄心殿，离这里并不是很远。”

“不用了。微臣公务缠身，一会儿就要走了。”

面对那冷漠的回答，姚羽琦手心不由一握：“爹，你真的连自己的女儿都不愿多看一眼吗？入了这宫门，也许以后没有什么相见的机会了。”

姚成抬起头，目光中竟带着毫不掩饰的责备：“既然你们知道这层道理，当初就不应该入宫。”

这一句话让姚羽琦明白了，她的父亲是真的一点儿也不想她们姐妹俩入宫。

姚羽琦苦笑：“爹，您以为我们自愿入这宫墙？一切只是阴差阳错——”

“好，就算你们误打误撞救了皇上，也不该在宫中出尽风头，引起皇上注目，小小两名采女居然直接晋升为二品嫔妃，你们可知这一晋升，让我们姚家多树了多少强敌？”

姚羽琦只觉心头发寒，踉跄退了一步。

她的父亲关心的，永远都只有姚家的地位和权势。

自从手中握有朝中三分之一的兵权之后，父亲就变得更加无情。每时每刻，他的眼底心里，都想着如何保住他的地位和权势。

其实，她只要求父亲多关心她和佳莹一点，哪怕从地位和权势那里只分出一分的心思也好，但仅仅一分，也是无从实现的奢望。

“微臣告退。”

也不等姚羽琦缓神，姚成拂袖离去。

姚羽琦呆呆地目送着姚成离去，心中泛起阵阵苦涩。

幸好刚才让佳莹先回去了，若是被她听到，怕又要伤心好一阵子了吧？

强压下心头伤痛，她深吸了口气，走出了羽心殿。

她漫无目的地走着，不知不觉间，她竟又走到了那片荒凉的园林里。此时天色已暗沉了下来，而那座屹立在暮色下的小木屋更显出了几分凄清与寂寥。

怎么又来这里了？

她苦笑，正欲转身离去，眼角的余光却瞥见了离小木屋不远的另一处杂草丛中，立着一道熟悉的白色身影。

“萧靖？”

她怔了一下。

萧靖似乎没发现她，只是沉默地站在那里，一身白衣几乎融入了暮色之下，隐隐勾勒出几分单薄与落寞。

此刻，他正出神地注视着小木屋，那目光中所藏的悲伤是姚羽琦从未见过的。

不自觉得，姚羽琦想起了萧靖所吹奏的那支伤感的箫曲。

萧靖的心底一定藏着很多的秘密与伤痛吧？

只是为什么他会出现在这里？

姚羽琦心生疑惑。

也不知过了多久，萧靖忽然转身离开，但在他转身的那一刻，身形竟微微晃了一下，幸而扶住旁边的一株老树。

姚羽琦看见他轻轻伸手按了按自己的胸口，才又起身离去。

看他那样子似乎身体不适。

姚羽琦不放心，悄悄地跟了上去。

然而，才刚到劲竹园，就见萧靖突然停下了脚步。

不知道他是不是又哪里不舒服了。

失神间，眼前突然一花，竟多出了一道人影。

“姚昭容？”

那淡而熟悉的声音，让姚羽琦怔了一下。

“萧太傅——”

刚才他还走在她的前面啊？什么时候到她跟前来了？

“为什么跟着我？”萧靖的声音依旧淡漠。

“我——我刚才在小木屋那里见你好像不太舒服，不放心就跟上来了。你没事吧？”

萧靖微微蹙起剑眉。

姚羽琦用眼角的余光轻瞄了他一眼："萧太傅，你认识那个小木屋里的人？"

萧靖还是没有回答。

"算啦，我知道我问什么，你都不会回答我的。"姚羽琦无力地挥了挥手，"我不问了。我也知道在这座皇宫里知道得越多，对自己越不好。"她还是把所有的疑问都藏在肚子里吧。

又往前走了几步，她走到那日刻上字迹的青竹旁，凑近一看，却发现上面的字迹早已被人抹去，只剩下白湛湛的一片。

"咦？我刻在上面的字呢？"

萧靖看了那青竹一眼，淡淡地道："在这座深宫里做什么事都要三思而后行。"

姚羽琦忽然间明白了："这些字是你抹去的吧？"顿了顿，她倦倦地笑，"我真是越来越讨厌这里了。"

姚羽琦忽然觉得自己浑身骨架像是散了一般，病恹恹地靠着竹背："不过，你会这么说，就说明你看过我留的字了，那我的目的也算是达到了。"强打起精神，她抬眼看向萧靖，"虽然上次我们闹得并不愉快，但我这个人恩怨分明，你救过我好几次，我还是要亲自跟你说声谢谢。"

萧靖依旧沉默着。

姚羽琦无奈地看了他一眼："其实，一个人若是太控制自己的情绪，并不是件好事吧？"

她这句话，让萧靖微微怔了一下。

"想哭就哭，想笑就笑，人如果太压抑自己，一定伤心又伤身的。"姚羽琦笑了笑，目光虽黯然，但在眼底的深处却燃烧着另一种东西，"其实，天无绝人之路啊，就算走到了绝境，我相信只要不放弃，肯定能找到一条明路的。"

萧靖静静地听着。

姚羽琦看了他一眼："我走了。如果你身体不适，最好找谢太医好好看看，你的气色很差。"说完，她转身就欲离开，眼前却突然一黑，向前栽倒。

萧靖本能地一把扶住了她，触手竟是一片滚烫。

"你——"他的眉峰又微蹙了起来。

"我没事啦！"姚羽琦尴尬地想推开他，但脚下又是一个不稳，重新跌回萧靖的怀抱，这一撞，让萧靖猝不及防，被那股冲力撞得向后跌退了两步。

"叮"的一声，腰间所挂的玉箫直接撞上了身后的青竹，掉落在地，断成了两截。

萧靖眸光一紧。

"对不起——对不起——我——我不是故意的——" 姚羽琦就想弯腰捡起那两截断箫，但这一俯身，黑暗却是铺天盖地笼罩而来，让她彻底地昏了过去。

"姚昭容——姚昭容——"萧靖再一次接住她，低声急唤。

只见姚羽琦紧闭着双目，脸颊带着异样的潮红，但手足却冰凉如雪。

“得罪了。”萧靖一掌抵住她的背心，为她输入了一股真力。

恍惚间，姚羽琦只觉一股暖流流遍了全身，也让她稍稍恢复了神智，吃力地半睁开了眼眸，她看着萧靖有些模糊的脸：“萧靖，我、我是不是快要死了？”

“别说话。”萧靖一把抱起她，急忙朝羽心殿的方向飞奔而去，连那两截断箫也未及捡起。

躺在萧靖的怀中，看着他俊美优雅的侧脸，姚羽琦虽然难受万分，心底却被一股异样的感觉给填得满满的。

再度昏过去之前，她的脑海里竟闪过了一个念头。

萧靖若是笑起来的话，一定很好看吧？

姚羽琦醒来的时候，发现自己正躺在羽心殿的床上。

“姐姐——”

“羽琦——”

“主子——”

三道熟悉的声音不约而同地响起，姚羽琦眨了眨眼，眼前的视线才稍稍清晰了些。面前晃动的人影，正是姚佳莹、纪芷兰和沐朵儿，还有另一张有些熟悉的男子脸庞。

“姚昭容，您醒了。可还有哪里觉得不妥？”

男子生得温文尔雅，眉目清秀，看起来大约二十五上下。正是那日跟在萧靖身边的青衫男子谢秋书。

“原来是谢太医。我这是怎么了？”姚羽琦抚额撑起身子，朵儿忙伸手帮忙。

“姐姐，你醒来真是太好了。萧太傅将你送回来的时候，我们都吓死了。你怎么这么不听话，又到处乱跑？”姚佳莹语气里虽带着责备，但眼中已浮现出泪光。

一提起萧靖，姚羽琦想起来了。

自己在劲竹园遇到了萧靖，还弄坏了他的玉箫，然后又昏倒了。

是萧靖抱自己回来的吗？

失神间，听到纪芷兰轻叹了一声：“羽琦，这回我也要帮着佳莹一起说你，身体抱恙，就不该独自出去。”

“对不起，我——”姚羽琦话音未落，殿外忽传来一声通报。

“皇上驾到！”

姚佳莹等人连忙起身迎驾。

皇帝一身朝服走了进来，身旁还跟着萧靖。

“臣妾——”

姚羽琦也想起身，却被皇帝早一步按回了床上：“羽琦，你的病还没好，就不用给朕行此大礼了。”

“谢皇上。”姚羽琦也没什么力气反抗，只能无奈地躺回去，眼角的余光却偷偷看了眼站在一旁的萧靖。

萧靖似乎没有注意到她，而是掩唇轻咳了两声，也不知想到了什么，眉心微蹙。

皇帝转过身，看了看还跪在地上的姚佳莹等人，淡淡地道：“你们也都平身吧！”

“谢皇上。”众人慌忙起身。

“谢太医，姚昭容究竟是什么病，为何会越来越严重？”

谢秋书躬身回道：“回禀皇上，姚昭容只是受了风寒，加上精神过劳，郁结于心，才会身体抱恙。按常理，经过太医院的调理，理应早就痊愈才是。”

“痊愈？”皇帝冷然一笑，“若是痊愈还会数次昏倒吗？”

谢秋书连忙跪下：“微臣无能。”

见谢秋书受皇帝责备，纪芷兰身子微颤了颤，紧张的目光不由落到了谢秋书的身上。

“皇上。”萧靖忽然淡淡地开口，“微臣有话要说。”

“哦？太傅有何话要说？”皇帝转头看向萧靖。

“谢太医为微臣治病已有数年，微臣很清楚谢太医医术之精湛，绝不会妄下虚言。也许，姚昭容的病另有原因。”

皇帝看了眼萧靖，又看了看谢秋书：“谢太医平身吧！”

“谢皇上。”

“萧太傅，你刚才说姚昭容的病另有原因？”

“是。”萧靖忽又掩唇轻咳了两声。

皇帝拧眉：“你的老毛病犯了？”

“微臣没事。”萧靖摇头，“皇上难道没发现，这羽心殿里，有一种奇特的香味吗？”

皇帝轻嗅了嗅：“不错，确实有种淡淡的香味。”

萧靖环顾了羽心殿一眼，目光落到了羽心殿角落里的一盆三色兰花上。

皇帝顺着他的目光望去，心中一动：“这是什么花？”

萧靖走过去，仔细看了看那盆兰花，花瓣由红、蓝、白三色组成，含苞待放，散发着淡淡的清香。

萧靖掩着唇不住地轻咳。

姚羽琦心中一紧。

皇帝眉头再度拧起：“谢太医，快给太傅看看——”

“是。”

谢秋书正欲上前为萧靖把脉，却被萧靖阻止：“皇上，微臣没事。只是被这花香引得有些气息不顺。”

“花香？这花有问题？”皇帝也走到那盆三色兰花前，眸中已带上冷意。

"若微臣没有看错,这应该是一种叫奇兰花的毒花。此花花瓣多为红、蓝、白三色,而且只在夜间开放。每当花开之时,花香虽浓郁,却是致命的慢性毒药,杀人于无形。特别是有病患在身的人,闻到此花香,必会使病情不断加重,直至不治而亡。"

随着萧靖话音落下,众人的脸色也变得煞白。

"朵儿!"皇帝的脸色更是铁青,"羽心殿内一切事务由你打点负责,为何会出现这种毒花?"

沐朵儿吓得浑身一颤,恐慌地下跪伏首:"皇上饶命。这些奇花异草奴婢只知是德妃娘娘所送,奴婢并不知、并不知这花有毒——求皇上饶命——饶命——"

"德妃?"皇帝拧起了眉心,"一派胡言。德妃会送这种东西?"

"皇上,这件事与朵儿无关——"姚羽琦急了,翻身下床,姚佳莹和纪芷兰连忙扶住她。

"羽琦,这件事朕自会查清楚,若真与朵儿无关,朕不会冤枉你的人。"皇帝淡淡一笑,"难道你不相信朕?"

"臣妾不敢。"姚羽琦微低下头。

皇帝将目光重新落到朵儿身上:"朵儿,这盆毒花真是德妃所送?"

"是。就算给朵儿天大的胆子,朵儿也不敢欺骗皇上。"沐朵儿颤声道,"这几日昭容身子抱恙,许多嫔妃娘娘、婕妤、才人都送来了礼物,整个羽心殿都快要被堆满了。因为送来的礼物礼品实在太多了,有些东西奴婢真不知是哪位娘娘所送。但这些花,确实是清玉宫的琳儿送来的。清玉宫送来的东西,朵儿自然会紧记在心上。"

皇帝眸光冷了两分:"好,这件事朕自会查清楚。若是查出你有半句谎话或是欺瞒,朵儿,你应该知道会有什么下场。"

"奴婢不敢!奴婢不敢!"朵儿不住地嗑头,吓得脸色发白。

"平身吧!"皇帝让朵儿起身,然后微一沉吟:"萧太傅,这件事朕就交给你了。"

"臣遵旨。"萧靖拿起那盆毒花,正要退下,却听皇帝又加了一句。

"不要惊动皇后。"

"是。"萧靖点了点头,领旨退下,渐行渐远,隐约间却不住地传来低咳声,皇帝眉峰微蹙,看向谢秋书:"谢太医,既然姚昭容没事了,你就跟上萧太傅,帮他看看。想必刚才那花香又引发他的心疾了。"

"遵旨。"谢秋书连忙转身离去。

原来萧靖有心疾吗?

想起萧靖苍白无血色的脸庞,姚羽琦有些失了神。

"纪才人、姚昭仪你们也退下休息吧!今天发生的事,你们不能对任何人泄漏半句。"

"是,皇上。"姚佳莹和纪芷兰悄然退出羽心殿。

朵儿也退了出去,并且关上了殿门。

又变成二人单独相处，姚羽琦只觉手足无措，眼神也不知该停留在何处。

皇帝走过去，伸手轻托起她的下巴，笑道："你就这么怕朕吗？"他深深望进她的眼里，那眼神太深邃，也让人无从躲闪。

姚羽琦强笑："皇上天威，臣妾又怎会不怕？"

皇帝微微眯起眼眸："朕不是说过吗?无旁人时，你不用自称臣妾。你总是这么不听话，那么，朕便要罚你了——"话落，他低下头，欲吻上她的唇。

姚羽琦下意识就偏开了头。

皇帝冷冷一笑："你还是第一个这样明目张胆避开朕的女人。"

"皇上恕罪。臣妾——哦，不，我——我只是——"姚羽琦也有点慌了，连忙下跪，她不知道该如何解释，但她的心底就是不想皇帝亲她。

"因为你不想被朕亲近。"皇帝将她扶了起来。

姚羽琦惊讶地看着他，却见他一脸的莫测笑容。

"你不喜欢我不要紧，总有一天，我会让你死心塌地跟着我。"皇帝这次不再用"朕"，而是用"我"，更让姚羽琦无所适从。

她不明白皇帝到底喜欢她什么。

"你身子还未痊愈，我先抱你回床上歇着吧。"皇帝一把将她横抱了起来。

"皇上——"姚羽琦被吓到，不由低呼。

"叫我皓。"声音虽轻，却是不容拒绝。

姚羽琦只好硬着头皮，轻声道："皓，快放我下来。我自己能走。"

"怎么？喜欢让萧靖抱，不喜欢让我抱吗？"

这淡淡的一句反问，让姚羽琦吓白了脸："我没有。"

"我只是开个玩笑，何必那么紧张？"皇帝将她抱回了床上，让她依靠着床沿，并拿了个软枕给她舒服地靠着。

"不过，你好像和萧靖走得很近，这次昏倒也被他碰见了。"他问得极不经意，却让姚羽琦心底微冷。

姚羽琦低下头："我——我只是觉得闷，于是就一个人去散散心，路过劲竹园时碰到萧太傅。听他吹箫吹得好听，便想请他教我吹箫。谁知——"

"哦？你对音律有兴趣？"

"嗯。"姚羽琦头垂得更低，其实她对音律一点兴趣也没有，被皇帝逼得这么紧，她也只能胡编了。

怕被皇帝揭穿，姚羽琦更是不敢抬头看皇帝。

"既然你喜欢音律，等你身子恢复，我就让宫中最好的乐师教你吹箫。"

"谢皇上。"姚羽琦也不知自己该哭还是该笑。

"你叫我什么？"皇帝深深注视着她。

"谢谢你，皓。"

“这才听话。”皇帝的脸上露出了笑容，“现在你什么也不用管，只管调养好身子，以后好为我生个孩子。”

那一瞬间，姚羽琦浑身僵硬。

皇帝看得分明，却未说破，只是淡淡地笑道:“当然，我会在你为我生孩子之前，让你对我心死塌地。”

姚羽琦微垂下眼帘。

“奇兰花的事，萧靖会查清楚的，你不用担心。而伤害你的人，我当然更不会放过。”皇帝说着，眼中的神色阴冷了几分，让人遍体生寒。

“皇上，朵儿她绝不会说谎——”

“我心里有数。你睡吧，我就在这里守着你，直到你睡着。”扶着姚羽琦躺下，皇帝真的就坐在床边不动，静静地看着她。

姚羽琦只能无奈地闭上双目。

是啊，她现在已经是皇帝的嫔妃了，她还在胡思乱想什么呢?

不过，这后宫之中也真是令人害怕。

是谁这么想要她的命呢?

也不知过了多久，她迷迷糊糊地睡去，并没有发现坐在床边的皇帝，眼底掠过了一丝如刀锋般的冰冷神色。

第七章 阴谋

姚羽琦醒过来的时候，皇帝早已不在身边。

只有朵儿随身在侧，服侍着她，手里还拿着一碗刚煎好的汤药。

“主子，快趁热把药喝了吧！”

姚羽琦接过汤药，发现朵儿一脸忧色，不禁安慰道：“朵儿，你放心，这件事皇上会查清楚的，你不用担心。”

“嗯。”朵儿虽然点头，但眼中的忧色却未散去。

姚羽琦也不知自己该如何让她安心，这时有宫女带了谢秋书进来，朵儿见状退下。

姚羽琦不禁轻叹了口气。

谢秋书为姚羽琦诊了脉，见她一副心事重重的模样，无奈地摇了摇头：“姚昭容若是不能放宽心，这病怕是会拖得更久了。”

姚羽琦强笑了一下：“谢太医要我如何宽心？奇兰花的事一日未查清楚，我一日都睡不安稳啊！”

“昭容不要太过担心了，皇上一定会护昭容周全。”

“我不是为自己啊！”

谢秋书诧异地看了她一眼。

“谢太医，实不相瞒。我真的不怕这宫中有什么人要害我，若是真有人要害我，就算我怎么害怕，怎么防范，该来的，总是要来。我怕的，是牵累我身边的人。像今天朵儿的事，若不是今天皇上网开一面，朵儿就很有可能因我而受罚——”

“昭容，这根本与你无关，你又何需自责？”

“怎么会与我无关呢？”姚羽琦烦恼地拧起柳眉，“朵儿以前就曾因为我，而被刘淑萍欺负，甚至还用上了藤鞭——”

“刘昭媛？”谢秋书略有所思。

“是啊。当时若不是萧靖赶到，我们俩可能都要受一顿鞭刑了——”说起萧靖，姚羽琦想起了那根断裂的玉箫。

“我得出去一下。”说着，她就要翻身下床。

谢秋书连忙阻止："姚昭容，你现在身子未好，最好不要下床——"

"不行啊，我有急事。"模糊记得当时萧靖并未捡那支玉箫，是她弄断了他的玉箫，她一定要捡回来，看看有没有办法修补。

见姚羽琦执意要去，谢秋书叹了口气："姚昭容想去哪？"

"劲竹园。"

"劲竹园？"谢秋书怔了一下，"姚昭容为什么要去那里？"

"我——我有东西丢在那里了。"

"那好吧！"谢秋书轻叹了口气，"为防万一，微臣陪你一道去吧。"

"多谢太医。"姚羽琦双眼一亮。

谢秋书笑了："当然，这件事可不能让皇上知道，否则，他一定会大发雷霆的。"

姚羽琦发现，这个谢太医笑起来的时候，会给人一种淡淡温暖的亲切感觉。

笑得这样温暖的男子，一定是个很好的人吧？

在谢秋书的陪同下，姚羽琦悄悄来到了劲竹园。

三步并做两步，她直接走到那株青竹之下，果然找到了那支断裂的玉箫。

原来她真的没有记错，萧靖当时没来得及捡。

想起昨夜发生的事，姚羽琦心中不由又升起了一丝歉意。

"这不是萧靖的玉箫吗？"谢秋书奇怪地看着姚羽琦手中的断箫，"怎么会断了？而且丢在这里？"

"是我不小心弄断的。"姚羽琦满脸愧疚，将昨晚发生的事简单地说了一遍，"后来我昏倒了，他急着救我，所以——"

谢秋书叹了口气："即使弄断了，他应该还是会回来拿的。"

姚羽琦怔了怔："这支玉箫对他来说很重要吗？"

谢秋书点头："这是萧靖父亲留给他的最后遗物。"

姚羽琦脸色一白，握紧了手中的断箫："都怪我。若不是我不小心撞到他，这支箫也不会断——"

"昭容既不是故意的，又何必这样自责？"

姚羽琦低头看着手中那碧绿通透的玉箫，低声自语道："不知有没有办法修好？"

谢秋书见她真的无法放下，只好想了个办法："微臣倒有一名好友擅长修补玉器，也许他有办法。"

"真的吗？"姚羽琦一扫刚才的阴霾，双目都亮了起来。

谢秋书微笑着点头："若是昭容相信微臣，就由微臣来处理吧！"

"谢谢你，谢太医。"姚羽琦将断箫交由谢秋书，"不论花多少代价，也请你一定要帮我修好它。"

"嗯。"谢秋书接过那两截断箫，"且不说微臣与萧靖是挚友的关系，单凭昭容这片心意，微臣也会尽力把这支玉箫修补好的。"他微微一笑，看着姚羽琦苍白疲倦的脸，"现在昭容是不是可以安心回去养病了？再在这里吹风，对病情不利。"

"好，我这就回去。"

玉箫捡到了，她也可以暂时放下一颗心了。

希望萧靖不要太生气就好。

回到羽心殿，姚羽琦正想去休息，却看见朵儿就在殿里等她，满脸的不安。

"朵儿，怎么了？"

"主子。"朵儿忽然跪了下来。

"朵儿，你这是干什么？"姚羽琦忙将朵儿扶了起来，"发生什么事了，慢慢说。"

"主子，奴婢有一件事求您。"朵儿抬起头，竟已是满脸泪痕。

"有什么事就好好说，我能帮的，一定会帮的。"姚羽琦擦去了朵儿眼角的泪痕，"你不要这样。"

"主子，我知道您是好人。所以，奴婢想麻烦您一件事。若是有一天，奴婢不在了，请主子转告奴婢家中的老母亲一声，就说——就说奴婢暂时不回家了，还要在宫中呆几年。"朵儿语声已然哽咽，然后从怀中掏出了一包碎银子，"到时，请您托人把这些银子送到我老家——"

"朵儿，你这是干什么?什么叫你不在了?"姚羽琦心底隐隐觉得不安，"关于奇兰花的事，皇上不是说好了，会查清楚的吗？这件事根本跟你一点关系也没有——"

朵儿凄然一笑："主子，您在宫中的日子尚短，有很多事还不明白。这件事牵扯到了德妃娘娘，不可能这么简单——"

"朵儿，你这话什么意思？"

"主子，你可知道。在这后宫之中，唯一能与皇后娘娘抗衡的，就是德妃娘娘。而德妃娘娘的父亲蓝台明大人和勒太师更是死对头。"

"这个我知道，我曾听芷兰姐说过。但这件事与你又有什么关系？"

朵儿苦笑："主子，您可知道，如果这件事真与德妃娘娘有关，德妃娘娘又岂会轻易承认?皇后娘娘若是没有证据，到时一定会波及我们这些奴才。而如果德妃娘娘是遭人陷害，不管这事是谁做的，第一个遭殃的也必是我们这些人——"

姚羽琦的脸色跟着苍白了两分："朵儿，一定是你多虑的。跟你无关的事，为什么会——"

"主子，奴婢已在宫中数十载，这样的事见过多不胜数。"朵儿的脸上露出了嘲弄的神色，"主子们错了，便拿奴才顶罪，因此而冤死的宫女太监不知有多少。我们这些奴才的命轻贱得很。"

"怎么会这样？朵儿，不可能的。我会跟皇上——"

"主子。"朵儿忽再度跪了下来，"主子，奴婢只求主子答应这一件事。若奴婢真的发生了什么事，不要告诉家中老母，奴婢已经——已经——”朵儿俨然已说不下去，只是紧紧咬着下唇。

“朵儿，你快起来。”姚羽琦扶起朵儿，“我答应你就是。而且，这件事也许没有你说得这么严重——”

话音未落，就在这时，殿外忽传来一声通报：“皇后娘娘驾到！”

姚羽琦微惊，连忙收拾心情，起身接驾。

“臣妾参见皇后娘娘。”

“快平身吧！妹妹你玉体违和，不用行这么大礼了。”皇后还是那一脸温和平静的模样，甚至还亲自弯腰扶起了姚羽琦。

“谢娘娘。”姚羽琦抬起头，这才发现皇后的身边站着另一个人——刘淑萍。

“姐姐，你的身子好些了吧？”刘淑萍唇角虽含着笑，眼睛里像藏着把刀。

“好多了，多谢刘昭媛挂心。”姚羽琦淡淡地回应。

“没想到姐姐的身子竟这么弱啊，一受封便病成这样，也难怪皇上成天往羽心殿跑。早知我也生个病什么的，皇上肯定也会天天往我那里跑了。”

听出刘淑萍话里带刺，但皇后在场，不好发作，姚羽琦也只能先忍着。

“淑萍，哪有人咒自己生病的，还跟孩子一样。”皇后轻斥，但语气里却带着笑意与宠溺。

刘淑萍嗔道：“皇后娘娘，臣妾说得可没错啊。如果真的引皇上成天往臣妾那里跑，臣妾宁愿多生几次病呢。”

“你啊！”皇后无奈地轻摇了摇头。

“都坐吧！”

皇后坐了下来，也让姚羽琦和刘淑萍坐下，然后轻叹了口气：“前几日听说妹妹病了，原本就想来看看，谁曾想后宫事务太多，本宫一时之间抽不出时间来看你。”

“谢娘娘关心，臣妾已经好多了。”

“是吗？”皇后微蹙了蹙眉心，打量着姚羽琦的气色，“本宫怎么听说，你的病情好像再次加重了？”她的目光忽然落到了窗台前那几盆奇花异草上，“而且——好像跟一些花花草草有关——”

姚羽琦错愕地抬头：“娘娘——这件事——”

皇后出声打断了姚羽琦：“这件事本宫已经知道了。妹妹，你又何必袒护那些居心叵测的小人？”

姚羽琦一时之间也不知该如何应对，这件事早上才刚刚被发现，而且皇帝吩咐过不能惊动皇后，但才过晌午，皇后就已经亲自上门了。

“朵儿。”皇后厉声一喝。

一旁的朵儿连忙跪下。

“朵儿，你将这件事原原本本与本宫说清楚。这花究竟是何人所送？”

"回禀娘娘，这些花是德妃娘娘所送。"

"果真是她？"皇后脸上那亲切的笑容凝结在了唇角，"好，看来本宫要走一趟清玉宫了。"转过头，她看向姚羽琦，"妹妹，你就与朵儿随本宫一起去。本宫自会为你讨回一个公道。"

"是。"姚羽琦心中的不安渐渐扩大，她并未发现，一旁的刘淑萍唇角掠过了一丝阴冷的笑。

这是姚羽琦第一次见到德妃。

当她和皇后一起踏进清玉宫时，德妃正在花园里浇花，听到皇后来了，也没停下手中的动作，依旧一副清淡从容的模样。

置身于群花之中的德妃，就像一株孤傲的白梅。即使一身素衣简装，依旧能深深地吸引住任何一个人的目光。

"妹妹真是好兴致啊！"皇后见德妃连礼都不行，眼中的神色不由得冷了两分。

德妃这才将手中的水壶交由身边的宫女，朝皇后微福了福身："臣妾刚才一心沉于这些花草之中，未能迎接娘娘凤驾，还请娘娘恕罪。"嘴里虽说着恕罪，但语气却是清冷一片。

"免了。"皇后娘娘淡淡地应了一句，脸上并没有笑容。

"谢娘娘。"德妃抬起头，看了皇后一眼，又看向了皇后身边的姚羽琦，"这位想必就是近来皇上宠爱之极的姚昭容吧？"

"臣妾见过德妃娘娘。"姚羽琦忙行了行礼。

"妹妹还真是好眼力。"皇后冷笑。

德妃淡淡地道："娘娘凤体驾临清玉宫，不知所为何事？"

皇后看向了满园的奇花："妹妹，你平日里就爱摆弄这些花花草草，这满园的春色，真是让人心旷神怡。"话语一顿，语气转冷，"可惜，有些鲜花外表虽美，却带着杀人于无形的奇毒。"

"娘娘这话何意？"德妃的语气依旧淡淡的。

皇后眸光如刀："何意？德妃，聪明如你，会不明白本宫在说什么吗？"

"臣妾愚钝，不明白娘娘何意？"

"好，那本宫今日就说个明明白白。你前几日差人送了几盆奇花前往羽心殿可有此事？"

"有。"

"好，你肯承认就好。你送的那几盆奇花里，有一盆叫奇兰花的，花香之中带有剧毒，致使姚昭容病情加重，险些丧命！"皇后冷哼了一声，"德妃，本宫以为你平日里种些花花草草，是为了修身养性，没想到，你竟是如此残毒心肠，利用花草来害人，本宫真是错看了你！"

一直安静地等到皇后说完，德妃才扬唇轻轻一笑："娘娘，臣妾前几日听闻姚昭容病重，是送了些养神的花草过去，不过，那些花草里可没有一种叫奇兰花的。"说罢，她轻唤了一声，"琳儿。"

"在。"身后一名小宫女跑了出来。

"琳儿，你说说当日我送与姚昭容的都是哪些花？"

"回娘娘，当日按您的吩咐，奴婢给姚昭容送去了青草兰、八月桂、丁香茉，还有采红遥。这些花都有着提神养气的功效。按惯例，送过去的时候，奴婢还去了管事司员那里登记在案。"

"皇后娘娘，您可听到了？"德妃淡淡地道，"您大可以去司员那里查证。臣妾从来不种什么奇兰花，甚至连见都未见过，听也未听过。"

"司员那里本宫自会去查证。而这盆奇兰花又究竟是怎么来的，本宫更会查个水落石出。"皇后冷冷一笑，"朵儿。"

"奴婢在。"朵儿连忙走了出来，垂首跪下，一张脸惨白如纸。

"当日清玉宫送花过来的时候，你可看清了，是否真如琳儿所说就那四株花草？"

朵儿紧紧咬住下唇："奴婢——奴婢——"

皇后厉声一喝："朵儿，你支支吾吾地干什么？还不快从实说与本宫听？"

朵儿额际已布满了细汗："回娘娘。那日送来礼物的人太多，奴婢、奴婢忘记了当时德妃娘娘送过来几株——"

"大胆！"皇后脸色顿变，"你这奴才竟然如此玩忽职守，懒散懈怠。"

"皇后娘娘饶命！饶命——"朵儿不住地嗑头，泪流满面，"奴婢再也不敢了。皇后娘娘饶命——"

姚羽琦猛然想起朵儿刚才说过的话，不由得一阵心寒，也跪了下来。

"求皇后娘娘开恩，朵儿向来做事认真负责，更是对臣妾照顾倍至。她若是有所疏忽，也是臣妾平日里教管不严——求娘娘饶过朵儿一次——"

刘淑萍忽然在旁不冷不热地插了一句："姐姐啊，所谓知人知面不知心啊。谁知道是不是这个奴才串通了什么人来害你？身为羽心殿的掌事宫女，谁送了东西抑或是送了什么东西，她又怎会不清楚呢？"

刘淑萍这一番话下来，让朵儿如坠谷底，也让姚羽琦浑身冰冷。

"娘娘——"她正欲开口，就被皇后给厉声打断。

"朵儿，还不快从实招来！"

"娘娘——奴婢绝没有做对不起姚昭容的事——求娘娘明查——"朵儿哭喊着，抓住了姚羽琦的衣袖，"主子，奴婢没有说谎，真的，您要相信奴婢——奴婢从没想过要害您——"

"朵儿——朵儿——"姚羽琦连连点头，眼角已然湿润，"我信，我信你。"

"来人哪！"皇后一声冷喝，"把这个奴才带下去，好好审问，直到她说出实话为止。”

话落，一旁已有太监拉着朵儿下去。

“皇后娘娘，我冤枉——冤枉啊——”

朵儿的哭喊声渐行渐远，姚羽琦一颗心几乎凝结成了冰。

她不希望朵儿说的话成真。

“妹妹，你快起来。”皇后扶着姚羽琦，轻拍了拍她的肩，“本宫早就告诫过你，这后宫之中，不要太过轻信他人。”

姚羽琦紧咬住下唇。

“摆驾回宫。”皇后看了眼德妃，带着姚羽琦和刘淑萍拂袖离去。

“恭送皇后娘娘。”

直到皇后远去，琳儿才抬起头，看着身前的德妃。

“娘娘，这次她们无功而返，不会这么善罢干休的！奴婢怕那个朵儿——”琳儿的眼中露出了忧色。

“怕朵儿在严刑逼问下，为皇后做证人是吗？”德妃接过了身后宫女递过来的水壶，慢条斯理地浇着花。

“娘娘，您都知道了，还——”还如此气定神闲。

德妃扬唇轻然一笑，带着冷意与嘲弄：“琳儿，你可知道，要在这后宫之中生存下去，无论何事，都要比别人抢先一步。”

“娘娘——”琳儿睁大了眼。

看来德妃娘娘已有对策了吧？

一直到天黑，姚羽琦都没有朵儿的消息。

她心急如焚地通过各种渠道打听消息，依然一无所获。毕竟她刚入宫不久，虽然现今得皇帝宠爱，在宫里却没有丝毫人脉。再加上这事关皇后与德妃，也没有人敢帮她。

现如今，她只能求助皇帝。

她甚至不顾一切，跑去御书房找皇帝，却被太监以“皇上在与众大臣处理国家大事”为由拦在了门外。

于是，她只能无功而返。

她回到了羽心殿，一直站在殿门口等着，希望皇帝能快点出现。

然而，她没等来皇帝，却等来了一个噩耗——朵儿在坤清殿畏罪自杀了。

朵儿被抬了回来。

当姚羽琦见到浑身冰冷的朵儿时，几乎说不出话来。

就在晌午，朵儿还活生生地站在她面前，但此时此刻，朵儿已没了生息。

弯下腰，姚羽琦轻抚上朵儿苍白清秀的脸庞。自进宫那日起，朵儿就一直在身边尽心尽力照顾着她，可到了朵儿出事，她却帮不上任何忙。

说到底，是她害了朵儿。

如果不是因为她，朵儿也不会死。

“朵儿——”声音哽在了喉间，她想哭，想喊，却发现自己什么声音也发不出。

朵儿竟然一语成真！

“羽琦，不要太伤心了，小心身子。”一旁的纪芷兰轻拍了拍姚羽琦的肩头，叹了口气。

“是啊，姐姐。”姚佳莹连忙扶起她，语声哽咽，“姐姐，你的病还没好，不要这样伤心——更何况，更何况他们说朵儿是畏罪自杀——她——”

“佳莹！”姚羽琦反问，“难道你相信朵儿会害我吗？”

姚佳莹沉默。

姚羽琦摇头，手心紧紧地握住：“不，我相信朵儿，她绝不会做这种事。什么畏罪自杀？我不信——我绝不会相信——”

“姐姐，难道你怀疑皇——”

“佳莹，羽琦只是太过伤心了。”纪芷兰连忙打断姚佳莹的话。

姚佳莹也知自己失言了，连忙低下头。

就在这时，一个小宫女匆匆忙忙地跑了进来：“奴婢参见姚昭容、姚昭仪、纪才人。”

“何事？”纪芷兰问。

“刚才殿外有人留了封书信，是给姚昭容的。”小宫女递上了书信。

“书信？”纪芷兰接过书信，信封上只留了姚昭容三个大字，并没有署名是谁。

“你先退下吧！”让宫女退下，纪芷兰将书信递给了姚羽琦，“羽琦，你看看。”

姚羽琦打开一看，脸色顿时变了。

“姐姐，你怎么了？信上写的是什么？”姚佳莹凑过去，一看之下，不由低呼了一声，掩住唇，“怎么会这样？”

“发生什么事了？”纪芷兰奇怪地问。

“姐姐，你看看——”姚羽琦又将书信递与了纪芷兰，眼底掠过一丝愤怒，“原来朵儿真是被人害死的。”

纪芷兰展开一看——

写信之人自称是朵儿的同乡，供职于清玉宫。因为德妃深知皇后会想尽一切办法，让朵儿做证人，所以朵儿前脚被带回坤清宫审问，后脚就有清玉宫的人悄悄跟了去，并且暗地里告知朵儿她家乡的父母一切安好。随后朵儿便在坤清宫自杀了。

“竟然是德妃？”纪芷兰眼中也露出了惊异之色。

“她一定是用朵儿的父母威胁朵儿，不让朵儿做证人，所以朵儿才会——”姚羽琦的手心几乎要握出血来。

“那株毒花真是她送的吗？所以她才会怕朵儿作证？可是如果真是她送的，为什么朵儿不说？”纪芷兰提出了疑问。

姚佳莹蹙眉：“我想那花应该是德妃送的吧？如果不是她，她又为什么这么急着让朵儿——”

姚佳莹说不下去了，转头看着悲愤不已的姚羽琦。

“现在我不在乎是谁送来了毒花。我只在乎朵儿的死。我要向德妃讨回公道。”姚羽琦说着，就要冲出去，被纪芷兰一把抓住。

“羽琦，不要冲动！”

“芷兰姐，难道我们就这样眼睁睁看着朵儿死吗？”姚羽琦眼中几乎要喷出火来。

“羽琦！”纪芷兰语重心长地叹了口气，“你仅凭一封匿名信，就想找回公道吗？且不说德妃会不会承认，你这样一来，肯定会连累这个写信的人，到时，死的就不止是朵儿了，你明不明白？”

姚羽琦浑身一颤。

纪芷兰拉着姚羽琦在床边坐下：“这座皇宫并没有你想像的那样简单。而这封信上所写的，也许是真相，也许只是一个阴谋。”

“阴谋？”姚羽琦低声重复。

“后宫处处都充满了勾心斗角，阴谋算计。如今你得宠，当然会惹上一些眼红嫉恨的人，所以她们才会想尽办法加害于你。”

见姚羽琦沉默，纪芷兰叹了口气继续道：“羽琦，你应该多留一些心眼。现今很多人对你笑，对你卑躬屈膝、曲意逢迎，那是因为你正得宠，若它朝你失了宠，或是发生了什么事，背后给你一刀的，往往是这些人。这座皇宫，除了你自己，你不能相信任何人，包括——我在内。”

“芷兰姐。”姚羽琦吃惊地抬起头。

纪芷兰苦笑：“我说的是实话，只是想你学会保护自己，免得日后受到更大的伤害。”

姚羽琦摇头：“不，芷兰姐，这世上除了佳莹，你就是我最亲最信任的人，我怎会不相信你呢？”

“羽琦——”

姚羽琦深深吸了一口气，平复心情：“芷兰姐，你不用说了，我明白的。我也不会冲动地去找德妃找回公道。不过，总有一天，我会找出真相。”

纪芷兰深深注视着姚羽琦，眼底掠过了一丝复杂之色。

皇帝再度驾临羽心殿的时候，姚羽琦正坐在床边发呆，直至皇帝走到床边，她也未发觉。

“这么晚了，还不睡，是不是在等我？”皇帝在床边坐了下来，轻笑着问。

姚羽琦这才回过神，抬眼看了看皇帝："我是在等你。"

皇帝扬眉，却听姚羽琦又接着道："可是，你来得太迟。我知道这世间只有你可以救朵儿，可是，我没等到你来，却等到了朵儿的尸体。"

皇帝伸出手，轻轻捧起她苍白的脸，望进她的眼睛里："你知道你现在应该学会的第一件事是什么吗？"

姚羽琦并没有回避，而是直视着皇帝。

皇帝笑了，修长的手指轻轻划过了姚羽琦的双唇："你应该学会的第一件事，就是适应皇宫里的残酷。"

姚羽琦沉默了。

皇帝凑近她，深深注视着她眼睛里的悲伤和寂灭，他忽然想起，他与她第一次在那座山林里相遇的时候，即使遇到再大的险阻，她的眼睛里始终燃烧着希望，但此时此刻，这抹希望正在慢慢地熄灭。

终于，他忍不住低下了头，在她冰冷的唇上印下一个吻。

"这唇还真冷。"皇帝又深深吻了一记，似想温暖姚羽琦的双唇，可惜，怀中之人毫无反应。

他放开了她："早点歇息吧！快些将身子养好。"

他起身正欲离开，却听身后的姚羽琦说了一句："其实，你是可以救朵儿的，对不对？"

皇帝背对着她，没有转身，也没有移动脚步。

姚羽琦扬唇轻笑，笑意凄凉："是啊，你是皇帝，在这座皇宫发生的事，你怎么会不知道呢？可是，你没有救她。因为她只是个奴才吗？所以，她的生死没有人会放在心上——"

皇帝最终没有回答，大步离开了羽心殿。

姚羽琦一个人坐在宫殿里，此时虽是夏季，她却忽然觉得很冷。

那种冷意，是从心底扩散而出的，一直渗透进人的灵魂深处。

夜已深，黑暗笼罩着大地，将白天那些富丽堂皇的亭台楼宇也全数埋进了深重的黑色里。虽然那些曲曲折折的长廊上，挂满了灯火，却无法让人感觉到明亮与温暖，只有一片萧瑟的阴冷。

他一人孤坐凉亭，独自举杯向明月，眉宇间一片索然无味。

换下了那沉重而显得累赘的龙袍，他又换上一袭黑衫，长发随意披散，带着三分懒散，七分邪魅。

也只有夜深人静之时，他才能这样随心所欲。

"小李子，倒酒。"

他将酒杯递与身旁的小太监，小太监的脸上却露出了犹疑的神色。

“皇上，您今晚喝得实在太多了，有伤龙体。”小太监很年轻，看起来不过十六七岁的模样，长得眉清目秀。

“小李子，连你也学会忤逆朕了吗？”皇帝淡淡地问，唇角噙着一抹莫测的笑。

“奴才不敢。”小李子吓得慌忙跪下。

“朕又没要杀你的头，你慌什么？”皇帝依旧在笑，但眼睛里却没有丝毫的笑意，“还不快给朕倒酒？”

“是，奴才遵旨。”小李子战战兢兢地起身，正要倒酒，却听身后一道夹带着低咳的声音传来。

“皇上，小李子说得不错，您喝太多了。”

小李子看见来人顿时像是看见了救星一般：“太傅大人，您快劝劝皇上——”

“现在朕连喝酒的自由都没有了吗？”皇帝的脸上露出了嘲弄的神色。

萧靖轻叹了一声，转头吩咐小李子：“小李子，你先退下吧！我有话跟皇上说。”

“是。”小李子领命退去。

萧靖回过头，就见皇帝自己拿起了酒壶就要倒酒，萧靖一手按住。

“再喝下去就要醉了。”

皇帝抬眼看了看萧靖：“难道你认为我的酒量这么差吗？”

萧靖摇了摇头。

“那就继续喝。”皇帝为自己倒了一杯酒，又为萧靖倒了一杯，“你陪我一起喝。”

萧靖还是摇头。

皇帝讶然看着他：“怎么，你今夜来就是为了看我喝酒的？”

萧靖在桌旁坐了下来：“你很清楚，整座皇宫，只有一个地方种有奇兰花。”

“轻尘园。”没等萧靖继续说下去，皇帝自己说出了答案，“不过，证据太过明显了，他不会那么笨。”

萧靖沉默了片刻：“你打算怎么办？”

皇帝唇角的笑意扩大了几分，眼中却更见冰冷：“我好像已经很久没见我这位王兄了。也许是该找个时候见见面了。”

看着皇帝眼中的冰冷，萧靖的眼底却掠过了一丝淡淡的复杂。

第八章 宁王

FENGHUANG MOU

天,已经蒙蒙亮了,那惨淡的天光将羽心殿照得一片苍白。

几乎是一夜未眠。她无法放下朵儿的死,只要一闭眼,她就想到朵儿哭着跪在她的面前,求她不要将她的死讯告知她家乡的父母。

那个时候,她想都没想过,这件事竟会跟朵儿扯上关系。

没有扯出幕后的真凶,却将无辜的人牵扯了进去,难道,这就是这座皇宫的真实面目吗?

——“你知道你现在应该学会的第一件事是什么吗?”

——“你应该学会的第一件事,就是适应皇宫里的残酷。”

皇帝的话在耳畔徘徊不去,她觉得心口就像有一块巨石压着,沉甸甸地。

她要适应这里的残酷吗?

还是,她要变得残酷而无情,才不会伤心?

恍惚间,她听到了一曲熟悉的音律。

婉转低回,空灵悲伤。

箫声。

那是箫声。

似乎有什么感情刹那间狂涌而出,她不顾一切地打开殿门冲了出去。

箫声在渐渐地清晰,也揪紧了她的心。

她就好像被这曲箫声给控制了一般。

步伐越走越快,越走越急。

劲竹园——她终于到达目的地。

可她却在园门口停住了脚步。

萧靖的玉箫已经断了,里面那个人,会是萧靖吗?

往后退了两步,她转身正欲离去,身后却响起了萧靖的声音。

“姚昭容?”

是萧靖。

她猛地转过身。

萧靖就站在竹林之下，手中不是那支玉箫，却是另一只竹箫。

看着竹林下那道修长挺拔的身影，心底忽然涌上了连她自己也说不清的感情。无法再压抑下去，她冲了过去，直扑入他的怀中，放声大哭。

压在胸口、需要宣泄的东西实在太多太多，让她喘不过气来。现在的她，什么也不管，什么也不顾，只想将所有的痛楚哭出来。

萧靖僵直着身子，站在那里，并没有伸手拥抱，也没有推开，只是神色复杂地放任她在自己的怀抱中痛哭。

这是他第一次见到她哭，而且哭得这样声嘶力竭。

“朵儿——死了——她死了——是我——是我害死她的——”她哭得肝肠寸断，语不成声。

愧疚、悲痛、愤怒交织在一起，如同一条毒藤，绞得她心口发痛。

“她不该死的，对不对？她并没有错。为什么——为什么死的人会是她——为什么——为什么——她是无辜的——”

“如果我没有来这里该多好？如果我没有当上昭容该多好？我宁愿在姚家受苦，宁愿过着清贫的日子，也不想呆在这里——萧靖，我真的好难过——真的好难过——”

她几乎哭到脱力，浑身发软。

这十八年来，她从来没有这样哭过。

她发过誓的，她绝不会显露出自己的脆弱。因为她要保护佳莹，要保护家里那个体弱多病的母亲。她必须要坚强。

从她懂事起，她就没再哭过了。但此时此刻，她压抑得实在难受。她必须要找一个人好好发泄一下。

终于，她哭累了，伏在萧靖肩头断断续续地抽噎着。

萧靖忽然轻轻咳了两声，姚羽琦顿时惊醒，退了两步。

“对、对不起——我——我——”姚羽琦低着头，连看也不敢看萧靖。刚才她真是压抑得难受，一听到他的箫声，就像是着了魔一般，只想见到他。

萧靖看了她一眼，淡淡地道：“你必须学会接受。”

姚羽琦惊痛地抬头。

“在这座深宫里，死一两个宫女是很常见的事。你必须学会接受。”

他的语气很淡漠，也很残酷。

姚羽琦不敢置信地踉跄退了一步：“什么叫死一两个宫女是很常见的事？什么叫——必须学会接受？萧靖，你竟然这样无情无心吗？朵儿你也曾经救过啊——你竟然——竟然——”姚羽琦哽着声无法再说下去。

原本以为，萧靖只表面冷漠，毕竟三番四次都是他救了她。

是自己错看了他吗？

姚羽琦不住地后退着，最后转身狂奔而去。

一直到姚羽琦的身影走得看不见了，萧靖才低下头，掩唇轻轻咳嗽着。

一切，才刚刚开始。

往后的路途上，她将要遇到比现在发生的还要残酷上千倍万倍的事，那时的她又能否承受?

疲倦地轻靠着竹背，他微微合起了双目。

朵儿的尸身被运去了皇城五里外的静安堂。头七之后，就实行火葬，再将骨灰放入静安堂的佑魂井里。

这是凤天皇朝的规矩，宫里的宫女太监们没有资格入棺建墓，他们死后，若没有亲人认领，便只能将骨灰安放在静安堂。

姚羽琦很想让朵儿回家乡，但想起朵儿的苦求，她只能将所有的难过埋在心底，派人将朵儿交待的事都办好，并将自己所有家当都拿了出来，一起送去了朵儿的家乡。

她不知道这件事能瞒住朵儿的家人多久。能瞒得了一时，便瞒一时吧。白发人送黑发人可算是这世上最惨痛伤心的事。

轻轻叹了一口气，姚羽琦继续在宫中漫无目的地行走着，直到鼻端闻到阵阵令人心旷神怡的花香，她才停下了脚步。抬起头，看到了不远处那满园的奇花，这才赫然发现自己竟走到了轻尘园附近。

微闭起眼，她深深地吸了口气，顿觉心境开阔不少。

芷兰姐让她多出来走走的建议还是好的。但萧靖说这里是禁地，不准擅自进入。

其实，禁地又如何呢?

姚羽琦嘲弄地一笑，朝轻尘园走去。

此时已是傍晚，夕阳的余辉落了满地，将整个轻尘园都染上了一层淡淡的红晕，如同梦幻仙境一般。

落日下，一道优雅温文的身影正孜孜不倦地忙碌着。

他还是一身雪白华衫，一头长发也随意披散着，如同一名落入凡尘的神祇。四周的群花几乎都成了陪衬。

姚羽琦笑了笑，轻唤:“种花人。”

那人微侧过头，对着她温文一笑:“姚昭容。”

姚羽琦微拧了拧眉:“不要叫我姚昭容了，就叫我羽琦吧！反正这里也没有别人。姚昭容这个名称，我真是不喜欢。”

种花人直起身，轻轻拍去掌心沾上的尘土，微笑:“昭容可是堂堂二品妃阶，不知有多少人想得到，却得不到，而你却偏偏不喜欢。”

“如果可以选择，我宁愿做个平民百姓，远比这昭容昭仪自由自在得多了。”

“是吗？”种花人略有所思地看了姚羽琦一眼，但唇角的微笑依旧未落。

姚羽琦弯下腰，小心地捏起一朵火红的花朵闻了闻：“真香。种花人，你怎么就能种出这么好看这么香的花呢？”

“种花需要的是耐性和一颗平静的心。这两样都有了，你一定可以种出比我这里更好的花来。”

“我现在哪里还会有平静的心了？”姚羽琦轻叹了一口气，看着面前的花朵竟有些失神，“种花人，你知道吗？其实我有时候真是羡慕你呢，在这座轻尘园里想做什么就做什么，没有束缚，自由自在——”

“过得不开心吗？”种花人淡淡地问。

“嗯，最近发生了很多事。”姚羽琦唇角牵起一丝苦笑，“真是一言难尽。”

“若是有什么不开心，你可以常来这里走走。有些花香可以安神。”

“嗯，我会的，谢谢。”

种花人微笑。

姚羽琦沉默了良久，忽然问：“种花人，是不是每个在皇宫里呆久了的人，都会变得残酷冷漠？”

“为什么突然这么问？”

姚羽琦苦笑。她想起了萧靖，也想起了皇上那夜对她说的话。

他们都要她学会接受，学会残酷。

难道注定了就只有这一条路，她才能保护自己？才能保护身边的人？

见姚羽琦失神沉默，种花人也未追问。

“算了，我们不说不开心的事了。”姚羽琦深深吸了口气，转头看着他，“种花人，我们认识这么久了，我还一直不知道你的名字啊。”

“叫我泓吧！”种花人轻笑。

“泓？呵呵，这可比种花人好听多了。不如，我就叫你泓大哥吧？”

“好，你喜欢怎么叫就怎么叫吧。”种花人笑得一脸的温柔，黑眸里就像会泛出光亮一般。

姚羽琦微微失了神：“泓大哥，你的笑容真是让人很舒服。”

“舒服？”种花人微笑着抬眉。

“嗯。只有像你这般与世无争、神仙一样的人才会笑得让人如此舒心吧？是不是心情宁静了，淡定了，就能像你这样笑？”

“也许吧！”种花人很自然地轻揉了揉她的发，“以后你有空就过来帮我种种花好了，既能修身养性，也能让你心情平静。”

搁在发上的手心柔软而温暖，让姚羽琦心头一堵。

以往都是她保护着别人、宠爱着别人，当惯了姐姐，当惯了保护者，此刻此时泓大哥却让她头一次产生了一种被呵护的感觉。

"怎么了？"种花人低头问。

"没什么。"姚羽琦深深吸了一口气，飞快地压下心头翻涌的情绪，扯出笑容，"泓大哥，你介不介意当我兄长？我还从来没有体会过当妹妹的感觉。"

"好，只要你不嫌弃。"

姚羽琦笑了："泓大哥，你怎么什么都说好啊？要是哪一天，我把你卖了，你也说好吗？"

种花人也跟着笑了："你当我是兄长，又怎会把我卖了呢？"

"改天我要是把大哥卖了，可别怪妹妹我无情啊。"跟种花人这一翻交谈，姚羽琦已觉心情好了不少，笑容也灿烂了许多。

种花人看着她脸上的笑容："见到你恢复，我也就放心了。你还是适合一脸笑容。"

"泓大哥——"姚羽琦动容，心头阵阵温暖。

"可不要又不开心了。我刚才不是才说你适合一脸笑容吗？"种花人无奈地轻叹了口气。

"嗯。我一定会记住大哥的话。"姚羽琦重重点了点头，"我向你保证，以后无论多难过，我都会笑，绝不会被打垮的。因为我还要保护我身边的人。"

种花人讶异地一抬眉："你要保护人？"

"当然啊。我不能让佳莹受欺负，不能让还在家中的娘亲受欺负，还有芷兰姐姐——她们都是柔弱善良的人。不过，我没能保护到朵儿——"想起朵儿，姚羽琦的眼底掠过一丝悲痛。

"朵儿？朵儿是谁？究竟发生了什么事？"

姚羽琦当下将奇兰花的事说了一遍。

"奇兰花？"种花人诧异地问，"你真确定那花是奇兰花吗？"

"嗯。是萧靖——萧太傅说的。他认得那花，而我久病不愈，也正是因为它的花香。泓大哥，你也知道奇兰花吗？"

种花人轻叹："这奇兰花是我种的。"

"什么？"姚羽琦震惊不已，"泓大哥，这奇兰花竟是你种的？"

"我生性爱花，而且越是珍贵稀奇之花，我越想种植成功。所以，我这轻尘园里，才会遍布奇花。奇兰花是我一年前从友人那里得来的，因为花香有毒，我还特意将它与另一株叫暗月玫的花放在一起。因为暗月玫的花香正好可以抵消奇兰花的花毒。谁知前几日，这株奇兰花竟失去了踪影，我遍寻不获，万万没想到，竟会到了你的羽心殿，而且还发生了这么严重的事。"

"怎么会这样？难道是德妃在你这里偷了奇兰花吗？"姚羽琦拧眉沉思。

"一般人不懂奇兰花的花性。除非懂花之人，抑或是对毒性药理有研究的人。"

"懂花之人？"姚羽琦微微握起手心，"德妃也爱种花，她的清玉宫里就种满了奇花异草。”

种花人轻拍了拍姚羽琦的肩头:“羽琦,凡事不能光看表面。有时候,眼睛看到的事都不一定是真的,更何况,你现在只是猜测。”

“泓大哥,你的意思是,这件事不一定是德妃做的吗?那为什么,德妃要害死朵儿?”

“我并不清楚事情的来龙去脉,也只是猜测罢了。”

姚羽琦微垂眼帘。

种花人又轻轻一叹:“羽琦,这皇宫之中充满了勾心斗角、尔虞我诈,你万事要小心,不要轻易相信他人。”

种花人话音刚落,身后忽然插进一道熟悉的声音:“是啊,羽琦,皇兄的话你可要记住了,不可轻信他人。”

这声音……姚羽琦一惊,回过头就看见了皇帝。

“臣妾参见皇上。”

她慌忙就想下跪,却被皇帝扶住。

“朕不是说过了吗?若是无外人,你不必行礼,不必自称臣妾。”皇帝将姚羽琦扶起的同时,顺势揽上了她的腰身,然后在她耳畔低低说了一声:“皇兄可不是外人。”

耳畔那温热而暧昧的气息,虽然让姚羽琦脸红而不自在,但此时此刻,她更震惊于另一件事。

“皇兄?”姚羽琦不敢置信地看向种花人。

皇帝轻笑着,也跟着将目光投向了种花人:“皇兄没告诉你吗?他可是朕的兄长、凤天皇朝的宁王皇甫泓。”

姚羽琦眨了眨眼:“宁王?”她没想到种花人竟会是皇上的兄长,而她刚才竟认宁王为大哥?

宁王皇甫泓依旧笑得云淡风清:“宁王只是一个身份而已。羽琦,你已认我为兄长,难道此刻要反悔吗?”

“不,不是。”姚羽琦连连摇头。

“羽琦,没想到你竟连朕的皇兄都拉拢了。”皇帝一脸高深莫测的笑容,“朕真是没错看你。”

“不是的,皇上——”

姚羽琦急欲解释,却被皇帝打断:“忘记了吗?你该叫我什么?”

那双黑沉的眼眸里带着不容拒绝的神色,姚羽琦在心底轻叹了口气,低低唤了一声:“皓。”

皇帝的脸色这才缓和了些。

“皓,请你先放开我。”姚羽琦的目光无奈地落到了那只揽在自己腰间的手臂上。宁王还站在眼前呢,他怎么就这么旁若无人?

皇帝轻笑，略显几分邪魅："怎么，你怕羞吗？我想皇兄是不会介意的。"

对面的皇甫泓淡淡一笑。

姚羽琦没吭声，却是暗自咬牙。

就算宁王不介意，她介意啊！

也不知是不是从姚羽琦的脸上看出了什么，皇帝放开了手。

"皇兄，一段时日不见，你还是这么悠闲自得，真是令朕羡慕。"皇帝似笑非笑地看着皇甫泓。

皇甫泓淡淡地道："皇上身为一国之君，身负重责，日理万机，又怎能与微臣一样？"

皇帝环顾了轻尘园四周一眼："这轻尘园真是越发繁茂了，不知种了多少奇花异草？皇兄还是如同往昔一样，越是稀奇的花，越是爱种。"

皇甫泓忽然笑了："皇上这回是来问罪的吧？"

"问罪？"皇帝深深看了皇甫泓一眼，唇角也微扬了起来，"若朕真要问罪，皇兄认为你还可以好端端地站在这里吗？"

二人虽都带着笑，但气氛却在瞬间剑拔弩张。

姚羽琦直觉不对："皇上——不，皓，你是为了奇兰花的事来的吗？刚才泓大哥才跟我说过——"

"他跟你说过什么？"皇帝淡淡地一抬眉。

"奇兰花是泓大哥种的，但这花却在几日前被人偷了去。"

"是吗？"

姚羽琦有些急了："皓，难道你还不相信自己的兄长吗？"

皇帝又笑了，却掩去了眼底真正的光芒："既然羽琦你相信皇兄，那朕自然也信。"

姚羽琦这才轻舒了一口气。悄悄看了眼皇帝和宁王，她的心底涌上了一丝诧异。

好像皇上和泓大哥的关系并不怎么好吧？

"羽琦，时候不早了，回去吧！"皇帝拉起了姚羽琦的手，眼底带着毫不掩饰的宠溺与温柔，"你身子尚未痊愈，不要太过劳累了。"

"嗯。"姚羽琦点头。

"来人。"皇帝轻声一唤，在不远处守候的太监和宫女连忙小跑了过来。

"参见皇上。"

"准备鸾轿，先送昭容去霜龙殿。"

"遵旨。"太监领命。

"不是回羽心殿吗？"姚羽琦吃惊地问。霜龙殿可是皇帝的寝宫。

皇帝淡笑着反问："怎么，你不想去朕的寝宫？"

"不，不是。"姚羽琦只觉头皮发麻，心底也隐隐泛上不安。

去皇帝的寝宫，是不是就代表着……她忽然不敢再想下去了。

这时，太监已准备好了鸾轿抬了过来。

“你先去，朕随后就到。”

“姚昭容请上轿。”太监掀起了轿帘。

姚羽琦不安地握紧了手心，只能乖乖上轿。

“看来皇上还未得到美人心。”皇甫泓略有所思地看着远去的鸾轿。

皇帝转过身，看了眼皇甫泓：“是朕的，永远都属于朕。”

皇甫泓笑了：“那若不是皇上的呢？”

皇帝深深凝视着皇甫泓：“普天之下，莫非王土。率土之滨，莫非王臣。皇兄，这凤天皇朝还有什么不属于朕的东西吗？”

皇甫泓没有回答。

皇帝冷然一笑，转身离去之时，却丢下了一句话：“朕绝不会容许朕身边的人受到丝毫伤害。”

夕阳终于落下，余辉却是染红了天边的晚霞。

皇帝的身影已走得看不见了，皇甫泓的唇角扬起了一丝淡而嘲讽的轻笑：“是啊，属于你的东西是你的，但不属于你的东西，自然就不是你的了。”

一阵轻风徐徐扬起，卷起残落的花瓣，如蝶般纷飞……

新月已缓缓升起，清冷的余辉洒在琉璃似的瓦顶之上，反射出一道道晶莹细致的光芒，就连那飞檐上的两只金龙，也好像被一种神秘的光圈笼罩着，似欲腾空而去。

高墙之下，池水环绕，明净而清澈。在这寂静的月色里，几乎只能听到清水缓缓流动的声音，一切的一切，都显得那么详和而宁静。

这里就是皇帝的寝宫——霜龙殿。

姚羽琦站在殿门前，看着月光下那环绕于殿旁的一池清水，一颗不安无措的心，也渐渐平静了下来。原以为皇帝所住的寝宫必是壮丽而辉煌，没想到竟是这样一片清静雅致之地。

“皇上驾到。”

殿外传来太监一声通报。

姚羽琦抬起头，就看见皇帝已朝她走来。

“臣妾参见皇上。”

“平身。”皇帝扶了她起来，笑道，“为什么不在殿内等着，反而要走出来吹风？你的身子还没完全好。”

“臣妾只是觉得有点闷。”姚羽琦微微抬眼，看见皇帝并未穿着龙袍，而是又换上了一身黑衫，发也未束，略显出几分慵懒与邪魅。

当他穿上黑衣的时候，完全不像一个高高在上的威严皇帝。

“饿不饿？”皇帝柔声问。

姚羽琦摇了摇头。

“不饿也得吃。”皇帝伸手轻揽住她的腰身，虽然感觉到了那瞬间的僵硬，也未放开，反而是又环紧了些。

“小李子，传膳。”皇帝吩咐了一声，便带着姚羽琦走进了霜龙殿。

让姚羽琦在桌旁坐下，皇帝轻拍了拍她僵硬的肩膀。

“我可不喜欢看见自己的妻子跟我一起用膳，露出这样紧张的神色。”皇帝在她身旁坐了下来，似笑非笑地看着她，那一双黑眸望不见底的深，“羽琦，难道你不能将我当家人一样看待？”

“家人？”姚羽琦心头微微一恸。

将皇帝……当成自己的家人？

她无法消化这个消息，也无法理解。

“为什么？为什么要对我这么好？”她踌躇了片刻，终于问出了口，皇帝对她好得全无理由。

真的是一见倾心吗？

“这个问题我已经回答过你了。”皇帝笑了笑，盯着她的眸光却越发地深邃了。他伸指在她柔软的唇瓣上轻轻一划：“怎么？你不信我？”

姚羽琦点头也不是，摇头也不是。

他要她怎样回答？

看了她半晌，皇帝的脸上忽然掠过了一丝失望的神色：“你什么时候才能对我露出真正的笑容与性情？”

姚羽琦微微一怔。

“你在我面前总是有所顾忌。”皇帝唇角扬起了自嘲，“但你在萧靖，甚至宁王面前，都表现得极为自然，想笑便笑，想哭便哭。就因为我是皇帝吗？所以，你才会怕我？”

他的眼底似乎隐隐浮现出了某些类似悲伤的神色，让姚羽琦有些不忍心了。

“其实——我——”

皇帝忽然伸手将她揽入怀里，紧紧地抱住，就好像要将她钳入骨血中一般：“羽琦，总有一天，我会让你爱上我。”

姚羽琦僵在他的怀里，她不知道自己该如何回应。

这时，殿外传来了小李子的声音：“皇上，晚膳已送到，是否要现在传？”

皇帝放开了姚羽琦，淡淡地道：“传。”

顿时宫女太监鱼贯而入，没一会儿，桌上便摆满了各色美食。

“这里不用你们伺候了，你们都退下吧。”

"遵旨。"

宫女太监们一一退下,小李子还随手关上了殿门。

殿内,顿时一片寂静,姚羽琦又感到一阵局促不安。

"吃吧!"皇帝为姚羽琦夹了菜,就要喂进她的嘴里。

"我自己来。"姚羽琦连忙拿起银筷自己夹,眼神却不住地四处飘移,就是不敢看皇帝一眼。

皇帝笑了笑,索性放下了碗筷,静静地注视着她。

"你怎么不吃?"姚羽琦低声问。他的目光真的让她浑身不自在。

"你是第一个这样陪我用膳的人。"皇帝轻笑着说,"平时都是我一个人孤孤单单地吃。"

姚羽琦终于将目光转到了皇帝的身上:"你不是有很多妃子吗?她们不陪你?"

皇帝唇角的笑意又深了两分:"她们是很想陪我一起用膳,可惜,我不喜欢。"

姚羽琦诧异地问:"为什么?她们个个都是才貌双全的美人,你竟会不喜欢?"

皇帝拿起了面前的琉璃酒壶,为自己倒了一杯酒,唇角依旧挂着让人无法捉摸的笑容:"因为她们喜欢的是皇帝,而不是我。"

他的语气很淡漠,姚羽琦却感到一阵莫名的心酸。

忽然间,她发现皇帝并不像自己所想的那般,他虽高高在上,但他似乎很寂寞。

"如果——"她犹豫了一下,还是说出了口,"如果以后你想我陪你用膳,我会——我会陪你一起用膳。"

"真的?"皇帝的眸光深了几分。

"嗯。"姚羽琦点了点头。

皇帝忽然大笑了起来。

姚羽琦奇怪地看着他:"为什么笑?"

皇帝止住了笑,摇头:"如果再不吃,就可惜了这满桌美食了。"

"哦。"姚羽琦埋头享用美食了。

皇帝深深凝视着她,唇角微扬。她果然不是个适合住在皇宫里的人,不过,他就是要她留在这里,不管他的初衷是什么。

"你是怎么跟皇兄认识的?"皇帝忽然淡淡地问。

姚羽琦一惊,想起萧靖曾说过,那里是禁地。那么,她就不应该把纪芷兰拖进来。

"我是无意中经过,看见那里的花很漂亮就好奇,进去看了看。"

"是吗?"皇帝淡淡地抬了抬眉,没有什么特别的表情。

"那里……不能去吗?"姚羽琦小心翼翼地问。皇帝和宁王的关系似乎并不太好,是不是因为这样,轻尘园才会成为禁地?

"若你喜欢那里,就去吧!毕竟现在你认了皇兄为义兄长。"皇帝笑了,"当然,我可不希望,你去那里的次数,比见我的次数还要多。"

话里的意思已经很明显了，虽然允许她去轻尘园了，但不许经常去。

"好，谢谢。"姚羽琦轻声道。

"对我还是这么客气吗？"皇帝的眼中掠过了一丝失望。

姚羽琦盯着碗里的饭菜，不敢抬头看皇帝。

"你想去送沐朵儿吧？"皇帝又问。

姚羽琦一怔："我能去送吗？"朵儿只是宫女，火葬也只能在皇城之外的静安堂。而她是皇帝的嫔妃，按照凤天皇朝的惯例，嫔妃是不能出皇城半步的，更何况是去呈放骨灰的静安堂？

"我准你去送她。"皇帝微笑。

"真的？"姚羽琦惊喜地站了起来，"你——你真的——准我出宫？"

皇帝点了点头："到时让你妹妹陪你一同前往吧。"

"谢皇上龙恩。"姚羽琦激动地就想下跪。

皇帝连忙扶住她，眼底却带着些许不满："你又忘了我说过的话吗？"

"谢谢你，皓。"姚羽琦真诚地道谢。

这一刻，皇帝从她那双清澈的眼睛里看到了光亮，那抹光亮就像燃烧的火焰，让她整个人都夺目了好几分。

有那么一瞬间，皇帝的脑海里闪过了一个念头。

他不应该让她眼睛里的光亮熄灭。

"到时，若有空闲，我会去静安堂接你回来。"皇帝的唇角扬起了微笑。

第九章 遇刺

这一夜，皇帝并没有让姚羽琦留宿霜龙殿，用过了晚膳，便让人送姚羽琦回了羽心殿，让姚羽琦大大松了一口气。然而，让姚羽琦没有想到的是，这后宫之中，虽然藏着很多不为人知的秘密，但也有很多事，却是藏也藏不住的。

第二天一大早，她在霜龙殿与皇帝一起用膳的事，便传遍了三宫六院。这是连勒皇后和蓝德妃她们都没有做到的事，但姚羽琦做到了。于是，很多人为之羡慕，很多人暗自伤怀，但更多的人，却是满怀着嫉恨。

姚羽琦觉得自己走到哪里，背后都似有一把冷冷的刀锋指着，心底不住地泛上冷意。

有时遇到一些嫔妃，她们虽然脸上都带着笑，但话中却总是藏着话，有嫉恨，有嘲讽，也有的比刀还要伤人。

尽量避开了有人的地方，姚羽琦想一个人清静清静。

她真的疲倦了这样的虚与委蛇。

也不知一个人走了多久，正盘算着是不是要回去找佳莹和纪芷兰，因为现在只有在她们身边，她才会开心一些。

就在这时，她听到了熟悉的箫声。

是萧靖吗?

姚羽琦停住了脚步。

这里是劲竹园附近，可能真的是萧靖。

想起那夜萧靖无情的话语，她的心里一阵难过。

其实仔细想想，萧靖的话也不是完全没有道理。现在的她除了接受，还能做什么呢?

轻轻叹了一口气，她朝劲竹园走去，但出乎预料的，劲竹园里并没有人，而且箫声也不是从劲竹园里传出来的。

姚羽琦寻着箫声找去，来到了那座孤零零的小木屋前。

箫声……竟是从这座小木屋里传出来的。

姚羽琦吃惊地听着那曲熟悉的箫曲。

这支曲子不是萧靖经常吹奏的吗？为什么这个关在屋子里的人也会吹奏？

她想起那日萧靖站在小木屋旁出神地凝望，难道他们之间有什么不为人知的关系？

心中疑云顿生，没注意脚下踩到一块石块，脚下一滑，她低呼了一声，差点跌倒。

“谁在外面？”箫声停止了，屋内传来了老人的喝斥声。

姚羽琦走过去，轻声道：“老人家，是我。我是——”

“你就是上次给我送点心的那个丫头？”

“嗯，我是。”姚羽琦点头，“上次我真的没有——”

“我知道了。”老人也不等姚羽琦解释完，就直接打断了姚羽琦的话，“他们若真要杀我，早就动手了，也不会等到现在。”

姚羽琦闻言微微松了一口气。

“你究竟是什么人？”屋里又传来了老人冷冷的声音，“一般人连走都不走到木屋附近，你却三番四次来这里？”

“我叫姚羽琦，刚刚进宫不久。”

“宫女？”

“不是，我刚刚被封为昭容。”

“哦？是吗？”老人的声音里听不出什么喜怒，“堂堂一个二品昭容，来我这里干什么？就不怕被我这个怪病传染吗？”

“我不怕。”姚羽琦走到小木屋前，靠着门沿坐了下来。

屋里的老人沉默了片刻。

“老人家，听说您曾是先皇的宠妃，就因为这个传染病，先皇就忍心把您关进来吗？”姚羽琦轻声问。

“宠妃？”老人笑了起来，笑意里带着几分苍凉，“丫头，千万不要相信任何帝王的话。他们身边女人无数，哪里可能真正地爱一个人？如果有一天，你集万千宠爱于一身，就应该好好想想原因。因为他们宠爱一名妃子只有两种可能。一种是因为短暂的新鲜感，还有一种，就是出于某种拉拢性的政治目的。”

姚羽琦心一寒。

不知道皇帝对她这么好，又是出于哪种目的。

因为她父亲手中的兵权吗？

“帝王之家真是冷酷无情。”姚羽琦低喃。

“你说你刚进宫不久，但听你说话的语气，似乎却是有所体会了。”老人淡淡地问。

“嗯。”姚羽琦点了点头，“在这座皇宫，若是无权无势，生命就轻贱得很，就算是受了冤屈，也无处伸冤——”

当下姚羽琦将朵儿的事全盘说了出来。

老人听完冷笑:"这就是皇宫,活脱脱一个吃人的炼狱。"顿了顿,老人又道,"丫头,我提醒你一句。若是我没有料错,皇后肯定会找你联手对付德妃。你要记住,不要想着借助任何一方的力量,否则,她对付完德妃,巩固了自己的势力之后,下一个必定是对付你。除非你有本事能在借助这股力量之后,还有余力将其铲除。"

姚羽琦微微一怔。

"这就是这座皇宫的真面目,永远都充满了勾心斗角,尔虞我诈。狠心冷酷、有手段的人才能站在高位,只要稍一心软,你的下场比谁都凄惨。"

……

在回羽心殿的路上,姚羽琦的脑海里一直回响着刚才老人所说的话。

难道在这座皇宫里,真的只有变得冷酷无情才能生存下去吗?

她忽然觉得好累好累,不敢再想像以后自己要面对什么样的日子。若真如那老人所说,天性柔弱的佳莹不是只能注定成为这座宫廷的牺牲品吗?

心中越想越寒,当她加快了脚步回到羽心殿,却看见殿里服侍自己的一名宫女正焦急地在殿门外徘徊。

"昭容,您终于回来了。"宫女一见到她立刻冲了过来,"您去哪里了?奴婢找您找了大半天了。"

"怎么了?"

"皇后娘娘已经在殿内等了您近一个时辰了。"

姚羽琦心一沉。

难道被那个老人说中了吗?

羽心殿内皇后正坐在主座上饮着热茶。

"臣妾参见皇后娘娘。"

"妹妹,快平身。"皇后微笑着起身,将姚羽琦扶了起来,"你可算是回来了,让本宫好等啊!"

"臣妾不知娘娘驾临羽心殿,请娘娘恕罪。"

"不知者无罪,妹妹也不必介怀了。"皇后看了她一眼,"本宫知道,妹妹你还在介怀朵儿的事。也是本宫的错,原本只是想好言让朵儿指证凶手,谁知朵儿竟会想不开——是本宫疏忽大意了。"

姚羽琦低垂着眼帘:"臣妾心底明白,此事与娘娘无关。"

皇后轻叹了口气:"本宫现在也在彻查朵儿自尽的原因。本宫想来想去,觉得此事大有蹊跷,就算是本宫要朵儿指证凶手,朵儿也不必赔上自己的性命啊。"

姚羽琦沉默。

皇后又看了她一眼,语含试探:"不知妹妹有没有听到什么风言风语?往往真凶为了掩盖自己的罪行，都会做一些令人发指的事。若是妹妹有听到什么，可以告诉本宫，本宫一定为妹妹做主。”

“臣妾什么风声也未听到。”

“哦？是吗？”皇后眼中闪过异芒。

顿了顿，皇后又笑道：“看妹妹也累了，那本宫就先行回宫了，妹妹你要好好休息，切记不要伤神伤身了，若是又病了，不仅皇上看了心疼，本宫也会难过。”

“谢娘娘抬爱，恭送娘娘。”

“摆驾。”

皇后朝身边的宫女使了个眼色，便转身离开了羽心殿。

直到皇后的身影走得看不见了，姚羽琦才发觉自己手心微凉，竟冒出了一层细细的冷汗。

没想到真给那个老人家猜中了。

刚才皇后的意思很明显就是想让自己和她联手一起对付德妃。

难道皇后也怀疑朵儿是德妃所害吗？

出了羽心殿，皇后的脸色一片凝重。

随身服侍的贴身宫女小昭终于忍不住提出了疑问：“娘娘，没想到姚羽琦竟不肯与您联手对付德妃。她不是已经知道朵儿是被德妃所害吗？为什么还——”

皇后冷冷一笑：“看来这个姚羽琦并不像我想像中那般好对付。”

这时，听到小昭“咦”了一声：“娘娘，那不是姚佳莹吗？”

皇后顺着小昭所指的方向望去，果然看见姚佳莹一个人呆呆地坐在凉亭那里，神色落寞忧郁。

皇后若有所思地看着姚佳莹，唇角勾起了一抹莫测的轻笑。

嫉妒其实就是一把刀，即使当事人自己不想被妒心蒙了眼，那锋利的刀锋还是会在暗处刺得心中隐隐作痛。

姚佳莹不知道自己现在是什么心情，她应该替姐姐感到高兴的，可是，她一点也开心不起来。进宫这么久，虽然皇帝给了她昭仪的封号，虽然赐给了她宫殿，但他从来没有正眼看过她。想起那日在林中相遇，他为她治伤，动作温柔而小心。那一刻，她是多么幸福，然而，幸福却又是多么的短暂。

姚佳莹苦笑。

一个人坐在凉亭里，姚佳莹对着遥远的天际发呆。

秋天已经慢慢近了，就连清晨的风也开始萧瑟起来，她觉得自己的心也跟着冷了几分。

只要皇上肯多看她一眼，她真的就心满意足了啊！但……在心底沉沉叹了一口气，姚佳莹只觉得胸中烦闷不已，忽然，身后传来了一道熟悉而亲切的声音："佳莹妹妹，你怎么一个人坐在这里？"

姚佳莹起身回头，看见了皇后。

"臣妾参见皇后娘娘。"姚佳莹连忙行礼。

"佳莹妹妹，快平身。"皇后亲自扶了姚佳莹起来，笑容满面，"妹妹怎么一个人孤单单地坐在这园子里，没和你姐姐在一起吗？"

姚佳莹唇角泛起苦笑："姐姐身子才刚好，需要休养，所以，臣妾也不敢怎么打扰她。

皇后点头："那倒也是。羽琦妹妹的身子是该好好调养一下了，这样才好给皇上怀一个龙胎啊。"皇后说着，看了姚佳莹一眼，捕捉到了那丝闪过眼底的幽怨。微微一笑，她接着道："昨夜羽琦妹妹被皇上留在霜龙殿用膳了吧？"

"嗯。"姚佳莹点头。

皇后眼眸深处闪过了某种异芒，但唇角笑容未落："这可是天大的殊荣，连本宫这个做皇后的，都未在霜龙殿和皇上一起用过膳呢。"

姚佳莹低着头。

皇后略有深意地看着她："现在羽琦妹妹正得宠，或多或少可能会冷落了佳莹妹妹你，这也是人之常情。这样吧，若是妹妹你以后没事，就多来本宫的坤清宫走走，也好与本宫做个伴。"

姚佳莹惊喜地抬头："娘娘，臣妾、臣妾真的可以——"

"难道本宫还骗你不成？"皇后又笑了。

"不、不，只是臣妾何德何能，竟得娘娘如此厚爱，臣妾受宠若惊——"

皇后牵起姚佳莹的手，轻拍了拍："妹妹你长得一副天生讨人喜爱的乖巧模样，不要说得这般谦虚。那现在就去本宫那里坐坐吧，正巧坤清宫里刚进贡来一些上好绸缎，本宫多得用不完，你去看看有没有什么喜欢的。"

"谢娘娘。"姚佳莹惊喜万分地福了福身。

虽然暂时不能得到皇上的宠爱，但皇后娘娘如此疼爱自己，也算是自己上辈子修来的福分吧？

这兴许就叫做有失必有得。

就在姚佳莹欣喜地跟着皇后离去不久，园子的另一处慢慢走出了一道身影，拧眉看着皇后和姚佳莹走远，眼底掠过一丝阴冷怨毒的神色。

"娘娘为什么突然对那个姚佳莹这么好了？难道一个姐姐得宠还不够？"

见主子站在那里不动，身旁的宫女小小声地问："刘昭媛，您还去不去坤清宫？"

"去什么去！"刘淑萍回身瞪了眼多嘴的小宫女，"你没看见现在坤清宫里多出一个让本昭媛讨厌的贱人吗？"

小宫女连忙闭了嘴，不敢再吭声。

"哼！"刘淑萍越想越窝火，脸上的神色也不住地变幻着，似想起了什么，刘淑萍又对那宫女道，"对了，叫你打听的消息可有回音了？"

"回禀昭媛，消息确实无误。明天就是朵儿的头七。皇上已准许姚昭容和姚昭仪前往静安堂，送朵儿最后一程。为免过于声张，皇上只派五个武功高强的侍卫沿途护送。"

"是吗？"刘淑萍冷冷一笑，心中已有算计。

皇上也对这姚羽琦宠得太过分了点，自打她进宫，已经破了多少先朝的惯例了？她就不信，姚羽琦能一路好运走到底！

狠毒泛上眼底，她却未发现，身边的宫女微微垂下了头，唇角勾起了一抹似有若无的轻笑。

夜已深，大地一片寂然无声。黑沉的夜幕上，不见半点星光，就连月儿也躲进了乌黑的云层里，藏起了清冷的月辉，将浓重冰冷的黑暗留给了大地。

当萧靖走进霜龙殿时，皇帝正坐在清水池旁饮酒。

"你最近好像染上了深夜饮酒的坏习惯。"萧靖走过去，在他身旁坐了下来。

皇帝没有回答，依旧自斟自饮着。

萧靖也沉默，静静地看着他喝。

半晌，皇帝终于开口了："一切都准备妥当了？"

"嗯。"萧靖点头。

皇帝笑了，看着手中的琉璃夜光杯："那么，就按计划行事吧。只是——"忽然，他话语微微一顿，"我的心底还是有那么一点点舍不得——"

萧靖垂眼安静地听着。

又一口气喝光了琉璃夜光杯里的酒，皇帝的唇角勾起一抹令人莫测的笑容："现在就看老天要不要留下她的命吧。"

萧靖掩着唇，低低咳了两声。

他忽然觉得，自己的心口竟有点点发冷。

静安堂位于皇城北郊五里之外。堂里挖有七口古井，但这井中并没有水，井里所放着的，是凤天皇朝历代宫女太监的骨灰。所以，这些井被叫做佑魂井。

当姚羽琦和姚佳莹到达静安堂时，为朵儿作法事的僧侣们也早已走了，此刻虽是白天，但整个静安堂显得阴气森森。

姚佳莹环顾了静安堂一眼，不自觉地打了个寒颤，那股冷意让她极为不舒服，不禁下意识就抓紧了姚羽琦的衣袖。

"姐，这个地方——好可怕——"

"没事的。"姚羽琦轻拍了拍妹妹的手，以示安心，然后走进了静安堂。

静安堂的外庭中央，架起了一个高高的木架。木架之下，堆满了易燃的柴火。而朵儿就安静地躺在木架之上，脸面衣饰已有专人为她修饰替换过了。

姚羽琦看着朵儿，心口一阵阵地疼痛。

拿出了准备好的祭品，一一摆好，姚羽琦深吸了口气，轻声道："朵儿，我来送你了。你是个善良的好人，下一世一定能到好人家投胎。你托我的事，我也已经办好了，你家乡的父母现在过得很好，你放心吧，我会托人好好照顾他们的——"眼角微微湿润，姚羽琦哽咽着，已无法再说下去。

"姐姐，不要伤心了。朵儿泉下有知，若是见你如此伤心，定会不安心的。"姚佳莹轻轻扶起了姚羽琦。

这时身边的侍卫送来了已经点燃的火把："姚昭容、姚昭仪，时辰已到了。"

"谢谢。"姚羽琦接过，看着火把上那燃烧的火焰，视线渐渐模糊了起来，"朵儿，若有来生，愿你不要再踏进那座冰冷的皇宫。"低声说着，她将火把丢向了木架。

"呼！"

火焰燃起，越升越高，看着渐渐被烈焰和浓烟包围的朵儿，姚羽琦只觉心口堵得难受。

烈焰，终于烧毁了一切。

朵儿的香魂也化为了一缕轻烟，消失于天地之间。

"放心吧，朵儿，我一定会为你讨回一个公道。"姚羽琦用低得几乎只有自己听到的声音说出了最后一句话。

姚佳莹在身旁轻轻地叹了一口气。

火焰熄灭后，姚羽琦亲自为朵儿收了骨灰，装在木盒里。然后，由静安堂里的守堂人放入了佑魂井里。等事情全部处理完，已临近申时。出宫前，皇帝已有交待，说他申时左右会来接回她们姐妹俩。姚羽琦知道自己无法再久留，便让侍卫在堂外候着，带着姚佳莹进内堂，想在内堂朵儿的灵位木牌前最后上一炷香。

然而，当她踏入内堂时，却看见一名女子跪在堂内朵儿的灵位前，似乎正在低声说着什么。

那女子一身宫女打扮，因为背对着她们，看不清容貌。

"她——"

姚佳莹正要出声，却被姚羽琦阻止。

姚羽琦放轻了脚步，悄悄走上前，隐约间听到那女子低声道："朵儿姐姐，我知道你死得好冤。可我、一点忙也帮不上。对不起，我没能帮得了你，也不敢帮你——对不起——希望你在地府过得安宁快乐——每逢初一、十五，我一定会找机会来给你上香——"

姚羽琦只觉脑海中似有什么炸了开来："你究竟是谁？是不是知道什么？"

那女子吓了一跳，低着头快速地站了起来，然后一把推开姚羽琦就往外跑。

"不要跑！"

姚羽琦想也不想就追了上去。她很肯定，这个女子一定知道些什么内情！

"姐姐——"姚佳莹原想拉住她，但没能拦住，只能眼睁睁看着她跟着那女子跑了出去。

"姐姐！"姚佳莹跺了跺脚，正欲跟上，门外跑进一名侍卫。

"启禀姚昭仪，皇上的龙辇已到。"

"皇上来了吗？"姚佳莹惊喜万分地就跑出去接驾，没想到皇上真的来接她们了。

然而，当姚佳莹跑到静安堂门口时，却没看见皇帝。

"皇上呢？"姚佳莹四处张望，没看见皇帝的身影。

"回禀姚昭仪，皇上他——"侍卫话音未落，突然，闷哼了一声，倒地气绝身亡。

"啊！"姚佳莹吓得花容失色，下意识就想后退逃跑，突然，颈后一凉，一道阴恻恻的声音在身后响起："姚羽琦在哪里？"

姚佳莹僵硬地、慢慢地低下头一看，这才发现架在自己脖颈上的，竟是一把明晃晃的锋利长剑。

那剑锋已经割破了她柔嫩的肌肤，隐隐作痛。

"啊！不要杀我！"

她发出了一声惨烈的惊呼。

拐过了一个走道，姚羽琦就发现自己把人给追丢了。

静安堂并不大，布局也很简单，但那宫女装扮的女子就这样拐了一个弯竟就不见了。

"跑哪里去了？"姚羽琦焦急地四处张望，这时，她隐隐听到了刀剑交击的打斗声，还有女子的尖叫声。

那似乎……是佳莹的声音。

"佳莹！"姚羽琦脸色一白，连忙赶了回去。

静安堂的外庭，不知何时出现了数十名黑衣杀手，那五名侍卫已经倒下了两名，就连那个无辜的守堂人也倒在了血泊之中。

而皇上的龙辇也被沾满了鲜血。

皇上来了吗？那他现在在哪？

姚羽琦心中一跳。

混战中，姚羽琦并没有看见姚佳莹的身影。

佳莹呢？她去了哪里？怎么连佳莹都不见了？

姚羽琦心急如焚，甚至忘记了躲避。

"姚羽琦在那！"

不知是谁这么喊了一声，原本围攻剩下的三名侍卫的黑衣杀手，纷纷往姚羽琦所站之处袭来。

“姚昭容，快走！”

其中一名侍卫极力地阻拦，却被敌人的长剑一剑贯穿了胸膛。

“昭、容、快、快走——”

直至咽下最后一口气，忠心的侍卫还在催促着姚羽琦逃命。

姚羽琦捂住了唇，已是叫也叫不出了，双脚也似被钉在了地上，动弹不得半分。

“杀！一个活口不留。”

无情的命令一经颁下，那些杀手已如狼似虎般扑向了姚羽琦。

她下意识地想闪躲，但毕竟再快也快不过那些训练有素的杀手。

“嗤——”

锋利的长剑在她右肩上划下了一道深长的伤口。

她疼得眼前阵阵黑暗。

“姚昭容！”

剩下的两名侍卫眼见姚羽琦受伤，不由惊呼，二人对视了一眼，一人奋力拦住了敌人的攻击，一人迅速脱离战圈，拉起被吓呆的姚羽琦就跑。

“昭容，快走！”

姚羽琦被动地奔跑着，肩上的疼痛几乎让她稳不住身形，然而，没跑几步，她便又听到了一声惨呼。

她惊骇地回头一看，那名奋力为他们拦住敌人的侍卫也倒下了。

为什么？

为什么这些人要杀他们？

双脚就像是灌了铅，宫妆那过长的裙摆，此刻更是阻碍了前进。心慌意乱之下，她被裙角一绊，狼狈地跌倒在了地上。

就在她跌倒的那一瞬间，头顶上方挥来一把长剑，朝她当胸刺去。

那一剑，快而狠，志在一剑致她于死地！

她下意识地闭上了眼睛。

“嗤——”的一声，那是长剑刺入肉体的可怕声音，紧接着，有温热的液体飞溅到了脸颊之上，但姚羽琦并没有感受到预料中的痛楚。缓缓地睁开了眼睛，她看见刚才拉着自己逃跑的侍卫已拦身在了她的面前。

那原本刺向她的一剑，已贯穿了他的身体。

姚羽琦怔怔地看着，看着透过身体后背的剑尖上，鲜血不住地淌落，脑海里一片空白。

“不要——不要杀他——”

又是“嗤——”的一声，黑衣杀手已经残忍地拔出了侍卫身体里的长剑，侍卫倒了下去，就倒在姚羽琦的脚边，鲜血如泉水般喷涌而出，瞬间便染红了她的衣裙。

她看着那张死不瞑目的年轻脸庞，心在一阵阵地颤抖着。

他们都死了。

为了保护她而死。

但她，却连他们的名字都不知道。

“这一回，还会有人来救你吗？”站在她面前的黑衣杀手，阴森地笑着，眼睛里没有一丝人性和情感，冰冷地就如同他手中的利剑。

“为什么——”姚羽琦颤抖地伸出了手，轻轻地合上了那名年轻侍卫圆睁的眼睛，“为什么——”为什么这些人都为了她而死了？

霍然抬起头，她怒目瞪着那些黑衣杀手，此时已完全感受不到任何惧意。

“你们若要杀我就杀我一人，为什么连这些无辜的人都不放过？”

“去阴曹地府找答案吧！”为首的那名黑衣杀手冷冷一笑，扬起了手中的长剑就朝姚羽琦刺下。

蓦地，“叮”的一声，一颗小石子从旁斜飞而出，击在剑锋之上，黑衣杀手只觉虎口一麻，手上一抖，整柄剑顿时握不住，丢落在地。

“什么人？”

黑衣杀手捂住了受伤的右腕，忽觉面前一阵轻风掠过，似有人影自眼前闪过，等他回神，眼前哪里还有姚羽琦的人影？

“人呢？”

回身质问下属，但人人面面相觑，竟无一人看清那人的模样。

“给我追！”

黑衣杀手眼中闪过一丝怒意，正欲斥令下属追赶，一道清冷的女声制止了他。

“不用追了。”

黑衣杀手回身，就见一名蒙面的青衣女子缓缓走了出来。

“大当家。”黑衣杀手屈膝下跪，“属下未能完成任务，请大当家责罚！那个狗皇帝并没有出现。”

“起来吧！这事错不在你。”青衣女子微一沉吟，“皇帝没出现，倒是另一个人来了。”

“大当家是指刚才那个人？”

“嗯。”蒙面女子淡淡地道，“那个人就算再多派十倍的人手给你，你也动不了他。这件事就交给我来处理——”话落，蒙面女子朝着刚才姚羽琦被带走的方向追去。

目送着青衣女子远去，黑衣杀手一挥手：“撤！”

正欲撤离，突然，四周多出了许多官兵，那些杀手被团团包围了起来。

黑衣杀手的心瞬间凝结成了冰。

“全都给朕拿下。”

一身龙袍的皇帝，自官兵中走了出来。

那双眼睛比刀锋还要犀利。

四周，幽暗而阴森。黑暗深处，那一只只装满了骨灰的木盒就像长了眼睛，像刀剑一般盯着她的后背，不住地让寒意从心底直涌而上。

她很疼，右脚踝肿起了一大块，那种疼痛，撕心裂肺，是刚才摔下井底时弄伤的，但她更害怕，她怕那些木盒里的冤魂会突然跳出来，直接将她活生生地撕碎。

她不敢动，只能无助地坐在黑暗里抱起双膝。

死寂中，也不知是什么东西爬上了她的脚面，一阵战栗顿时贯穿了全身，她弹跳了起来，连看也不敢看，便发出了一声凄厉的尖叫。

"啊！"

尖叫声中，那东西跳下了她的脚面，"吱吱吱"叫着溜走了。

应该……是老鼠吧？

除了往这方面想，她也不想再往别处想去。

重新坐了回去，她将头深深地埋进了双膝里，压抑地低泣着，浑身都在颤抖。

"姐姐，姐姐，快救我。你在哪里？你在哪里啊？"

刚才在混乱中，她为了躲避那些杀手，不小心掉下了佑魂井。但，已经好久好久了，为什么，为什么没有人来救她？他们都不管她了吗？

姐姐，连你也不来救我了吗?!

昏昏沉沉中，她觉得有人在抱着她急奔。

这种感觉似曾相识，也令人怀念。

那一天，她在劲竹园昏倒，那个人也是这样抱着她。

萧靖……她在心中默念着那个熟悉的名字，想睁开眼来，但眼皮沉重似铅，右肩上的创口更是火辣辣地疼。

也不知过了多久，她觉得自己被人放了下来，肩上的创口也被小心地敷上了药，那阵阵清凉顿时缓解了疼痛。

恍惚中，她努力地半睁开了眼，但视线依旧模糊一片，只能隐约看见面前所站之人，好像穿的是一身白衣。

"萧靖——"

不，不可能是他吧？

像他那样无情冷漠的人，怎么会来救她？

终于，她再也支撑不住陷入了黑暗里……

那一声"萧靖"，竟让他的心莫名乱了一下。

将她放在树下，他一手抵上了她的背心，缓缓输入真气为她护住心脉，然后拿出了随身带的银针，分别刺入了伤口四周的几个穴位，为她止住了血。

包扎完伤口，他看着她苍白的脸颊，心底涌上莫名的情绪。

这一剑，几可见骨。但在昏迷之前，她却没喊过一声痛，而是质问那些人为什么要杀侍卫？

她总是这样。

护着身边的每一个人。不管是妹妹，还是朋友，抑或是身边的宫女、侍卫……

看来她真的不适合呆在皇宫里，但一切已是定局，走出了那一步，谁也不能回头。

是他一手将她推到如今这一步的。

体内气息蓦地一乱，他连忙放开了抵在她背心的手，掩唇轻咳着。

突然，他眸光一紧，神色已变得冷凝。

"出来。"

"萧太傅看来已是强弩之末。病得如此之重，竟还出手救人，不知，这是皇帝的意思，还是太傅自己怜香惜玉呢？"山林里走出了一名蒙面的青衣女子，紧盯着萧靖的背影，目光如箭。

萧靖缓缓站了起来，抬头之时，脸上已恢复了平静淡然。

"若是在下没猜错，姑娘才是刚才那些杀手的真正头领。"

青衣女子笑了："萧太傅果然是个聪明人。可惜，一般太聪明的人，都会死得很早。"话落，女子挥剑朝萧靖疾攻而去。

萧靖右手两指一夹，"叮"的一声，紧紧地夹住了锋利的剑锋。

青衣女子试图拔回剑锋，却纹丝不动。

女子眼中闪过惊骇，还未回神，又听到"叮叮叮"数声，手中长剑竟在倾刻间断为了数截。

"萧靖，我果然小看了你！"

青衣女子弃剑挥掌，一掌就朝萧靖当胸拍去。

萧靖举掌相迎。

"嘭"，两掌交接，青衣女子闷哼了一声，连连跌退数步才稳住身形。

掌力如此浑厚，哪里像是重病之人？

青衣女子强压下胸口的气血翻涌，冷冷地盯着萧靖。

事情似乎有些不对头。

"大当家！"身后忽飞奔而来一名黑衣人，步履却有些蹒跚，"大当家——"终于来到青衣女子身旁，黑衣人再也支持不住，当头栽倒在地。

青衣女子赫然发现黑衣人浑身是血，身受重伤。

"发生什么事了？"青衣女子心底涌上不祥的预感。

"我们——我们中计了——二当家他们全被皇帝抓了——"黑衣人说完最后一

句话，便吐血气绝身亡。

"萧靖！"青衣女子愤而起身，怒瞪着萧靖。

萧靖神色依旧淡漠："大势已去，姑娘还是束手就擒为好。"

"你！"青衣女子恨恨地一握拳，"萧靖，你以为我会乖乖服输吗？"右手一甩，一颗烟雾弹顿时在萧靖面前炸了开来。

等烟雾散去，眼前已没有了青衣女子的身影。

萧靖正欲举步追赶，喉间突然涌上一股腥甜，他却强行压了下去。

看来刚才那一掌已让他动了真气。

"水——我要喝水——"

身后传来了姚羽琦痛苦的呻吟声。

萧靖深吸了一口气，连忙疾点身上几处大穴，强压下伤势。

"姚昭容——姚昭容——"他俯身低唤。

可惜，昏迷中的姚羽琦无法回应。

伸出手，他轻轻一触她的额际，一片骇人的滚烫。

看来这严重的外伤引发了高烧，他必须马上带她下山。

"水——水——我要喝水——水——"被高烧折磨的姚羽琦不断地呻吟着，一双柳眉几乎打成了死结。

萧靖微一沉吟，当务之急，是先给她取水解渴。

站起身时，可能太急了，眼前竟是一片昏天地暗，他轻甩了甩头，强打起精神，观察了四周一眼。

这附近似乎没有水源，也许他应该往前走几步看看。

拿了些枯枝盖在姚羽琦身上，将她隐蔽起来，他才稍感放心地往可能有水源的地方走去。然而没走多远，心口处却传来一阵如刀绞般的剧痛，让他猝不及防，喉头一甜，那一口鲜血也终于压抑不住吐了出来。

黑暗，铺天盖地地笼罩而下，他终于再也支撑不住，陷入了无边的黑暗里……

第十章 脱险

FENCHUANG MOU

静安堂，死一般的寂静。

所有的黑衣杀手皆被绑住，跪在皇帝面前。

皇帝坐在太监备好的金椅上，淡淡地问："李将军，这些人与月前行刺朕的黑衣人可是同一批人？"

早就候在一旁的骠骑大将军李瑞连忙躬身答道："回禀皇上，这些人身上都带着一块青玉腰牌，牌上写着一个'宁'字，应该是同属于一个组织。"说着，李瑞将从黑衣人身上搜到的腰牌递与皇帝。

太监接过腰牌，送到了皇帝面前。

皇帝看着手中那块青玉腰牌，看着上面那个血红色的"宁"字，眼底闪过一丝冰冷的杀意。

"说！你们究竟是谁派来的？"他冷然逼视着为首的那名黑衣杀手。

黑衣杀手沉默。

"不肯说是吗？"皇帝冷笑，"全部带下去，挖肉剜骨，让他们求生不得，求死不能，直至他们肯招供！"

底下已有黑衣人吓得动弹不得。

挖肉剜骨是凤天皇朝第三代皇帝所发明的酷刑。它相当于凌迟，但凌迟只是割肉，最多可切至三千三百五十七刀，人才会死去，而挖肉剜骨，可以说比凌迟还要可怕，它切割的不仅仅是肉，还有骨头，挖肉之后，用特治的磨刀，将露出的骨头一刀刀磨平、磨细……这世间基本没有人可以忍受得了这种痛苦。

"我招，我招！"已有人忍不住哭喊招认，"我们是江湖上的杀手组织冥杀。这次是吏部尚书之女刘淑萍出重金让我们杀掉姚羽琦。"

皇帝霍然起身，眼中已露出了狂怒："刘淑萍？"

"是，小人不敢撒谎。"那招认的黑衣人不住地叩头，"求皇上饶命！"

"那月前在青藏山，你们又是受了何人指使行刺朕？"

黑衣人惶恐地道："月前的行动，小人并没有参与，所以并不知情。冥杀每次行动，都会派出不同的杀手，而每次任务，也只有那些参与的杀手才知道目标和行动方案，其他人并不知其中内幕。"

皇帝看了李瑞一眼。

李瑞朝皇帝点了点头。这黑衣人所说基本属实。上次留下的那些活口也招认了，他们确实属于"冥杀"，而且"冥杀"每次行动，杀手们之间并不会互通有无。

皇帝看了眼为首的那名黑衣杀手，淡淡地问那黑衣人："这个人就是你们的头领？"

"他——"黑衣人颤微微地看了那为首的黑衣杀手一眼，"他是我们的二当家，黑冥。"

"二当家？那大当家是谁？"

"小人也不知道。只知是个女的，除了二当家，没有人见过大当家的真面目。"

"没想到堂堂冥杀的大当家竟是名女子吗？"皇帝将目光重新落到了为首的那名黑衣杀手黑冥身上，"你是想受受那挖肉剜骨之刑，还是识时务一些，从实招来？"

黑冥抬高了头，眼神毫无畏惧："要杀便杀，要剐就剐，我黑冥若是哼出一声，就不是条汉子。"

"好！既然你这么有骨气，那朕就成全你！来人，就地行刑！"

皇帝刚刚颁下命令，便有刽子手拿着刀具开始行刑。

堂里死寂得令人心寒，所有的人都能听到刀片刮进骨肉的声音，很多人都闭上了双目不敢再看。

静安堂原本就是个安放骨灰的地方，阴森冷恻，再加上在此处行刑，更是让人浑身都冒出了冷汗。

虽然亲眼目睹着血淋淋的行刑场景，皇帝却是连眼也未眨一下，他坐在金椅之上，一边把玩着手中的腰牌，一边淡淡地道："你们若不想跟黑冥一样的下场，那便老实回答朕的问题。"

"是，是。"底下的黑衣杀手们已是溃不成军。

也许就在前一刻，他们虽畏惧那酷刑，但毕竟未真正见过，就算害怕也有所限。如今亲眼看到，就算他们是冷酷的杀手，也为之崩溃。

"既然是冥杀，为什么代表你们组织的腰牌上竟刻着一个'宁'字？"

已有人迫不及待地抢先回道："二当家曾说过。因为杀手是过着刀口舔血的江湖生活，所以，在腰牌上刻上一个'宁'字，可保安宁。"

"安宁？"皇帝冷笑，"好一个可保安宁的腰牌啊！"

此时，天色已暗沉了下来，不知从哪里吹来了一阵冷风，吹倒了堂内好几个原本放置好的灵位。那"噼噼啪啪"的声响，更让那些黑衣人吓得面无人色。

"小人说的都是实话，都是实话啊！"

底下慌成了一片，皇帝自然也信在这种情况下，这些人不可能还会说谎。

只是，真正的黑手，他还没有揪出来。

微蹙眉峰，他若有所思地看着正在被行刑的黑冥。

"皇上，此刻阴气甚重，还是请皇上移驾回宫，这里就交给微臣处理吧！"李瑞眼见天色已晚，皇帝确实不好在静安堂呆得太久。

"姚昭容和姚昭仪可有消息？"皇帝淡淡地问。

"微臣已派人四处寻找。并未找到姚昭容和姚昭仪的尸身，也许她们还活着。而且据刚才那些杀手所述，姚昭容应该是被人救了，臣已经派人在方圆百里内全面搜寻——而昭仪——"李瑞话音未落，只听一名将士在堂外禀报。

"启禀皇上，臣等已找到姚昭仪了。"

姚佳莹被人扶了起来，脸色惨白，眼神涣散，狼狈不堪。

皇帝起身走了过去，拧眉："你们在哪里找到她的？"

此刻姚佳莹的身体还在剧烈颤抖着，魂不守舍，然而，当她听到皇帝的声音时，脸上浮现出了一抹不可思议的震惊表情。

怔怔凝视了皇帝半晌，她终于"哇"的一声，放声大哭，扑进了皇帝的怀里。

"皇上——皇上——救命——皇上——"

见她哭得惨烈，皇帝轻拍着她的背："没事了，朕这不是来救你了吗？"

怀中的姚佳莹并没有应声，就连哭声也停止了。

"昭仪？"皇帝奇怪地低下头，却见姚佳莹已昏了过去。

"你们是在哪里找到姚昭仪的？"李瑞问。

"在佑魂井底。"

"佑魂井底？"李瑞苦笑，看了眼昏过去的姚佳莹，"看来昭仪这回受了不少惊吓。"

"速将昭仪带回宫，传御医诊治。"皇帝将姚佳莹交给了身边的宫女太监带走。

"皇上，您不回宫吗？"李瑞轻声问。此时他摸不透皇帝的心情。找到了姚昭仪，皇帝并没有显露出一丝开心或是安心的神色，是不是因为还未找到姚昭容？

皇帝微一沉吟："好，李将军，这里朕就交给你了。一有姚昭容的消息，立刻通知朕。"

"是。"

迷迷糊糊中，好像又过了好久好久，她感觉有人在不住地呼唤她："羽琦，羽琦，你醒醒——羽琦——"

是谁？

是谁在叫她？

这声音好熟悉，可一时之间，她想不起来。

"羽琦，不要睡，我现在就带你去找大夫——醒醒——"

再一次感觉被人抱了起来，但这具胸膛虽然带着几分熟悉，却又显出几分陌生。

“这究竟是怎么回事？你怎么会受这么严重的伤？是谁这么狠心，竟对一名弱女子下手？羽琦，你千万别睡着啊！”

声音和口吻越来越熟悉了，这个人……好像是……姚羽琦终于吃力地睁开了眼睛。

映入眼帘的，是一双比星子还要灿烂有神的黑眸，还有，那飞扬入鬓的剑眉，说起话来时，左颊边那时隐时现的笑窝……这是一张熟悉万分的脸。

“唐钰？”她虚弱地看着抱着自己的年轻人，眼中闪过淡淡的讶异。

竟是她儿时的伙伴——唐钰。

他们从小一起长大，可谓青梅竹马。小时候，唐钰也经常保护她们两姐妹，少受了姚府恶奴的很多欺负。但一年前，生性喜爱自由，不喜束缚的唐钰放弃了父亲留给他的万贯家财，出外闯荡江湖去了。

现如今他为什么会出现在这里？

而她又为什么会在这里？

脑海里昏沉沉的一片，她一时间理不清思绪。

“羽琦，你醒啦！”唐钰朝她灿烂一笑，脸上露出了微松了口气的神色，“我刚才可真怕你醒不过来了。现在千万别睡着了，我这就带你下山找大夫——”

“下山？”姚羽琦困难地环视了眼四周，这才发现自己真的在一座山上。

“我怎么会在这里？”姚羽琦伸手轻抚住隐隐作痛的额际。

她记得他们在静安堂遇到了杀手，那些保护她的侍卫也都遇害了，再后来，她好像被人救了……

“唐钰，是你救了我吗？”

“我刚才经过这里，发现你昏倒在树下，真是吓了一跳。究竟发生了什么事，你怎么会伤成这样？”唐钰拧眉看向她的伤口，“这一剑伤得很深，幸好包扎及时，不然可就麻烦了——”

“原来不是你——”

“羽琦，你说什么？”

她说得太轻太低，他一时没听清。

“没什么。”姚羽琦朝他淡淡一笑，疲惫地合起眼眸。

到底是谁救了她？为什么救了她之后，又把她丢下了？

撑在地上的掌心忽然微微一痛，像是被什么刺了一下，她摊开掌心一看，地上赫然躺着一根银针。

她小心地捡了起来，细细端详。

“这是什么？”唐钰看着姚羽琦手上的银针，奇怪地道，“看起来有点像大夫用来针灸的银针。”

“大夫用的？”姚羽琦扯下了一块衣襟，将银针包好，收入怀中，心中却留下了疑虑。

那个人救人为什么不救到底？反而把她丢在这里了？

思忖间，神志又开始模糊了起来。

见姚羽琦又是昏昏欲睡，唐钰不禁急了："羽琦，睁开眼，不要睡着了，一定要坚持住。"

"嗯。放心，我没事。"姚羽琦强打起精神，"唐钰，快带我去静安堂——"

"什么静安堂？你现在应该去找大夫——"

"佳莹——佳莹——可能还在那里——我们——我们遇到了杀手——佳莹她——"话音未落，姚羽琦又陷入了黑暗之中。

"该死！"

唐钰一咬牙，施展轻功飞奔下山。

现在只能先救羽琦了！

就在他们下山后不久，一道身影自树后缓步而出。

倚靠着树背，看着姚羽琦与唐钰渐渐走远，萧靖的眼底掠过了一丝安心的神色。刚才他从昏迷中醒来，乍见陌生男子出现，还以为她又遇到了危险。

看来那名叫唐钰的男子是她的朋友，而且看起来武功不弱。让唐钰带走她也好，至少，她暂时不会有什么危险了。

心口又是一阵剧痛，他掩唇压抑地咳嗽着。

看来这次受伤不轻，回去怕又要被秋书念叨了吧？

姚羽琦醒过来的时候，发现自己正躺在一间陌生的房间里。

轻抚着隐隐作痛的额际，她撑坐了起来，也慢慢地回想起了昏迷前发生的事。

"佳莹——"她正欲翻身下床，肩上却传来了一阵剧痛，眼前更是阵阵黑暗，不禁又跌坐了回去。

"羽琦！"房门被急急推了开来，唐钰飞奔而进，"羽琦，你没事吧？你昏迷了三日，好不容易才醒来，现在下床干什么？"

"三日？"姚羽琦一怔，"我竟昏迷了三日了吗？不行，我得去找佳莹——"

姚羽琦挣扎着下床，却被唐钰阻止。

"羽琦，你这样乱动，伤口会崩裂的——"

"可我不能丢下佳莹不管——我必须要去找她——"姚羽琦推开唐钰，但眼前又是一黑，唐钰连忙接住她。

"羽琦——羽琦——"

"佳莹，佳莹她一定是遭遇到了什么不测了——"姚羽琦埋首在唐钰的怀中伤心痛哭，"都是我不好，我没能保护得了她——都是我不好——"

唐钰轻叹了口气："羽琦，你已经尽力了，不要把所有的重担和责任都压在自己身上。佳莹已经没事了。”

姚羽琦蓦地抬起头:“你怎么知道?”

“先回床上躺好。”唐钰将姚羽琦扶回床上,“你昏迷前一直提那个什么静安堂,我安置好你后,就去打听了一下,这才知道,那个静安堂原来是安放宫里太监宫女骨灰的灵堂。”唐钰看了姚羽琦一眼,“三日前,姚昭容和姚昭仪前往静安堂为已死的宫女送行时,遭遇江湖杀手袭击,姚昭容下落不明,姚昭仪所幸被赶来的皇上所救。”

“原来——皇上救了佳莹吗?这就好。”姚羽琦顿时松了一口气。

唐钰神色古怪地看着她:“没想到,你真的是那个下落不明的姚昭容。羽琦,你和佳莹怎么会进宫当了皇帝的嫔妃?”

姚羽琦苦笑:“一言难尽,你以为我喜欢入宫吗?”

唐钰忽然一把抓起姚羽琦的手:“羽琦,你是不是不喜欢呆在那座皇宫里?如果不喜欢,我这就带你走得远远的——”

姚羽琦轻摇了摇头,挣脱了唐钰的手:“唐钰,你以为现在的我说走就可以走吗?”

“为什么不行?”唐钰不解。

姚羽琦轻叹:“唐钰,皇宫不比平常百姓家,不是想进就进,想走就走的。而且——”姚羽琦微微垂下眼帘,“我不可能丢下佳莹一个人。那座皇宫充满了勾心斗角,人心险恶——”她想起了朵儿的死,心情顿时郁结,“佳莹一定会受欺负的。”

“那就带佳莹一起走。”

姚羽琦失笑:“唐钰,你知道吗?佳莹对皇上用情极深,你认为她会舍得走吗?”

唐钰神色复杂地看着姚羽琦:“没想到我离家不过一年,竟发生了这么多事。”

姚羽琦笑了笑:“对了,唐钰,这一年你一定经历了很多事吧?都说给我听听——”

“你不累吗?”唐钰拧眉看着姚羽琦苍白疲倦的脸色,“受了伤还不好好休息。”

“我怕我回宫以后,就没机会听你说了啦。”姚羽琦的唇角虽然噙着笑,但眼底却掠过了一丝淡淡的落寞。

“好,我把这一年来发生的趣事都告诉你。”唐钰在床边坐了下来,“你若听累了,就跟我说一声。”

“嗯。”姚羽琦轻点了点头。

唐钰就将自己闯荡一年来,所发生的事情都一桩桩地说了出来,直到姚羽琦昏昏沉沉地睡着。

伸出手,唐钰轻抚上姚羽琦憔悴苍白的脸颊,心中阵阵疼痛。

他们是一同长大的儿时伙伴,他记得,那时的她眼神永远是明亮的,即使在姚家受尽了欺负,她的唇角还是会挂着笑。

可是这一次见面,她虽然还会笑,但那笑容却不似以往那般明朗了,而是添上了几分落寞与寂寥。

一年前，他不该离开家门，他应该留在她的身边保护她。

"羽琦，我怎放心让你就这样回到那座皇宫里？"唐钰在心底轻轻地叹了口气。

姚羽琦再次醒来的时候，便惊异地发现自己竟回到了羽心殿。

她不是和唐钰在客栈吗？

为什么一觉醒来竟又回到羽心殿？

眉心传来阵阵疼痛，她一时间分不清梦境与实现。

"终于醒了吗？"

耳畔传来熟悉的低语声，她一惊，顿时回神。

"皇上？"

"为什么这副惊愕的表情？怎么？见到我不开心？"皇帝淡淡地反问。

"不，不是，臣妾——"

"又忘记我说过的话了吗？"皇帝将她搀扶起来，让她靠着自己的胸膛，"来人，将刚才熬好的参汤端上来。"

"是。"有宫女应声退下。

"臣妾——我怎么会回来的？"姚羽琦觉得自己脑袋昏沉沉的，"我不是和唐钰在一起吗？"

"唐钰？"皇帝笑了下，笑意莫测，"你是说那个救你回来的唐钰吧？是他送你回来的，这次他可是立下了大功了，而且与你是旧识，我已经封他为御前侍卫统领，专门负责你的安全。"

"御前侍卫统领？"姚羽琦吃了一惊，"唐钰、唐钰他接受了？"

"这可是四品官阶，他为何不接受？"

"可是唐钰他不喜欢做官，他喜欢仗剑江湖，行走天涯——"

皇帝略有深意地看了她一眼："原来你这么了解他，就不怕我吃醋？"

"我——"姚羽琦心中一跳，"皓，你不要误会，我和唐钰只是儿时伙伴，我们——"

"不要那么紧张。"皇帝淡笑着打断了姚羽琦的话，"我只是开个小小的玩笑而已。唐钰若是不想做官，我难道还会逼他不成？这个职位可是他自己主动要求的。"

"主动要求的？"姚羽琦更加不解。

"我想，他只是想保护你这个儿时同伴吧！这样也好。有一个武功高强的好朋友在身边保护着，就不会发生类似事件了。"皇帝将姚羽琦又拥紧了些，"羽琦，你总是让我担心。你可知道这三天来我是怎么过的？"

"我——"姚羽琦正欲说些什么，宫女已经端了参汤进来。

"现在什么也不要说，先把参汤喝了。"皇帝接过，小心而温柔地喂着姚羽琦。

姚羽琦也不敢再说话，一口一口地喝着，可是心底却记挂着姚佳莹。也不知道她现在怎样了？如果没事，为什么自己回了宫，也没见她来？

好不容易将参汤喝下去，姚羽琦总算找到了机会开口："皓，佳莹她——"

皇帝淡淡地道："她只是受了一点惊吓，经过几天的休养已是好了。"

"我去看看她。"姚羽琦还是不放心。

"好好躺着。"皇帝强行将姚羽琦压回床上，"等你身子好了再去，佳莹只是受了惊，并没有什么大碍，你放心。你先给我好好调养。"

"可是——"

"又不听话了？"

姚羽琦只好作罢。

"乖乖闭目休息，一会儿谢秋书会过来给你看看。"

"嗯。"姚羽琦听话地闭上眼睛。

皇帝帮姚羽琦盖好锦被，然后回头问旁边的宫女："朕不是让小李子去传谢太医了吗？怎么还没到？"

这时有个小太监急匆匆地跑了进来，正是小李子。

"参见皇上。"

"小李子，谢太医呢？"

"回禀皇上，谢太医早一步被请去了太傅府。说是太傅大人病情反复，很是危险。"

躺在床上的姚羽琦心中一紧，不禁睁开了眼。

萧靖……他怎么了？

皇帝微一蹙眉。

小李子马上机灵地道："皇上，奴才已经请了林太医在外候着了。"

皇帝闻言，眉尖才略松了些："嗯，传他进来吧！"

"传林太医。"

马上有一名白发苍苍的老太医进来为姚羽琦诊脉。

"皇上请放心，姚昭容虽然身体还很虚弱，但伤口并没有再度恶化的现象，已经脱离了危险，只要好好休养，很快就会恢复的。"

"嗯，下去吧！"

老太医退下，皇帝转过头对姚羽琦道："好好休息，我去看看萧靖。"

"嗯。"姚羽琦点头。

皇帝带着小李子匆忙离去，姚羽琦却怎么也无法安睡。

刚才小李子那番话一直在耳畔徘徊不去。

萧靖……他会有什么事吗？

迷迷糊糊中，她听见守在一旁的小宫女低声议论着——

"最近宫里真是多事之秋啊。"

“是啊，现在昭容受伤，昭仪也受了惊吓，到现在还没回魂。没想到，连萧太傅也紧接着病重——”

“你没听说吗？纪才人好像也是卧床不起。”

“啊，怎么连纪才人都病了？”

“嗯。听说是受了风寒，咳得很厉害。”

“怎么会这样啊。最近宫里究竟怎么回事？肯定都是那个刘昭媛引来的灾星。”

“嘘，小声些，你不怕被人听见啊？”

“这里是羽心殿，应该不会有坤清宫的人吧？而且，现在刘昭媛已被皇上打入天牢，皇后娘娘正急着想办法救她呢。”

“哎，真没想到，刘昭媛竟是这次行刺事件的幕后真凶啊，皇上肯定是不会轻饶于她了。”

“你不知道啊，她不止安排了这次行刺事件，上次奇兰花那件事其实也与她有关。”

“你怎么知道？”

“呃，我不知道，我刚才说错了——”

……

姚羽琦再也无法按捺住，按住伤口翻身下床：“你们刚才在说什么？”

两名小宫女吓得面色发白，跪地求饶：“昭容饶命，奴婢不该在这里嚼舌根，昭容饶命啊！”

“你们刚才说什么奇兰花那件事与刘昭媛有关——”姚羽琦紧紧盯着那个小宫女，“你叫什么名字？知道些什么，快告诉我——”

此时她关心的并不是刘淑萍是不是真的派杀手杀她，她关心的，是朵儿真正的死因。

“奴婢——奴婢——叫叶儿。”小宫女叶儿吓得花容失色，“奴婢什么也不知道。真的什么也不知道啊！”

“好，你们不告诉我。我就去告诉皇上，让他来定夺。”姚羽琦作势就要往外走，那叶儿连滚带爬，一把抱住了姚羽琦的脚踝。

“昭容，别——求您别告诉皇上——奴婢说奴婢说——”若是告诉皇帝，她有十条命都不够死。

“好，只要你告诉我。我可以在皇上面前保住你的性命。”姚羽琦将叶儿扶了起来，“快告诉我，究竟是怎么回事？”

“是坤清宫的琴儿告诉我的，她和朵儿是同乡好姐妹。她说，德妃娘娘送花给您那天，她曾看见刘昭媛偷偷地将奇兰花混进了那堆花里。”

“竟是刘淑萍吗？”姚羽琦手心紧握，指尖深深陷入掌心，却丝毫也不觉得痛，“当时琴儿为什么不说？她与朵儿是同乡，为什么在朵儿出事的时候，不把真相说出来？”

“琴儿说，当时——当时——”叶儿忽然不敢说了。

“当时什么？”

“当时皇后娘娘也看见了。皇后娘娘不说，我们这些做小宫女的哪里敢说？”

“什么？”姚羽琦踉跄退了两步，几乎站不住身形。

原来皇后一切都很清楚，可那时，她还义正严词地要帮她从德妃那里讨回公道。

“那朵儿也是皇后——”姚羽琦无法再说下去了，步履一晃，身边的小宫女连忙扶住她。

“昭容，您千万不要激动，若是您再出什么差错，我们这些奴才就不用活了。”叶儿泪眼连连，“朵儿是怎么死的，奴婢也不清楚，可能这件事的来龙去脉，只有琴儿最清楚了。”

“琴儿？”姚羽琦想起了那日在静安堂所见的小宫女。

那个小宫女会不会就是琴儿?

但当日写匿名信的，自称是清玉宫的人，那又是谁?

“昭容，您快回床上躺好。”叶儿和另一名宫女战战兢兢地将姚羽琦扶回了床上，并为她拭去额际的冷汗。

“刘昭媛真的被打入天牢了吗？”

“嗯。皇上抓到了那些杀手，根据杀手招供，主使人正是刘昭媛。皇上龙颜大怒，便将刘昭媛打入了天牢。若不是那日皇后娘娘极力阻止，可能当时刘昭媛就已经——已经——”

姚羽琦忽然觉得很疲累，那种沉甸甸的疲倦压得她喘不过气来。

“你们退下吧！今天所说之事，不要再对任何人说起。”她倦然地挥了挥手。

“是。”两名宫女退下。

羽心殿内又恢复了一片寂静，姚羽琦出神地坐上床上，心情混乱难当。

朵儿真的死得好冤枉。

皇后分明知道是谁放的奇兰花，却硬是栽赃给了朵儿。

姚羽琦微合上了眼眸。

总是带着温和亲切笑容的皇后，原来也藏着这般狠毒的心肠啊！

第十一章 暗涌

FENGHUANG MOU

深夜，无月也无星，四下里一片死寂无声。

一道黑影伫立于黑暗之中，夜色掩住了他的脸庞，使人看不清他的样貌。

不消片刻，另一道纤细的身影如鬼魅般闪身而出。

“参见主子。”来人声音轻脆，显然是名女子，只是中气略显不足。

“看来你伤得不轻。”站在黑暗里的人淡淡地问。

“是属下失职，没能趁此机会杀掉姚羽琦。请主子责罚。”

“起来吧！这件事也不完全是你的错。没想到皇帝早就布好了陷阱，好一个心机深重的皇甫皓，好一个聪明忠心的萧靖。”黑暗里的人冷笑。

女子轻叹了口气：“还好这次主子留有后招，冥杀的人一致供认刘淑萍是主谋。虽然刘淑萍这把刀没借成，但刘府这回面临的危机，怕是连皇后和勒晋也无力回天。”

“断去了勒氏一族的左臂，他们也是元气大伤了。至少我们这次没有白费功夫。”

“那姚羽琦那边——”

黑暗中的人沉默了片刻。

女子终于忍不住开口：“主子，除了杀姚羽琦，难道就没有——”

“怎么？你于心不忍了？”黑暗中的人淡淡地问。

“属下不敢。”女子慌忙下跪。

“起来吧！”黑暗中的人让女子起身，微一沉吟，他接着道，“那就暂时别动她吧。既然三番两次杀不成她，那么我们就按第二计划实施。她还是有一些利用价值的。”

“是。”女子松了一口气，悄声退下。

伫立于黑暗中的人并没有动，而是微微地握起了手心。

“萧靖，比起皇甫皓，我更想杀的人，是你！”

阴冷的地牢里蟑蚁横行。黑暗中，总会传来莫名的异响，吓得她心惊肉跳。

“放我出去！”她蜷缩在阴暗的角落，浑身不住地颤抖着。恐惧已经吞噬了她的身心。

从小到大，她都是天之骄女，从未想过，有一天自己竟会沦落如此境地。

一切发生得太突然。当皇帝带着那些杀手证人出现在她的寝宫时，还未来得及反应，就被皇帝打入了天牢，甚至没来得及派人通知皇后娘娘。

不，不应该是这样的！

她不应该死！

她还要做淑妃！

如同疯了一般，她冲到牢房门口，抓着那铁栅不停地拍打着。

“快放我出去！我要找皇后娘娘！我要找皇后娘娘。”她现在只想抓住那唯一一根救命稻草，但四周没有一个人回应。

“我要见皇后娘娘！我要见娘娘。”希望渐渐熄灭，她无力地滑坐在地上，泪水滑落眼角。

忽然，一声通报惊醒了她。

“皇后娘娘驾到！”

紧接着，有人打开了牢门。

她惊喜地从地上爬了起来。

“娘娘——皇后娘娘——”

看着带着宫女太监缓缓走过来的皇后，灭绝的希望再度点燃。

“娘娘，您是来救我的吗？我就知道——您一定会来救我的——”话音未落，她的目光忽然落到了皇后身后的太监的手上。那小太监的手上捧着一个金色的托盘，盘上放着一条白得刺目的绢绫。

魂飞魄散，连血液都凝结了。

力气瞬间被抽空了一般，她再度跌坐在地上。

“你们先退下。”皇后摒退了左右，缓步走到了她的面前，轻叹：“淑萍，这次本宫真是无能为力了。”

刘淑萍僵硬地抬起头。

“你怎么会这么傻，本宫提醒过你很多次，凡事要循序渐进，不可急于求成，要除去一个眼中钉，有很多种方法，你怎么偏偏选了一个最笨的法子？”皇后眼中掠过一丝无奈，“你知不知道，这次皇上用什么名目办你？你现在不是买凶杀嫔妃这么简单，而是弑君！”

“弑君?！”刘淑萍脸色惨白，“不，娘娘，我从来没想过杀皇上——我只是想杀了那个贱人——我只是——”

“可那天你明知皇上也要去静安堂。就算你心急要杀她，也不能选那个时候动手。”

刘淑萍拼了命地摇头：“不是这样的，我根本不知道那天皇上也要去。我得到的消息，只是说姚羽琦和姚佳莹会去静安堂，并没有说皇上也要去——”

“这消息是谁告诉你的？”皇后眼中闪过一丝异样。

“是服侍我的宫女巧儿。”

“巧儿？”皇后微一蹙眉，吩咐身后的太监，“来人，去把巧儿给本宫带来。”

“是。”马上有太监领命而去。

不多时，那太监又匆匆赶了回来，在皇后耳边低声说了几句话，皇后脸色顿时一变：“好一条毒计。”

“娘娘——”刘淑萍一颗心顿时提到了嗓子眼。

“你说的那个巧儿已经死了。”

“死了？”刘淑萍心胆俱裂。

皇后冷哼了一声。

刘淑萍声泪俱下：“娘娘，我真的只是让那些杀手杀了姚羽琦那个贱人，我从来没想过要伤害皇上——”刘淑萍挣扎着，抓住了皇后的裙摆，“娘娘，您一定要相信我——娘娘——”

皇后眼中闪过痛色：“淑萍，本宫相信你又有何用？这次罪证确凿，就算是我爹，也无话可说。你可明白？”

刘淑萍万念俱灰。

白绫送到了面前，她浑身无力地瘫倒在地。

眼前的一切，俱已成了绝望的黑色。

这几天，宫里忽然起了传闻，据说刘淑萍死的那一天晚上，地牢里还不断地传出令人恐慌的笑声，更有传闻刘昭媛已化身为厉鬼，时不时都会在宫中某个角落出现。

这个传闻没几天就传遍了三宫六院，人心惶惶，毕竟刘淑萍生前就嚣张跋扈，死后做鬼，可能会更甚从前，特别是羽心殿的人，更是人人自危。因为刘淑萍死前一直喊着要找姚羽琦报仇。于是只要天一黑，羽心殿的宫女太监都怕厉鬼上门，早早就门户紧闭。

姚羽琦见此情景，又气又好笑。

她不怕刘淑萍，就算刘淑萍真的化为了厉鬼找上门来，自己也会与她理论到底。毕竟，刘淑萍就是害死朵儿的罪魁祸首。

应该是她向刘淑萍问罪！

宫里头的人平时就怕些牛鬼蛇神，可她并没有做过什么错事，她问心无愧，又为何惧怕？

原本她想趁此机会查清朵儿的死，可惜她被禁足七天了，因为皇帝要她安心休养，除非谢秋书亲口说她伤好了，能下床走动，否则，哪里也不能去，就连佳莹的玄心殿也去不了。

这七天来，佳莹也没来过羽心殿，据说是心魂未定，而且身体不适。纪芷兰倒是来看过她，不过，她的脸色看起来也很糟糕，着实病得不轻。姚羽琦原想跟她商量一下朵儿的事，见她气色极差，也就作罢。

肩上的伤口已是渐渐痊愈，姚羽琦心里记挂着很多事，巴不得马上能得到“准行令”，终于在第七天的晚上，她盼到了谢秋书再度出现于羽心殿。

“谢太医，我没事了吧？”

检查完伤口，把过脉，姚羽琦便迫不及待地问。

谢秋书淡淡一笑：“昭容伤口是痊愈得差不多了，不过身子尚虚，还需要多加调养。”

姚羽琦闻言眼睛一亮：“那就是我能下床了？”

“若走得不太远，还是可以的。”

“太好了。还请谢太医马上跟皇上说一声，我不想再被困在床上了。”

谢秋书无奈地摇了摇头：“昭容，皇上这也是一片苦心。”

“我知道。不过，我心里记挂着很多事，再被这样困在床上，我真要发疯了。”微微一顿，她看了谢秋书一眼，欲言又止。

谢秋书微笑：“昭容是否有话要问微臣？”

姚羽琦迟疑了一下，还是问了：“我听说——听说萧太傅他病得不轻，而且反复发作，他、他没什么事了吧？”

虽然她还在生他的气，只是听到他重病，她又会不由自主地挂心。

“萧靖暂时没事了。”

“暂时？”姚羽琦拧了下秀眉，“为什么是暂时？”

“这次发作得不轻，又没及时吃药，所以需要比较长一段时间才能调养过来。”

姚羽琦心口莫名一痛，脸色也跟着苍白起来。

谢秋书略有所思地看了姚羽琦一眼：“昭容放心吧，虽然这次萧靖因为动了真气，又受了些内伤才会这么严重，不过，我不会让他有事的。”

“内伤？”姚羽琦怔了下。

他怎么会受了内伤？

脑海里忽然闪过那日遇刺昏迷时，被人抱住奔逃的场景。

那个人的怀抱，真的很熟悉。

难道真的是萧靖吗？

如果真是他，为什么他救了她之后，又丢下了她？

已经要入秋了。夜晚的风显得有点凉，但月光却很皎洁明亮，将四周的景物勾勒得很清晰。

优美的箫声在夜色里回荡着，时而空灵如风，时而感伤缠绵，声声扣人心弦。

皇帝一边静静地聆听着，一边自斟自饮。

也许是今夜心情宁静，他忽然间觉得偶尔吹吹箫也是件不错的事。不经意间，脑海里，闪过了一张熟悉的脸庞。

他想起她曾说过，她想学吹箫。而他也答应了，要叫宫中的乐师教授，但最近发生了很多事，有许多原本早就应该做的事，他都没做。

一曲终了，夜色恢复了宁静。

皇帝轻笑："你的箫确实吹得好，不如哪天教教我好了。"

萧靖略感诧异地看了他一眼，但还是回答："你什么时候想学，就同我说。"

皇帝低目看着手里的琉璃夜光杯："只是随口说说罢了，以后再说吧！"

萧靖走到桌旁坐下，一阵凉风吹过，让他忍不住掩唇轻咳了两声。

皇帝微微蹙眉："看你的气色还是很不好，看来这次你要完全恢复，需要很长一段时间。谢秋书怎么说？"

"没事。只是动了真气，这次才发作得厉害了些。"

皇帝为自己倒了杯酒，淡淡地道："那日我真不该让你去。不管怎样，我现在还不想失去你这个得力助手。"

萧靖沉默。

皇帝忽又笑了："不过，也亏你去了，不仅救下了羽琦的命，也引出了另一个人。"

"可惜没能当场抓住她。"

"你不是已经猜出是谁了吗?这也是一个意外的收获。"似想起了什么，皇帝微微一顿，眼中闪过冷意，"那个黑冥倒是条硬汉，直至咽气的最后一刻，也不肯说出他真正的主子是谁。"

萧靖轻叹了口气："那个人的心思缜密，早把所有的退路都想好了。"

"总有一天，我会斩断他所有的后路。"皇帝唇角泛起一抹冷笑，"但这一次我倒还是要谢谢他。至少，我们找了个很好的借口，除掉了另一个我们想除掉的人。我想这回皇后是有苦难言了吧？"

萧靖掩唇轻咳着。

皇帝看向他，忽然又说了一句："萧靖，这一次我也要谢谢你。"

萧靖诧异地抬头。

"谢谢你救了羽琦的命。"皇帝唇角的笑意有些难以捉摸，"经过这一次，我突然发现，我不想让她轻易死了。也许，留她在我身边，也是件不错的事。现在刘淑萍已死，淑妃的人选，自然也要换一换了。"

萧靖沉默。

皇帝略有深意地看了萧靖一眼："怎么？不同意我的看法？"

萧靖摇头："现在的她还不能登上那个位置。她的心机不够，城府不深，更别提什么手腕，爬得越高，只会让她摔得越惨。"

"那我就帮她一把。"皇帝又笑了，眼睛里闪过残酷。

"你要怎么帮她？"

"我曾告诉过她，她进宫的第一件事，就是要学会宫里的残酷。"

萧靖心中一动，似想说什么，突然捂着胸口剧烈咳嗽起来。

他想起那日她在他怀中痛哭的场景。

学会残酷吗？

谈何容易？

皇帝终于解除了姚羽琦的"禁足令"。姚羽琦下床的第一件事，就是去看姚佳莹。

当她赶到了玄心殿才知道，原来自被救回宫，姚佳莹就一直把自己关在玄心殿里，甚至还拿了把桃木剑挂在殿门口。看来，佳莹是受到了极大的惊吓才会这样，可是那天皇帝还一直安慰自己，说佳莹已经没事了。

他竟在骗她?!

姚羽琦此时也顾不得生气，连连拍着玄心殿的殿门，焦急地呼唤："佳莹——佳莹——快开门，是我，我是姐姐啊！佳莹——"但老半天，玄心殿里都没有动静。

"佳莹！"姚羽琦心急如焚，手下用力过猛，扯痛了伤口，她不禁低哼了一声，苍白了脸。

身旁的宫女连忙扶住她，脸色比她还苍白："昭容，您伤口还没完全痊愈，动作不要太大，否则皇上怪罪下来，我们这一干奴才都担当不起啊。"

姚羽琦缓过劲："我没事，你们有没有办法把门打开？我要进去！"

宫女还未回答，身后一道熟悉的声音响起："这殿门若是被我弄坏了，应该不需要我赔吧？"

姚羽琦回过头。

只见身后的树上跳下了一名年轻俊朗的男子。男子身着侍卫统领的官服，腰间挂着长剑，含笑而立。

"唐钰。"姚羽琦惊喜万分。

"羽——昭容，这等开门的小事，就让微臣代劳吧！"唐钰走到玄心殿门前，掌下一用力，轰然一声巨响，整座殿门瞬间倒塌，尘烟四起，惊得四周的宫女太监们纷纷走避。

"昭容快进去吧！"末了，唐钰还做了个躬请的动作。

姚羽琦哭笑不得，这世上可能也只有唐钰会做出这样的事了。

突然，玄心殿里响起了姚佳莹的惊呼声，姚羽琦脸色一变，急急奔入。

"佳莹——"

奔进了玄心殿，里面竟是一片昏暗。

此时是白天，姚佳莹却将所有的门窗都关了起来，灯火也全部熄灭。

寝殿的床上传来了细碎的低泣声。

姚羽琦心中一痛，冲向床前，猛地掀开了帘账："佳莹——"

姚佳莹就坐在床上，拥着锦被，披头散发，脸却深深埋在屈起的双膝间，乍一看如同一只苍白的鬼。

"佳莹——"姚羽琦心痛得连声音都有些颤抖了。

姚佳莹终于缓缓抬起了头，脸色苍白而憔悴："姐姐，你终于来看我了吗？"

"佳莹！"姚羽琦俯身一把抱住了姚佳莹，失声痛哭，"佳莹，姐姐来看你了——对不起——对不起——姐姐不应该丢下你一个人——对不起——"

姚佳莹终于"哇"的一声，嚎啕大哭了起来。

"为什么你们所有的人都丢下我？都不管我？我真的好害怕——好害怕——我总是做噩梦，每夜每夜都睡不着，可是——姐姐，连你都不来看我了——"

"对不起，对不起——佳莹——"姚羽琦自责不已。她不应该听信皇帝的话，即使被禁足，她也应该想办法出来看佳莹。

"别哭了。"

有人递了条锦帕过来。

姚羽琦放开了姚佳莹，接过锦帕，替她拭去了眼角的泪痕："佳莹，你看看谁来了？"

姚佳莹抬起头，就看见了一脸笑容的唐钰。

"唐钰哥哥？"姚佳莹震惊地睁大了眼睛，一时也忘记了伤心。

"小佳莹，看见我应该高兴啊！可别再哭鼻子了！多难看呀！"唐钰如同往常一般，伸手刮了刮姚佳莹俏挺的鼻头。

姚佳莹心头一热，眼泪竟再度流了下来。

"喂，你怎么又哭了？"唐钰也不知自己哪里做错，不由得慌了手脚。

姚羽琦瞪了他一眼："唐钰，你又将她弄哭了，我可要你好看！"

唐钰连连叫屈："羽琦，这可不关我的事啊！你不能冤枉我！"

这一刻，三个人就好像回到了年少时光。

那个时候，他们都是这样打闹成一片，开心而无忧。

姚佳莹终于"扑哧"一声笑了出来，泪水还挂在眼角："姐姐，你看唐钰哥哥的表情多可怜，你就饶了他吧！这又不关他的事。"

见姚佳莹露出笑容，姚羽琦也微松了一口气："好，只要你不哭了，我就饶了他！"

"嗯。"姚佳莹点了点头，拭去了脸上的泪水。

此时玄心殿的宫女太监们都在忙着收拾被唐钰破坏的殿门，姚佳莹起身看到门口那满地的狼藉，不禁掩唇惊呼："唐钰哥哥，你就这样把门给弄坏了？"

唐钰耸耸肩："你姐姐在外一直叫唤，可是你又不开门，把她急坏了，我只好把门砸了！"

"姐姐，对不起——"姚佳莹转头看向姚羽琦。

姚羽琦摇头："你不用说对不起，该说对不起的人是我。"

"姐姐——"

眼看姚佳莹眼泪又要涌上来，唐钰连忙阻止："你们俩就别对不起来对不起去了，都是姐妹俩，有什么好客气的。"

姚氏姐妹相视一笑。

"唐钰哥哥，你怎么会来宫里？而且还穿着这样一身官服？"姚佳莹问。

唐钰便将救了姚羽琦的事简单说了一遍。

"姐姐，原来你受伤了。有好好治吗？快让我看看——"姚佳莹听完焦急地就要看姚羽琦的伤口。

"我没事了。"姚羽琦微笑，"放心吧！我当然有好好治伤。皇上天天派人送补品汤药来，我的伤已差不多全好了。"

"是啊，皇上是不可能放着姐姐不管的。"姚佳莹自语般地低喃了一声，微微垂下了眼帘。

"佳莹，你说什么？"她的声音太轻，姚羽琦一时没听清。

"没什么。我是说，皇上对姐姐这么好，我就放心了！"

"佳莹——"瞧见姚佳莹眼底闪过的落寞，姚羽琦正欲说些什么，姚佳莹却转移了话题。

"唐钰哥哥，原来你穿起官服来，还真有几分模样。"姚佳莹上下打量着唐钰，眼底流露出赞赏。

唐钰故意清了清嗓子，挺直胸膛："从今以后，你们两姐妹的安全就由我全权负责。我保证这里不会再有人伤害你们，欺负你们——"

"好啊，唐钰哥哥，这可是你说的哦！以后你一定要好好保护我们。"

……

三个人在玄心殿里一直呆到天黑，唐钰才送姚羽琦回羽心殿。

姚佳莹站在殿门口，目送着两人渐渐走远，原本挂在唇角的笑容渐渐地凝结。

"唐钰哥哥，你会入宫，其实也是因为要保护姐姐吧？"她低声自语着，眼睛里流露出了一丝怨恨，"你们所有的人都是为了姐姐，而我——只是姐姐的一个附属品——并没有人真正关心我！没有人——真正关心姚佳莹——"

她不会原谅姐姐！

因为姐姐，她被丢入了佑魂井，但在最危险的时候，姐姐没有来救她！

她不会原谅姐姐！

因为姐姐，皇上连看都不看她一眼，即使她受到了惊吓，皇上还是连玄心殿的大门也未踏进过，一心都在姐姐身上。

她不会原谅姐姐！

若是这世上没有她，那么，她就不会成为一个附属品，那么，所有的人关心的，就只有她了！

她恨姐姐！

她恨姚羽琦！

第十二章 真相

FENGHUANG MOU

这几日宫里忽起了流言，都说姚羽琦与新来的侍卫统领唐钰有着暧昧关系。置身于流言当中，姚羽琦也未在意。她向来坚信清者自清，倒是唐钰不敢再如同刚进宫般那样任意妄行，为了不损姚羽琦的声誉，人前人后，他都以微臣自居。

姚羽琦见向来跳脱飞扬、习惯了自由的唐钰，因为自己而约束了行为，于心不忍，数次劝唐钰离开皇宫，但唐钰都是坚决地摇头。

他说，他一定要留下来保护她。

姚羽琦动容之余，却又担心。

她害怕唐钰有一天也会像朵儿那样，因为自己而受到连累。

心事一天重过一天，朵儿的死一直是她心头的一个结。无法解开，她这一辈子都不会安心。但她的对手，一个是母仪天下的皇后，一个是背后有着庞大势力的德妃，她一个小小的昭容，无权无势，又能为朵儿做什么呢？

她也不敢随意地找人商量，姚佳莹刚刚受到惊吓，不能再用这件事让她操心，纪芷兰也是久病未愈，自己也不忍打扰，而唐钰若是知道了，以他的个性，有可能直接去找皇后和德妃算账吧？

漫无目的地在宫内走着，直到鼻端飘来淡淡的花香，她才回过神来。

抬头一看，原来是轻尘园。

不知泓大哥有没有在里面？

举步走进了轻尘园，就看见皇甫泓正弯腰在浇花。

“泓大哥——”

皇甫泓起身转过头，微笑：“原来是羽琦，今天怎么有空过来？”

“经过这里，就进来看看。”

“坐吧！”皇甫泓请姚羽琦在园子里的石桌旁坐下，并为她倒了一杯上好的花茶。

姚羽琦环顾了四周一眼，见百花齐放，蝶舞纷飞，不禁笑道：“每次来泓大哥这里都会觉得心情开朗不少。眼看秋天就要来了，可这里完全感觉不到秋季的寂寥。”

“不开心吗？”皇甫泓看了看她，“听说你前几天遇到了刺客。”

姚羽琦点头。

“见你没事我就安心了。”皇甫泓轻舒了口气，“当时听说你受伤了，原本想去看看——不过，我怕会惹皇上不高兴。”

姚羽琦抬头，迟疑了一下，才问：“泓大哥，你与皇上——”

皇甫泓淡淡一笑：“你没听说过吗？皇族里不会有真正的兄弟之情。为了权力皇位，同室操戈更是常见。我虽是庶出，却是长子，皇上好不容易继承了皇位，防着我当然也是人之常情。”

姚羽琦沉默了。

这座皇宫里难道就永远都只有你争我夺？都只存在尔虞我诈吗？

“泓大哥，你上次跟我说过，凡事不能光看表相。现在我终于明白这句话了。”姚羽琦苦笑，“原来人真的不能光看外表，原本笑得很温和、很亲切的人，也许心里就藏着一把刀。”

皇甫泓喝着花茶，沉静不语。

“我真的好希望自己没有入宫。”姚羽琦起身，看着那满园的奇花异草，眼睛里浮现出一丝向往，“像泓大哥一样，找一个没有纷争的世外桃源，安安静静地过完下半生。可惜，这只能是奢求了吧？”

“如果你真想走的话，我可以帮你。”

皇甫泓这句话让姚羽琦微吃了一惊：“泓大哥——”

“若是在这里过得不开心，就离开吧！”皇甫泓淡淡地道，“虽然我现在无权无势，但让一两个人出宫，相信还是可以办得到的。”

姚羽琦犹豫了一下，最后摇头：“不，我不能离开。”

“为什么？”皇甫泓疑惑地问，“你不是不喜欢这里吗？”

“佳莹是不会走的。若我走了，留下佳莹一个人该怎么办？”

皇甫泓微微一怔：“你是为了你妹妹？”

“佳莹深爱着皇上，可是她个性柔弱善良，我不放心把她一个人留在这座皇宫里。”

“你真是一个不可思议的人。”皇甫泓轻叹，眼底好像有什么复杂的神色掠过。

“不可思议？”姚羽琦愣住了。

皇甫泓笑了，笑意有些落寞：“也许因为我本身没有经历过这么深厚的亲情，所以我才会觉得你对佳莹的感情不可思议吧！”

“泓大哥——”姚羽琦隐隐感到心疼。

这座冰冷的皇宫难道只能给人带来伤害吗？

“不谈我了。”皇甫泓敛去了眼底的落寞，又恢复了那一脸的云淡风轻，“羽琦，若是有一天，你后悔了，想离开了，你可以来找我。只要——”他微微一顿，“只要那个时候我还在。”

那最后一句很轻，姚羽琦一时没听清：“泓大哥，你刚才说只要什么？”

“没什么。”皇甫泓又笑了，“我只是要你记住我说的那些话。”

“嗯，谢谢你泓大哥。我真的很开心，能在这里与你相识结义。”

看着姚羽琦脸上那诚挚的笑，皇甫泓却是避开了眼：“时候不早了，你身子才刚刚恢复，还未完全复原，早点回去休息吧。”

“好。”姚羽琦起身告辞。

皇甫泓看着她离去的背影，若有所思。

在回羽心殿的路上，姚羽琦看见宫里很多宫女太监忙来忙去，到处张灯结彩，不禁感到诧异万分。

是要办什么喜庆的事吗？

她随手抓过了一个路过的宫女，问：“你们这是在干什么？为什么宫里突然张灯结彩？”

那小宫女一抬头看见是姚羽琦，竟像是被吓了一跳一般，脸色突然苍白：“啊，姚昭容。”

“怎么了？”姚羽琦奇怪地看着她，“我长得很可怕吗？吓成这样？”

“昭容恕罪！”那小宫女立刻跪了下来，“是奴婢失态，求昭容恕罪。”

姚羽琦连忙将她扶起来：“我又没怪罪你，只是开个小玩笑啊！”

“谢昭容。”小宫女这才缓了脸色。

“你还没回答我呢，宫里是不是在办什么事？”

“呃，没，没什么事。”小宫女脸上露出了为难的神色。

姚羽琦心头疑惑更重：“没什么事弄这么隆重干什么？”

小宫女竟跪了下来：“求昭容不要追问奴婢了。皇上已经下了旨，不准对昭容提及此事。”

“皇上？”姚羽琦抬高了眉。

皇帝在做什么？为什么不准她知道？

“好了，好了，我不问了。”姚羽琦也知道自己问不出什么了，便挥了挥手，“那你去忙吧。我也不打扰你做事了。”

“谢昭容。”小宫女像是逃命一般，转身就欲离开。

姚羽琦盯着小宫女仓惶离去的背影，忽然觉得那背影有点眼熟。

好像在哪里见过？

脑海里蓦地闪过一个念头，她连忙追了上去：“等等！”

那小宫女停住了脚步，背影却有些僵硬，只是低着头轻声问：“昭容，还有什么吩咐吗？”

姚羽琦上下打量了小宫女一眼：“你——是不是琴儿？”

小宫女脸色顿时惨白。

"跟我来。"姚羽琦抓起小宫女的手就走。

"姚昭容？"刚好路过的萧靖看到了这一幕，心下起疑，便悄悄跟了上去。

一直走到一处僻静的角落，她才激动地扣住了小宫女的肩头："你就是朵儿的那个同乡琴儿对不对？我曾在静安堂见过你。那天你也去送朵儿了，是吗？你是不是知道朵儿是怎么死的？那封匿名信也是你写的，是吗？"

那一连串的疑问，已让小宫女的脸上没有了半分血色。

"昭、昭容，奴婢不知道您在说什么。奴婢什么也不知道——什么也不知道——"小宫女又跪了下来，不住地嗑头，"求您饶了奴婢吧，奴婢真的什么都不知道啊！"

"琴儿——"姚羽琦将琴儿扶了起来，沉痛地道，"我不是逼你什么，我只是——只是想知道朵儿死的真相。你可知道，自朵儿死后，我从未睡过一天安稳觉。只要一闭上眼，我就想起朵儿惨死的模样。我已经什么都做不了了，我不能为她讨回公道，不能为她洗清冤屈——我现在，只想知道她究竟是怎么死的——"姚羽琦眼角已然湿润，忽然双膝一屈，她朝着琴儿跪了下来，"琴儿，我求求你告诉我，朵儿究竟是谁害死的——我至少，要知道真相——"

"昭容，快起来！奴婢受不起，昭容——"琴儿哭着将姚羽琦扶了起来，"好，奴婢把知道的都告诉您。朵儿说过，您是一个好人，您甚至可以为了保护我们这些奴才，不顾弄伤自己——就冲着您是一个好人，奴婢告诉您——"

"琴儿，谢谢你。"

琴儿拭去了眼角的泪痕，哽声道："其实说到底，朵儿只是这场争斗的无辜牺牲品。我们这些奴才就是这样的命了，这里的主子若要你三更死，你当然活不过五更。"

"那日，皇后娘娘之所以抓了朵儿去，就是要她指证德妃。不管那花是不是德妃娘娘送的，皇后就是要朵儿出面做这个证。可是朵儿不肯。就在这时，德妃暗中派了人来，他们以朵儿的父母威胁朵儿，不让朵儿做这个证。若是朵儿出面做证，那么，他们就派人杀了朵儿的父母。"

"可怜的朵儿受迫于两方的压力。她知道，自己若是替皇后做证，那么，她的父母就只有死路一条，若是不替皇后做证，她也不会有活路。所以，她只能选择了自尽这一条路。"

琴儿说到这里已是泣不成声。

"后来，皇后娘娘见朵儿就这样死了，又不甘心，她知道我是朵儿的同乡，便让我写了封匿名信，说是德妃害死朵儿的。虽然她说的也是实情，但她这样做的目的，却是想让昭容您与她一同对付德妃。"

姚羽琦的心冷了。

事情发展到这里，谁送的奇兰花已不是重点了。

就像琴儿所说，朵儿只是这场争斗的无辜牺牲品。其实，她和朵儿一样，也只是一枚棋子。皇后不过借了她这枚棋子，拖进了朵儿，而德妃为了反击，也只能牺牲朵儿。

姚羽琦踉跄退了两步，几乎站不稳身形。

“昭容——”琴儿伤心地扶住了姚羽琦，“昭容，这就是这座皇宫的残酷本性。奴婢知道，您一直在为朵儿伤心，但皇后娘娘和德妃娘娘都不是好惹的人物，她们在后宫，甚至整个朝庭都有着极为庞大的势力，昭容您千万不要与她们硬碰硬——”

姚羽琦紧紧咬住下唇，沉默了半响，终于点头：“嗯，我明白的。琴儿，谢谢你。你回坤清宫也要小心。”

“嗯，谢谢昭容。”

目送着琴儿离去，姚羽琦无力地跌坐在旁边的石椅上。

心已灰，意已冷。

没想到朵儿死去的真相竟是这样的。

那株奇兰花原本是要害她的，结果，反倒害死了朵儿。

“朵儿，对不起——都是我害了你——”伸手掩住脸，她压抑地低泣，“对不起——对不起——”

她一声又一声地说着“对不起”，并未注意到，在不远处的假山之后，萧靖正沉默地注视着眼前的一切……

姚羽琦收拾了心情回到了羽心殿，可是不久之后，宫女叶儿却带来了另一个噩耗。

琴儿死了。

听说是触犯了皇后娘娘的禁忌，让宫里的太监活活地打死了。

当姚羽琦接到这个消息时，几乎当场晕厥过去。

事情发生得太过巧合，琴儿才刚刚告诉她朵儿死亡的真相，不到一个时辰，琴儿就死了。

禁忌？

皇后的禁忌是什么？

就是朵儿的死吗？

姚羽琦浑身冰冷。

她不应该逼问琴儿真相的，不应该。

那个时候琴儿那样求她，她竟还是问了。

她又害死了一个人。

因为她，已经死了两个人了。两条活生生的生命，就这样永远地压在了她的心底。那种沉重几乎让她喘不过气来。

夜晚的时候，忽然间下起了大雨。

那倾盆的大雨就好像要埋葬这个世间的一切丑恶一般，将一切都洗刷得干干净净。

随着大雨落下，气温也在徒然间下降，秋天已经近了。

姚羽琦站在窗前，看着窗外的大雨，微微失了神。

她想起皇帝跟她说过，要她学会残酷，也想起了萧靖说过，要她学会接受。

那个时候，她觉得他们都是无情而无心。

却原来，他们说的都是对的。

她不接受又能如何？向皇后和德妃问罪吗？

这里没有人愿意为她做这个证，而她，更是没有这个权势能扳倒皇后和德妃。

所有的冤，所有的屈，她只能全数自己吞咽。

用力地抓紧了窗棂，指痕深陷，弄痛了指尖，她却丝毫也感觉不到痛。

狂风暴雨中，她看见了一道立于雨中的修长身影。

大雨早已将他浑身浇得湿透，但他还是毅力不倒地站在那里，一动不动，紧紧地握着手中的长剑。

那是唐钰。

自进宫，唐钰每晚都会守在羽心殿外。

他说，他不允许再发生类似静安堂那样的刺杀事件，他要尽心尽力地保护她的安全。

朵儿死了，琴儿死了……总有一天，她也会连累唐钰吧？

就像宫中前几日的流言，当流言越演越劣，当皇帝将流言当了真，那么，唐钰又会有怎样的下场？

他是个江湖浪子，他是展翅高飞的鹰，怎么可以因为她而被困在这座冰冷的牢笼里？

心底涌上了百般滋味，她打开殿门，冲出去。

大雨打在她的脸上、身上，隐隐作痛，却打不去她的决心。

她不能再连累唐钰。

这座吃人的皇宫，唐钰绝不能再呆下去。

她不能让唐钰成为第二个朵儿，第二个琴儿……

“唐钰——唐钰——”她在雨中呼喊着。

正在守夜的唐钰吓了一大跳：“羽琦？”

他吃惊地看着冒着大雨向他冲过来的姚羽琦，连忙冲了过去：“羽琦，你这是干什么？快回去。”

拦住全身早已湿透的姚羽琦，唐钰拿起原本披在自己身上的蓑衣，披在姚羽琦的身上。

“快回去，雨势太大了，你这样会生病的。”

姚羽琦抬起头，连她自己也不知流在脸上的究竟是雨水还是泪水：“唐钰，你离开这里好不好？唐钰，你不要呆在这个地方——”

“羽琦，你怎么了？到底怎么了？”唐钰急了，这样的姚羽琦是他从未见过的。她脸上的悲痛与绝望，就像把刀一般，绞着他的心。

“你快走，不要再为我而留在这座吃人的皇宫。迟早有一天，我也会害了你，像害死朵儿和琴儿一样——”

“羽琦，什么朵儿？什么琴儿？我不明白你说什么。”

“不要管我说什么，我只要你现在就离开这座皇宫，不要当什么侍卫统领——离开这里——马上离开这里——”姚羽琦又哭又笑的，“其实，我知道了真相又如何呢？我什么也不能做，我什么也不能做——唐钰——我真的好难过——好难过——”

“羽琦！”唐钰再也忍不住，一把将她紧紧地抱进了怀里，“没事的，没事的。有我在，你会没事的。”

他轻拍着她的背，就像小时候，当她受了委屈，他将她抱在怀里，拍背安慰时的情景一样。

姚羽琦在唐钰怀中失声痛哭，哭得像个孩子一般。

“唐钰，你离开这里好不好？离开这里好不好？”姚羽琦埋首在他胸膛里，一边哭一边哽声哀求。

唐钰轻轻地摇了摇头：“羽琦，你现在这个样子，你让我怎么安心离开？如果这里真是吃人的皇宫，我更要留下来保护你。”

姚羽琦泪眼婆娑地抬起头：“唐钰——”

唐钰轻轻叹了口气，伸手轻抚上她苍白的脸颊：“我从来没见你这样哭过。羽琦，看到你现在这副模样，我真后悔当初去闯荡江湖。如果当时我留下来了，今天你就不会进宫——”唐钰的眼里闪过了沉痛与懊恼，“所以，羽琦，你让我留下来好不好？让我留下来，好好地保护你——我们——我们是最好的朋友，不是吗？”

那“朋友”二字，苦涩了他的心。

很早很早以前，他就知道。羽琦对他，只有兄长朋友之意，并没有男女之情。也正因为这样，那个时候，他才会离开，去江湖闯荡。原本以为，离开了，就会忘却。但很多情感早已深刻在了灵魂的深处，无论是逃到了天涯还是海角，是抹也抹不去的。

既然无法忘却，那么，就让他深深地记住吧！

只要能守在她的身边，他就心满意足了。

“唐钰——”姚羽琦哽咽得无法出声。

“好了，快回去吧！雨势太大了，不要再在这里呆着，不然会生病的。”唐钰笑着，扶着她走回了羽心殿。

看着那露着笑窝的、略带着孩子气的笑容，姚羽琦的心底被温暖填得满满的。

“我所认识的姚羽琦是坚强而打不倒的，怎么可以就这样屈服了呢？”唐钰轻轻地撩起她被雨水打得散乱的黑发，“你不是一直说吗？人生总是会充满希望的。”

姚羽琦重重点了点头。

"对嘛,这才是我所认识的姚羽琦！快回去睡吧,我在外面守着。"

姚羽琦回身,正欲走回殿里的时候,却又转头对唐钰轻声道:"唐钰,谢谢你。"

"我们什么交情啊？还谢谢来谢谢去,我可是会生气的。"唐钰假意露出了不满。

这时有宫女闻声跑了出来,惊见姚羽琦满身湿透,不由惊呼:"昭容,您怎么淋成这副样子？"那些宫女连忙取衣取毛巾,拉着姚羽琦就进殿了。

唐钰凝视着姚羽琦纤弱的背影,心底却狠狠地揪痛起来。

抬起头,他环视了眼四周那些绿瓦红墙,眼中闪过了冰冷如刀锋般的神色:"吃人的皇宫吗?羽琦,你放心。只要有我在,就算这真的是座吃人的皇宫,我也不会让那些妖魔鬼怪靠近你半步的。"

转过身,他握紧了手中的长剑,重新投入了风雨之中……

一夜辗转反侧,直到天亮的时候,姚羽琦才昏昏沉沉地睡过去。

迷糊中,隐隐感觉有人在自己唇瓣上轻啄了一下,让她瞬间惊醒。

"皇上？"她惊愕地看着眼前那张熟悉的脸。

"怎么看见我老是这样一副表情？"皇帝轻笑着,又惩罚性地在她唇上印下一个吻,良久,他才心满意足地放开了她。

"你又不听话了,刚才叫我什么？"

"皓。"姚羽琦低唤了一声。

皇帝看了她一眼:"脸色这么苍白,昨夜没睡好吗？"

"不,没有。我睡得很好。"姚羽琦撑坐了起来,觉得头还是有点昏沉。

"真的?"皇帝抬高了眉,看不出是喜是怒,"听宫女说,昨夜你淋雨淋了满身湿。"

姚羽琦一惊。

皇帝伸手轻抚上她苍白的脸颊:"羽琦,你究竟要到什么时候,才能对朕敞开心扉？"

姚羽琦微默。

"不开心吗？"皇帝若有所思地看着她。

姚羽琦轻摇了摇头。

皇帝不再追问,而是伸手轻抚着她苍白的脸颊:"记不记得后天是什么日子？"

"后天？"姚羽琦怔了怔,"什么日子？"

"我就知道,你忘记了。"皇帝笑了,"后天是九月初七,你的生辰。"

"我的生辰。"姚羽琦错愕地抬头看向皇帝,"为什么你——"

连她自己都忘记了,他却记得。

"你的一切我都要了如指掌。"皇帝忽然凑近了她,在她略显冰凉的唇上印下一个轻吻。

那一瞬间，姚羽琦心中一恸。

"还记得我曾说过吗？凤天皇朝每年选妃之后，都要大摆宴席，只是这一次，我为你而延迟了。最近又发生了这么多事，这场宴席一直没有准备。刚好后天是你的生辰，所以，后天这场为你延迟的宴席，也可以为你而开席了。"

姚羽琦想起了早间在宫中看见太监宫女们忙着张灯结彩，原来就是为了这件事吗？

"原本我要送你一个惊喜。"皇帝微微一笑，"不过，看你今天很不开心，所以还是忍不住告诉你，想让你开心一下。"

姚羽琦只觉胸口像有什么堵着："为什么……对我这么好？"

"还需要我再回答一次？"皇帝笑得一脸温柔。

姚羽琦默默地摇了摇头。

"开心一些，我喜欢看见你的笑容。"

姚羽琦淡淡地扯出了一抹笑，但笑容却有点苦涩。

皇帝看着她，眼底深处却掠过一丝不易察觉的异芒。

"姚昭仪不在玄心殿内，她去坤清殿了。"

站在玄心殿门前，姚羽琦看着紧闭的殿门，轻叹了口气。

已不记得这是第几次找姚佳莹，每次来，佳莹都在坤清殿。

佳莹到底是什么时候和皇后这样亲近的？

她应该告诉佳莹朵儿的事情吗？

轻叹了口气，她郁郁寡欢地折回羽心殿。

"要不要我去坤清殿找佳莹？"一直跟在她身后保护的唐钰，终于等到没有旁人在场了，轻声问。

"不用了。"姚羽琦摇了摇头。

唐钰担心地看着她的背影。

他知道姚羽琦不开心，可他一点儿忙也帮不上。

"羽琦。"唐钰开口唤住她。

"嗯？"姚羽琦停下了脚步，转过头。

唐钰微笑："明天是你的生辰，有没有什么想要的东西？"

姚羽琦愣了一下："唐钰，谢谢你。你有这份心意就行了，我没有什么想要的。"

"不如我们私底下庆祝一番好了。"唐钰笑道，"到时找佳莹一起热闹一下。"

姚羽琦苦笑："你不知道吗？明天皇上要大摆宴席——"

"啊，是呀，我差点忘记了。皇上可是特意为你的生辰准备的。"唐钰唇角带着笑，但眼帘却微垂，"虽然对外宣称是每年选妃必办的宴席，但皇上偏偏选了你生辰这天——"唐钰复又抬起头，"羽琦，皇上对你还真不错。"

姚羽琦摇头:“我也不知道他为什么要对我这么好。”

“自然是因为皇上喜欢你,所以才对你好。”

“喜欢我吗?”姚羽琦沉默了。

他总是对她说,他对她一见倾心。虽然他总是给她最好的一切,总是对他温柔细心,可不知道为什么,她无法真正感受到那种情感。

也许因为他是皇上吧?

他一直高高在上,让她不自觉地产生了一种隔阂感。

而且,她对他……姚羽琦苦笑。

她不是佳莹,她更无法对一个自己不爱的男人做出回应。

上苍把一切都打乱了。

如果这个时候,皇上对佳莹像是对自己一般宠爱,那么,一切都会变得不同了吧?

“怎么了?”唐钰见姚羽琦发呆,不禁担心地问。

“没事。”姚羽琦抬起头,敛起了心神,“我们先回去吧!”

正说着,前面忽然走来几名朝廷官员。应该是刚刚跟皇帝商议完国家大事。

姚羽琦一看,那些人里有一道熟悉的身影。

正是萧靖。

“参见姚昭容。”官员们见到姚羽琦纷纷行了礼。

“各位大人平身。”

姚羽琦偷偷看了眼萧靖苍白的脸色,想问他身体好些了吗?却问不出口。

那些官员告辞离去,萧靖也跟着走了。

自始至终,他都未曾往她这里看过一眼。

姚羽琦有些失望地看着萧靖。

不知道他是不是因为她上次弄断玉箫的事还在生气。

姚羽琦脸上所有的变化都被唐钰尽收眼底,心底涌上了百般滋味,他盯着萧靖离去的背影,忽然间感觉到,这个男人似乎对羽琦是最特别的。

第十三章 成仇

坤清殿

翡翠玉钗、玛瑙镯子、珍珠项链、凤凰步金摇……姚佳莹看着桌上满目的珠翠珍宝，眼花缭乱："真的好漂亮。"

皇后坐在一旁喝着花茶，淡淡地笑道："佳莹，看看这些珠玉，你喜欢哪些就拿去吧！或者，本宫全送给你好了，免得你还要挑来选去。"

"皇后娘娘——"姚佳莹惊喜地下跪，"谢皇后娘娘赏赐。"

皇后放下手里的花茶，将姚佳莹扶了起来："平身吧！本宫不是说过了吗?若是无外人在场，你不要对本宫这么多礼。本宫可是真心拿你当妹妹看待——"

"娘娘。"姚佳莹心中满是感动，"臣妾能在这宫里遇见你，真是太好了。"

皇后抓着姚佳莹的手轻拍了拍："明天晚上，本宫还有一个大礼要送给你。"

"大礼？"姚佳莹一怔，"娘娘，您已经赏赐臣妾够多东西了，臣妾愧不敢当——"

"这份大礼妹妹你可是一定要收下。"皇后笑得暧昧，"若是妹妹不收，一定会后悔的。"

"娘娘——"姚佳莹疑惑地看着皇后。

"本宫已经安排好了，明天宴席结束之后，皇上会留宿玄心殿。"

"真的吗?"姚佳莹惊喜地看着皇后，"皇后娘娘，臣妾——臣妾——"她激动得语无伦次，觉得自己就像在做梦一般。

她的愿望终于要实现了吗?

皇后轻叹了口气："这些日子真是难为你了。后宫佳丽三千，皇上又忙于国事，有时难免会有疏忽，冷落佳人。妹妹，只要你好好伺候皇上，就是对本宫最大的报答了。"

"是。"姚佳莹连连点头，"臣妾一定会尽心尽力服侍皇上，一定不会辜负娘娘的期望。"

"嗯，这才乖。"皇后赞许地微笑，似又想起了什么，问道，"对了，最近姚昭容身体如何了？"

“好得差不多了。”

“姚昭容总是多灾多难，皇上常去羽心殿也是人之常情——也许本宫该请高僧作场法事，为你姐姐转运一下。”

听皇后提及姚羽琦，姚佳莹微微垂下了眼帘。

皇后略有深意地看着她：“听说明日的宴席，皇上是为了替姚昭容庆生而特意选在明日的。”

庆生？

姚佳莹心中微微一揪，是啊，明日是姐姐的生辰，可是，她竟给忘记了。

是不经意忘记了，还是自己不愿再去想呢？

不过，姐姐也真是集万千宠爱于一身呢，连生辰皇上都给记着了。

皇后苦笑：“皇上真是宠爱姚昭容，有时候，连本宫都有些嫉妒了——”

姚佳莹没有回答，只是暗暗地收紧了手心。

天幕已渐渐暗沉了下来，然而宫里却是一片灯火通明。

晚上这里将举行凤天皇朝三年一度的欢庆宴席。原本是每年选妃之后便开设的，而这一次却因为皇上下令延迟，宫里的人都知道，皇上是为了姚昭容而延后，这次也是因为姚昭容而开设。

集万千宠爱于一身的姚羽琦，现在成为了宫里风头最盛的嫔妃，甚至有传言，皇后与德妃，终有一日会被姚羽琦踩在脚底下。

这样的风言风语，让姚羽琦心烦不已。

宫里人多是非也多，现在她是德妃与皇后都得罪了，终有一天，皇后和德妃找到机会，一定会狠狠地报复自己吧？

姚羽琦苦笑。

现在她对这些都不在乎。

她并不害怕死亡，只希望自己身边的人能安安心心地生活下去。

坐在妆镜前，姚羽琦对着镜中的自己发呆，任由宫女为自己打扮。

虽说今日是自己的生辰，但她一点也高兴不起来。今早又去了玄心殿一趟，可惜，还是没能见到佳莹。

佳莹她好像……忘记了她的生辰了吧？

她的心底隐隐涌上了一丝失落。

“姚昭容，时辰差不多了。”

“嗯。”姚羽琦轻点了点头，站起身，也带起了一道华丽的光晕。

她的身上穿着一件紫色的长裙，做工精细，特别是外面穿着那一层白色的轻纱在月光下竟会折射出淡淡的银芒。

“昭容，您今晚真漂亮。皇上为您准备的这件月神之裙真是太适合您了。”身边的宫女惊叹不已。

姚羽琦低头看了眼身上的长裙。

月神之裙。

这件衣服也不知皇帝用了什么料子，在月光下能散发出淡淡的光芒。

穿上这件衣服出席宴会，她一定会成为众人的眼中钉吧？

集万千宠爱于一身，究竟是祸还是福，连她自己也有些模糊了。

脑海中飞快地闪过了那小木屋里老人所说的话——

“如果有一天，你集万千宠爱于一身，就应该好好想想原因。因为他们宠爱一名妃子只有两种可能。一种是因为短暂的新鲜感，还有一种，就是出于某种拉拢性的政治目的。”

宴席上，热闹非凡。

这次宫里几乎所有的嫔妃都出席了。

皇后、德妃、贤妃、贵妃……每个人都盛妆出席，姚羽琦这次总算见识到了，皇帝的身边有多少女人。

她被安排坐在皇帝的左边，而皇帝的右边坐的就是皇后。

往年皇帝一般都是安排德妃坐在自己左边的，但这一年，却换了人。很多人都带着看好戏的心理，看向坐在仅次于姚羽琦下座的德妃。

她还是那一副淡漠平静的模样，就好像坐在哪里都一样。

笙歌漫舞，鼓乐齐响。

姚羽琦却坐如针毡，她的目光不住地搜寻着姚佳莹，终于在众嫔妃的一角看到了佳莹。

她一个人坐在那里喝着酒，脸上看不出什么表情。

“佳莹——”姚羽琦原本想站起，却被皇帝给一把拉了回来。

“羽琦，你想去哪里？今晚，你得陪着朕，哪里也不准去！”皇帝已经略有几分醉意了，他亲昵地靠近姚羽琦，唇角噙着笑意，三分邪魅，七分慵懒。

这样的皇帝吸引住了众多嫔妃的目光，却也让姚羽琦浑身僵硬。

如果眼神能杀人的话，现在的姚羽琦也不知死了多少次了。

“羽琦，朕在同你说话，你却看着哪？”皇帝伸手轻托住她的下巴，将她的脸转了过来，“朕要你看着朕，眼里永远都只有朕。”

“皇上——”姚羽琦无奈地看着他。

她感觉得到，这回连皇后都紧紧盯着自己。

皇帝的醉意是越来越重了，连说话都不看场合。

她想推开皇帝，但当着这么多人的面又不敢就这样放肆。皇帝却越靠越近，在外人看来，他们是当众在打情骂俏。

终于，席间有人忍不住站了起来。

“皇上，皇后娘娘，臣妾身体不适，先行告退了。”

姚羽琦转头一看，竟是姚佳莹。

皇帝终于将注意力放到了姚佳莹的身上：“好吧，姚昭仪既然身体不适，就好好歇息去吧！”

“谢皇上。”姚佳莹福了福身，离去，自始至终都没看姚羽琦一眼。

姚羽琦心口就像堵上了一块巨石。

她知道佳莹在怪自己。

这几天佳莹对自己避而不见，恐怕皇上也是其中的一个原因吧？

皇后见姚佳莹走远，转过头对皇帝微笑道：“皇上，姚昭仪身体不适，不如等宴席散去之后，您去玄心殿一趟吧！”

皇后话中的意思，皇帝又怎会不明白？

“好。”他淡淡地应了声，便又拿起了桌旁的美酒，“羽琦，朕还未祝贺你的生辰——”

皇后也拿起酒杯：“是啊，妹妹，你的生辰怎能不祝贺，本宫也敬你。”

皇帝皇后这一举杯，底下的人也纷纷举起了酒杯。

“恭祝姚昭容生辰。”

姚羽琦慌忙也拿起酒杯：“臣妾不敢当。谢过皇上，皇后娘娘——”

将酒一饮而尽。

姚羽琦却觉得这酒是苦的。

酒宴终于结束了。但皇帝却醉了，而且醉得不轻。

皇后原本想派人将皇帝送去玄心殿，但酒醉之后的皇帝，哪里也不肯去，一直紧紧抓着姚羽琦不肯放手。只要谁敢动他一下，他就要拖那人去斩首。

于是，谁也不敢动皇帝。

即使皇后有命令，也没有人敢上前拉开皇帝。

最后，皇后只能让皇帝和姚羽琦一起回了羽心殿，随后又派人送了一杯醒酒汤给皇帝，希望他酒醒之后，会记得要去玄心殿。

已经三更天了，羽心殿里，姚羽琦看着醉得不省人事的皇帝，轻轻叹了一口气。

现在皇帝霸占了她的床，她只好在一旁干坐着。

酒醉后的皇帝霸道而不可理喻，他要怎样就怎样，我行我素。

不过，他是皇帝，又有什么是他不敢做的呢？

再次叹了口气，她拿着锦帕，想为皇帝拭汗，却被皇帝猛地一把抓住了手。

“羽琦——”

皇帝并没有醒，但嘴里却是低唤着她的名字。

姚羽琦想挣开手，却见皇帝的眉峰微蹙了起来，好像被什么困扰了一般。

“羽琦，你要去哪里？哪里也不准去，朕哪里也不准你去！”

“我在这里。”姚羽琦只能放弃了挣扎，轻声安慰。

得到承诺，皇帝似安了心一般，眉间也微松了开来，再度沉沉睡去，但是抓着她的手却一直没有放开。

难道他想就这样抓着自己一晚上吗？

姚羽琦苦笑。

原本她还想去玄心殿一趟呢，不知道佳莹现在怎样了？

宫殿里，一片清冷寂静。虽然点了灯，她却不觉得明亮温暖。

已经三更天了，皇上还没有来。

是酒宴还未结束吗？

不可能吧？酒宴不可能开到这么晚的。

再一次走到殿门口，她往外看了一眼，还是没有人影。

难道皇上不来了吗？

心中涌上了不安与焦躁。

终于，她看到一道人影往这里赶来，她定睛一看。

是小李子。

皇上的贴身太监。

她心中一喜，迎了上去：“李公公，皇上呢？”

李公公朝她微躬了躬身，脸上露出了为难的神色：“昭仪，皇后娘娘让奴才通传一声，今晚皇上不来了。”

姚佳莹脸色一白：“你说什么？怎么会这样的？皇后娘娘不是说好了吗？今晚皇上会留宿玄心殿的？”

小李子犹豫了一下：“因为皇上去了羽心殿了。”

“羽心殿？”

姚佳莹踉跄着退了一步，脸色更为惨白。

“居然去了羽心殿吗？”

姚佳莹紧紧地握起了手心，眼角已然湿润。

“为什么？姐姐，为什么又是你？为什么又是你？”

“你不是答应过我，会分一些皇上的宠爱给我吗？可是——你总是在做伤害我的事——总是这样——”

“原来你说的都是骗人的。”

“全是骗人的。”

姚羽琦只觉得心头一跳，猛地睁开了眼睛。

神色迷茫地撑起身子，这才发现自己竟躺在床上。

记得昨夜她的床被酒醉后的皇帝霸占了，她照顾他到后半夜，最后，终于困得不行，便靠着床沿睡着了。

“皇上呢？”一想起皇帝，姚羽琦顿时清醒。

殿外有宫女闻声推门走了进来。

“昭容，您醒了？”

“皇上人呢？”

“皇上一早便去早朝了。”

是他抱自己上床的吗？

姚羽琦心中一暖。

“对了，我得去找佳莹。”

昨夜佳莹半途离席，一定是生气了。

姚羽琦慌忙翻身下床，她得跟佳莹解释。

“昭仪有吩咐，她不想见任何人。”

“连我也不见吗？”

“对不起了姚昭容，我们这些奴才也只是奉命行事。”

……

姚羽琦看着紧闭的玄心殿大门，沉沉叹了口气。

她就知道佳莹一定是生气了。

她该怎么办呢？

心情郁结地往回走，走到拐角的凉亭时，她见四周清静，景色怡人，便在凉亭坐了下来休息。

现在不知要怎样跟佳莹解释。

长道旁走来几名嫔妃，有些姚羽琦认的，有些不认的。

姚羽琦不想跟她们打交道，忙背过身，假装坐在那里看风景。

“现在皇上可真宠着姚羽琦啊！简直当宝了。”

“可不是吗？连皇后和德妃都给比下去了。”

“唉，先不提皇后和德妃，那个姚佳莹可是她妹妹呢，怎么姐妹俩这样天差地别。”

“你们说她们两姐妹会不会就此成仇人了？你们没看见吗？昨天的宴会上，姐姐坐在皇帝身边，妹妹却坐在角落无人理，换谁，谁都无法咽下这口气。”

“其实那个姚佳莹也挺倒霉的，不是说那夜皇后还特意安排了让皇上去玄心殿吗？结果，被她姐姐捷足先登了。”

"是啊，在这座皇宫里，就算是姐妹亲情，也不算什么的。谁得到了皇上的心，谁才是真正的赢家。"

……

那些嫔妃走远了，议论声渐远了，姚羽琦的心却结成了冰。

她万万没有想到，原本皇帝昨晚是要留宿玄心殿的。

佳莹那么爱皇上，她一直在盼着这一天，可是……姚羽琦心头一揪，就要起身再度走回玄心殿，这时有宫女在身后唤住了她。

"姚昭容——"

"什么事？"姚羽琦转身问。

"昭容，谢太医正在羽心殿，说是有事要找昭容。"

"谢太医？"姚羽琦不知谢秋书找自己什么事，看了眼不远处的玄心殿，轻轻叹了口气。

就算自己现在去找佳莹，她也不会见自己吧？

也许应该等她气消一些了，再来找她解释比较好。

希望她和佳莹不会像那些嫔妃所说的一样，会姐妹成仇。

回到羽心殿，谢秋书已经在殿里等着她了。

"谢太医，您找我什么事？"

谢秋书微笑着拿出了一个锦盒："昭容前几天让微臣修补的东西，臣已修好了。"

"真的吗？"姚羽琦惊喜地接过。

打开来一看，盒子里躺着的正是萧靖那支玉箫。拿起玉箫仔细端详了一番，几乎不见半点修补的瑕疵。

"真是太谢谢你了，谢太医。"

"昭容不用客气，微臣只是略尽了些薄力而已。"

"玉箫补好我也就放心了。"

这回萧靖应该不会生气了吧？

"什么放心了啊？"殿外忽传来一道熟悉的女声。

姚羽琦抬头一看，见纪芷兰正走进来。

"芷兰姐姐，你来啦！"姚羽琦惊喜地迎上去。

纪芷兰刚走进殿里，就看见了谢秋书，微微一怔，随即笑道："怎么，羽琦你不欢迎我来吗？"

"芷兰姐姐真是说笑了，我开心都来不及呢。"姚羽琦拉过纪芷兰在一旁坐下，"快坐，你最近好像瘦了好多。病好些了吗？"

"好多了。"纪芷兰淡淡一笑，脸色却还是很苍白。

"我看你的样子，一点也不像好多了的样子。听服侍你的宫女说，你的病一点都不见起色。对呀——"姚羽琦转头看向谢秋书,"刚好谢太医也在这里。谢太医你帮芷兰姐姐看看吧!"

"不用了。"纪芷兰慌忙站起,"不用劳烦谢太医了,羽琦,我真的没事。你们刚才好像有事在聊,我先回去了,就不打扰你们了。"

"芷兰姐——"

还未等姚羽琦回神,纪芷兰已离去。

远远的,姚羽琦听到纪芷兰压抑的咳嗽声。

"芷兰姐姐这是怎么了?为什么不肯看病?"

姚羽琦回过头,就见谢秋书一脸担忧地看着纪芷兰离去的背影。

"谢太医——谢太医——"

连唤了两声,谢秋书才回过神。

"昭容。"

"谢太医,你怎么了?"

"微臣没什么。"谢秋书微垂下眼帘,淡淡地问,"不知纪才人病了多久了?"

"应该有一段时间了吧!上次我遇刺受伤时就听说她病了,这期间有去看过她几次,一直都是虚弱苍白的模样,丝毫不见好。"姚羽琦叹了口气,"不过,也不知道为什么,芷兰姐姐就是不肯看太医,只说是老毛病,自己会好。"

"老毛病吗?"谢秋书微一沉吟。

"对了,谢太医,芷兰姐姐曾说过,你和她从小就相识,你可知道她有什么旧疾吗?"

谢秋书点头:"她自小有喘症。"

"喘症?这就难怪了,喘症若是发作起来,很难好的。我看不能再这样拖下去。"

"纪才人气虚血弱,应该及时调养,否则会落下无穷后患的。"

姚羽琦思索了片刻:"这样吧,我想个办法。到时可要麻烦谢太医了。"

"微臣自当尽力。"谢秋书躬身告辞,"臣先告退。"

"好,谢太医慢走。"

姚羽琦目送着谢秋书离去,回想起刚才他眼中的担忧,轻轻叹了一口气。

分明二人相识相知,但在宫中碰见,竟如同陌生人一般。

心中泛起一丝复杂的情绪,姚羽琦低头看了眼手中的玉箫。

不知要怎样将玉箫还给萧靖呢?

光还给他玉箫,也许诚意还不够吧?

夜已深沉,姚羽琦却在劲竹园附近徘徊不去。

她不知道萧靖有没有在里面,可是她又有点怕见到萧靖,上次见面他就是一副冷冷淡淡的模样。

也许，这只玉箫还是交由谢太医还给萧靖吧！

正欲离开，隐隐听到园子里传出阵阵压抑的咳嗽声。

姚羽琦心中一紧，走进园子，就见一道熟悉的身影正扶竹弯腰，不住地低咳。

“萧靖——”

她心头莫名一痛，连忙飞奔向萧靖。

“萧靖，你怎么了？”

姚羽琦担忧地扶住萧靖。

月光下，他的脸色苍白而无血色，就连唇色也是淡青的，额间布满了细密的冷汗。

“我、我没事。”萧靖轻轻推开了姚羽琦的扶持，神色一如既往的淡漠疏离。

“可是——”姚羽琦担忧不已，“你的脸色真的好难看。”

“只是老毛病而已。”萧靖又低咳了两声，忽然，他脸色一变，压抑地低哼了一声，一手紧紧抓住了心口，连眉峰都紧蹙了起来。

“啊，萧靖，萧靖，你没事吧？”姚羽琦慌了，就要喊人救命，“来人——”

萧靖连忙伸手紧紧捂住了她的嘴：“不要叫。”

他的手好凉。

“唔唔！”姚羽琦连连点头，然后示意萧靖放开自己。

萧靖放开了手，无力地靠着背后的翠竹。他看了姚羽琦一眼，想说些什么，但最终无力开口，便伸手往腰间摸索，似想拿什么东西。

“你想拿什么？”姚羽琦轻声问。

“药。”萧靖终于说出了一个字，这一开口，便又是一阵剧烈的咳嗽。

“我帮你拿。”姚羽琦也不管什么男女授受不亲了，伸手就往萧靖腰间摸去。终于，她摸到了一个藏在腰间的香囊。

“是不是这个？”

萧靖无力地点点头。

姚羽琦打开了香囊，发现里面放着几粒白色的药丸。

“要吃多少啊？一粒够不够？”

萧靖再次点头。

姚羽琦掏出一粒药丸，塞进了萧靖已青紫的嘴里。

萧靖盘膝坐下，微合起了双目。

姚羽琦索性就坐在他的对面，然后直勾勾地盯着他的脸，观察他的气色。

大约过了半炷香的时间，萧靖的脸色终于恢复了一些红润。

姚羽琦见他睁开眼睛，紧张地问：“你没事了吧？”

“没事了。”萧靖淡淡地回答。

“没事就好了，刚才吓死我了。”姚羽琦心有余悸地拍着胸口。

萧靖自怀中掏出了一个小锦盒，打了开来，然后从里面拿出了一枚银针，对准自己胸口的穴位轻轻刺了进去。

姚羽琦呆呆地看着那枚银针："原来你也会医术。"

萧靖轻点了点头，又将银针分别刺入其他几个穴位，气色开始渐渐恢复。

"你可知道这样叫喊有什么后果吗？"萧靖将银针收起淡淡地问。

他这一问，姚羽琦就明白了。

她苦笑了一下答道："我一急，就没想那么多了。"

经历了这么多事，她也渐渐明白了，在这座深宫里行事，凡事都要三思而后行。

"只要安一条深夜私会情人的罪名，便可以让你我满门抄斩了。"

她想起以前她在竹林里留字给萧靖。

"现在我也明白了，那次你为什么要抹去竹上的刻字。"

捕捉到她眼底的落寞与寂寥，萧靖不由得掩唇轻轻咳了两声。

"这个东西还给你。"姚羽琦拿出了锦盒。

萧靖接过，打开一看，竟是那支断裂的玉箫。

"上次把你的玉箫弄断了，很抱歉，可惜我不会修补这些东西，只好请别人代劳。谢大哥说，那个工匠的手艺很好的，我想这玉箫应该还能吹奏吧！"

"我知道。"

"你知道？"姚羽琦讶异地抬头看了他一眼。

"秋书已经跟我说过了。"

"原来谢大哥已经同你说过了吗？"姚羽琦脸上微微一热。

萧靖拿起玉箫，这才发现锦盒里还多了一个东西。

是一个编织精细的红色流苏饰坠，上面还镶了一粒翠绿色的珠玉。

"我手艺不太好，你可不要嫌弃啊！"姚羽琦微低着眼眉，有些无措地绞着双手，"我思来想去，这玉箫能修好，也是谢太医一手帮忙的。但这玉箫是我弄坏的，我想，至少我也应该做些补偿——虽然这些补偿不算什么，可是——"

"谢谢。"萧靖淡淡地说。

姚羽琦惊喜地抬头："你不生我气了？"

那目光太过明亮，让萧靖微微失了神。

他别开了脸，掩唇低咳了两声："我从未生过气。"

姚羽琦心中一喜，只觉这几日心口郁结之气都烟消云散了。

"我听谢太医说，你前几日病得很重，现在可有好些？"

"嗯。"萧靖淡淡地点头。

姚羽琦想起那日遇刺后的情形，又低声道："谢太医说你动了真气，所以这次病发得比较厉害——你——"她犹豫了一下，还是问了，"你跟人动武了吗？"

"只是与皇上切磋的时候，不小心动了真气。"

“原来是这样吗？”姚羽琦有些失望，难道那日不是萧靖救了自己？

也许，不是他吧！

若真是他，也不用这样瞒着自己啊。

可是为什么那么巧，他也会用针灸之术？

两人就这样静静地坐着，沉默了许久，姚羽琦抬头看向天空：“萧靖，我终于明白了，那日你所说的话，是正确的，而我却还在怪你无情。你说我是不是天底下最笨最傻的人？”

“我想我是应该学会这宫里的规则了。也许只有学会了残酷，才能更好地保护身边的人吧！”

萧靖没有回答，只是眼底闪过淡淡的复杂……

第十四章 埋情

FENGHUANG MOU

“对不起，姚昭容请回吧！昭仪有吩咐，她不想见您。请您别难为我们这些奴才了。”

再一次被姚佳莹拒之门外，姚羽琦心情失落不已。

佳莹就是不肯听她解释，难道她们不能再回到过往了吗？

沉沉叹了口气，她走回了羽心殿，发现纪芷兰已经在殿内等着她了。

“芷兰姐姐，你来啦！”

“是你约我来的，却让我在这里等了这么久啊？”纪芷兰掩唇轻咳了两声。

“对不起，我——”

“傻丫头，我只是开个玩笑而已。”纪芷兰看着姚羽琦失落的脸庞，“你去找佳莹了？”

“嗯。”姚羽琦点头，眼中掠过一丝心痛，“她还是不肯见我。芷兰姐，佳莹现在对我误会甚深，我已经不知道该怎么办了。”她的语声哽咽了。

从小她和佳莹的感情就非常要好，二人相依为命，甚至许下誓言要永生永世生活在一起的，如今却已物是人非。

纪芷兰轻叹了口气，起身轻拍了拍姚羽琦的肩：“会没事的。只要找到机会跟她好好解释一下，毕竟血浓于水，你们姐妹二人的感情，不会这么容易就被破坏——”

“嗯。”姚羽琦点头，现在除了这样想，也别无他法了。

纪芷兰忽然剧烈地咳嗽起来，脸色更是惨白成一片。

“芷兰姐，你没事吧？”姚羽琦吓了一大跳，急忙拍着她的背。

“我——我没事——”纪芷兰勉力地止住咳，强笑，“只是不小心被呛到了。”

“快，我扶你坐下休息。”姚羽琦扶着纪芷兰坐下，并为她倒了一杯水，芷兰姐姐，你病得这么厉害，为什么就是不肯让太医给你看看呢？”

就在这时，有宫女走进来通报：“启禀昭容，谢太医在外求见。”

纪芷兰一怔，姚羽琦却是舒了一口气。

“他总算来了，快请谢太医进来。”

“是。”宫女退下。

“羽琦，你和谢太医有事要相商的话，我先走了。”纪芷兰起身就欲告辞，却被姚羽琦一把强按着坐下。

“芷兰姐，这回你一定让太医给你看看——”

“不用了，我真的没事。”姚羽琦推开姚羽琦就朝殿门走去。

“芷兰姐！”姚羽琦想拉却是不及。

“纪才人，请留步。”一道身影拦住了纪芷兰的去路。

是谢秋书。

纪芷兰的脸上已没有笑容，淡淡地道："请谢太医让开一条路，我要回去休息了。"

谢秋书深深凝视着她苍白的脸："纪才人，若是你的病再这样拖延下去，会造成无穷的后患。"

“劳烦谢太医操心了，我自己的身体自己很清楚。”纪芷兰冷冷地拒绝，就想绕过谢秋书的身边，走出殿外。

“纪才人！”谢秋书情急之下，一把抓住了纪芷兰的手腕。

纪芷兰浑身一颤："谢太医，请放手，你知不知道自己在做什么？我的病不需要你来治。"

“对不起。”谢秋书眼中闪过一丝心痛，放开了手。

这是姚羽琦头一次从纪芷兰眼中看到这样的表情，连忙跑过去打圆场："芷兰姐姐，你不要怪谢太医，是我的错。是我担心你的身体，请他为你治病的。"

“不需要。”纪芷兰忽又剧烈地咳嗽起来，“我不需要他为我治病！我、我不需要——”她越说越急，也越咳越急，伸手紧紧揪着胸口。

“芷兰姐姐——”姚羽琦担心地拍着她的背，“你不要激动，不要激动——”

“马上把她扶到椅子上，我为她诊脉。”谢秋书知道不能再拖下去，当机立断。

“好。”姚羽琦也顾不得纪芷兰反对了，和谢秋书一起，强行扶纪芷兰坐下。

“谢秋书，我不要你为我看诊——走——你给我走——”纪芷兰反手一推，竟一掌打上了谢秋书的胸膛。

谢秋书踉跄退了好几步才稳住身形，捂着胸口脸色惨白。

姚羽琦怔住了。

芷兰姐姐……她会武功的吗？

“羽琦，对不起，我要先走了。”纪芷兰也顾不上解释了，夺门而出，然而没走几步，眼前却是一黑，便朝地上跌去。

“芷兰姐！”姚羽琦惊呼，就欲救人，谢秋书却早一步接住了她软倒的身躯，心痛万分地看着纪芷兰苍白憔悴的脸："芷兰！就算你不愿见到我，也不要拿自己的性命做赌注啊！"

他脸上那沉痛的神色，让姚羽琦吃了一惊。

她果然没有料错，纪芷兰和谢秋书并不只是简单的相识而已。

好不容易等谢秋书为纪芷兰把完脉，姚羽琦紧张地问："怎么样？谢太医，芷兰姐她没事吧？"

谢秋书轻摇了摇头，却掩去了眼底那抹异样："她没事。只是受了风寒，引发了喘症，多休养一阵就不碍事了。"

"这我就放心了。"姚羽琦轻舒了一口气。

"微臣现在先开一副药给纪才人，她服下之后，应该会舒服一些。"谢书秋正欲起身开药方，脚下却踉跄了一下。

"谢太医——"姚羽琦连忙扶住他，"你没事吧？"

刚才纪芷兰激动中的那一掌，并不轻吧？

"没事。"谢秋书笑了笑，笑容还是那样温暖亲切，但脸色却有点苍白。

"没想到芷兰姐竟会武功。"姚羽琦看了眼床上昏迷的纪芷兰，"原本以为她体弱多病，手无缚鸡之力，果然人不可貌相。"

"因为她自小身子不好，所以纪伯父特意请了师父教她武功，让她强身健体。"

"原来是这样。"

谢秋书走到桌前坐下，为纪芷兰开了张药方。

"我这就去。"姚羽琦拿着药方出去找宫女。

谢秋书走到床边坐下，看着纪芷兰苍白憔悴的脸，眼底闪过了淡淡的复杂之色。

"芷兰，你不应该卷入这场斗争。"

他轻轻一叹，这时床上的纪芷兰缓缓睁开了眼帘。

她看见自己躺在羽心殿的床上，又看见了谢秋书，唇角竟勾起了一抹淡而自嘲的轻笑。

"你受的是内伤。"谢秋书看了她一眼，淡淡地道。

"是啊，内伤。"纪芷兰很干脆地承认。

谢秋书沉默了。

"你不去告诉皇帝和萧靖这件事，还坐在这里干什么？"纪芷兰唇角的嘲弄又深了几分。

"芷兰，就算为了我，也不能退出吗？"

纪芷兰惨笑，然后摇了摇头，很坚决地吐出两个字："不能。"

谢秋书眉宇间闪过一丝无法抑制的痛楚，然后起身走了出去。

走到殿门口时，眼前却是一黑，幸而扶住了门沿。

他扬唇扯出一抹苦笑。

她这一掌真的不轻，但痛的，却是自己的心。

身后，躺在床上的纪芷兰见此情景，伸出了手，却又僵滞在了半空中，慢慢地收了回来。

"秋书，对不起。"她低声轻喃，眼角已滑下了眼泪。

谢秋书一走出殿外，就碰见了刚刚回来的姚羽琦。

"谢太医。"见谢秋书一脸的苍白，姚羽琦担心地问，"你没事吧？"

谢秋书轻摇了摇头。

"芷兰姐姐她——"

"她已经醒了。"

瞧见谢秋书眼底的郁色，姚羽琦犹豫地问："你们俩吵架了吗？"

谢秋书走到庭院前，看着天上那枚冷月怔怔地出神。

"谢太医——"看着谢秋书那落寞的背影，姚羽琦也不知自己该怎么安慰，很多想问的话，也不知该怎么问出口。

"其实芷兰是我的未婚妻。"谢秋书忽然道。

"什么？"姚羽琦吃了一惊，"那芷兰姐姐为什么会进宫？"

虽然选秀女时，一般 14 到 18 岁的女孩都要参选，但有了婚约的，就可以例外。

"她这么做，自然有她的理由。"谢秋书凄恻一笑，"当日她执意进宫，谁也没有办法劝服。如果这是她做的选择，那么，我也只好祝福她。"

见谢秋书不愿多说什么，姚羽琦也沉默了。

她倒是没想到，纪芷兰曾是谢秋书的未婚妻。

看起来芷兰姐姐并不像是贪图荣华富贵的人，进了宫，也没见她怎么争宠，那她又为什么要进宫？

目送着谢秋书落寞离去的身影，姚羽琦轻轻叹了口气。

转身回到羽心殿，就见纪芷兰正走出来。

"芷兰姐姐，你怎么起来了？"姚羽琦上前扶住她。

纪芷兰轻摇了摇头："我没事了。谢谢你羽琦，还特意为我请了太医。"顿了顿，她又满是歉意地轻声道，"刚才真是对不起。"

"芷兰姐，你我之间还需要客气吗？只是你和谢太医——"

"他曾是我的未婚夫。"

正不知该如何问起的姚羽琦愣了一下。

纪芷兰凄迷一笑："羽琦，你是不是不能理解，为什么我分明有婚约在身，却还进宫？"

姚羽琦笑道："每个人做每件事总有她自己的理由，芷兰姐若不想说，就不用说了。我们依然是好姐妹，不是吗？"

看着那张诚挚的笑脸，纪芷兰的眼底掠过一丝复杂。

"羽琦，你就是把人心看得太简单了。"

"看那么复杂干什么？若是一直去盘算着别人是不是真心待你，或是一心想着怎么算计着别人，那样的人活得岂不是很累？"

纪芷兰动容了:“羽琦——”

“好啦,别这样啦,你的病还没好呢,快点回去休息吧!”姚羽琦挽上了纪芷兰的手臂,“走吧,我送你回去。”

“不用了,都这么晚了,你别送了。我自己会小心的。”

姚羽琦笑了笑:“对呀,我差点忘记了,原来芷兰姐姐你会武功的,起先真是吓了我一跳呢。一掌就让谢太医退了好几步。”

“他——”纪芷兰轻咬了咬下唇,“他没事吧?”

“应该没事吧!不过,刚才走的时候,脸色还是不太好。”姚羽琦偷偷观察着纪芷兰的脸色,见她眼底闪过一丝担忧和紧张,不禁轻叹了口气。

芷兰姐姐还是很关心谢太医的吧?

就如同谢太医刚才紧张芷兰姐姐一样。

为什么呢?分明是相爱的两个人,却不能守在一起。

心中涌上遗憾的同时,她的脑海里竟闪过了萧靖的身影。

怎么回事?

这个时候,她想起他干什么?

姚羽琦终于碰到了姚佳莹。

在送纪芷兰回去之后,她一个人觉得无聊,便在附近走走,散散心,谁知不知不觉走到了玄心殿,而且碰到了正从坤清宫回来的姚佳莹。

月光下,姐妹俩就静静地站在那里,谁也没有说话。

看着佳莹陌生淡漠的脸庞,姚羽琦心如刀绞。

“佳莹——”

终于她忍不住低声轻唤。

姚佳莹却是淡淡地回了一句:“这么晚了,姐姐不回羽心殿,却在我这里徘徊做什么?不怕皇上在你的羽心殿里等久了?”

姚羽琦轻摇了摇头,却不知该从何开始解释。

“去坤清宫去了一整天,我也累了,姐姐容我先告辞了。”姚佳莹说了一些客套话,便绕过姚羽琦的身旁,朝玄心殿走去。

“佳莹——”姚羽琦一把拉住她。

“姐姐还有什么事吗?”姚佳莹没有回头,冷着声问。

“佳莹,往后不要经常去找皇后,在这座皇宫不要太轻易地相信别人——”

“是啊,在这座皇宫,是不能太轻易地相信别人!”姚佳莹甩开了姚羽琦的手,转过身,直视着姚羽琦苍白的脸,“就连自己的亲姐姐也不能信。”

“佳莹——”姚羽琦浑身一颤,脸色更为惨白,“我、我从来没有骗过你——我——”

“不！你一直都在骗我！”姚佳莹打断了姚羽琦的话，“姐姐，你一直都在骗我，不是吗？”

“佳莹，我没有。”姚羽琦不住地摇头。

“你没有吗？说什么你会保护我？可当我遇到危险的时候，你在哪里？当我害怕，一个人关在玄心殿时，你又在哪里？说什么你会帮我得到皇上的心，可你看看，你自己又在做什么？你病了，皇上陪着你，你不开心了，皇上逗你笑，可他的眼里，却从来没有我的影子，而你，在皇上面前，更是连提也没提一下我的名字——”

那一连串的质问，让姐妹俩同时泪流满面。

姚羽琦不知道自己该怎样解释。现在的佳莹脸上一点也没有开心的样子，眼睛里写满了怨恨和不满。

为什么她们两姐妹会变成如今这样？

心中很清楚，这些误会一时半会儿无法消除，姚羽琦深深吸了口气，强压下心底的忧伤：“佳莹，是姐姐做得不好，最近发生了太多的事，却没有顾及到你。但无论你怎样恨我都好，不要再找皇后——她一定没有安什么好心——”

“你凭什么认定皇后对我不安好心？这段时子，在我最痛苦的时候，陪着我的人，正是她！”

“可是，你知不知道，朵儿——”

“朵儿的事我早就知道了。”

姚羽琦一怔：“你知道？”

“皇后娘娘早就告诉过我了。而且真正害死朵儿的人，是德妃和刘淑萍。”姚佳莹的脸上早就看不见昔日的纯真与善良，“现在刘淑萍死了，也算是罪有应得。而姐姐若还要怨，就应该去怨德妃，不应该把这笔账算在皇后娘娘的头上——更何况，这也是宫中的生存之道。”

姚羽琦只觉浑身脱力，一脸的不敢置信：“佳莹，你怎么会变成这副样子——”

“什么样子？”姚佳莹笑了，那笑容却带着让人心寒的冷意，“我觉得我现在这样很好啊，以前那个懦弱胆小的姚佳莹我现在想起来都可笑！”

姚羽琦眼前一黑，踉跄退了两步。

姚佳莹怔了一下，伸出手就想扶住她，但另一道身影比她快了一步。

“羽琦！”

那道闪出的影子，正是一直暗中跟在姚羽琦身边的唐钰。

“唐钰哥哥？”姚佳莹看着扶住姚羽琦的唐钰，原本伸出的手，慢慢地收了回来，手心握紧。

“姐姐，你真是命好呢。不仅皇上对你宠爱有加，就连唐钰也一直暗中相随保护。我想他会进宫，并不是为了保护我们两个人，而只是为了保护你吧？”

姚羽琦没有回答，唐钰却愤怒了。

"佳莹，你说的都是些什么话？你知不知道这样很伤你姐姐的心！"

"是啊，伤姐姐的心，唐钰哥哥你心痛了是吧？"姚佳莹冷冷一笑，"唐钰哥哥，难道我说错了吗？你早就对姐姐情根深种，这次你会放弃你的自由，入宫当了什么统领，还不是因为看见姐姐受了伤，你心痛，所以才甘愿入宫的。说什么保护我们姐妹俩，说到底，我只是一个附属品，你只是顺道保护我而已——"

"佳莹！"唐钰痛心疾首。

"唐钰，我们之间没什么好说的了。我累了，要回宫了，而你们——也请你们早点离开我的玄心殿，免得打扰我休息。"丢下话，姚佳莹头也不回地离去。

姚羽琦呆呆地站在那里，就好像失了魂一般。

"羽琦——"唐钰回过头，看着姚羽琦落寞的神色，心中一阵阵地揪痛。

"唐钰，你先回去休息吧，不要再保护我了。"良久，姚羽琦的唇角终于勾起了一抹淡淡的笑容，"我想一个人静一静，走一走。"

"可是——"唐钰还是不放心。

"唐钰，麻烦你好吗？不要再跟着我了——"

"好吧！"唐钰无奈地点头。

姚羽琦转过身，失神地朝黑暗里走去。

"羽琦，你这样子，让我又怎放心回去？"唐钰轻摇了下头，然后，又施展轻功隐身进了黑暗里，悄悄跟了上去。

姚羽琦也不知自己走了多久，天色已经完全黑了，宫里早就燃起了无数灯火，把那一片红墙绿瓦照得一片光亮。

姚羽琦抬起头，却发现天际竟连半点月光也没有。

一阵夜风吹过，她觉得有点冷。

分明只是秋季，却如同冬天般寒冷。

不知不觉地，她又走到了一片熟悉的地方。

看着那满园的翠竹，却没看到想见到的身影，姚羽琦觉得心头被悲伤塞得满满的。

她好想见萧靖。

可为什么萧靖没有出现？

为什么？

顺着一株翠竹滑坐在地上，她抬头看着远方那黑沉的天际，唇角扬起了一丝自嘲的苦笑。

"萧靖，为什么呢？我又来这里了？"

她低声自语着，也不知是说给谁听。

"我也不知道为什么，我只是想见见你，扑进你怀里大哭一场，像上次朵儿死的时候那样，这样，我心里还会好过一些。"

“你知不知道，佳莹她变了。变得让我陌生，也变得可怕。这座皇宫，真的会在无形中把所有的人都变残酷吗？”

“那天我还跟你说，我要学会接受呢，可是，事到临头，我还是无法做到。让我该怎么接受呢？我看到佳莹那冷漠的眼睛，就像有一把刀直刺入我的心底——我——”

再也无法说下去，她将头埋入了屈起的双膝之间，压抑地哭泣着。

而另一旁，藏于黑暗的唐钰，则是心痛地闭了眼睛。

在她最伤心的时候，第一个想到的人，竟是萧靖吗？

原来他猜得没错。

萧靖对于羽琦来说，是最特别的。

落寞涌上心头，他在黑暗中黯然转身离去。

注定了，当那一年，他错过了，就注定了会永远地这样错过了……

也不知过了多久，姚羽琦终于将头抬了起来。

天边，隐隐露出了光亮。

天竟要亮了啊，可萧靖并没有出现。

其实，她没有什么要求，她只想……听听他的萧声……

忽然间，她有些明白了。

原来自己早已在不知不觉间，喜欢上了萧靖。

不，她怎么可以喜欢上萧靖？

她是皇帝的嫔妃，而萧靖，却是皇帝的臣子。

她不能害他。

这样的感情会让他们都进入地狱，万劫不复。

轻叹了口气，她落寞地起身离开，并没有注意到，在自己走后不久，竹林的深处缓缓走出了一道白色的身影，一直沉默地目送着她离去……

几乎是一夜未眠。

回到了羽心殿后，姚羽琦基本上都未合眼，只是坐在床边看着窗外发呆。

当天完全亮的时候，有宫女进来通报，说是谢秋书在羽心殿外候见。姚羽琦连忙整妆，让谢秋书进来。

“谢太医，您找我有什么事吗？是不是芷兰姐姐又不肯吃药了？”以为是纪芷兰的事，姚羽琦担心地问。

谢秋书轻摇了摇头：“微臣是受人所托，送件东西过来。”

“受人所托？”姚羽琦不解。

谢秋书拿出了一个锦盒，将盒子递给了姚羽琦：“这是萧靖托我还给你的。”

这个盒子是上次她拿来装玉箫的盒子。

姚羽琦心一沉，打开了锦盒，里面赫然放着那条她为他编织的流苏饰坠。

"他让你还给我？"姚羽琦只觉心口狠狠地揪了一下。

"萧靖让微臣告诉您，无功不受禄，昭容的一片好意，他心领了。"

姚羽琦轻笑，却觉得眼角有些热："他不要就算了。"

姚羽琦紧紧地握住那吊坠，握得连手心都在隐隐作痛。

"姚昭容——"谢秋书有些担心地看着姚羽琦。

"我没事。"姚羽琦轻摇了摇头，"谢太医，谢谢你特意送过来。"

"那微臣告退了。"谢秋书轻叹了口气。

"谢太医慢走。"

送走谢秋书，姚羽琦低头看着手中那条流苏饰坠，只觉心口堵得慌。

他送回来饰坠，就是想告诉她，他们之间不应该再有交集，是吗？

原来她的感情还没发芽便已夭折了。

其实，她应该早料到了，他们之间根本不可能。

可是，她还是爱上他了。

无可救药地爱上他。

是老天故意捉弄她吗？

找了把剪子，狠心将那条饰坠剪成了两半，然后朝窗口远远地扔去。

这样也好！

让一切就这样结束了，免得日后两个人都陷入地狱的深渊里。

可是，心里虽然这样想着，但那疼痛却一分分地清晰起来。

"为什么把这个东西扔了？"

殿外忽然响起了一道熟悉的声音，姚羽琦一惊，站起了身，就看到皇帝站在殿门口，手里拿着的，正是刚才剪断的流苏饰坠。

"臣妾参见皇上。"姚羽琦连忙行礼。

皇帝不满地将她扶了起来："羽琦，你要我说多少次？只要无旁人在，你见到我，都不需要行这种表面的礼仪。"

"是。"姚羽琦点头。

"你还没告诉我，为什么要丢了这个饰坠。"皇帝低头看了眼手中的饰坠，"我刚才经过就见你把东西扔了出来，是你编的吗？"

"嗯。"

"那为什么——"

"我觉得做的不好，所以——"

"做的不好？"皇帝笑了，"这东西做工这么精细，我看宫里没几个人能比得上，哪里不好了？"忽然，他话峰一转，"这是做给谁的？看起来像是装饰乐器或是玉佩之类的饰品——"

"我——我是做给我自己的。"

“是吗？我还以为，你是做给我的。”

“我——”姚羽琦抬头，刚好捕捉到皇帝眼中掠过的失望，“我以后再做一个给你好了。”

“那不如就把这个送我吧！”皇帝说着，竟要将那个剪断的饰坠收进怀里。

“皇上——不，皓，这个东西已经坏了，我再重新做一个吧！”

听到她叫自己“皓”，皇帝的唇角终于扬起了愉悦的笑容：“这个我要了，而你重新做的，我也要。只要是你做的东西，我都要珍藏起来。”

“皓——”姚羽琦动容了。

“你不开心。”皇帝伸手轻抚着她苍白的脸颊，“虽然你一直在对我笑，可是，我看得出来，你并不开心。”

“我没有。”

“想喝酒吗？”皇帝忽然问。

“喝酒？”姚羽琦诧异地抬头。

“我不开心的时候，就会喝点酒，醉了，就什么也不记得了。”

“你也有不开心的时候吗？”

“有。当你不开心的时候，我也不开心。”

这一句话，让姚羽琦眼眶一热。

“你愿不愿意陪我喝两杯？”皇帝深深凝视着她。

“好，我喝。”

她醉了。

醉得很厉害。

可她醉的时候，却展现出了另外一种迷人的风情。

她如同猫一般窝在他的怀里，唇角带着满是醉意的媚笑。

“我没醉哦，我还要喝。原来喝酒真是一件很开心的事，我还要喝。”她伸手环上了他的脖子，醉眼朦胧地看着皇帝，却发现抱着自己的这个人一直在晃动。

“你不要老晃来晃去好不好？”

“好，我不动。”皇帝笑了。

“你骗我！你还在动。”她眨了眨眼，还是感觉视线有点模糊晃动。

“那我们去床上，就谁也不会动了。”

“床上？”她傻傻地重复了一句。

“是啊，我们一起睡到床上，就谁也不会动了。”

他将她抱到了柔软的大床上，低头看着醉得满脸通红的她。

他从来不知道，一个喝醉了酒的女人竟会让他沦陷。

让他忍不住就想占有她。

低下头，他狠狠地吻住了她的红唇。

“羽琦，我说过，你永远都是属于我的。”

疯狂的吻，疯狂的欲望，交织着沉淀在心中已久的情感。

此时此刻，他才知道，原来这个女人早在不知不觉中占据了他的心。

从什么时候开始的呢?

从什么时候开始，他从故意地亲近渐渐变成了习惯性地亲近，若是有一天见不到她的笑容，他就觉得自己的心空荡荡的。

游戏还未结束，他的心竟沦陷了。

这超出了他的控制范围。但此时此刻，他反倒觉得开心。

“羽琦，今晚，我就要你成为我的女人，这样谁也夺不走了！”

他脱去了她的外衣，吻上了她白皙细腻的肌肤。

他如同疯了一般地索取她。

然而，当他与她都到达欢乐的最高峰时，她却在迷离中喊出了另一个人的名字。

“萧靖！”

那就像一把刀，狠狠地刺进了他的心底。

这一刻，他终于明白了，原来，他也会为了爱而痛。

萧靖!

脑袋，沉重得如石，就好像有一把锯子在她脑海里来回锯着，让她头痛欲裂。而且浑身就像是散了架一般，让她提不起一点儿劲。

“好难过。”

她低声呻吟着，抚着额际，艰难地睁开了眼。

忽然，一道轻吻印上了她的红唇，她一惊，神志顿时回笼。

“我已经让人备醒酒汤了。”

面前放大的笑脸，让她愣在那里，一时之间搞不清发生了什么事。

“皓——”

低下头，她更为惊骇。

她全身赤裸，只包着一层薄被，而对面的皇帝，也跟她一样。

脑海里顿时一片空白。

她在使劲地回忆昨夜发生的事情，却一点印象也没有。

“怎么了?这副表情?难道你不想成为我的人?”皇帝伸手轻抚上她冰凉的唇，淡淡地笑。

姚羽琦轻摇了摇头。

其实她迟早都是皇帝的人，这一场意外的酒醉，算是彻底让她死了心吧!

那些未发芽的情感，也就此深深埋进心底的最深处……

第十五章 挣扎

FENGHUANG MOU

坐在小木屋前，姚羽琦跟老人叙说着近来在宫内发生的事。

也不知从什么时候开始，她已经将这个被关在屋子里的人当成了倾诉的对像。

“你能捡回一条命，算你命大。”老人在屋里淡淡地说。

姚羽琦苦笑：“我的命是别人用自己的生命换回来的。我宁愿那天死的人是我。”想起那日为救她而送命的侍卫，她只觉得心中阵阵疼痛。

而也在那日，掉入佑魂井底的佳莹从此变得不再信任自己了。

“难道我连亲妹妹都无法留在身边吗？”姚羽琦低声自语。

屋里的老人却是冷笑了一声：“早在你们进宫的那一天就注定了。所谓的姐妹亲情在这座皇宫里什么都不是。”

“不，我不信。”姚羽琦摇头，“佳莹只是对我产生了一些误解，我相信，我们总有一天能回到从前。”

“总有一天吗？”老人的声音带着一丝叹息与回忆，“曾经，我也一直希望有这样一天……”

姚羽琦淡淡地问：“老人家，若是给你一次机会，你想不想离开这座皇宫？”

屋里沉默了半晌。

姚羽琦觉得奇怪：“老人家？”

“就算是真的给我这个机会，我也没脸离开这里。”

“没脸离开这里？”姚羽琦心中疑云顿升，对于这个老人的身份与过往，除了知道她是先皇的一个妃子，其他的，一无所知。

“因为我是个不洁之人。”老人的语声哽咽了起来，姚羽琦却是暗暗心惊。

不洁之人？

“丫头，我能不能托你一件事？”老人收起了伤感。

“什么事？”

“帮我做点芙蓉糕，送去轻尘园。”

“轻尘园？”姚羽琦吃了一惊。

“明天十月十三就是泓儿的生辰了，他自小爱吃芙蓉糕。那个时候，都是我亲手做给他，但现在，我没办法做给他了——"

"老人家，你口中所说的泓儿是不是宁王皇甫泓？"

屋里的老人惊问："丫头，你认得我的泓儿吗？"

"我和泓大哥是结义兄妹。"

"原来——你们竟是结义兄妹？"老人的语声再度哽咽了，"可能上苍真是垂怜我，虽然今生不能得到泓儿的谅解，但派了你来我身边。"

"老人家，你——"

"泓儿是我的儿子。"

这淡淡的一句话，让姚羽琦惊呆了。

她万万没料到这关在屋里的老人竟会是宁王的母亲。

"二十年了，二十年了啊，我跟泓儿已经分开了二十年——"老人已是泣不成声，"而泓儿，也恨了我二十年——若不是因为我，他也不会被宫中之人轻视——"

"老人家——"屋里的人哭得伤心，姚羽琦在屋外也不知该如何安慰。

"丫头，泓儿过得可好？他有没有生病？现在是瘦是胖？皇帝有没有亏待他？"

那一连串的追问，让姚羽琦心头一涩。

"他现在过得很好，每天都在轻尘园里种花，看他的精神很不错，也没有生病——"

"真的吗？"老人在里面长长地舒了一口气，"那我就放心了。当年我被太后所陷害，才会累及了泓儿——"

那时她还是皇帝的宁贵妃，她集万千宠爱于一身，凡事都有皇帝为她遮风挡雨，她活得无忧无虑。

"原本以为我的一生都会这样幸福下去，但上苍却开了我一个狠决的玩笑。我——"屋里的老人顿住了话头，没有再说下去，却有压抑的低泣声传来。

"老人家，你若是不想说，就不要说了吧！"姚羽琦轻叹了口气。

"有些事是一辈子也无法忘记的。"老人深深吸了一口气，"丫头，你不要太天真了，帝王之家原本就是个无情无心的地方。皇帝的身边每天都云集着各色美人，又有哪个皇帝会专情于一人？就算他以前真的宠你、爱你，当你年老色衰或是当你——"她又顿了顿，声音又哽咽了几分，"那时，他根本就不会顾念半点情分。"

姚羽琦越听心越冷。

"当年我得宠时，得罪了不少人，当我落没时，那些人更是落井下石、诬蔑我得了传染病，皇后亲自下旨，将我关在这间小木屋里整整二十年。"

"这二十年来，我每日都与黑暗孤寂为伴。若不是因为还想见泓儿一面的愿望在一直支撑着我，也许早在二十年前，我就已经死了。

"丫头，你可知道，当时我与皇后亲同姐妹，然而，当我被皇上冷落时，第一个落井下石，栽赃陷害我的人，就是她！"

“这一切，都是我被关入了小黑屋里，一个宫女实在不忍心才偷偷告诉我的。而那个时候，我却还一心盼着，她能救我——”

“所以，你一定要记住，在这座吃人的皇宫里，不要相信任何情感，不要相信任何人！”

……

当姚羽琦离开荒园的时候，宁贵妃的话还不住地在她耳边回响。

不要相信任何人。

她轻闭了闭眼，想起了昔日佳莹脸上那温柔的笑容。

难道，她与佳莹真的不能回到从前了吗？

耳畔忽又听到了熟悉的箫声，她心头一紧，抬起头时才发现自己就在劲竹园前。

里面吹箫之人，是萧靖吗？

她往前走了两步，看到了萧靖单薄落寞的背影。

自那日他送回那流苏饰坠之后，她好像很久很久没见到他了。

伸出了手，却又收了回来。

心头蓦地狠狠一揪，她转过身，毅然离去。

既然是没有结果的感情，那么，她更应该趁早将自己的希望灭绝。

箫声停了。

萧靖慢慢地转过身，神色复杂地注视着姚羽琦离去的背影……

一转眼，竟是深秋了。

满园的秋色，让所有的花朵都失了颜色。

他静静站在月色下，看着惨淡的月辉，唇角勾起了一抹淡淡的嘲弄。

又是这样一个人。

他厌倦了这种生活，一个人面对着月光，一个人面对着黑夜，再一个人静静地等待天亮。

心底的最深处，总有一处是空虚的。

如果让他爬到了权力的最顶端，他就能彻底地赶走这份空虚寂寞吧？

到了那个时候，他高高在上，俯视一切，就不会再有人因为他的身份而轻视他。

至于那个人……那个被关了二十年的人……

回想起那人的容貌，竟已有些模糊了。

他竟记不起她的模样了。

心头微微一恸，身后忽然传来了一道熟悉的声音。

“泓大哥——”

转过身时，已敛去了眼中的戾气，皇甫泓重新换回了那一张温和俊美的笑脸。

“羽琦，你怎么来了？”

"泓大哥,你竟什么都没有准备吗?"姚羽琦将手中提着的小篮子放到了园中的石桌上,"看来你是忘记了,幸好我有准备。"

"忘记什么?"他微微蹙起了眉峰。

姚羽琦笑着,将盖在小篮子上面的布块揭开,里面赫然放着一些小点心。

那是芙蓉糕。

他微怔了一下。

"泓大哥,今天可是你的生辰。"

"生辰?"皇甫泓怔住了,"今天是十月十三?"

"嗯。"姚羽琦点头,"看来你种花种得太过专注,忙得连自己的生辰都忘记。"

皇甫泓深深看了她一眼:"你怎么知道的?"

"我无意中听宫里的一个老人说起的。"姚羽琦偷偷看了皇甫泓一眼。

"老人?"皇甫泓心中一动。

"一个被关在小黑屋里的老人家。"

皇甫泓脸色微微一变:"这些芙蓉糕也是她让你拿来的?"

"嗯。"

"拿回去!"皇甫泓唇角的笑容早已隐没,"我不会吃。"

"泓大哥,这可是你娘亲的一片心意,虽然不是她亲手做的,但她一直记挂着——"

"娘亲?"皇甫泓一把扣住了姚羽琦的手腕,"你都知道些什么?"

姚羽琦强忍着腕上的剧痛:"泓大哥,你先放手,好痛!"

皇甫泓放开了姚羽琦的手。

"泓大哥,宁贵妃已经把一切都告诉我了。"

皇甫泓背过了身,对着月光:"是吗?现在知道了也无妨。迟早有一天,你也会知道的。"他的语气中透着一丝冰冷与萧瑟,"我这个所谓的宁王,在所有人的眼中根本什么都不是——"

当他还年少、母亲又得宠时,没有一个人敢对他说这些话,而当母亲失势,他总算体会到了人情冷暖、世态炎凉。

这座皇宫是冰冷无情的。它虽然能捧人上云端,却也能同时将人踩下地狱。

那些难堪入耳的话,至今他也无法忘怀——

"跟别人生了私生子的女人,哪里配做皇妃?"

"就是啊,还不知道现在这个是不是皇上的龙种呢?"

"谁知道啊,也许是跟另一个男人生的也说不定——就凭这个来路不明的小子,也想当太子?来日登上皇位,这根本就是做梦!"

……

往事如同一把刀,刺得他心头鲜血淋漓。

他不愿想起，却总会被勾起回忆，然后一次次地在伤口上洒盐。

“泓大哥——”看到宁王脸上的异色，姚羽琦不由得有些担心，“泓大哥，你没事吧？”

皇甫泓终于回过了神，轻摇了摇头：“没事。”

“你没事就好了。”姚羽琦轻轻舒了一口气，脸上绽放出笑容，“泓大哥，无论别人怎么看你，你永远是我的兄长，只要你别嫌弃我这个妹妹。”

那脸上的笑容太过真诚，太过灿烂，让皇甫泓微微怔了一下。

曾几何时，他在这座冰冷的皇宫里看到过这样的笑容？

“来，快吃芙蓉糕吧！”姚羽琦笑着将芙蓉糕推到了皇甫泓的面前，“不要浪费了你娘亲的一番心意，我想要一个娘亲还没有呢。”

从小，她的娘亲就体弱多病，她还未来得及记清娘亲的脸庞，就再也见不到她的娘亲了。

“泓大哥，虽然我不清楚为什么你不愿意见宁贵妃，不过，她却是真心在挂念着你。她曾说过，如果不是挂念着你，她可能早在二十年前便已经死了——”

皇甫泓闻言微微垂下了眼帘。

“所以，泓大哥，就算你的母亲有千般错、万般错，但她终究是你娘亲啊。”

皇甫泓轻轻地捏起了一块芙蓉糕。

他记得，少时娘亲总是将自己放在膝上，然后一口口、小心地喂他吃着芙蓉糕。那个时候，那些糕点全是她亲手做的。

“快吃吧！”姚羽琦见皇甫泓脸色稍缓，不由得也松了口气。

就在这时，门外忽然传来了一声冷哼。

姚羽琦吓了一跳，转过身时，竟看见一个意料之外的人。

德妃？

她为什么会出现在这里？

姚羽琦震惊地睁大了眼，一时也忘记了行礼。

皇甫泓放下了糕点。

德妃看了姚羽琦一眼，转身就走。

姚羽琦眼尖地看见德妃的手中提着一个小篮子。

那是……姚羽琦回头看向皇甫泓，他已经恢复了一脸的平静淡定，就好像根本没看见过德妃一般。

“泓大哥——”

“坐下一起吃吧！”皇甫泓让姚羽琦坐下，然后分了一块芙蓉糕给姚羽琦。

“可是——”姚羽琦还是不放心德妃。

“不用理她。”皇甫泓淡淡地道。

看来泓大哥和德妃之间并不似表面看起来那般毫无交集。

思忖间，园外竟传来喧哗声。

“来人，将轻尘园所有的花全给铲除了。”

姚羽琦一惊，跑到门外，就看见德妃带着几名宫女太监正在轻尘园里，拿着铲子铲除花草。

那满园的奇花，已经被铲得七零八落，惨不忍睹。

“你们这是干什么？”姚羽琦冲了出去，抓住了一名正在摔花盆的太监的手，“为什么要弄坏这里的花草？”

那太监淡淡地看了姚羽琦一眼：“姚昭容，奴才们也是奉命行事，请您不要为难我们这些奴才了。”

“奉命？奉谁的命？”

“我。”一道清冷的声音回答道。

姚羽琦转头一看，竟又是德妃。

“德妃娘娘，你这是做什么？”愤怒不已的姚羽琦，此时也顾不上行礼了。

“本宫不喜欢这些花花草草，所以为了眼不见为净，全部拔了。”德妃回答的语气还是那样淡淡冷冷的，但眸光却如刀锋一般。

姚羽琦虽然只见过德妃两次，但每一次，她都是那一副处变不惊的模样，即使是眼神，也是那种平静无痕的，但今夜的德妃，那双美丽的眼睛里却燃烧着火焰。

“德妃娘娘，种些花花草草是泓大哥唯一的乐趣，你为什么还要剥夺他最后的乐趣？”

“泓大哥吗？”德妃笑了，那笑容淡雅如梅，“没想到姚昭容与宁王殿下竟走得如此亲近。”

“她要拔，便让她拔吧！”皇甫泓不知何时出现在了门口。

“泓大哥——”

“羽琦，你不是还要为我庆生吗？”皇甫泓淡淡地笑。

“可是——”

“进来吧，你刚才一直想我吃掉那盘芙蓉糕，若是过了兴致，我可能就不想吃了。”说完，他又转身走进了屋内。

“泓大哥——”姚羽琦连忙跟着进屋。

德妃静静地站在那里，手心却是暗自握起。

“娘娘，那现在——”一旁有太监小声地问。

“全都给本宫铲平了。”丢下话，德妃扬长而去。

太监缩了缩脖子，他在清玉宫当差这么多年，还未见到如此失控的德妃娘娘。

“快做事，你们这些奴才还愣着干什么？”

一堆宫女太监连忙又埋下头去。

砸花的砸花，拔草的拔草。

姚羽琦虽无声地吃着那盘芙蓉糕，却是食不知味。

抬起头，她看向皇甫泓。他的神色依旧未变，轻尘园已是满园的狼藉，可他还是挂着一脸的笑容。

终于，花园里的声音安静了下来。

想是那些人都走了，姚羽琦再也忍不住跑出去一看，整座轻尘园已是不成样子。原本盛开的奇花异草也成了烂泥，惨兮兮地躺在地上。

“真是太过分了。”姚羽琦愤然道。

“花没了，可以再种。”

皇甫泓的声音淡淡地在背后响起。

姚羽琦转过身，眼中还是余怒未消：“可是，泓大哥，这些花草全是你的心血，他们怎么可以这样对待？”

皇甫泓看着姚羽琦那满目的怒火，唇角勾起了一抹若有所思的轻笑：“羽琦，谢谢你。”

“谢谢我？”姚羽琦怔了一下，“为什么谢谢我？”

“一是谢谢你的芙蓉糕，二是谢谢你为我生气。”

“为你生气?”姚羽琦不解，“泓大哥，你是我的义兄，我不应该为你感到生气吗?”

皇甫泓也未解释，而是伸手轻揉了揉姚羽琦的头：“进来吧，我们一起将芙蓉糕吃完。”

皇甫泓的唇角扬起了笑容。

直到月上中天，姚羽琦才回了羽心殿。离去之前，她还告诉皇甫泓，明天来帮他重新整顿轻尘园，一起重新种花。

皇甫泓看着天上的月色，眼中闪过了复杂之色。

她安慰自己时，笑容是那样的真诚。

也许，认识她并不是一件坏事。

至少，在今夜，有一个人是真诚地关心着自己。

蓦地，他察觉到了身后的气息，淡淡地道：“出来吧！”

黑暗里，走出了一道纤细的身影。

竟是纪芷兰。

“今夜我轻尘园可真是热闹啊！”皇甫泓唇角微微一扬。

纪芷兰却忽然朝他一跪：“属下有一事请求主子。”

“什么事？”皇甫泓淡淡地问。

“羽琦是个好人。属下已不想——”

“不想再利用她了，是吗？”皇甫泓接过了话头。

纪芷兰抬头：“主子，除了杀姚羽琦或是利用她，难道我们没有第三条路了吗?也许，再想想还会有其他办法——"

皇甫泓看着满园的惨状："芷兰，我们已经没有回头路了。棋局已经开始，若是现在我们退缩了，那么，死的就是我们。"

纪芷兰沉默。

夜，已经很深了。

她一个人在黑暗中行走着。

心情还是无法真正平复，当她做的事越多，陷得就越多，而她的心也在不断地受着良心的谴责。

即使她这么做是出于无奈。但无论如何，羽琦都是最无辜的人。

轻叹了口气，她施展轻功穿过竹林，正想回自己的寝宫时，忽然感觉到有人正暗中跟着自己。

她眸光一凝，在停下步伐的那一刻，出手如风，一把扣住了那人的脖颈。

然而，当月光照在那人的脸上时，她的脸色却是苍白了两分。

"是你？"纪芷兰放开了手，"你为什么跟着我？"

谢秋书捂着脖子一阵呛咳，刚才若是芷兰再用一些力，他怕已是下黄泉了吧？

他苦笑着，直起身："芷兰，离开这个是非之地吧！"

纪芷兰转过身："你应该很清楚我的答案。秋书，我希望你不要再插手我的事。"

谢秋书愤怒地一把拉过她的手臂，让她面对着自己："不要插手？芷兰，你让我如何不插手？是不是要我眼睁睁看着你走上不归路，却不拉你一把？"

"放开。"纪芷兰甩开了谢秋书的手，"我自己很清楚自己在做什么？所以，不用你拉。"话落，正欲离开，身后谢秋书一句惊痛不已的话却止住了她的步伐。

"我知道，你是冥杀的大当家。"

纪芷兰僵立在那里。

"你那日所受的内伤，是因为和萧靖交过手，对不对？"

纪芷兰还是没有回答。

"芷兰，不要再错下去了。现在天下太平，为何你要与宁王再挑起战端，令生灵涂炭？宁王对你的恩情就真的那么重要？重要到，你为了他可以不顾一切，不顾天下百姓？"

"我只是在实现父亲的承诺而已。"纪芷兰淡淡地回答，"其他的事，我不想管，也不愿管。"

"芷兰！"谢秋书想要再次抓住纪芷兰的手，却被纪芷兰避开。

"秋书，如果你还顾念我们之间的感情，请你不要再管这件事。"

"那姚羽琦呢？羽琦对你情同姐妹，你又怎忍心这样对她？"

纪芷兰咬着唇没有回答。

"芷兰，当我求求你——"

"对不起，秋书。"纪芷兰转身飞奔离去，再也没有回头。

谢秋书只觉脚下一个踉跄，当日被纪芷兰所打的地方隐隐作痛。

"芷兰，你要我该如何做？我真的无法眼睁睁看着你去送死——"谢秋书沉痛地闭上了眼睛。

这几天纪芷兰总是闷闷不乐，而且前几天刚见好些的喘症似乎又严重了，姚羽琦担心不已，派人去请谢太医来，却被婉拒，说是谢太医病了，而且病得不轻。

是他们之间发生了什么事吗？

凉风亭内，纪芷兰正沉默地一人独饮，当姚羽琦赶到时，纪芷兰已是半醉。

"芷兰姐姐，你这是怎么了？"

"羽琦，你也来了吗？"纪芷兰醉意朦胧地睁开了眼，"来，过来陪我喝两杯。"

"芷兰姐——"

姚羽琦看着纪芷兰憔悴苍白的脸庞，沉沉叹了口气："芷兰姐，你若有什么不开心，可以告诉我啊，不要借酒浇愁，那样很伤身。"

纪芷兰看着杯里那清冽的液体，苦笑："羽琦，人要是不要面对这么多选择，那该有多好，想做什么就做什么，想喜欢谁就喜欢谁，可是，人生总是这样，根本不让人选择——"

姚羽琦左右看了一眼，见没什么人，便压低了声："你是跟谢太医吵架了吗？"

纪芷兰沉默，眼中却露出痛楚之色。

姚羽琦轻轻叹了口气："你们二人又何苦这样折磨自己呢？我刚刚接到太医府的人回报，说是谢太医病了。"

"病了？"纪芷兰脸色一白。

"芷兰姐，你们毕竟曾是未婚夫妻，如果有什么误会，最好还是解释清楚啊，否则，这样伤人又伤己。"

"羽琦，你认为现在的我还有资格说自己曾是秋书的未婚妻吗？"

"芷兰姐，就算你们真的不能在一起了，你把该告诉谢太医的，都告诉他，这样也算是对得起这段感情。"

"羽琦，你为什么不问我？为什么我身为秋书的未婚妻，却执意进宫？为什么我身怀武功，却暗自隐藏？"

姚羽琦笑了："芷兰姐姐，我知道你做事一定有你自己的理由。虽然很多人一直教我，在这深宫之中，不要相信任何人，但我还是相信你，就像我相信，终有一天，佳莹和我，会恢复到以前的关系那样——"

"羽琦！"纪芷兰看着她唇角的笑容，心头就像堵上了一块巨石。

"芷兰姐姐，所以，请你也相信我，我们找个机会，约谢太医出来见见面吧，把你们心中的结都打开。”

“嗯。”纪芷兰轻点了点头。

二人并没有发现，就在凉风亭附近的假山处，一个小宫女偷偷地转身离去……

坤清殿

“臣妾参见皇后娘娘。”姚佳莹朝皇后福了福身。

皇后微笑着将她扶了起来：“妹妹怎么还是这么客气，本宫不是早就说过了吗？没外人在的时候，不要跟本宫行这么多礼仪。”

“是，娘娘。”

“来，坐吧！”皇后让姚佳莹坐下。

“妹妹，现在你和姚昭容——”

“请娘娘不要再提那个人。”姚佳莹原本满面的笑容不见了，取而代之的，是满目的冰冷与怨毒。

“哎，姚昭容也真是有些过了，分明知道那晚皇上要去你那里，结果，仗着自己生辰，竟是将皇上留在了羽心殿。但佳莹啊，毕竟你和姚昭容是姐妹俩——”

“娘娘，我与她已不再是姐妹了。”姚佳莹握紧了拳头，“现在我只相信，若要得到皇上的心，只有靠自己。”

“本宫也替你不值。”皇后轻轻一叹，“不过，现在要皇上回心转意，又谈何容易？”

“我一定会有办法。”

“对了，佳莹，你可知道纪才人和谢太医他们两人是否是旧相识？”

“他们？”姚佳莹怔了一下，“臣妾以前曾听纪才人提起过，好像她和谢太医从小就认识，青梅竹马一起长大。”

“原来是这样吗？”皇后若有所思。

“娘娘，是不是发生了什么事？”

“佳莹，你应该知道，这后宫之中最忌讳的就是与男人之间暧昧不清。这几日，本宫总是听到一些风言风语，说纪才人与谢太医之间有着不可告人的秘密——”

皇后微微一顿，看向了姚佳莹。

姚佳莹回想起那日纪芷兰提及谢秋书时，确实并不像是只是普通朋友关系的模样。

“本宫要管理这三宫六院，真是三头六臂也管不过来，一直想着，叫一个帮手来帮我。不如这样吧，佳莹，你聪明伶俐，不如帮本宫一起管理后宫事务。”

姚佳莹心中一喜：“娘娘，臣妾真的可以吗？”

“那是自然。”皇后微笑，“现在淑妃之位一直悬空，这也是本宫的一个心病。本宫一直希望有能者居之。”

姚佳莹在皇后面前跪了下来:"娘娘,只要臣妾力所能及,臣妾一定不负娘娘的厚望。"

"嗯,那本宫就放心了。"皇后笑着将姚佳莹扶起,"这众多的嫔妃之中,还是你最得我心。这样吧,纪芷兰一事,本宫就交给你负责。"

"是。"

姚佳莹暗喜地垂眼。

虽然暂时不得皇上所爱,但她却得到了皇后的信任。

终有一天,她会让皇上对她刮目相看。

第十六章 圈套

FENCHUANG MOU

又下雨了。

姚羽琦坐在羽心殿里，忽然觉得好寂寞。

以往寂寞的时候，佳莹都会陪在自己身边聊天打闹，可现在，羽心殿经常都只有她一个人。

转过头，往外看了眼。

唐钰还是守在雨中，寸步不离。

心中泛上一丝温暖与感动。

幸好，这个时候，她的身边还有唐钰。

走到殿门口，她伸出手，接住了那些冰冷的雨滴。

正自出神，身后却传来了一道熟悉的声音："姐姐。"

那一声"姐姐"让她浑身一颤，回过身，她看见了佳莹昔日那亲切温柔的笑脸。

"佳莹？真的是你吗？佳莹？"

她害怕且欣喜地伸出了手，却又缩了回去，就怕自己一触碰，这幻影便会消失。

"姐姐——"冰冷的手被另一只手紧紧地握住，"姐姐，你还在生我的气吗？连手都不肯握我一下了。"

"佳莹——"姚羽琦眼角已然湿润。

原来自己不是在做梦。

"姐姐，知道吗?我真的好想你，不想再跟你呕气了！"飞身扑进了姚羽琦的怀抱，姚佳莹眼角流下了泪痕，"是我不好，你骂我吧！我不该那样误解你，我知道，一切都不是你的错。姐姐——"

"佳莹——"

这几日压抑的情绪终于暴发，姚羽琦抱着姚佳莹也是泪流满面。

"你肯原谅姐姐就好，真的。姐姐从来没生过你的气，真的从来都没生过你的气——"

雨，越下越大了，渐渐掩盖住了两姐妹的哭声。

唐钰站在雨里，看着殿门前相互拥抱的两道身影，唇角也勾起了一抹欣慰的笑容。

姚羽琦和姚佳莹好像又重新回到了从前。

姚佳莹隔三差五就会来羽心殿陪姚羽琦谈天说地，姚羽琦心头一块大石放下，人也精神了很多。

而纪芷兰却是气色一天比一天差，姚羽琦担心不已。

“姐姐，芷兰姐最近到底是怎么回事啊？”姚佳莹不解地问。

姚羽琦轻叹了口气：“佳莹，你应该知道吧，芷兰姐和谢太医，他们从小就认识。”

“嗯，这我知道啊，怎么？”

“其实——”姚羽琦迟疑了一下，还是说了，“其实芷兰姐和谢太医原本是未婚夫妻。”

“什么？”姚佳莹一惊，站了起来，“他们竟有婚约？”

“佳莹，快坐下来，不要那么大声。”姚羽琦忙将姚佳莹拉着坐了下来，“这件事千万不要告诉其他人。否则，芷兰姐姐她——”

“姐姐，你放心吧，我还不会那么傻。”

“嗯。”姚羽琦点头。

“既然芷兰姐姐和谢太医曾有婚约关系，为什么芷兰姐姐还要进宫？难道她变心了，不喜欢谢太医了？”

姚羽琦轻摇了摇头：“具体原因我也不清楚。我想芷兰姐必有她的苦衷吧。她应该还是放不下谢太医的，否则，近来不会一直神色憔悴。有情人这样折磨自己，我看了真是于心不忍。”

“姐姐。你想帮他们？”

“嗯。”

“姐姐，你不会是想让芷兰姐姐与谢太医双宿双飞，这样你就少了一个劲敌吧？”

姚羽琦一怔：“佳莹，你怎么这么说？”

姚佳莹眨了眨眼：“姐姐，我开个玩笑啦，你怎么就当真了？”

“你呀！”姚羽琦无奈地伸指点了点她的额际，“你要是这样想你姐姐，我可是会伤心的。”

“好啦，姐姐，不要生气了。我真的是开个玩笑的。”

“嗯，我知道。”姚羽琦微笑。

“那姐姐，你打算怎么帮芷兰姐姐他们？”

“其实，我只是想找个机会让他们二人单独谈一谈，解开彼此的心结，这样对双方都有好处。现在芷兰姐姐已经是才人了，断不可能离开皇宫，但这段感情总该有个结束——”

“可这深宫之中，若是二人单独相见，肯定会引起轩然大波。”

“我就是知道这点，才一直苦苦思索对策。”

“这样吧，姐姐，交给我来办。”

“你？”姚羽琦狐疑地看着她。

“过两天皇后娘娘要在听戏阁看戏曲，也请了我一起去。我就跟皇后娘娘说，要请姐姐和芷兰姐一起看，我想皇后娘娘应该会同意的。到时，我们也把谢太医约出来，然后找个机会，姐姐你借口身体不舒服回去，拉上芷兰姐一起，去听戏阁附近一间小楼，叫听风楼。那里好像是宫里放置杂物的地方，一般没什么人去的。如果他们俩在那里相约见面，应该不会碰到其他人。而芷兰姐姐离开云晌宫，又离开得正大光明，理所当然。万一有人问起，为何芷兰姐姐身体不适没回云晌宫，姐姐你还可以做证人，可以说拉着芷兰姐去哪里哪里之类的——”

“佳莹，你这个方法倒是可行啊。”姚羽琦眼中露出赞叹，基本上把什么情况都想到了。

“怎么样，姐姐，我现在变聪明了吧？”姚佳莹笑颜如花。

“是是，你是天底下第一聪明人。”

姚羽琦笑得一脸欣慰，她的佳莹终于长大了。

只是，皇后那里……

以后得找个机会跟佳莹好好谈一谈，还是不要跟皇后走得太近了。

因为谁也不知道哪一天，那个总是带着亲切笑容的皇后会背后给她们致命一刀。

按照当日的约定，姚羽琦先约了谢秋书出来，说是有重要的事相商，在听戏阁附近的听风楼见面。而姚佳莹则是说服了纪芷兰跟自己一起去听戏。

这一次皇后也宴请了不少嫔妃，戏班子又是皇朝里最著名的一个班子，大家都显得兴致勃勃，谈论着戏里哪个角色演得最好，哪个演得最像。

只有姚羽琦一脸的兴趣缺缺，她一直在等机会，也使得她没有注意到，坐在主座上的皇后，一直在暗中观察着她。

当戏曲进行到中途时，姚羽琦便借口自己身体不适，果然坐在一旁，原本就对戏曲没兴趣的纪芷兰，便也起身告退，要跟姚羽琦一起回去。

皇后自然是准许了。

当姚羽琦和纪芷兰退出了听戏阁，姚羽琦却是拉起了纪芷兰的手：“芷兰姐姐，跟我来。”

“去哪？”纪芷兰不解地问。

“去了就知道了。”姚羽琦开心地拉着纪芷兰往听戏阁旁的那座小楼走去，但走了两步，她又停下了脚步，往四周望了眼。

“怎么了？”纪芷兰被她弄得一头雾水。

"芷兰姐姐，你会武功的吧？能不能察觉得到，这附近有没有人跟踪我们？"

"跟踪？"纪芷兰凝神听了一会儿，"没有。"

"那就好。"姚羽琦神秘一笑，"芷兰姐，我现在就带你去一个好地方。"

听风楼的附近，一片寂静。

果真如同佳莹所说的那般，渺无人影。

姚羽琦唇角一勾，应该是万无一失了。

"听风楼？"纪芷兰不解地看了眼楼前的牌匾，"羽琦，你带我来这里干什么？"

姚羽琦轻轻推了纪芷兰一把，将她推进楼内："芷兰姐，快进去吧，里面有人等你。"

"有人等我？"纪芷兰心头微微一跳。

"是啊，所以，快进去看看，别让人家久等了。"姚羽琦眨眨眼。

"羽琦——"纪芷兰隐隐猜到了什么，拉住了姚羽琦的衣袖，"我不进去了。你不是身体不适吗？我还是送你回去比较好。"

"芷兰姐姐，真正身体不适的人，是你吧？不，应该不是身体不适，而是你的心病了。你可知道，最近这段时日，你的气色有多差？"

纪芷兰沉默。

"进去吧，谢太医在等你呢。就算你们这段感情没有结果，至少要谈清楚，解开彼此的心结。否则，对你们俩都是一种伤害。"

就在这时，小楼里传来了一声轻唤："芷兰。"

纪芷兰转过头，就看见谢秋书站在楼里，月光投射在他的脸上，照出了一片苍白憔悴。

那一瞬间，她的心微抽了一下。

姚羽琦微笑着轻拍了拍纪芷兰的肩，然后转身离去。

在走入黑暗中的那一刻，她的脑海里忽然闪过了萧靖的身影。

其实她还是很羡慕纪芷兰和谢秋书的，至少，他们很清楚自己的感情，而她和萧靖……姚羽琦苦笑。

月色朦胧，夜色也是一片凄清。

纪芷兰站在那里，沉默地看着谢秋书，一时之间不知该说些什么。

他真的削瘦了好多，就连那目光也显得无神而黯淡。

"听说，你病了，你的病好些了吗？"良久，纪芷兰才低声问。

"好多了。"谢秋书回答。

"你的病，是因为我那天打伤你的吧？"纪芷兰暗中握起了手心，"对不起，那天，我不是——"

话音未落，一双略显冰冷的手已扣上了她的双肩。

“芷兰，我不需要道歉。”谢秋书的眼睛里写满了沉痛，“我们一起离开这里好不好？逃到离这片是非之地远远的地方，什么也不要管——”

“带着皇上的妃子出逃吗？”纪芷兰抬起头，深深望进了谢秋书的眼里，“秋书，你做不到的，如果你这样做了，一定会祸连九族。而我——我也不想离开这里。”

谢秋书心中一痛：“芷兰，为了你父亲的一句话，你就把自己的一生都葬送了。值得吗？值得吗？”

“没有什么值不值得，只有愿不愿意。”纪芷兰挣脱了谢秋书的钳制，退开了两步，“秋书，早在我选择进宫的那一天起，我们之间，就不可能有结果了。”

谢秋书脸色惨白地站在那里。

“秋书，放下吧，不要再被这段感情绊住，去寻找属于你自己的幸福。”

“放下？”谢秋书惨笑，“芷兰，你以为一段感情说放就可以放下吗？就算是我死了，我也不会忘记你——”

“可我已经不爱你了。”纪芷兰打断了他的话，“我已经不想再爱你了。”

那一句话，如同剜心。

谢秋书踉跄退了两步。

“不爱了吗？”低低重复了一句，他轻笑，笑意中带着悲凉，“就算你不爱我了，却无法阻止我爱你。”

“秋书！”

纪芷兰的心跟着揪成了一团。

她该要怎么做？

她该要怎么做，才能让秋书脱离这个苦海？

蓦地，她神色一变。

“秋书，快离开这里。”她伸手拉起了他的手，就要离开小楼，门外却传来“嘭”的一声，有人撞开了紧闭的楼门，楼外的月光长驱直入。

纪芷兰看见了皇后。

那一瞬间，她的心结成了冰。

回到羽心殿没多久，姚羽琦就听到宫外传来混乱的脚步声。

“昭容——昭容——不好了。”

姚羽琦连忙起身走出去：“发生什么事了？”

一名小宫女急匆匆地跑过来，气喘吁吁地道：“昭容，不好了，纪才人她——”

“芷兰姐？芷兰姐她怎么了？”姚羽琦心底涌上了不祥的预感。

“纪才人与谢太医私下幽会，被皇后娘娘当场抓住——”不等宫女把话说完，姚羽琦冲出了羽心殿，往坤清殿的方向跑去。

不可能的。

他们的计划天衣无缝，万无一失，为什么还会出现这样的结果？

坤清宫

“佳莹，这回真是多亏有你了，想出这样一个好计策，否则，本宫还真不知该如何抓住纪才人的把柄。”皇后看着姚佳莹一脸满意的笑意，“本宫果然没有看错人。”

姚佳莹微福了福身：“娘娘，这只是臣妾应尽的本分。”

“好，好，看来这个淑妃之位非你莫属了。”

皇后话音未落，殿外忽传来了阵阵喧哗声。

“姚昭容，您不能进去。”

“我要见皇后娘娘，快让我进去！”

“姚昭容——”

“什么人竟敢在本宫面前喧哗闹事？”皇后眸光一凝。

“皇后娘娘——”此时姚羽琦已不顾宫女阻拦冲了进来，看到皇后身边的佳莹后，微微一怔。

“大胆！姚昭容，本宫这坤清殿是你这样擅闯的吗？”

姚羽琦连忙跪了下来：“臣妾参见皇后娘娘。”

“姚昭容深夜来坤清殿，不知所为何事？”皇后淡淡地问。

“皇后娘娘，臣妾想问问纪才人一事——”

“纪芷兰与谢秋书淫乱后宫，此事本宫业已禀报皇上，待皇上前来，一起定夺纪芷兰与谢秋书之罪。”

“娘娘，此事一定有什么误会，纪才人向来对皇上忠贞不二，一定——”

“好一个忠贞不二？姚昭容，本宫知道你与纪才人情同姐妹，想为她开脱罪责，但今夜之事，却是本宫看得清清楚楚，明明白白。”

“可是——”姚羽琦还欲说些什么，却被皇后厉声打断。

“大胆姚羽琦，你竟敢质疑本宫的话吗？”

“皇后娘娘，请您饶恕昭容冲撞之罪，昭容只是心急纪才人，才会如此鲁莽——”姚佳莹跪了下来，替姚羽琦求情。

“佳莹——”姚羽琦才刚刚开口，姚佳莹就暗暗扯了把姚羽琦的衣袖，低声道：“姐姐，不要再乱说话。”

姚羽琦只能紧抿着双唇，但手心却是紧紧握起。

“看在姚昭仪的分上，姚昭容，本宫就念你只是念及姐妹之情，才会冲撞本宫，本宫就暂不追究了。夜已深，本宫要歇息了，明日皇上自有定夺。”

皇后下了逐客令，姚羽琦也只能无奈离去。

刚一出坤清殿，姚羽琦就懊悔地直跺脚："这究竟是怎么回事？为什么皇后会知道芷兰姐姐和谢太医在小楼里相约见面？"

"姐姐，深宫之中，耳目众多，看来这次是我们太不小心了。"

"那现在该怎么办？"姚羽琦焦急地问，"皇后一定不会轻饶了芷兰姐姐。"脑海中灵光一闪，"我去求求皇上，把这其中的误会说清楚。"

"姐姐！"姚佳莹一把拉住她，"姐姐，你傻了吗？若是你去解释了，只会把你也拉下水。"

"不。"姚羽琦摇头，"我现在不能顾及这么多了，如果这时不解释清楚，芷兰姐和谢太医一定难逃一死。都是我一心想给他们解开心结——我必须去找皇上——"

姚羽琦挣脱了姚佳莹的手，朝霜龙殿的方向跑去。

姚佳莹冷冷地注视着姚羽琦离去的背影。

"姐姐，我已经顾念姐妹之情，提醒过你了。可你还是一意孤行，若是这次皇后娘娘要顺道将你一起除了，你可不能怪我了。"

姚羽琦气喘吁吁地来到了霜龙殿。

"姚昭容？"小李子看到姚羽琦，不禁吃了一惊。

"我要见皇上。"姚羽琦也顾不得平息喘息，"李公公，皇上在不在？"

"皇上他在，不过——"小李子话未说完，姚羽琦就冲了进去。

"皇上——"

一把推开了殿门，却看见萧靖也在里面。

那一瞬间，她的心揪了一下。

"羽琦，你来这里做什么？"皇帝起身，淡淡地问。

"皇上，臣妾是为了纪才人一事——"

"纪芷兰？"皇帝淡淡一笑，看不出喜怒，"朕已经知道了。刚才皇后已派人告诉过朕了。"

"这件事并不是你们所看到的那样——其实是这样的——是我——"

"羽琦！"皇帝突然出声打断了姚羽琦的话，"朕知道你与纪才人姐妹情深，但很多话，不能乱说，很多事，也不能乱插手。"

听出皇帝话中有话，姚羽琦脸色苍白地摇了摇头："臣妾不明白。皇上，臣妾只是想告诉你真相——"

"所谓的真相就是纪芷兰私下约会谢秋书，被皇后当场抓住。羽琦，关于这件事的来龙去脉，朕已经知道得一清二楚，你就不要多说了。"

"皇上——"

皇帝再次打断姚羽琦："羽琦，你很聪明，应该明白，朕是想保住谁！"

姚羽琦踉跄退了一步："原来——原来你都知道——"

皇帝笑了，笑容温柔却又无情："该知道的，不该知道的，朕全都知道。只是羽琦，现在朕唯一想做的，是想保住朕最想保住的人。"

"为了保住你想保住的人，就可以牺牲另两个人吗？"

"羽琦——"皇帝走近她，轻轻抚上她苍白的脸颊，"为什么你总是学不会呢？朕早就告诉过你了，你入宫要学会的第一件事就是适应宫中的残酷。就算你现在说出了什么所谓的实情真相，也改变不了什么了。又何必再多拖一个人进去？"

"我——"姚羽琦半晌说不出话来。

皇帝低下头，附在她耳畔低声道："羽琦，你可知道，皇后就是在等你来找朕，说出所谓的实情，那么，到时，她可以同时铲除三个人。"

姚羽琦闻言浑身冰冷。

不自觉地，她转头看向萧靖："萧太傅，谢太医是你的挚友，难道——你一点也不想救他吗？"

萧靖沉默着。

姚羽琦连最后一点希望也灭绝了。

是她害了纪芷兰和谢秋书，她不应该这么天真。

不应该！

地牢里，一片寂静。

阴暗潮湿的空气，让人从心底感到阵阵发寒。

纪芷兰靠坐在牢门口，看着对面牢房里，那个同样一脸苍白的男人。

"秋书，对不起，是我害了你。"

谢秋书轻摇了摇头，神色虽憔悴，但眉宇间却写满了安详与宁静。

"芷兰，可以答应我吗？下一世，我们一定要相守在一起。"

纪芷兰眼眶一热，泪水再也忍不住夺目而出。

"芷兰——"

谢秋书伸出了手，想为她拭去脸上的泪痕，但那冰冷的铁栅却拦住了他。

"秋书，其实我是骗你的。"纪芷兰抬起头，唇角勾起了凄清的微笑，"我从来没有想过忘记你，从来没有。"

"我知道。"谢秋书哑声道，"我知道你只是不想连累我。"

"可我还是连累你了。"纪芷兰惨笑。

"我心甘情愿。"谢秋书的唇角扬起了一抹温暖的笑容，让纪芷兰原本冰冷的心，渐渐恢复了一丝暖意。

"秋书，那我们约好了，来世再见。"

纪芷兰从怀中掏出了一个瓷瓶，倒出一粒，以指尖之力，伸手一弹，准确地弹入了谢秋书的掌心。

谢秋书连问也不问，直接将药吞入了口中。

“秋书，谢谢你这样信任我，我只是不想你多受苦楚。”

话落，她也从瓶中倒出了一粒药丸，直接塞入了嘴里。

一切就这样结束也好！

至少，她的秋书不用再陷在痛苦之中了……

第十七章 决定

坤清殿里，一片灯火通明，整个宫殿亮如白昼，却也将原本的金碧辉煌照得一片惨白而没有生气。

殿上站满了人，除了主座上高高在上的那两个人，几乎所有的人都低垂着头，连大气也不敢出一声。

她站在殿旁，混在人群之中，看着宫殿中央跪着的那道纤弱身影，紧紧地握起了拳头，指尖陷入掌心，却浑然不觉得痛。

终于，主座上的其中一人开口了，声音里带着彻骨的寒意："纪才人，你私通太医院御医谢秋书，如今罪证确凿，还有何话可说？"

"臣妾无罪。"跪在殿中的人，一身素衣，虽然身形单薄，但背却挺得笔直。

"大胆！"

"啪"的一声，那人一拍案桌，连那一身珠链玉翠也随之震动轻晃。身为一国之后，她岂容一个小小的才人如此放肆？

"纪才人，本宫再问你一次，你究竟知不知罪？"

"臣妾无罪。"还是那淡淡的四个字，语气也没有任何起伏。

皇后冷冷一笑："纪才人，别以为本宫不知道。这次你们私会通奸，除了你和谢秋书，还另有他人吧？若是你招出共犯，将功赎罪，本宫可酌情对你从轻发落，就算是谢秋书，本宫也可以在皇上面前为他说上几句好话——"微微一顿，她目光如刀地逼视着面前所跪之人，"你也不希望看到谢太医遭千刀凌迟之苦吧？"

红芷兰身子一颤，缓缓抬起头，脸色虽苍白，但目光清澈平静。

"皇后娘娘，臣妾从未与谢太医私通，也没有什么共犯——"

"纪芷兰！"皇后一声冷喝，脸上已布满了冰冷的怒气，"本宫原是想给你一个机会，没想到，你竟如此冥顽不灵。如今罪证已然确凿，你以为就凭这几句狡辩之词能挽回些什么吗？"

纪芷兰紧抿着双唇没有回答。见纪芷兰沉默，皇后眸中露出了杀意："来人，把她拖下去，让她亲眼看着谢秋书行凌迟之刑，待谢秋书断气，再赐她一条白绫。"

好狠毒的心肠！

一直混在人群里的人忍不住就要冲出去，手腕却被一只冰冷的手紧紧扣住。

她不用回头，也知拉住她的人是谁。

难道……要她就这样眼睁睁看着芷兰姐姐和谢太医饱受折磨地死去吗？

她的目光不由看向了皇后身边的另一个人——那个人是凤天皇朝的最高统治者，现在也只有他才可以救芷兰姐姐。

然而，手握生死大权的皇帝自始至终都没说过一句话，甚至连眼眉都未曾抬起。他只是坐在皇位上，漠然地注视着眼前的一切，这也等于是给了皇后一把杀人的刀。

她的心瞬间结成了冰。

"谨尊娘娘懿意。"

底下已有人奉命上来，就要将纪芷兰拖出去，这时殿外忽匆匆奔进一小太监，屈膝一跪："启禀娘娘，谢秋书死了。"

被押住的纪芷兰闻言浑身一松，脸上竟露出了微笑。

"死了？"皇后震惊地站起。

"奴才等正要拉他去行刑，结果谢秋书口吐黑血，立即气绝而亡。显然是服毒自杀。"那太监话音未落，忽听旁边的人一阵惊呼。

只见纪芷兰脸色煞白，嘴角也不住地溢出鲜血，目光也开始涣散。

太监一探她的鼻息，惊道："娘娘，纪才人也畏罪服毒了。"

"好一个纪芷兰，好一个谢秋书，你们倒是死得痛快！"皇后慢慢地坐回了原位，看了身边的皇帝一眼。

"皇上，这件事您看要如何处理？"

皇帝淡淡地道："皇后既为六宫之首，代朕管理后宫。那这件事，朕就交由皇后全权处理。"

混在人群中的姚羽琦闻言，一张脸顿时变得惨白。

"是，臣妾遵旨。"皇后起身，朝皇帝轻福了福身，然后转过头，目光冷然地盯着殿内众人，"传本宫懿意，谢秋书、纪芷兰淫乱后宫，其罪当诛连九族，所有与之相干人等一律处斩，即日行刑。"

"奴才领旨。"有太监领命退下。

纪芷兰气息微弱地躺在冰冷的宫殿上，看向主座上那高高在上的皇后。

那目光虽平静，却如利箭，似能穿透人的心。

"来人，把这个贱人的双目挖去，看她还能不能这样看着本宫？"

当冷冽的刀光扬起时，整个宫殿都充斥着浓重而令人作呕的腥气。

纪芷兰并没有叫，她也叫不出声了，毒药早就侵蚀了她的生命和力量。

殿内所有的人都垂下了头，不敢看那惨烈的一幕。

只有一个人例外。

她目不斜视地看着，即使心中痛到撕心裂肺，她也这么直勾勾地看着。

她要自己记住这一幕。

永远记住！

若不是因为她太过单纯，若不是因为她一心以为自己可以成全别人，让其幸福，纪芷兰和谢秋书也不会落得这样的下场。

这一次，她终于明白了。

这座深宫，是多么的残酷而冷血。

“跟我离开。”

手腕上再度一紧，她还未回答，已被人悄然拉离了坤清殿。

避过了侍卫和耳目，她也不知被拉着跑了多久，坤清殿已经离得很远了，但腥气似乎还飘浮在空气里，久久也不能散去。

终于，拉着她的人停下了步伐。

她缓缓地抬起头。

眼前的人一派从容淡定，那双墨黑的眸子里，看不出任何波澜起伏。

“太傅请放手。”她淡淡地开口，目光落到了他那只修长而苍白的右手上。

“臣逾越。”

他放开了她，往后退了一步，眼眉低垂。

她深深地注视着他，突然，竟笑了起来。

“逾越？我还没多谢太傅呢。若不是太傅及时拉我出来，也许，以我这冲动的性子，会招至与纪才人一样的下场吧？”

伸手扶上回廊那漆成艳红的梁柱，她的眼底闪过一丝复杂。

“世间有多少人想进入这高高的宫墙里，但又有多少人知道这一片红墙其实是由鲜血染红的呢？”

“姚昭容请慎言。”

“慎言？”她转身，看着身后之人，目光中竟有了冷意，“你怕我会因失言而丧命吗？”

没有回答。

她再度笑了，笑意有些凄恻。

“萧靖，这一回我终于明白了自己的天真是多么的可笑。芷兰姐姐的死已给了我最好的警告。从今以后，我不会再奢望什么，我要学会适应这座皇宫的冷酷……以前的姚羽琦就当已经死了。”

她转身离去，没有再回头。

他目送她走远，平静的黑眸底下闪过了一丝沉痛。

已不再奢望了吗？

没想到性子向来乐观、总是充满着希望的她竟会说出这样绝望的话。

又是谁将她逼至了如此境地？

他——就是罪魁祸首之一。

一阵剧痛贯穿心口，他掩唇低咳了两声。

错过，便已错过了，所有的人都不能回头，只能继续向前走，即使知道前面那一条是绝路。但此时此刻，他竟非常想念以前那个笑得纯真无心机、喜怒总被人轻易看透的她……

大雨倾盆，模糊了眼前的情景，那狂风暴雨就好像要淹没世间的一切。

她只身站在羽心殿外，出神地看着雨幕。狂风席卷着冰冷的雨水飞溅在她的脸上、身上，她却像是毫无所觉。

"姚昭容，风雨太大，小心着凉，请回殿歇息吧！"

身后忽然响起的那道熟悉而亲切的声音，竟让她眼眶微微一热。

她没有回头，而是伸出手接住那些冰冷的雨水。雨水带来的寒意，一丝丝地渗入心头，似乎将身体里的血液都凝结了。

"唐钰，我今天想起了好多事。"她扬唇，似想微笑，却发现自己怎么也笑不出来，"每一件都好像是昨天刚刚发生的一样。"

身后的人沉默着。

"唐钰，你说人要不要相信命运呢？"她微微握起手心，眼中带着泪光，"如果那一天我没有遇到萧靖，我和佳莹这时可能在某个没有人认识我们的地方，过着幸福单纯的日子，也不会像如今这般，姐妹恩情荡然无存；如果我们不进宫，你也不会为了保护我们，放弃了逍遥自在的生活，进宫当了御林军统领，使得你每日都要辛苦提防；而如果不是因为我心思单纯，无知天真，芷兰姐姐和谢太医也不会死……"

"羽琦，不要说了。"身后的人终于忍不住出声制止，情急之下，叫出了她的名字，似惊觉了什么，他微微一顿，低垂眼眉。

这一回，她真的笑了，只是笑意带着凄凉。转过身，她看着面前垂首而立的年青人："唐钰，你很久没这样叫我了。"

"臣逾越。"唐钰低低地道。

她的眼底闪过一丝复杂。

只是短短不到数月的时间，竟已不能在他的眼中看到当年的飞扬神采。

他是一个向往自由的人，他不喜任何束缚规则，他曾说过，他的愿望，就是仗剑行走江湖，走遍天涯海角，而如今，他却因为她而被困在这座冰冷的宫殿里。

"唐钰，以你的跳脱的性子，让你在宫中当一个处处必须照宫规行事的统领，一定很辛苦吧？"

"臣甘之如怡。"唐钰没有抬头。

"甘之如怡？"她苦笑，"唐钰，你还是走吧，不要让这座皇宫埋没了你。你应该过回以前自由自在的生活。"

唐钰终于抬头:"如果要走,我至少要带着我所重视的人一起走。"

"走?"她转头看着殿外那一片狂风暴雨,"唐钰,你以为现在的她还走的了吗?"

唐钰一怔:"为什么不能走?"

"其实,她也想走啊,离开这个吃人的鬼地方。以前,她曾想走,可是放下不很多人,很多事,所以,她没能走成。现在,她更是离不开了。因为她的身上又背负了两个人的血债,她不可能什么也不顾,就这样一走了之的,唐钰,你明白吗?"

唐钰眼中流露出了焦急之色:"这笔血债不该由她背。这分明不是她的错——"

"唐钰!"她打断了唐钰的话,"除了血债,她还有一个责任。你不要忘了,她还有一个妹妹。她怎么会任由她的妹妹一个人呆在这座皇宫里?"

唐钰心中一痛:"我现在好怀念以前笑得灿烂无比、单纯无心机的她。至少,那个时候,她不用活得这么辛苦。"

"是人都会变的。"她笑了笑,"特别是在这座吃人的宫殿里。"

这座皇宫呆得久了,可以将善良变得邪恶,可以将单纯变得满腹心机,也可以让原本火热的心凝结成为寒冰。

唐钰微一合目。

"她不走,我也不会走。"丢下话,他转身离去。

她怔然看着那道挺拔的身影走远,心中隐隐作痛:"唐钰,你这又是何苦呢?"何苦为了一个不爱你的女子,付出如此之多。

轻叹了口气,她将身子轻倚着冰冷的梁柱,失神地看着不知名的远方。

雨,越下越大了,恍惚间,她想到了一年前的那一天。

那一天,也是下着这样的大雨。

而也在那一天,她的命运发生了翻天覆地的变化。

也许,一切都是天意……

再次来到了荒园,姚羽琦坐在小木屋前,久久不语。

"丫头,发生什么事了?为什么不说话?"屋里的宁贵妃等了良久,终于忍不住开口询问。

姚羽琦苦笑:"老人家,我现在有很多事,不敢去想,怕想通了,会得到自己无法承受的答案。"

是啊,她不敢想。

不敢想是谁去皇后那里通风报信。

不敢想纪芷兰和谢秋书会出事的真相。

这件事只有她和佳莹知道。

她不下千百次地强迫自己去想,是她和纪芷兰去小楼的途中碰到了什么宫女,但那一天,她在途中,为了小心起见,还特意问纪芷兰四周有没有其他人。

毕竟纪芷兰身怀武功，要想知道四周有没有人跟着，应该很容易。

可是，那晚并没有人跟踪。

心下又是一阵寒意涌起，姚羽琦将脸深深埋进了屈起的双膝里。

“老人家，我现在好想离开这里——好想离开——可是——我又放不下，我唯一的妹妹——无论她做过什么，她都是我的亲妹妹啊——”

“真是个傻丫头。你这样的人，不适合呆在皇宫里。”宁贵妃在屋子里沉沉叹了口气，“丫头，你若要留下，就要让自己变得坚强，若是不想再呆在这里，就找机会逃出去。只是，逃出去后，你要面对的，是一生的逃亡。”

就算是一生的逃亡，也比呆在这座宫里强上百倍吧？

姚羽琦心中一片凄怆。

“有点累了，我先回去了。”

再无精力谈下去，姚羽琦起身离开，却没注意到松动的耳环滑落。

就在她离去后不久，另一道身影缓缓走了出来。

那个人一直站在小木屋前，没有出声，也没有动，就这么沉默地看着。

听到了响动的宁贵妃以为是姚羽琦还未走，不禁问道：“羽琦，你没走吗？”

屋外的人没有回答。

宁贵妃走到窗口前向外张望，在看清屋前的那道身影时，眼中寒光一闪：“是你。萧靖，你来干什么？”

萧靖还是没有回答，只是握紧了手中的玉箫。

还没走出多远，姚羽琦就发现自己的耳环掉了一只。

此时天色已是很晚了，夜色又黑，原本是想第二天再来寻找，却又思及这是皇帝送的礼物，便折了回去。

近段时间以来，皇帝总是隔三差五就送她奇珍异宝，而且强迫她戴上。若是哪一天不戴，又会阴沉着脸半天，或是直接将她抱上床惩罚。

如果被他发现这对耳环掉了一只……姚羽琦苦笑。

虽然现在的她已经完完全全是皇帝的嫔妃了，但她的心直到现在还在虚无的半空里飘荡着，没有找到落脚点……

萧靖站在黑暗里，黑夜掩去了他脸上真正的表情。

木屋里的宁贵妃还在怒叱：“我不想见到你，你给我滚。”

萧靖忽然低声地开口：“有没有想过离开这里？”

“离开这里？”宁贵妃忽然大笑了起来，“萧靖，我是因为谁才被关进这里的？现在你竟问我有没有想过离开这里？”

“我会想办法。”萧靖转身就欲离开。

“不需要。”宁贵妃的目光里藏着刀，“萧靖，我不需你的假好心，我也不需要一个我恨的人来救我！”

那一个“恨”字，让萧靖的身影微微一颤。

“萧靖，你给我滚，我永远也不想见到你！就算我老死在这里，病死在这里，我也不需你来救！你听到没有？”

听着身后那一声声带着怨恨的怒骂声，萧靖握着玉箫的手又紧了几分，指节微微泛白。

心口的疼痛几乎淹没了他的神志，他甚至没有注意到，在他身后的黑暗里，另一道身影正吃惊地注视着他落寞的背影……

她一直跟着他。

很明显，他分神了。前几次她跟踪他的时候，很轻易地就被拆穿了，但这一次，她一直跟他跟到了劲竹园，他也没发现她的存在。

究竟萧靖和宁贵妃之间……发生过什么？

怔忡间，姚羽琦听到了熟悉的箫声。

从箫声里，她听出了孤寂和落寞，还有深重的哀伤。

姚羽琦站在园外，正在犹豫自己该不该进去时，蓦地箫声戛然而止，园子里传出了剧烈的咳嗽声。

“萧靖！”

再也顾不得什么，姚羽琦冲了进去。

就见萧靖扶着一株青竹，咳得撕心裂肺，右手更是紧紧揪着心口，脸色灰败。

“萧靖，你没事吧？”

她扶着他，触手却是一片骇人的冰冷。

“我带你去找太医。”

萧靖轻摇了摇头，正想推开姚羽琦的扶持，忽然，伸手紧掩住了双唇。

有鲜血，自他的指缝中缓缓渗透而出，一滴滴地滴落在地上，染开了一片触目惊心的血红。

“萧靖——”

姚羽琦惊骇地看着地上的血，几乎找不回自己的声音。

萧靖缓缓抬起了头，神色竟还是一片平静：“我休息一下就没事了，而且我自己也懂些医术。”

他的语气很淡漠，却让姚羽琦心头狠狠地一揪。

看着萧靖轻靠着竹背坐下，闭目调息，姚羽琦也跟着坐了下来，就这样静静地陪在他的身边。

半晌，萧靖慢慢地睁开了眼睛：“天色已晚，昭容还是早点回羽心殿。”

姚羽琦轻摇了摇头："我现在还不想回去。"

萧靖微蹙眉尖。

"萧靖，你让我陪你一会儿也不肯吗？"姚羽琦凄清一笑，"就这一晚。"

萧靖沉默。

"萧靖，你可以老实回答我吗？"姚羽琦仰望着天际，"你可有喜欢过我？哪怕是一点点？"

还是得到一片沉默。

姚羽琦笑了："就当我问了个傻问题吧！今天晚上过后，我不会再问这种傻问题。你们说得没错，要在这座皇宫生存，我必须学会某些生存法则。"

低下头，她看了眼脸色苍白憔悴的萧靖，然后从怀里掏出了一个小木盒。

"这个东西还给你。"

萧靖怔忡了一下，伸手接过。

打开一看，竟发现里面是根银针。

"这枚银针放在我这里很久了，也该物归原主了。"姚羽琦淡淡地说。

萧靖没有回应。

姚羽琦又笑了："没想到真是你的。"

萧靖一怔。

姚羽琦微垂眼帘："我根本就不能确定是不是你的东西。这是那天在静安堂救我的人留下来的。我一直在想救我的那个人究竟是不是你？"抬起头，她深深看向萧靖，"现在我已经知道答案了，足够了。"丢下话，姚羽琦起身离去。

萧靖静静地目送着她的身影消失在夜幕之中，突然捂住胸口，又喷出了一口鲜血。

心口的疼痛几乎将他淹没，他强撑着，站起身，连点胸前几处大穴。

轻靠着竹背，他紧紧握着那个放着银针的小木盒，注视着姚羽琦离去的方向。

"羽琦——"他轻声念着这个名字，也是第一次念出了她的名字，"你可有想过，我究竟是不是值得你喜欢的人？"

也许有一天，她是会恨他的。

唐钰知道，最近姚羽琦很不开心。

朵儿死了，纪芷兰死了……姚羽琦却把一切的罪责都推到了自己身上。现在只有姚佳莹才能让姚羽琦稍稍露出欢颜，可是佳莹最近却没有出现。

将手头的事情处理完后，唐钰只身前往玄心殿，他想请佳莹多过去陪陪羽琦，即使不说话，坐在那里陪着她也好。

走到玄心殿，却发现佳莹一个人在殿门口走来走去，似乎在焦急地等待着什么？

临时起了玩心，想像小时候一般躲起来，然后出奇不意地吓吓她。

谁知，刚藏好身形，就见几名宫女和太监，抬着什么东西往这里走来。

唐钰认得其中一名宫女，她是坤清殿的人，皇后的贴身宫女小昭。

皇后那边的人找佳莹什么事？

知道自己此时不方便现身，唐钰便索性隐去了身形。

"参见姚昭仪。"

宫女小昭朝姚佳莹福了福身："小昭奉娘娘之命，送来这些赏赐。"

"替我多谢皇后娘娘。"姚佳莹笑容满面地走过去，然后拿了些银两塞进了小昭的手里，"小昭，也多谢你特意跑一趟了。"

小昭眉眼都笑开了花："昭仪真是太客气了。这次多亏了您的计策，才解了娘娘的忧心。奴婢常听娘娘说，您可是淑妃的最佳人选呢。"

"我这只是尽本分而已。"

"昭仪真是个谦虚的人呢。"小昭将银两收回了怀里，"也幸好您大义灭亲。连奴婢也没想到，纪才人竟——"

姚佳莹朝小昭使了个眼色，小昭连忙掩住唇："啊，真该死，是奴婢多嘴了。那奴婢先走了。"

送走了坤清宫一行人，姚佳莹满意地看了眼那满箱的贵重赏赐，吩咐一旁的太监："来人，把这些东西抬进去。"

"是。"

见一旁的太监宫女们忙活去了，姚佳莹正要举步踏入殿内，身后却响起了一道熟悉的声音。

"佳莹。"

姚佳莹吓了一跳，转过身时，竟看见了唐钰。

"唐钰哥哥——"

唐钰满脸的不敢置信："刚才那个叫小昭的宫女所说的话是什么意思？"

姚佳莹轻咬了咬唇，脸色有些苍白："就是字面上的那些意思。"

"纪才人的事，是你给皇后通风报信的？"唐钰的眼中闪过一丝惊痛，虽然他问的是问句，但心底已猜到了答案。

"我——"姚佳莹犹豫了一下，忽然眉目一冷，"与其说是我通风报信，还不如说这件事从一开始就是我一手策划的。"

唐钰沉痛地摇头："为什么？佳莹，纪才人与你情同姐妹——你竟然——"

"情同姐妹？"姚佳莹冷冷笑了起来，"我现在连亲姐姐都不信，还会信一个与我无亲无故的纪芷兰吗？"

"你——"唐钰睁大了眼，他不敢相信昔日柔弱善良的佳莹，竟俨然变成了另外一个人。

一个几乎完全陌生的人。

"佳莹,你为什么会变成这样?羽琦一心为了你,而你却——"

"住口!"姚佳莹恨恨地打断了唐钰的话,"唐钰,你不要一直说姐姐都是为了我。若她真的一心为了我,就不会遇到危险时,自己逃命,就不会屡次破坏我和皇上的好事。我本来是相信她,相信她能帮我,让皇上对我另眼相看,哪怕只有一眼也好,可是——她都做了些什么?她缠住了皇上,让皇上日日夜宿羽心殿,就连皇后娘娘帮我安排的那唯一一次机会都剥夺了。这还叫一心为我吗?"

唐钰急忙解释:"佳莹,你姐姐根本不是你说的这种人。你们姐妹俩这么多年的感情,难道你还不了解她吗?"

姚佳莹冷冷一笑:"唐钰,人是会变的。特别是在这座皇宫。为了达到自己的目的,为了在这深宫里生存下去,就必须学会改变,学会适应。"

唐钰一把扣住了姚佳莹的双肩:"佳莹,你清醒一些,不要被旁人迷惑了。如果你和羽琦之间有什么误会,你们应该开诚布公地说出来。"

"为什么所有的人都是为了姚羽琦?"姚佳莹直勾勾注视着唐钰。

"你说什么?"

"唐钰,你会进宫,也是为了保护姐姐不是吗?你当了统领侍卫,每夜守护的,也只有姐姐不是吗?你何曾守护过我?"

"我——"唐钰哑口无言。

"为什么所有的人都喜欢姚羽琦?你是,皇上也是,你们的眼里,心里,都只有姚羽琦一个人,而我呢?又算什么?只因为是姚羽琦的妹妹,你们就附带着关照我?"姚佳莹眼中浮现出一抹怨恨,"我终究,只是姚羽琦的一个附属品。唐钰,你知不知道,我不甘心,我真的不甘心,我究竟哪里比不上姚羽琦?"

唐钰沉默。

姚佳莹冷笑:"现在不是很好吗?皇后娘娘那般照顾我,只要我尽心帮她处理好后宫的事,以后我就有可能当上淑妃,到了那时,皇上也定会对我另眼相看,他一定会发现我的好,一定会的。"

"佳莹,你不要被皇后利用了。"

"利用又怎样?我知道,皇后一定是在利用我。但相对,我也在利用她,只要我爬上了淑妃的位置,总有一天,就只有我利用别人,而没有人能利用到我——"

唐钰无言了,他知道眼前的佳莹已不再是以前那个姚佳莹了。

只是,要他如何向羽琦说明这一切?

若是羽琦知道了,她一定会很伤心吧?

这一刻,他更加后悔那一年他独自跑去闯荡江湖,若是他没有去,一切就都会改变。

但,这世间并没有后悔药可吃。

第十八章 惊痛

从皇帝的怀中缓缓睁开了眼睛，姚羽琦沉默地盯着殿内某个定点发呆。

皇帝已经接连着留宿羽心殿七天。

而这七天里，除了早朝议事，她几乎寸步不离地伴随在皇帝身边。

她对着他笑，温柔地叫他皓，甚至，有意无意地开始跟他撒娇。

她知道，自己在渐渐改变。

她在特意讨皇帝欢心。

如今的她，早就成了宫里最得宠的一名嫔妃。

虽然日间她笑颜如花，但每到深夜，她却觉得无比的疲倦，那股倦意正一点点地蚕噬她的灵魂。

她越来越觉得这座皇宫就是一座牢笼，可她手中分明有着锁匙，却硬是将那把锁匙丢了，将自己牢牢锁在了里面。

但这世间，总是有失必有得。

这段时间，她终于体会到了得宠的好处。

宫里的其他嫔妃，或是宫女太监，不仅仅只是对她巴结逢迎，他们看她的眼底，已有了敬畏。

现在只要她一句话，哪个不得她心的人，便会人头落地吧?

可是，还不够。

以她现在的地位，她还扳不倒德妃，扳不倒皇后，所以，她必须要爬上淑妃的位置。

只有一步步地往上走，她才能达到她的目的。

但越往高处走，她的心就越冷。站在了高处，她知道了很多原本并不知道的秘密，有些事情，她真的宁愿永远也不知道。

早间的时候，她知道佳莹来过了。

她早就吩咐好了，不让任何人打扰她和皇帝。

于是佳莹被拒之门外。

她知道，佳莹来这里，并不是为了找她，而是来找皇帝。佳莹借了皇后的名义，请皇帝去一趟坤清殿。当然，佳莹真正的目的是什么，她心底很清楚。

佳莹早就变了。

早已不是她以前的妹妹姚佳莹了。

嘴里泛起了一丝苦涩，她觉得连心口都在一阵阵地抽疼。

“怎么了？眼睛睁这么大？睡不着吗？”耳畔响起了皇帝略显沙哑的低问声。

她轻摇了摇头：“刚才做了个梦，醒了就睡不着了。”

“什么梦？噩梦吗？”

她淡淡一笑：“不算是噩梦吧，我梦见朵儿和芷兰姐姐来看我了。她们来看我，又怎算噩梦呢？”

皇帝没有回应什么，只是深深凝视着她唇角的笑。

“怎么了？为什么这样看着我？”

“你变了。”皇帝淡淡地说。

她笑着：“怎么?你不喜欢我的改变吗?你不是一直说，要我学会适应这座皇宫里的残酷吗？”

皇帝在她唇上印下一个轻吻：“你的这种改变，在我预料之中，可我不知道自己究竟是开心，还是不开心？”

姚羽琦微微垂下了眼帘：“你应该开心啊，现在的我应该有资格成为你的妃子了。”

皇帝伸手轻抬起她的下巴，唇角的笑意让人捉摸不透：“确实有资格了，甚至有资格成为淑妃。”

姚羽琦浑身一颤。

皇帝搂紧了她：“睡吧，若是你就这样一直睁着眼睛到天亮，可是会伤身的，那样我会心疼。”

“嗯。”姚羽琦柔顺地闭上了双眼。

皇帝若有所思地看着她的睡颜，眼底深处掠过了一丝淡淡的复杂……

她焦急地坐在殿内等着，十指不安地互绞着。

这时，殿外传来了匆忙的脚步声。

“怎么样？”她连忙冲了出去，劈头就问赶来报信的太监小安子。

小安子叹了口气：“回昭仪，皇上今夜还是翻了姚昭容的牌子——”

她的眸光一紧，脸色更见惨白：“姐姐，你还真是狠心啊！连一丝机会都不留给我吗？”

“昭仪——”小安子犹豫了一下。

“有什么话就说。”

“奴才不敢说。”小安子低下头。

姚佳莹冷哼了一声：“小安子，皇后娘娘让你跟着我，就是想着你点子多，可以多为我出谋划策，怎么，你想让娘娘失望吗？还是你根本就不是诚心认我这个主子？”

“不，不，奴才不敢。奴才既然跟了昭仪，当然是诚心为主子着想的。”

“那你还犹豫支吾什么。”

“那奴才就说了。”小安子眼眸一转，“昭仪，奴才觉得这样下去不是办法。现在姚昭容如日中天，皇上好像一天没有她都不行，再这么下去，这淑妃之位肯定非姚昭容莫属了——”

“谁说的！”姚佳莹冷声打断了小安子的话，“皇后娘娘已经应承过我了，淑妃之位由我继承。”

“可是——”小安子叹了口气，“若是皇上执意要让姚昭容当淑妃，那就算是皇后娘娘也没什么办法了。”

“小安子，难道连你也想不出什么办法吗？”姚佳莹不由得急了，“亏皇后娘娘还一直夸你足智多谋——”

“办法是有一个。”小安子眼底闪过了一丝异芒。

“什么办法？”

“就看昭仪你狠不狠得下这个心了。”小安子做了个手刀砍下的姿势，姚佳莹心中一紧。

“唐统领，请回吧！姚昭仪说过了，不想见您。”

这是唐钰三天来，第七次找姚佳莹。

可惜，都被姚佳莹拒之门外。

他必须要在羽琦知道真相以前，劝服姚佳莹。因为他很清楚，对于羽琦来说，佳莹就是她生存下去的支柱。

在这座险恶的皇宫里，若是连亲姐妹都变成了仇敌，那只会令亲者痛，仇者快。可是，佳莹就是不明白这个道理。

找了个角落坐下，他打算今天就在这里等姚佳莹出来。

他就不信，姚佳莹会一直呆在玄心殿里。

当夕阳渐落的时候，姚佳莹终于从玄心殿里走了出来，唐钰正要走过去拦住她，却见一个小太监跑过来跟佳莹说了什么，她马上变得满脸怒容，然后，跟着小太监往另一个方向走去。

唐钰觉得奇怪，便悄悄跟了上去。

这里是一处僻静的凉亭，姚佳莹跟着小太监到达之后，那小太监举手击了两掌，一名头戴斗笠的青衣男子从假山后缓步走了出来。

“为什么不按计划行事？”

姚佳莹一见那男的劈头就问。

青衣男子冷笑:“姚昭仪,你出的价钱太少了。”

姚佳莹眉头一皱:“不是说好的价钱吗?”

“要杀一个堂堂二品嫔妃,一千两黄金哪里够?”

“你——”姚佳莹脸色变了,“那你要多少?”

“五千两黄金。”

“你这是坐地起价。”

“怎么?昭仪嫌贵了吗?那我可以不接这笔生意。”

“好。你若不接,随你。我大可以找别人做。”

“别人?”青衣男子又笑了,“姚昭仪,我这人有一个坏脾气,若是合作不成功,我的嘴巴就变得不严实了。到时一传十,十传百,你说会不会传到皇帝的耳朵里呢?”

“你这话什么意思?”

“就是表面上的意思。”

“你——”姚佳莹暗自咬牙,“好,五千两就五千两,等我当上了淑妃,就算是一万两,我也付得起。”说着,她转头瞪了身边的太监一眼,低声叱道,“小安子,这就是你找的高手?”

小安子低下头。

青衣男子大笑:“哈哈哈——姚昭仪真不愧是个爽快人,那么我们成交。你想什么时候动手?”

“明日吧!皇上明日因公出巡,不会呆在宫里,也就不会去找姚羽琦。那时,姚羽琦身边的守卫会少得多。不过,你们得小心,姚羽琦的身边,有一个唐钰在暗中保护着。他武功不弱。”

姚佳莹那一番话,让藏在一旁的唐钰惊出了一身的冷汗。

佳莹,竟对羽琦蒙生了杀机吗?

“区区一个唐钰算什么?敌得过我司徒明吗?”司徒明冷笑。

“好,这件事就交给你。若是你失败了,你也应该知道怎么做——”

“放心吧,我司徒明要杀的人,绝对活不过三更。”司徒明话音未落,旁边已有人接口。

“是你活不过三更天。”

从暗中走出来的,正是唐钰。

姚佳莹一张脸顿无血色,她没想到唐钰竟会突然出现。

小安子一看见形势不对,已悄悄地往身后的假山退去。

“佳莹,没想到,你竟然想买凶杀你的亲姐姐——”唐钰握紧了手中的长剑,“我还天真地以为,我可以说服你,让你变回以前的佳莹,可是——”

“唐钰,人若是变了,想再变回去,怕是很难了。”姚佳莹终于镇定了下来。

"佳莹,难道你就真的忍心吗?"唐钰眼中闪过了沉痛。

"有什么不忍心?姚羽琦什么都要跟我争,跟我抢,现在连淑妃的位置也要跟我抢——这一切,都是她逼我的。"

"你真是太令我失望了。"唐钰痛心疾首。

"唐钰,若是你再帮着姚羽琦,那就别怪我不念旧情了。"姚佳莹朝司徒明使了个眼色。

司徒明举剑就朝唐钰攻去。

唐钰侧身闪过的同时,拔剑出鞘。

只见华光一闪,司徒明还未回神,虎腕就是一阵剧痛,手中长剑顿时被打飞了出去。

唐钰冷冷地盯着司徒明:"就凭你这三脚猫的功夫,也想杀羽琦吗?"

没料到自己重金请来的杀手,竟是如此不堪一击,姚佳莹吓得手足冰凉。

"佳莹,现在跟我去见皇上,只要你痛改前非,你姐姐一定会念及姐妹之情——"

"不,不要——"姚佳莹脸色惨白地后退,"她才不会顾念什么姐妹之情,她若是知道了,一定会叫皇上杀了我。"

话落,她转身就欲逃跑,脚下却是一绊,跌倒在地。

"佳莹——"唐钰想去拉姚佳莹,司徒明却趁机摆脱了唐钰的钳制。

"站住!"唐钰一剑朝司徒明背心刺去,想要拦住他,谁知司徒明顺手就拉过倒在地上的姚佳莹,往前一挡。

"嗤——"

唐钰收势不及,那一剑直接刺入了姚佳莹的心脏。

"唐钰哥哥,你——你好狠的心——"姚佳莹嘴角涌出了鲜血,失去了生气的身体,也无力地倒在了地上。

唐钰惊呆了。

他甚至忘记伸手去扶姚佳莹,就这样眼睁睁地看着姚佳莹倒在了血泊之中。

一切发生得太过突然,让他措手不及。

躲在一旁的小安子吓得失声尖叫,司徒明趁乱逃了。

唐钰还是呆呆地站在那里,一动也不动,好像连灵魂也失去了。

当姚羽琦接到消息赶来的时候,她不敢置信地看着浑身是血,毫无生气的姚佳莹,脑海里一片空白。

"佳莹——佳莹——"

她疯了一般冲过去,抱起姚佳莹浑身是血的冰冷身体,不住地摇晃着,但姚佳莹没有任何回应。

"不,不会的,怎么可能——佳莹,为什么会这样——为什么——"

"皇上驾到。"

耳畔传来了太监的通报声，她已经无力顾及了。她甚至没有看见，被绑在一旁、跪在地上脸色苍白的唐钰。

"究竟发生了什么事？"皇帝扫了眼现场，冷声问。

"皇上——皇上，你可要为姚昭仪做主啊——"小安子跪在皇帝面前，嚎啕大哭，"是唐钰，唐钰他竟然一剑杀了昭仪。"

抱着姚佳莹的姚羽琦浑身一颤，感觉有一把冰冷的刀直刺入了心底。

"唐钰？"皇帝看了眼一直沉默地跪在那里的唐钰，"你为什么要杀姚昭仪？"

唐钰还是没有回答。

皇帝将目光重新落回那小太监身上："他不说，你来说。"

"事情是这样的。今天昭仪说心中烦闷，想出来透透气，于是奴才便陪着昭仪来到了此处散心，结果碰到了唐钰。唐钰指责昭仪，说她不该与姚昭容夺淑妃之位。昭仪气不过，就顶撞了几句，二人顿时吵了起来，后来，唐钰恼羞成怒，竟然——竟然拔剑刺向昭仪——"

"唐钰，事情真的是这样吗？"皇帝淡淡地问。

唐钰紧抿着唇，一张脸毫无血色。

"你不回答，就等同于默认了。唐钰，朕再问你一次，这奴才所说的，可是实情？"

唐钰还是没有回答。

姚羽琦放开了姚佳莹，慢慢地站起了身，一步步地走到唐钰面前。

"唐钰，佳莹不是你杀的，对不对？"姚羽琦俯身扣住了唐钰的双肩，"你说话啊，说佳莹不是你杀的，说啊！"

唐钰终于抬起头，看着姚羽琦惊痛惨白的脸，一字一字地回答："是我杀的。"

姚羽琦只觉眼前一黑。

"羽琦！"身后的皇帝连忙扶住她。

"为什么——唐钰——为什么你要杀佳莹——为什么——"

唐钰牙一咬，垂下了眼帘，不再看姚羽琦惨白的脸。

就在这时，不远处又传来一阵急匆匆的脚步声。

"皇后驾到。"

人未到，声先到，那一声声"叮当"脆响，让皇帝微微蹙起了眉峰。

"这究竟是怎么回事？"

小安子一看到皇后，便扑了过去，一把眼泪，一把鼻涕地将刚才告诉皇帝的话又复述了一遍。

"娘娘，请您一定要为昭仪做主！"

"没想到皇宫大内竟会出现这样的恶徒？唐钰，你身为侍卫统领，居然知法犯法，你该当何罪？"皇后厉喝。

唐钰没有回答。

“皇上——”皇后将视线转到皇帝身上，“是臣妾管理无方，竟让后宫之中出现这等恶性的杀人事件，臣妾恳求皇上，让臣妾查明这件事的真相，以将功赎罪。”

皇帝微一沉吟：“好，这件事朕就交由皇后查办。”

“谢皇上龙恩。”皇后福了福身，然后回身厉喝，“来人哪，把唐钰给本宫押进天牢，好好审问。”

“是。”

一旁待命的侍卫，将唐钰押了下去。

自始至终，唐钰没说过一句话。

姚羽琦失神地看着唐钰被押走的身影，只觉一股寒意直逼心头。

唐钰，为什么？

我不信你会这样杀了佳莹。

但为什么你什么也不说？

为什么？

玄心殿里，姚佳莹安静地躺在床上。

宫女们已经为她重新化好妆，为她穿上了平日里最喜爱的服饰，终于让她惨白的脸色恢复了昔日的娇艳。

姚羽琦呆呆地坐在床头，看着姚佳莹毫无生气的容颜，心头阵阵刺痛。

她想起了少时，佳莹受了欺负，就躲在她的怀中哭泣；也想起，当佳莹开心时，也会扑进自己怀里，大声地笑；更想起，在山林迷路的那日，佳莹趴在她的背上，跟她说着，要永远生活在一起……

往事历历在目，但伊人却已不在。

朵儿死了，芷兰姐姐死了，现在，连佳莹都离她而去了。而直到她离开的这一天，她们姐妹俩也没有回到从前……

为什么，为什么所有她最亲最爱的人，都要离她而去？

姚羽琦心中疼痛阵阵，却无法流出一滴眼泪。

也许眼泪早已干涸了吧！

“羽琦——”

恍惚中，有人将自己拥进了怀里。

是皇帝。

她没有拒绝，也没有回应，只是任由他抱着。

“我知道，你很伤心，若要哭，就大声地哭出来吧！”

姚羽琦还是呆呆地坐着。

皇帝轻轻叹了口气，放开了姚羽琦冰冷的身体。

"你们好好照顾姚昭容,若有任何闪失,朕唯你们是问。"

"遵旨。"底下那些奴才立刻诚惶诚恐地跪倒在地。

皇帝又看了姚羽琦一眼,便走出了玄心殿。

在走出玄心殿的那一刻,他看见殿外有一人正等着他。

是萧靖。

"我想你也该来了。"皇帝走过去,脸色微沉,"回霜龙殿再说。"

萧靖微微颔首,转身的那一刻,却看了玄心殿内一眼。

姚羽琦那悲痛落寞的身影,顿时映入了他的眼帘。

那一瞬间,他的心为之狠狠地揪痛了一下。

霜龙殿里,皇帝拿着酒杯,却无心饮酒。

"你怎么看这件事?"他淡淡地问着一旁的萧靖。

"唐钰与姚佳莹青梅竹马,他很清楚,姚佳莹在姚羽琦心中的地位,不可能因一言不和,而出手杀了她。"

"嗯。"皇帝微一沉吟,"我也这么认为,这其中一定有什么隐情。可是他什么也不肯说。"

萧靖掩唇轻咳了咳:"他若不肯说,这世间怕只有一个人知道真相了。"

"你说那个小安子?"

萧靖点头。

皇帝冷笑:"这一箭双雕之计真是好毒。若是唐钰不小心说错了什么,那么,羽琦必会被拖下水。"

"他不会累及昭容的。"萧靖淡淡地道。

皇帝看了萧靖一眼:"你就这么肯定?"

"他今天什么都不说,就说明他已有所察觉了。"萧靖眼中掠过一丝忧色,"不过,他现在被皇后带走,我怕——"

"为了以防万一。"皇帝微微一顿,"萧靖,你应该知道怎么做吧?"

萧靖微微垂下了眼帘。

浑身疼痛欲裂,过多的失血,甚至让他觉得头晕目眩起来。

他不怕酷刑,更不怕死,他怕的,是看见羽琦伤心的脸庞。

他苦笑。

上苍真是爱捉弄他。

一年前,他选择前去实现自己的梦想,结果错过了羽琦,一年后,他想尽办法保护羽琦,却错手杀了她最爱最亲的人。

羽琦,怕是这一生一世都不会原谅他了吧?

不管是什么原因，什么理由，佳莹确实是他亲手杀死的。

直到现在，佳莹临死前，那一脸的不可置信还深深地烙在他的心田深处。

是啊，他是没有保护好佳莹。

他一心都在羽琦身上，却忽略了这个性格柔弱的妹妹。

是什么让佳莹变成今天这样?

除了这座冰冷的皇宫，他也有错。

他应该早一点察觉到，早一点陪在佳莹身边。

她只是太寂寞了。

她找不到宣泄的人，就只能改变自己。

——"唐钰，本宫再问你一次，只要你供出这件事的幕后主谋，本宫就在皇上面前为你求情，对你从轻发落。"

想起刚才皇后那一脸的冰冷与杀机，唐钰只觉得浑身发凉。

早在那个小太监以假乱真地说出所谓的"真相"时，他就察觉到了。

这件事，并不像表面上看起来那般简单。

也许，就连佳莹买凶杀亲姐姐的事，也是受了别人的唆使。而这一切都是一个早已安排好的陷阱与阴谋。

"羽琦，若是可以的话，我多么希望，你能逃出这座吃人的皇宫——"

他低声苦笑。

此时此刻，他多么希望自己还有气力，那么，他会不顾一切地将羽琦带走。就算她怨恨自己一辈子，他也要带走她。

喉间涌上了腥甜之气，他强行将那口鲜血咽了下去。

可惜，他已经没有气力了。

寂静的牢房里，忽然传来了轻微的脚步声。

他缓缓眼开了眼睛，看到来人后，原本黯淡的眸光居然亮起了一丝神采。

"萧靖——"

他知道，现在只有这个男人可以救羽琦了。

第十九章 蜕变

FENGHUANG MOU

站在天牢门前，姚羽琦那一步就是不敢踏进去。

直到现在，她还是不知道唐钰为什么要杀佳莹，唐钰什么也不肯说。据她打探回来的消息，即使是皇后严刑逼供，唐钰还是紧咬着牙关沉默。

微微握起手心，她不敢去想像现在的唐钰是什么样子。不论他做过什么，毕竟他们从小一起长大，青梅竹马，她相信唐钰一定有苦衷。

"昭容，时辰就要到了。"牢房外，负责看守的牢头垂首道。

姚羽琦浑身一颤。

是啊，午时三刻，唐钰要被处以极刑了。

她刚刚失去佳莹，难道紧接着又要失去另一个最亲的人吗？

一步步，艰难地踏进天牢。阴暗潮湿的空气夹着浓重的血腥味迎面扑来，她心中一紧，抬眼就看见了躺在牢里的唐钰。

他的身上布满了鞭伤，一身白色的中衣早已被鲜血染红，脸上更是没有一丝血色。此刻他紧闭着双眼，气息微弱得几乎让人察觉不到。

"唐钰——"

姚羽琦冲过去，紧紧地抓着牢门那冰冷的铁栅，语声业已哽咽。

唐钰缓缓地睁开了眼睛，黯淡无神的眸光在看到姚羽琦之后，蓦地亮了几分。

"羽、羽琦——"

他挣扎着想爬起来，却扯痛了身上的伤口，让他忍不住轻轻闷哼了一声。

姚羽琦微微别过了头，不忍再看他惨白的脸。

唐钰苦笑："羽琦，对不起。"

除了对不起，他不知道自己该说些什么。无论怎样，佳莹都是他亲手杀的。

"为什么——你为什么要杀佳莹？"姚羽琦颤着声问，泪水已自眼角滑落。

唐钰沉默着。

"你告诉我啊！"姚羽琦终于将目光重新落回唐钰身上，"我只要你告诉我真相，我不相信，我不相信，你会杀了佳莹，一定是发生了什么我不知道的事，对不对？对不对？"

唐钰微微垂下眼帘："我只是一时错手。"

"一时错手？"姚羽琦踉跄退了一步，不住地摇头，"不，唐钰，怎么可能呢？你怎么可能对佳莹拔剑相向？"

"那个小太监说的都是真的，我——我只是不想佳莹再错下去，再与你争，与你抢，怨恨着你这个姐姐。我拔剑，只是为了——为了想吓唬一下她——"

"够了！"姚羽琦掩住了唇，不让自己呜咽出声，"够了，我不想再听。"转过身，她奔出了天牢。

"羽琦——"

唐钰怔然看着姚羽琦伤心的背影，唇角扬起了一抹凄恻的笑。

"羽琦，对不起，真的对不起——"

喉间涌上了一股腥甜，他轻咳了一声，鲜血自嘴角涌了出来。

"一直以来，我都没能保护到你。羽琦，对不起——"

姚羽琦发足狂奔着。

唐钰所说的话一直在耳畔徘徊不去。

她该怨恨唐钰吗？

她不知道。

说到底，唐钰也是为了她。

其实，一切都是她的错，如果不是她一心想着为芷兰姐姐和谢太医讨回公道，她不会这样倾尽心力去讨好皇帝，就不会与佳莹的关系一再恶化。

而唐钰，也不会为了她而与佳莹发生争执。

"咚咚咚——"

半空中，响起了鼓鸣声。

她知道，那是刑场的鼓鸣声。

时辰马上就要到了。

不，她怎么可以让唐钰死？

她不能让唐钰就这样死去。

转过身，她朝霜龙殿飞奔而去。

现在只有皇帝可以救唐钰。

"皇上——"

也不等霜龙殿的人通传，姚羽琦直接闯入了霜龙殿。

"羽琦？"

正准备去刑场的皇帝诧异地看着姚羽琦。

姚羽琦屈膝跪了下来。

“羽琦，你这是干什么？”皇帝想要扶她起来，但姚羽琦不肯。

“皇上，请你饶过唐钰的性命。不要杀他！不要杀他！”

“你不恨他吗？他杀了你妹妹——”

姚羽琦摇头，脸色惨白：“说到底，真正害死佳莹的凶手是我，而不是唐钰。”

“羽琦——”皇帝叹了口气，将姚羽琦扶了起来，“你怎么这么傻，为什么将责任都推到自己身上？”

“这是事实。”姚羽琦眼角已然湿润，“如果不是因为我，唐钰也不会和佳莹发生争执——”

“他对你说出那日的真相了？”

姚羽琦沉默了一下，才道：“我不知道这是不是真相，也许唐钰有所隐瞒，但我相信，不论这其中发生了什么，唐钰都是因为我才会出手。”

皇帝诧异地看了眼姚羽琦：“羽琦，你真是变了许多，现在看待事情竟看得这么透彻——不像以前——”

姚羽琦没有回答，而反问：“皇上能放了唐钰吗？”

皇帝摇头。

姚羽琦脸色一白：“为什么？”

“羽琦，唐钰所杀的人，不仅是你妹妹，还是堂堂二品嫔妃。怎能说放就放？”

姚羽琦眼前一黑。

“羽琦——”皇帝及时扶住了姚羽琦，“羽琦，你没事吧？”

“唐钰，真的——没救了吗？”姚羽琦紧紧抓着皇帝的衣袖，“我只能——这样眼睁睁地看着他死吗？”

黑暗，顿时铺天盖地而来。

“羽琦——”

耳畔皇帝那焦急的呼唤声已渐渐模糊了。

心口的疼痛淹没了她的神志，眼前一黑，她终于陷入了无边的黑暗里。

注定了吗？

上苍注定要她失去所有最亲最爱的人，只剩下她孤孤单单的一个人……

绑在脚上的铁锁沉重无比，每走一步，都像是拖着一块巨石，异常艰难。

当他走出了牢房，看到了外面的阳光时，他微微眯起了眼睛。

他害怕。

他害怕留下羽琦一个人。

在这座冰冷的皇宫里，已经失去了纪芷兰和佳莹的羽琦，一个人该如何支撑下去呢？

心口传来阵阵疼痛，痛得他几乎看不清眼前的情景。

"羽琦——"

低唤着这个刻骨铭心的名字,他的唇角勾起了一抹凄清的笑。

人一旦错过,就只能这样错过了。

如果一切能从头来过,他一定会好好地呆在羽琦身边。但这世间,没有那么多的如果,只有追悔和遗憾。

"快走快走!"

身后的牢头不住地催促着。

他艰难地往前踏出了一步,然而,喉间却有鲜血往上直涌。

"哇"的一声,他张口吐出了一大口鲜血。

他面无表情地看着地上的鲜血。酷刑早已折腾掉了他半条性命,如今的他,可能想走到刑场都难吧?

"怎么搞的,你可不要在这里死了。"牢头一把掺起他的胳膊,"要死,也要给我死在刑场上,不然你让我怎么交待。"说完,牢头和那几名士兵便蛮横地拖着他前行。

那粗暴的动作,扯着他全身的伤口都在叫嚣,他的神志顿时又模糊了起来。

陷入黑暗的那一刻,他又想起了那张熟悉的娇颜。

——羽琦,你让我如何了无牵挂地离去?

——纵使是去了地府,我也无法忘记你。

"嘭嘭嘭——"

鼓鸣声再度响起,而且加重了捶打。

犯人已经带到了,只是好像失去了意识,头无力地低垂着,披散的长发更是掩住了那一张苍白的脸。

皇后坐在主座上,冷冷地看着刑场上跪着的人。

"唐钰,本宫再问你一次,究竟是什么人指使你杀姚昭仪的?"

底下没有回答。

皇后冷哼了一声:"冥顽不灵,那就别怪本宫无情了。"

虽然跟这个叫唐钰的没有什么交集,但他毕竟是姚羽琦的心腹,除去他,等于是除掉了姚羽琦的左右手。

一旁的小太监凑了过来:"皇后娘娘,时辰就要到了,娘娘是否要回避?毕竟这场面太血腥了,奴才怕吓到娘娘。"

皇后点了点头:"嗯。那本宫就回避一下,先行回坤清殿。"

"恭送皇后娘娘。"

太监恭敬地垂首。

直到皇后远去,太监才转过头,狠狠地朝早已昏迷的唐钰狠啐了一口。

"真是晦气。"

抬起头，他看了眼天色："时辰到，行刑。"

说完，将令牌无情地一丢。

刽子手举起了明晃晃的大刀，然后发力狠狠地斩下。

"嗤——"

鲜血顿时飞溅，染红了四周冰冷的土地。

当姚羽琦醒过来的时候，天已经完全黑了。

睁开眼，她木然看着黑沉沉的殿外，心头阵阵发寒。

唐钰……已经不在了吧？

撑起身子，她正欲翻身下床，守在殿外的宫女听到动静，立刻冲了进来。

"昭容，您身子还很虚弱，太医吩咐过了，您最好不要下床走动。"

"我没事。"姚羽琦轻摇了摇头，推开了宫女的扶持。

走到殿外，一阵冷风吹过，让她连手足都冰凉起来。

夜空中，没有月光，就连星光也不见半点。所有的一切都寂寥得让人心头发寒。

短短几天之内，她失去了两个至亲的人，她忽然觉得自己做什么都没有意义了。

她失神地一步步朝殿外走出，也不理会宫女焦急的叫唤。

她要去哪里呢？

连她自己也不知道。

隐隐间，她听到了箫声。

那熟悉的箫声……是萧靖吗？

心口像是被什么刺痛了一下，她伸手捂住了胸口。

萧声越渐清晰了，姚羽琦如游魂一般地来到了劲竹园，果然看到了夜色下，那一道熟悉的身影。

她掀了掀唇，想叫出那个人的名字，却发现自己根本无法出声。

萧声停下了，她看见萧靖转过了身。

这一次，她并没有飞扑过去，而是静静地站在园林口，静静地看着萧靖。

"可以为我再吹奏一曲吗？"她低声问。

萧靖轻点了点头，然后拿起玉箫，凑近唇边。

箫声又起。

悠扬而又悲哀，凄婉而感伤。

她想起了很多很多往事。

她想起年少时，唐钰经常带着她和佳莹偷偷地溜上山，经常玩得天昏地暗。虽然回府后，总是受到责骂，但她却很开心。

当她们被责罚时，唐钰又会悄悄地潜进府中，送上馒头给她们充饥。

如果时间能够停止，永远停顿在那一刻，该有多好。

萧靖一边吹着箫，一边沉默地注视着她，不自觉地，握着箫的手，微紧了几分。

一曲终了。

姚羽琦深深吸了口气，声音有些沙哑："谢谢你，萧靖。"

她转身离去。

萧靖看着她伤心落寞的背影，心口一阵揪痛。

此时此刻，他忽然发现自己很希望她能像上次那样，扑进他的怀里大哭一场，至少，这样可以让她得到宣泄。

但她没有。

她只是静静地听完箫声，她甚至连泪水都未流一滴。

那双眼睛不再明亮，就如同连灵魂都死去了一般。

萧靖轻轻合上了眼帘。

他想起了唐钰那晚在牢房中对他说的话。

——"萧靖，现在只有你才能救羽琦。"

救她吗?

萧靖睁开了眼，掩唇轻咳了两声，眉宇间满是落寞。

他没有资格。

因为逼她到如此境地的罪魁祸首正是自己。

一个人在宫里游荡着。不知不觉间，她来到了天牢。回想起那日唐钰苍白的脸，还有那伤痛寂灭的眼神，她的心就阵阵地抽痛。

"唐钰，我知道的，我知道你是为了什么去找佳莹?"

"那夜佳莹接收皇后的赏赐，我也看到了。你好傻，你以为你不告诉我，我就什么都不知道了吗?"

"这座皇宫真是让人心寒呢，就连佳莹这么善良的人，都变得让人完全陌生。"

"唐钰，我真的累了，如果可以，我真的很想离开这里。可是，现在的我，已经离不开了。我身上血债背负得太多，我无法就这样离去。"

坐在冰冷而黑暗的角落，她痴然望着黑沉的夜空。

现在真的只剩她一个人了。

好寂寞。

这种寂寞如同一条毒藤，紧紧地缠着她的心，让她喘不过气来。

轻轻地合上眼，她觉得自己好冷好冷。

耳畔忽传来了脚步声，她将自己又往黑暗里藏了起来。

"这次真是好险啊。"

"是啊，没想到那个唐钰还没上刑场就死了。幸好，我们找了个神志昏迷的死囚顶上去，否则，真是吃不了兜着走了。"

姚羽琦认得这两道声音。

他们是负责看守天牢的牢头。

只是……什么叫唐钰还没上刑场就死了？

姚羽琦心口一紧。

“你知不知道唐钰是怎么死的？”其中一个压低了声音。

“嗯？怎么死的？”

“就在昨天，萧太傅不是来过吗？”那人的声音又低了些，但在这死寂的夜色里还是听得分明，“我亲眼看见萧太傅给唐钰吃了一颗药。”

“药？不会是毒药吧？”另一个睁大了眼。

“应该是吧！否则，唐钰怎么可能还没上刑场就死了。”

“萧太傅为什么要杀唐钰？”

“这你还不知道吗？皇后一心想唐钰供出姚昭容啊，虽然唐钰被皇后严刑逼供了这么多天，还是什么也没说，但不怕一万，只怕万一啊。上了刑场，当刀子架在脖子上时，谁也说不准，唐钰会不会改变主意。这世间谁不怕死呢？我看萧太傅肯定是怕唐钰临死变节，于是先皇后一步毒死唐钰，不给皇后任何机会——”

“有道理，这深宫真是害人不浅啊。其实唐钰也真够可怜的，好好一个人，也成了宫廷争斗的牺牲品了。”

“你把唐钰埋在哪了？”

“就在那座废弃的古井里啊。那口井那么深，井口又被我封住了，一般是不会有人发现的。”

……

两个人的谈话声渐渐远去了，姚羽琦的心却结成了冰。

一抬眼，她看见了黑暗中的那口古井，上面还压着一块巨大的石头。

她只觉得那块巨石就像是压在她的心上一般。

唐钰……就被压在下面吗？

“唐钰——”

她从黑暗里冲了出来，冲到井旁，死命地想把井口的巨石搬起来，但手脚已是全然无力气，她如何搬得动？

“为什么——为什么——为什么——唐钰——”

她如同疯了一般，举手捶打着巨石，顷刻间，指间便已鲜血淋淋。

可她丝毫也不觉得痛。

“姚昭容！”

手腕忽然被人一把扣住，她木然地转过身，看着眼前那张熟悉苍白的脸。

“萧靖！”

也不知从哪里来的力气，她一掌甩上了萧靖的脸。

手上的血印上了萧靖苍白的脸颊。

"是你杀了唐钰，是你！"

萧靖沉默着。

"为什么？为什么？萧靖，你为什么要杀他？"

"就算我不杀他，他也要被执行死刑。"萧靖淡淡地道。

"因为你怕唐钰将我供出来吗？他不会的——萧靖，我宁愿他死在皇后的手上，也不愿是你动的手——萧靖——为什么——你为什么要这样做？"

她哭得声嘶力竭。

萧靖微微一合眼帘："你必须接受现实。为了保住你，我不能让这个万一存在。"

姚羽琦忽然停止了哭闹，她挣脱了萧靖的钳制，踉跄退了两步。

"必须接受现实？是啊，我必须接受！萧靖，我恨你。这一生一世，我都不会原谅你！我也同样不会原谅我自己。"

转过身，她飞奔离去。

萧靖木然看着她的背影，唇角轻轻一扯。

他这一生，总是这样……总是这样招人怨恨……

在姚佳莹的丧礼上，姚羽琦看到了父亲姚成。

他只是沉默地站在佳莹的棺前，行着表面上的礼仪，那双眼睛里，竟看不出一点的悲痛之情。

姚羽琦只觉得心冷。

现在的她，算是看透了这尘世所有的人。

原来权势在某些人的眼里，真的高过了一切。

直到姚佳莹入土，姚羽琦也没有流一滴眼泪。

此时此刻，她已经很清楚，懦弱的眼泪对这座皇宫来说，只是可笑的奢侈品。她要学会的，是不计代价，达到自己的目的。

从那一天之后，姚羽琦就变了。

她还是喜欢笑，只是那笑容已不再传达到眼睛里，她只是用一张笑脸作为面具，掩饰着心底真正的情绪。就连在羽心殿里当差的宫女太监们，都觉得姚羽琦完完全全像是变成了另外一个人。

转眼已入冬了，飘扬的雪花瞬间就掩盖了大地。

姚羽琦依偎在皇帝怀中，坐在庭外赏雪。

笑颜如花，温柔而妩媚。

这是她入宫以来的第一场雪。

那雪虽洁白无瑕，却直寒进人的心底，丝毫也感觉不到温暖。

不，也许并不是因为雪，而是因为她的心早已冷了。

“皓，你是真的喜欢我吗？”看着眼前的雪景，她低声问。

“那是当然。”皇帝低下头，轻吻了下她冰凉的唇。

“我也想永远伴在你身边。但这宫里头，却有很多人盼着我死——”话音未落，就被皇帝用深吻打断。

那个吻热烈而缠绵。

她也主动回应着。

“羽琦，我怎么会让你死呢？”皇帝轻喃。

姚羽琦低垂眼帘：“现在我只是个小小的二品昭容，这里权位比我高的，大有人在，而你，又不能时刻伴在我身边——”

“嗯，这倒是个问题。”皇帝微一沉吟，“放心吧，我自会解决的。若是连自己心爱的女人都无法保护，我做这个皇帝又有何用？”

皇帝在她发间留下一个亲吻，但眼底却闪过了一丝淡淡的异芒。

现在的她，已经完全蜕变。

她变得连自己都不认识自己了。

第二十章 迷足

恍惚昏沉间，她听到了殿外急切匆忙的脚步声。

“快，太医，快——不然就来不及了——”

“快些啊！若是昭容出了什么事，皇上怪罪下来，你我可都担当不起啊——”

太监宫女们焦虑的声音已是越来越近了。终于，“嘭”的一声，殿门被推开了，听那脚步声，似乎有不少人闯了进来。

她躺在层层纱帐之内，微牵了下唇角，很想笑，但腹中实在疼痛，竟连这样的力气都快使不出来了。

冷汗早就湿透了重衫，全身冰冷而潮湿，让她异常难受。

如果她真的就这样死了……当这个念头闪电般地掠过脑海，立刻被她甩却。

不，她怎么可以死呢？

这时纱帐被人掀了开来，她听到了贴身宫女晨星的声音：“主子，主子，您听得见吗？太医已经请来了——”

早已没力气回答的她很勉强地半睁开了眼睛，见晨星正轻轻地将她的手腕挪到了床边，然后放下了纱帐。

立时有一只冰冷颤抖的手诊上了她的脉搏。

“昭容这是中毒了。”太医苍老的声音里带着惶恐，“若是在一个时辰内找不到解药，昭容恐怕——”

太医话音未落，殿外已传来了一声通报：“皇上驾到！”

“参见皇上。”

紧接着，她听到了一片跪地叩拜之声。

如同预料中一样，纱帐被猛地掀了起来，床头更是一沉，她被抱进了一具熟悉的胸膛里。

那一瞬间，她身体里的冰冷总算被驱除了几分。

“羽琦——”她听到了熟悉而焦急的呼唤声。

“皇上，若是再找不到解药，昭容恐怕挨不过一个时辰——”

当老太医战战兢兢地把话说完，皇帝的怒吼声便响彻了整个宫殿：“这是怎么回事？”

殿内死寂得几乎一点声音也没有，只有惊惧的粗喘声不断起伏着。

置身于皇帝的怀中，她又想笑了，但此时眼睛已是睁不开了，更别提牵动唇角，就连神智也只是在极力地保持着最后一点清醒。

她还不想昏过去。

无论如何……她也要坚持到最后……

“晨星，你说！”皇帝冰冷的声音再度响起。

吓得面无人色的晨星几乎不敢直视皇帝的眼睛：“皇上，半个时辰前，昭容喝了小半碗参汤后就腹痛不止——”

“参汤？”皇帝的目光落到了放在案桌上的半碗参汤上。

老太医连忙走过去，用银针试了一下，果然顷刻间银针便黑了半根。

皇帝脸色一变：“来人，立刻搜查御膳房，审问一干人等。半个时辰内若是没有结果，你们提头来见。”

“遵旨。”立刻有人领命而去。

“太医，有没有办法暂时控制住昭容的毒性？”皇帝沉声问。

老太医擦了把额际的冷汗，摇了摇头：“皇上，这毒性剧烈，昭容能撑到现在已属奇迹——”

“都是没用的废物！”皇帝一双黑眸闪过了冰冷的怒意。

“臣无能，请皇上降罪。”老太医吓得跪倒在地，浑身颤抖。

其他宫女太监们更是不敢出一声大气。

皇帝也不理会那太医，微一沉吟：“马上去太傅府，把萧靖给朕叫过来。”

“是。”一名太监急匆匆跑了出去。

萧靖！

那个熟悉的名字让她轻轻震动了一下，这一刻，她突然觉得自己的心竟比身体还要疼痛上百倍上千倍。

“羽琦，你醒了吗？”那轻微的震动并没有逃过皇帝的眼睛，“羽琦，睁开眼睛看看朕——羽琦——”

终于，她用尽了力气睁开了眼睛，甚至用了最后一丝力气牵动了唇角，扯开了一抹虚弱的笑容。

“这种时候，你竟还对着朕笑吗？”皇帝的心为之狠狠一揪，“羽琦，朕绝不会让你死的，绝不会让你死。”

她又重新闭上了眼睛。

神志已经开始处于半昏沉状态了，倦意不住地袭来。

不行，她一定要撑下去。

这时，耳畔响起了太监带着喘息的声音：“皇、皇上，萧太傅带到——”

他终于来了吗？

“先让她躺好。”那道声音带着一贯的清冷和淡漠，就好像无论发生了什么事，都无法惊起他心中的波澜一般。

这种无情和冷静就像一把双面刃，深深伤害了彼此。

隐约间，她感觉到了他在为自己诊脉。

他按在她脉搏上的指尖还是那么的冰凉，甚至比她的手还要冷上三分。

“是蚕噬之毒。”

她听到他冷静地做了判断，随后她又被人扶了起来，一头乌黑的长发全数被撂起，披散在肩前，掩住了她苍白的脸。

紧接着，她感觉到背心隐隐一痛，似乎是什么东西刺了进去。只是顷刻间，体内翻腾的痛楚立刻减轻了一大半，她全身也为之一松。

被长发掩住的唇角隐隐地牵起一抹笑。

她就知道，她是不会死的。

下一刻，黑暗顿时笼罩而下，模糊了她所有的感官……

重新睁开眼睛的时候，她发现窗内有淡淡的天光投射而入，殿里殿外都是一片祥和宁静。

天竟已经亮了吗？

真是可惜，她居然错过了最精彩的部分了。

还是没能支撑到最后啊！

她在心底嘲弄地笑。

身体里倦意还未散去，但已是好了许多。只是现在的她连手指都懒得动一下。

昨夜那折腾了她几乎半条性命的疼痛，早已离她远去了。昨夜发生的一切，和现在这片宁静对比起来，就如同做梦一般，显得那么不真实。

殿门被轻轻推了开来，端着汤药的晨星走了进来，看见她醒着，脸上露出了喜色：“主子，您真的醒啦——昨夜真是吓死奴婢了——”

她朝着晨星淡而虚弱地一笑：“我这不是没事了吗？”

晨星放下汤药，将她扶了起来，并给她拿来了软枕靠上：“主子，昨夜真是太危险了，若不是萧太傅及时赶到，您恐怕——”话说到一半，惊觉自己失言，晨星伸手就打了自己一个嘴巴，“奴婢该死，不该说这么晦气的话。”

她还在笑着：“晨星，我可是命大的很。我不会死的。”

“主子——”看着姚羽琦脸上的笑容，晨星突然间心头堵得慌。

她永远都是一张微笑的脸庞，但那平静笑容的底下又藏着多少不为人知的伤痛？

“药给我吧。”姚羽琦淡淡地道。

“哦，对，差点忘记了。太傅吩咐过了，这药一定要趁热喝。”晨星连忙将药递了过去，“不过太傅大人真是神算啊，他昨夜就说主子约摸这个时辰就会醒了，让奴婢拿药进来给您喝。没想到,您真的醒了——"

姚羽琦打断了晨星的话:"后来的事都说给我听吧!"

"嗯。"晨星点头,"主子,您比太傅大人还要神啊。昨夜后来发生的事,跟您料想得一模一样。"晨星的眼睛里写满了钦佩,"太傅用银针控制住您的毒性之后,不到半个时辰,皇上就查到了线索,顺藤摸瓜找到了刘充仪和王婕妤那里,并且搜出了解药。她们已经招供了,为了与您争夺淑妃之位,偷偷买通了御膳房的人,在您每日喝的参汤里下了毒。皇后娘娘原本想保她们,但皇上震怒,而且主子您又差点——"晨星顿了下,缓了口气,又道,"所以到最后皇后娘娘也无话可说了。现在刘充仪和王婕妤二人已被皇上同样以毒酒赐死,并且满门抄斩。"

姚羽琦低头看着碗里那黑稠的汤药,唇角又扬起了笑容。

只是为了一个淑妃之位,多少人为此豁出了良知,甚至豁出了性命呢?

而这些人当中,也包括她。

晨星不解地看了姚羽琦一眼:"不过,主子,奴婢不明白。您既然早就知道参汤里被下了剧毒,为什么还要喝下去,您就不怕——"

"我不是说过吗?我不会死的。"姚羽琦说完,就将药一口气喝了下去。

"主子,您慢点喝。"晨星叹了口气,不再追问什么。

她很清楚,在这深宫里头,不能问太多的为什么。

因为知道的越多,死得就越快。

"主子,您先好好休息吧!奴婢这就去御书房通知皇上您醒了。"接过姚羽琦手中的空碗,晨星退了出去。

殿内又恢复了一片清静。

姚羽琦轻合上眼帘,静静地闭目养神。

她必须要尽快恢复体力。

"为什么要这样做?"

耳畔忽然响起了熟悉而清冷的声音,她缓缓地睁开了眼睛,微笑地看着突然出现在殿里的人。

他还是那一身简单素雅的白衣,只是好像比前次所见又瘦削了一些。

"太傅大人未经许可便私闯我羽心殿,可知这是犯了何罪?"她淡淡地笑问。

"为什么要这样做?"萧靖又问了一句,墨黑的眸子里看不出什么情绪。

"为什么吗?"姚羽琦还在笑着,但那笑意却未达眼睛里去,"要想彻底地铲除对手,首先要做到的,就是对自己也不能留情。太傅大人应该比我更清楚,下毒未遂与成功的区别所在。"

萧靖沉默了。

"现在太傅大人知道答案了,可以请回了吧?"姚羽琦看了殿外一眼,"我想皇上就快到了。在现在这个紧要的关头,我不想节外生枝。"

"淑妃之位对你就这么重要吗？重要到用自己的性命去搏？"萧靖微握起手心，"你知不知道，只要我迟一步，你现在可能已经——"

"已经死了吗？"姚羽琦转过头，重新看向了萧靖，一字一句地道，"萧靖，你不会让我死的，不是吗？"

萧靖微闭了闭双目："是，我不会。"

"那就行了。"姚羽琦的唇角重新挂起了笑容，"你放心，我也不会让自己死的。我还未完成自己的心愿，我又怎会让自己就这么轻易地死去？"

一阵剧痛瞬间贯穿了心口，萧靖终于忍不住掩唇轻咳了两声，原本就苍白的脸色显得更无血色。

姚羽琦静静看着他："萧靖，你听着，你也不能死。在我消除对你的恨以前，你也不能死。"

萧靖没有回答，而是转身沉默地离开。

直到他的身影消失在羽心殿外，她才低下头看着撑在床沿边、自己那双苍白修长的手。

又沾染上不少血腥了，连她自己都开始憎恨自己了。

——萧靖，你知不知道，如果我不恨你，我甚至不知道自己该如何活下去。

因为一个淑妃之位，宫里的人都争破了脑袋。到处都充满了阴谋算计。很多人因此被打入了冷宫，但有更多人的人因此而送了命。

姚羽琦坐在软塌上，失神地看着窗外飘扬的细雪。烘在手心的手炉暖暖的，但那股暖意却传达不到她的心底。

自从上次被人在参汤里下了毒之后，皇帝将她保护得更为严密了，没有人可以伤害到她。

不过，她耍的那些手段伎俩怕也是瞒不过皇帝的眼。

那个男人就像是黑夜里蛰伏的豹，虽然他表面上什么都没说，但他的心却如同明镜一般。只是，他放任着她，任由她为所欲为。

他对她的宠爱真是毫无理由啊。

不，应该是有理由的。

父亲姚成手上那三分之一的兵权，正是各方势力虎视眈眈的肥肉。

宁贵妃说的没有错，帝王的宠爱怎么能用情感来衡量呢？

唇角牵起了一抹冷笑。

现在的她已经什么都不相信了。

"主子——"身后传来了宫女晨星满是惊喜的声音，"主子——真是天大的好消息——"

她还是一副处变不惊的模样，淡淡地扬起了笑容。

晨星已经跑到了她的面前，圆而稚气的眼睛里的兴奋就像是染上了阳光，明亮得晃人的眼睛。

"我已经知道了。"她轻笑。

每次看到晨星，她都会想起朵儿。

虽然她们个性南辕北辙，但晨星的模样与朵儿长得有五六分相似。

她很清楚，这是皇帝特意这么做的。

"您已经知道了?"晨星诧异地张大了嘴，相较于朵儿的冷静，晨星则总是轻易地显露出自己的情绪，有点像以前的自己。

"皇上的圣旨就要到了吧！"她从躺椅上站起了身，将手炉交给了还处于震惊的晨星，"准备接旨了。"

"奉天承运，皇帝诏曰。昭容姚氏羽琦，品行端庄，谦顺识礼，贤惠淑良，特晋封为姚淑妃，钦此。"

"谢主龙恩。万岁万万岁。"

姚羽琦起身接旨。

整个羽心殿欢腾成了一片。

"恭喜娘娘。"

"贺喜娘娘。"

……

无数的道贺声在耳畔响起，她却丝毫也感觉不到喜悦。

她终于成为了淑妃。然而，当她爬到这高位，她却只觉得心寒。

接了旨，她没有庆贺，而是只身来到了荒园。

坐在小木屋前，她静静地仰望着天际。

"宁婆婆，我终于被封为淑妃了。"她淡淡地道。

屋里的宁贵妃却是轻叹了口气："丫头，你是越陷越深了，若是可以选择离开，还是早日离去。"

"我已经离不开了，因为一切才刚刚开始。"

姚羽琦苦笑。

是啊，才刚刚开始。

她成了淑妃，那么现在的她就有足够的权力扳倒她想扳倒的人。

如今后宫之中三足鼎力。

姚羽琦很清楚，要扳倒德妃和皇后并不是件容易的事。

更何况，德妃身后有尚书令蓝台明，皇后身后则有太师勒晋，那她的身后呢？她的身后也必须要有一个强力的后台。

她想到了她的父亲姚成。

下旨召了姚成入宫。姚羽琦坐在主座上，等着她的父亲出现。

自从上次一见，她已有许久没见过父亲了。

不过，也自那一天起，她就寒了心。

既然在父亲的眼里，权势那么重要，那么，她就给他权势。

"姚大将军到。"

门外传来了通报声。

她坐在主座上没有动，看着踏入羽心殿的姚成，屈膝跪在她的面前。

"微臣参见淑妃娘娘。"

"姚大将军平身吧！"她淡淡地道。

姚成起身。

"你们都退下。"姚羽琦挥退了左右。

等宫女太监们退下，姚羽琦才从主座上站起身，慢慢地走至姚成的面前。

"父亲大人，可知道这次本宫为什么叫你来？"

姚成低垂着头："臣不知。"

"如今本宫已位居淑妃之位，父亲大人，您若想要明哲保身，怕是做不到了。"

姚成一怔，有些诧异地看着女儿，就好像在看陌生人一般。

"本宫知道，父亲当日不想我进宫，就是怕有朝一日得罪了皇后和德妃，那么你就得罪了勒太师和蓝尚书，你怕他们会找机会夺取你手上的兵权，到时，你就一无所有了，对吗？"

姚成低头不语，算是默认。

姚羽琦轻笑："其实父亲您的顾虑也不是没有道理。毕竟当时我和佳莹都年少无知，很容易给他们找到把柄和机会，但今时已不同往日了。"微微一顿，她深深看向姚成，"如今我深得皇帝宠幸，现在是淑妃，也许有一天，我还会成为皇后。"

姚成一惊，脱口惊呼："羽琦——你——"

"怎么？难道父亲只想手握着这区区三分之一的兵权？"姚羽琦的眼神像是会看透他一般，犀利如箭。

姚成低垂眼眉，似在深思。

"父亲，勒晋和蓝台明他们就是看准了你在宫中无势，所以他们一直对你手中的兵权虎视眈眈。"

姚成的眼神已有所动摇。

姚羽琦冷冷一笑，继续加重筹码："只要我在宫中得势，父亲以后能得到的，可就远不止这三分之一的兵权了。"

"你要我怎样做？"姚成抬头问道。

天，阴沉沉的，看样子又要下雪了。

姚羽琦抬头看了看天，不知道为什么突然不想再在羽心殿呆下去。让随身的宫女太监们在殿里呆着，她只身一人在宫里漫无目的地散步透气。

途经劲竹园时，她看到了满园的寂寥。

已经深冬，这些青竹也枯萎了，安静地等待着下一年的茂盛。

她举步走了进去，如游魂般走到了那株曾经刻字的青竹上，那里还是泛白成一片，萧靖当日用内力抹去的痕迹还在，只是随着时间的流逝，连那痕迹也开始变淡了。

有多久没见过萧靖了呢？

姚羽琦轻轻一扬唇。

相见不如不见。

只是每到夜深人静之时，她还是会不经意地想起他。

原本以为，自己这份感情早已随着唐钰的死而烟消云散。

可惜，没有。

那份感情还跟毒藤一样纠缠着她的心。

也许，她还需要时间吧！

轻轻叹了口气，她转身就欲离开，却赫然迎上了一双墨玉似的黑眸。

她静静地站在那里，他也静静地站在那里，谁也没有说话。

时间就仿佛在这一刻停止了，她扬唇一笑，慢慢地迈开步伐，然后，慢慢地从他身边走了过去。

那擦肩而过的一瞬间，他也没有开口说话，静默地僵立在那里，直到她的身影远离，他还是一动未动。

现在的他们连陌生人还不如吧？

姚羽琦又笑了，心中却是阵阵地泛疼。

她已经不愿再奢望什么爱情什么感情了，如今的她，已经没有了心。

失神间，她来到了一座熟悉的宫殿。

这里是纪芷兰所住的云晌宫。

不知道此时此刻在九泉之下，芷兰姐姐和谢太医是不是长厢厮守在一起呢？

心中不由泛起了一丝羡慕，姚羽琦推开了沉重的殿门，举步踏入了云晌宫。

云晌宫里，一片清冷。虽然每日都有人清扫，但因无人居住，而显得有些恐怖阴森。

宫里的人都是忌讳这些的。因为这里冤死的人实在太多，相干的、不相干的，都怕怨灵作祟。但也正由于这样，云晌宫里的一切都没有人动过。

走进了纪芷兰的房间，姚羽琦坐在床头，回想着当初遇到纪芷兰的情景。

虽然与佳莹后来反目了，但纪芷兰却一直陪在自己身边，这无形中，也是一种安慰吧。

拿起纪芷兰生平最爱穿的一件衣物，她想起了纪芷兰临死前那一幕，她永远也无法忘记。

她要牢记这一份仇恨。

皇后!

紧紧地握起了手心。

突然,手中的衣物里飘下了一封书信。

她捡起书信一看,收信人竟是自己。

“羽琦:

对不起。这封信,我写完已经很久,可是迟迟不敢给你送去。早在我们相识的那一天,我就告诉过你,这深宫之中不要相信任何一个人,包括我。

那时,我说的是真话。

我并不值得你的信任。

从一开始,我就是别有居心地接近你。从紫薇香到奇兰花,连同静安堂的那一场刺杀,都与我有关。我们只不过是让刘淑萍做了一次替罪羊。

那时,当我知道你没有遇害时,我的心底真的松了一口气。

羽琦,很多事,我都身不由已。

从小,我就是一名孤女。是纪家收养了我,让我存活至今。纪家曾欠下了宁王的大恩,所以,为了宁王纪家就算拼上性命,都要成全宁王殿下的愿望。而我为了完成父亲的承诺,真的什么事都愿意做,包括埋藏自己的情感。

我不求你的原谅,只是请你相信我,我对你的姐妹之情是真心实意的。

我不知道,当你看到这封书信时,我还在不在世。但我恳求你,若是有机会,请你一定离开这座皇宫。

这里,不是你适合生存的地方。

羽琦,我是真心地希望你能幸福。

纪芷兰留

姚羽琦手中一松,书信随风飘落于地。

这个世间,果然谁也不能信任……

轻尘园。

她已经很久没来轻尘园了。当她踏进园子时,只看到了满园的寂寥。

冬天了,园里的花也早就枯萎了。

她想起那日,皇甫泓生辰之时,德妃曾带了人来捣乱。唇角微微勾起一抹笑,她举步踏进了园林。

“泓大哥。”

"羽琦,你怎么来了?"皇甫泓还是那一脸温暖优雅的笑容。

"好久没来看你了,今天有空,所以就过来看看。"

"没想到,你入宫都快一年了,现在都成了淑妃了。时间过得真快。"

"是啊,真快。"姚羽琦拿出刚刚准备好的芙蓉糕,"吃吧,泓大哥,这回可是我亲手做的。"

皇甫泓看着那盘糕点,眼底闪过了一丝复杂。

"泓大哥,你有什么愿望想实现吗?"姚羽琦忽漫不经心地问。

皇甫泓一怔:"愿望?我能有什么愿望?"

"泓大哥,你我现在是结义兄妹,你的愿望就是我的愿望啊。我一定会帮你达成的。在我力所能及之前——"姚羽琦眉宇间浮现出落寞。

"羽琦,怎么了?不开心?"皇甫泓问。

"泓大哥,记得你以前曾跟我提过,如果我想离开这里,你会帮我,对不对?"

"嗯。"皇甫泓点头,"你想离开?"

"是啊,这座冰冷的宫殿,我早就想离开了。"

"可你刚刚封了淑妃——"

"泓大哥,你以为我看得上这淑妃的位置吗?"姚羽琦唇角一扯,笑意竟显出了几分冰冷,"对我来说,我宁愿流浪街头,也不想呆在皇帝的身边。"

"羽琦,你这是——"

"泓大哥,我知道皇上为什么这么宠我,因为我爹手上的那些兵权,是不是?"

皇甫泓没有回答。

"他对我好,并不是出于真心,那我又为何要留在他的身边?"微微一顿,她看向皇甫泓,"但泓大哥,现在宫中,我能信任的人就是你了,你现在是我唯一的亲人,我若是走了,我不知道皇帝是不是会对你不利——还有宁婆婆——"

"羽琦——"皇甫泓眼底闪过复杂。

"泓大哥,我真的好难过——"姚羽琦忽然红了眼眶,"能不能借你的肩膀,让我靠一靠?"

皇甫泓犹豫了一下,还是答应了。

姚羽琦轻轻靠着皇甫泓的肩膀,闭上了眼睛:"泓大哥,你知道吗?一直以来,我都希望自己真的能遇上一个爱护我一生的兄长——幸好,老天待我不薄,让我遇到了你——"

这时园林外传来了一声轻哼,然后有人转身离去。

"德妃娘娘——"

姚羽琦抬起头,看着那愤然离去的身影,不解地道:"泓大哥,你是不是与德妃娘娘——"

"曾是旧识。"皇甫泓只是淡淡地解释了一句。

"是吗？"姚羽琦也未追问，却是微微垂下了眼帘。

皇甫泓，有你这样一句话就足够了。

深夜。

一道人影悄悄潜进了轻尘园。正在收拾花园的皇甫泓听到了脚步声，却没有回头。

"皇甫泓！"

那一声熟悉的清喝，让皇甫泓握着水壶的手微紧了紧："德妃娘娘，深夜造访，不知有何事？"

那淡漠的语气，淡漠的眼神，让德妃蓝心雅心中一痛。

"泓，难道你真的都忘记了我们当初的一切吗？"

"我不明白德妃娘娘你在说什么？"

"泓——"蓝心雅一下扑进了皇甫泓的怀中，"泓，带我一起走好不好？不要再呆在这座皇宫里，我们一起逃到天涯海角，什么也不要管。"

皇甫泓轻轻推开了蓝心雅："德妃娘娘，你现在贵为德妃，父亲又在朝中手握重权，你没有理由离开。"

蓝心雅已是泪流满面："泓，你是不是怪我这么多年来，帮着我父亲，一直和你对立？"

"德妃娘娘，过去的事已经成为了过去，我没有责怪任何人。"

"那现在，我只想你带我走，你愿不愿意？"

皇甫泓沉默。

"还是不能放弃吗？"蓝心雅万念俱灰地轻摇了摇头，"你还想爬上那最高位，得到你想要的一切吗？"

皇甫泓还是没有回答。

蓝心雅转身飞奔而去。

皇甫泓目送着她远去的背影，眼底闪过了一丝淡淡的复杂。

一回到清玉宫，蓝心雅便将花园里所有的花都摔了。

"嘭嘭嘭——"

清玉宫里一片零乱，宫女太监们都吓白了脸。

他们从来没见过这样失控的德妃。

当蓝心雅的目光扫到窗台放着的一盆雪白如玉的兰花时，正想举起来，却被宫女琳儿拦住："娘娘，这可是你最心爱的暗香兰，你一直在等它开花不是吗？不能就这样摔了啊！"

蓝心雅浑身一颤。

是啊，她一直等暗香兰开花，一直在等，可是她一直都等不到。

眼角缓缓滑下了泪痕。

她想起未进宫的时候，当她与皇甫泓第一次相遇。

那个时候,他们都不知道彼此的身份,然后就那样毫不犹豫地相爱了。

他喜欢暗香兰。

因为暗香兰需要极为细心的呵护,而它开花之时,却是人最意想不到的时刻,就好像特意给人惊喜一般。

而那时,他也送了她一盆暗香兰,二人约定看谁种的先开花。

但他们谁也没有等到花开。

她和他的身份成了二人相爱的隔阂。

他们从相爱的人变成了陌生人。

后来,她进了宫,再后来,她成了德妃,他与她也越来越远了。

这一盆暗香兰,她一直在细心呵护着。

她期盼着,当花开的时候,他与她之间能重新回到过去,什么都不要管,什么也不要理会。

可是,他又能放下吗?

浑身无力地跌坐在冰冷的地上,蓝心雅只觉得心底一片空虚得可怕。

自她进宫的那一天起,他们之间就注定了没有结局。

坤清殿

"臣妾参见皇后娘娘。"姚羽琦朝皇后微福了福身。

这是例行的请安。凤天皇朝的惯例,凡是嫔妃,不论品阶大小,都要每天清晨向皇后请安。

自被封了淑妃,她竟比以前要遵守宫中的礼仪了。

她在心底冷冷地笑。

"妹妹快平身吧!"皇后依旧是笑容满面,那是与第一次相见时几乎相差无几的笑容。

好像彼此都忘记了这些时日以来明里暗里结下的怨,结下的仇。

"德妃娘娘似乎没来。"姚羽琦漫不经心地看了眼四周,众嫔妃中并没有德妃的身影。

"她哪天会记得给本宫请安?"皇后眼中闪过不满。

"可能最近她身子不适吧!"姚羽琦淡淡地道,"就在前两天,臣妾还看见德妃娘娘哭着从轻尘园里跑出来,想必,是生病难受了吧?"

"轻尘园?"皇后微蹙眉心,"她去轻尘园干什么?轻尘园是皇宫禁地,一般嫔妃都不得入内的。德妃怎么可以擅自进出?"

姚羽琦笑了笑:"娘娘多虑了,都说德妃娘娘爱花,可能是在轻尘园里找一些什么花草种种吧——"

皇后没回答，但眉心却拧得更深。

又寒暄了几句，姚羽琦和其他嫔妃起身告辞。

皇后低唤："小安子。"

一旁的太监连忙上前："奴才在。"

"给本宫去查查，宁王和德妃是否曾经是旧识？"

"是。"小安子恭身退下。

皇后眼中闪过冰冷："德妃，这一回看我抓不抓得住你的把柄。"

而在坤清殿外，还未走远的姚羽琦看着匆匆离去的小安子，唇角勾起了一抹莫测的轻笑。

霜龙殿

夜色已很深了，四周一片寂静，只能听到霜龙殿四周那轻微的流水声。

棋已下到了一半，棋局错综复杂，黑白二子各自占据着半壁江山，一时之间还分不出胜负。

皇帝拿着黑子瞧了半天，终于安下一子："今天皇后来找朕了。"

萧靖也拿起一白子放下，淡淡地问："她找你什么事？"

"让朕多关心一下自己皇兄的终身大事。"

"宁王？"萧靖一怔，抬起了头。

"是啊，朕的这位皇兄还比我大上一岁，确实也该好好想想他的终身大事了。"皇帝又不紧不慢地放下了一枚黑子。

"皇后怎么会突然关心起这个？"

"这还多亏了朕的姚淑妃了。"皇帝笑了，笑容莫测。

萧靖微微蹙眉。

"怎么？你不高兴听到这些？"皇帝看了萧靖一眼，"她比我们想像中的还要聪明厉害，不愧是朕当初挑上的人选。这可是一个大好的机会。我们就看看三虎相争，哪一方惨败吧！"

萧靖沉默了，将手中的白子放入棋盘之中。

皇帝唇角一扬："举棋不悔，你可是输了。"说着，他放下了手中最后一枚黑子，转眼间，白子被黑子团团包围，几乎无突围之势。

"与你下了三年的棋，这可是我第一次赢你。"

萧靖掩唇低咳了两声。

"今天就到此为止吧，心神不宁可是下棋的大忌。"

皇帝命人收起了棋盘，然后看了眼黑沉沉的殿外："朕现在已经迫不及待想看到天亮了。"

第二十一章 布局

FENGHUANG MOU

皇后在乐和殿摆下了宴席。

据说，今天是皇帝的家宴。皇帝、皇后、德妃、淑妃及其他嫔妃一起出席，还有皇帝的兄长宁王皇甫泓。

传说中，宁王有着一副绝美惊人的容貌，如同仙人一般，却长年隐居于轻尘园中。

那些嫔妃们都在好奇地等待着，只有一个人例外——那就是德妃蓝心雅。她虽然还是极力保持着平日里那淡定优雅的模样，但眼睛里却暗藏着焦虑与烦躁。

姚羽琦安静地坐在一旁，气定神闲地饮着热茶。

当宁王出现的时候，众嫔妃几乎同时发出了惊叹。

那一身白衣翩翩，雍容华贵，可以说比神仙还要好看上千万倍，让人看一眼再也难以忘怀。

"臣，参见皇上、皇后娘娘。"宁王微微伏首，脸上的神色平静而淡定，看不出什么多余的情绪。

"平身吧。"皇帝淡淡地道。

"宁王殿下肯大驾光临，真是给本宫面子。"皇后给宁王赐了座，然后转头看向皇帝，笑问，"皇上，宴席可以开始了吗？"

皇帝点头。

顿时，歌舞升平，一片欢声悦耳。

几乎每个人的脸上都挂着笑容，只有德妃神色有些阴郁。

"心雅妹妹似乎不太开心，是否身体不适？"皇后似乎注意到了德妃的异样，语含关切地问。

德妃淡淡地道："多谢娘娘关心，臣妾身体无恙，只是平日里喜性清静，一时间适应不了这热闹的气氛——"

"今日可是难得的家宴，妹妹就算再不喜，不看本宫的面子，看在皇上的面子上，也得留下来捧捧场面了。"皇后还是笑得亲切而和蔼，"更何况，重头戏可是在后头呢，妹妹你千万不要错过了。"

德妃闻言脸色微变。

皇后满意地收回了目光。

当酒过半旬，皇后忽然举手击掌。歌舞声顿时停住，众舞女也纷纷退下。

皇后转头微笑着对皇帝道："皇上，臣妾今天之所以举办这次盛宴，最主要的目的，可是为了宁王殿下。"

"哦？"皇帝淡淡抬了抬眉。

"殿下是皇上的皇兄，比皇上还要虚长二岁，可到如今还是孤家寡人一个。皇上，你身为一国之君，也不能光顾着国家百姓了，也该顾及顾及自家的兄弟，为殿下的终身大事考虑一下。"

皇后话音方落，那边德妃脸色已变得惨白。

倒是宁王还是一副淡定从容的模样，一脸的温和笑容看不出什么情绪波动，就好像正在谈论的主角并不是他一样。

皇帝微一沉吟："皇后说得不错。难为皇后为皇兄这般着想——"他说着，看向宁王，"不知皇兄意下如何？"

皇甫泓淡淡一笑："臣若是说不想提终身大事，岂不是平白辜负了皇上和皇后的一番美意吗？"

德妃闻言，手中一紧，几乎捏碎了手中所握的杯子。

"既然皇上和宁王殿下都没异议，那么，这件事就由本宫做主了。"话语一顿，皇后略有深意地看向宁王，"不知殿下自己可有什么意中人？"

皇甫泓摇头："臣整日与花为伴，连轻尘园的大门都很少踏出过，若真说有意中人，那可能是花精或是花妖了。"

"宁王真是爱说笑。不如这样吧，我们几个都给宁王推荐推荐——"皇后这回看向了德妃，"德妃妹妹不知有什么好人选？"

德妃没有回答。

"妹妹？"皇后不由提高了声调。

德妃突然站起了身："皇上，臣妾忽感身子不适，请皇上允许臣妾先行回宫。"

"原来妹妹真的身体不适吗？"皇后故作担忧万分的模样，"难怪刚才脸色这么差了。"

"既然不舒服，你就先回去吧。"皇帝道。

"谢皇上，臣妾告退。"

德妃起身，临行前，还看了宁王一眼，目光中带着幽怨，但宁王自始至终都未曾回应一个眼神。

一抹愤怒与伤心顿时涌上心头，德妃一甩衣袖，转身离去。

皇后看着德妃愤然离去的背影，唇角勾起了一丝冷笑。

一直坐在一旁淡定地看戏的姚羽琦，悄悄看了对面的宁王一眼。他还是神色平静地低头饮酒，眉宇间并不见什么异色。

这出戏，终于暂时告一段落了吗？

但另一出好戏，就要开场了吧？

姚羽琦将手中之酒一饮而尽。

一回到清玉宫，德妃就将自己关在了殿内，不见任何人。

她愤怒。愤怒皇后居然要给宁王说亲，也不知安了什么心。

她伤心。伤心宁王在席间竟连看也不看自己一眼，对她就好像对待陌生人一般。

难道就这样结束了吗？

不，她不甘心。

她不甘心，她的一片痴心就此幻灭。

转过头，她看向窗台那一株含苞待放的暗香兰，低声轻喃："你究竟什么时候才会开花？究竟什么时候才会开啊？"

那是他对她的承诺。

只要暗香兰花一开，他就会实现她一个愿望。

从收到暗香兰的那一天起，她就一直在期盼着花开，等了一年又一年。

"泓，你可知道我的愿望是什么吗？"她苦笑，轻合上了眼帘。

忽然，她像是想起了什么，收起伤心与愤怒，走到案桌前，挥笔疾书。

"琳儿——"她叫了贴身宫女。

"娘娘有何吩咐？"琳儿走进了殿内。

"给本宫送封信去轻尘园。"她将书信折好递给琳儿，又不放心地吩咐了一句，"记住，不要让任何人看到。"

"是。"琳儿接过书信，领命退下。

积雪已经铺满了整个园林，举目望去一片苍茫的白色，与夏日里那繁茂的景像相比，此时的轻尘园显得萧索而寂寥。

姚羽琦披着厚重的裘衣，看着园里四周那厚厚的积雪："我忽然间很想念那群花争艳的景象了——"

"繁茂的景像明年夏天不是又能见到了吗？"皇甫泓正在庭园里扫雪，将园前的积雪清扫得干干净净。

"泓大哥，为什么不让奴才们来打扫，要自己动手？"

"反正我也是闲人一个。若是不活动一下，骨头岂不是都要僵硬了？"

姚羽琦淡淡一笑，没有再说什么。

沉默了片刻，她又道："泓大哥，你真的要娶皇后给你介绍的女人吗？"

"娶妻生子的梦对我来说太过遥远了。"皇甫泓淡淡地道，但眉宇间却掠过一丝落寞。

“太遥远了？”姚羽琦一怔。

皇甫泓还未回答，突然抬起头向外看去。只见一名小宫女正冒着雪往这里匆匆跑来。

“这不是清玉宫的琳儿吗？”姚羽琦诧异地道，“她来干什么？”

“宁王殿下——”琳儿一看见宁王正要拿出信，却看见了姚羽琦，顿时僵立在了那里，支吾了半天。

“你找宁王殿下有事吗？”姚羽琦淡淡一笑，“刚好，本宫也要走了。你们慢谈。”

一旁有宫女为姚羽琦撑起了纸伞。

见姚羽琦离去，琳儿才拿出了德妃的书信：“殿下，这是娘娘托奴婢交给你的。”

皇甫泓接过。

“奴婢信已送到，那奴婢告退了。”

琳儿离去，皇甫泓拆开了书信看了一遍，眉峰却是微蹙了起来。

德妃竟约他今夜三更在后花园见面。

他要去吗?

就快三更天了。

姚羽琦搓了搓有点冻僵的手臂，又将手掌凑近唇边轻轻呵了一口气，总算让自己温暖了些。

皇帝一早就派人通传过了，今夜与一些要臣商议国家大事，不会回羽心殿，让她早点休息。可她躺在床上翻来覆去就是睡不着，只好出来走走。

想起日间琳儿送信时那奇怪的神色，姚羽琦扬唇笑了一下。

她知道德妃一定按捺不住有行动了，但皇后也不是个简单人物，自然会有应对之策。最后谁输谁赢她不在乎，她只要站在一旁看戏就行了。

黑幕中，忽又飘落下了雪花。

她仰起头，任由那些雪花落到脸上，冰冷瞬间麻木了所有的感觉。

每当一个人的时候，她总会想起佳莹，想起唐钰，还有朵儿……不知道他们现在在九泉之下是否安好?

只要完成了她的心愿，做完了她应该做的事，她会去找她们的。因为这个世间已没有什么值得她留恋的人，留恋的事……脑海中闪过了一道熟悉的身影，她轻轻合上了眼帘。

为什么到了这个时候，她还在想他?

不知不觉又走到了那座荒园。小木屋里一片寂静，宁贵妃可能早就已经睡了吧?

姚羽琦轻轻叹了口气。若是让宁贵妃知道，这次她是暗中跟她的儿子作对，她是不会原谅自己的吧?

微微苦笑了一下，正欲转身离开，身后却传来了脚步声，姚羽琦吓了一跳，连忙找了个地方藏了起来。

脚步声近了，那人手里提着的灯笼勾勒出了一个模糊的身影。

竟是萧靖。

他怎么又来这里了？

姚羽琦想起上次宁贵妃大骂萧靖的情景，直到现在，她还不清楚他们之间到底有何恩怨或是关系？

姚羽琦的目光不由自主地落到了萧靖手中的玉箫上。

最奇怪的是，他们竟会吹同一支箫曲。

正思忖间，忽听萧靖冷冷地道："什么人，出来。"

姚羽琦一怔。

她被发现了吗？

正想走出去，萧靖的身后却缓缓走出了另一个人。

当姚羽琦看清那人的脸庞时，更是吃了一惊。

宁王皇甫泓。

萧靖略感诧异地看着皇甫泓："是你？"

"萧靖，你来这里干什么？"皇甫泓的脸上并没有笑容，漂亮的眼睛里反而带着一丝咄咄逼人的杀气。

这是姚羽琦第一次看见这样的宁王。那样强烈而毫不加掩饰的杀气，让他整个人就像一把出鞘的利剑，直指萧靖。

萧靖还没有回答，小木屋里突然传出了宁贵妃的惊呼声："泓儿，是你吗？泓儿——我的泓儿——"那一声声的呼唤，凄厉而哀伤。

皇甫泓微微垂下了眼帘，刚才那丝杀气也被一丝复杂所替代。

而萧靖则是别开了眼，将所有的情绪埋进了黑暗里。

宁贵妃已经爬到了小木屋的那个窗口前，透过窗口贪婪地看着外面的皇甫泓。

"泓儿，果真是你。你终于肯来见娘亲了吗？"她的声音里带着欣喜和哽咽，眼睛里也只有皇甫泓一个人的存在。

皇甫泓没有走过去，但也没有转身离开，站在那里没有说话。

"够了，这就够了。只要你肯来看我一眼，娘亲就算是下一刻死了，也瞑目了。"

若是她肯这样看他一眼，那么，他是否也会瞑目呢？

一旁的萧靖终于忍不住轻咳了两声，一手悄然按上了心口。

"萧靖？为什么你会在这里？你是不是来害我泓儿的？"宁贵妃似乎这才惊觉，锐利的目光投向了萧靖，"你爹害得我还不够惨吗？现在，连我儿子也不放过吗？"

"我没有。"萧靖抬起了头，看向了小窗口那双布满血丝的眼睛。

那一瞬间，萧靖的眼底满是伤痛，丝毫不见昔日的冷漠与淡定。

姚羽琦的心狠狠地揪痛了一下。

"没有?你以为我不知道吗?你联合了皇帝,一心与我泓儿作对,是不是?你一直在找机会铲除他——萧靖,真没想到,你跟你爹一样,都是猪狗不如的东西,你爹害得我落至如今这副下场,你却还要雪上加霜,加害我的儿子——当初我就不应该生下你,我应该在雪地里把你掐死的,也免得留下你这个祸害——"

宁贵妃骂得怨毒,姚羽琦却听得心惊。

什么叫当初我不应该生下你?

难道……萧靖也是宁贵妃的儿子吗?

此时的萧靖脸色惨白得几乎看不见一丝血色,他只是紧紧地揪住了心口。

"滚!你给我滚!"宁贵妃怒喝。

萧靖转身离去,步履蹒跚而虚浮,那背影更是落寞得令人揪心。

"萧靖——"姚羽琦忍不住低呼了一声,连忙跟了上去。

一旁的皇甫泓看到了姚羽琦的身影,却没有出声唤住她。

萧靖……怕是已经活不了多久了吧?

皇甫泓的心底涌上了一丝淡淡的复杂。

"泓儿——"一声轻唤,让他转过了身。

他看着那双关切却又略略带着某种怯意的眼睛。

"泓儿,我真的很开心,你能来看我——"宁贵妃的声音已然沙哑,"只要看你一眼,我真的什么也不求了。"

他沉默着,心境复杂,不知该说些什么。

宁贵妃在屋里轻轻拭去了眼角的泪痕:"泓儿,若是有机会,离开这里吧,娘只要看到你活就够了。那些权势名利,其实到头来都是一场浮云,泓儿,你现在追求的东西,真的能令你开心吗?"

皇甫泓一怔。

是啊,他从来没想过,自己是否开心。

心口疼痛欲裂,眼前更是阵阵黑暗。血腥味不住地在胸膛里翻涌着,可他却发现自己什么也吐不出来。

那每一句话,就如同刀锋,一刀刀地刺着他的心,鲜血淋漓。

她是那样的恨自己。

恨到想将自己撕碎吧?

可她看向皇甫泓的眼神又是多么的亲切而慈爱,若是有一天,他能够让她这样看自己一眼,他真的死而无憾了。

但这一切,都只能是梦。

直到死去,他也都只是孤独的一个人……

又是一阵剧痛贯穿了心口,他终于跌到了地上,一口鲜喷了出来。然而,这一口血吐出就好像要吐尽身体里所有的鲜血一样，止也止不住，染红了那一身的白衣。

他揪紧了心口，整个人都蜷缩了起来。他觉得很冷，那种冷意就像是从灵魂深处散发出来的，将身心都冻结了。

第一次，他感觉到死亡如此地逼近自己。

但就算自己真的死了，又有谁会伤心呢？

恍惚中，他的脑海里浮现出了一道熟悉的身影。

她笑着对他说谢谢的样子……

她偷偷在竹上刻字时的样子……

她对他说，不要太控制自己的情绪，否则会伤心伤身时的样子……

“羽琦——”他在心中低念着这个名字，在临近死亡的这一刻，他竟发现，自己最想见的人——是她。

“萧靖——萧靖——”

恍惚中，他听见有人在焦急地呼唤他。

那道声音是如此的熟悉。

吃力地半睁开眼眸，他似乎看到了一张熟悉的脸庞。

这是临近死亡前出现的幻觉吗？

伸出手，他想轻抚上她的脸，黑暗却是铺天盖地侵袭而来，让他完全失去了知觉……

早已过三更天了，可是她等的人却没有来。

后花园里夜色寂寞，雪地的反光，让这个静寂的夜越发寒冷起来。

她在雪地里留下了一个又一个的焦躁的脚印，但丝毫也平息不了她的心情。

“为什么你不赴约？为什么？”

她绞着那十根纤纤玉指几乎发白，并没有注意到，在另一个黑暗的角落里，几道人影正鬼祟地隐匿其中，似乎在等待着什么。

黑暗里，阴谋的气息正在无声地漫延着……

听风楼里，一片沉静。

窗外的雪已经下得很大了，风声呼啸，寒意逼人。

躺上床上的人苍白而憔悴，就连唇色也是淡而无血色，气息微弱得几乎让人无法察觉。白衣上沾满了刺目的血渍。

“萧靖，你不要死！不要死！”她伏在他冰冷的胸膛上，低声祈祷着。

刚才他倒下去的那一刹那，她觉得自己也跟着倒下去了。以为已经放下了。原来，那只不过是自己欺骗自己。

泪水如同珍珠般落下，浸湿了他的衣裳。

为什么他的心跳声如此无力？

为什么他的气息如此微弱？

不是说好的吗？

他不准死的。

在他还未还清她以前，他不准死。

怎么办？她该不该带他找御医？可是，找到了御医，惊动了皇帝，她又该如何解释，为什么半夜三更与太傅在一起？

经历了这么多事，她早已明白，只要自己一步选择错，就算萧靖被太医救回，到最后也可能是死路一条。

现在有多少双眼睛在紧盯着她，等着抓住她的把柄？

不，她不能这样害了萧靖。

可她也不能眼睁睁看着他死去。

忽然像是想起了什么，她连忙伸手探向他的腰间，翻出了那个装着药丸的药囊，里面果然还有两粒药。

"萧靖，你不会死的，我不会让你死。"她将药塞入他的嘴里，却发现他牙关紧咬着，药根本就塞不进去。她当机立断，将药先含在了自己的嘴里，然后低下头，以舌尖顶开了他的牙关，慢慢地将药渡了进去。

好不容易将药喂进去，她看着他苍白削瘦的脸庞，泪水再度滑落。

"不要死，萧靖，若是你死了，我真的不知道自己要怎样撑下去——真的不知道——"重新将头伏在他的胸膛上，她紧紧地拥着他冰冷的身躯。

"我求求你，不要死——"

天，终于亮了。

她抬起头，看着那微露着晨光的天际，唇边扬起了苦笑。

"连见我一面都不肯了吗？泓——"

应该绝望吗？

应该……放弃了吗？

就像养了好几年的暗香兰一直没有开花一样，上天似乎一早就安排好了，不给她任何的希望和机会。

转过身，她悲伤而落寞地离去。

见她终于离开，藏匿在角落里的人这才狠狠打了几个大大的呵欠。

"终于走了，白等了一晚上。"一个太监揉着布满血丝的眼睛，"娘娘的消息究竟可不可靠啊？"

"废话！"另一个太监狠拍了下他的头，"回去了，我们给娘娘回个信。娘娘肯定也跟我们一样，等一晚了。"

这苦差以后可别再摊在他头上了。

太监在心底晦气地啐了一口。

醒过来的时候，他发现自己躺在一间陌生却有点熟悉的阁楼。

这里是什么地方？

回想起昏迷前的情景，他猛地坐了起来，但心口却又是一阵剧痛，让他眼前又涌上阵阵黑暗。

"你终于醒了吗？"

耳畔一道熟悉的声音响起，他转过了头，看着那张同样苍白憔悴的脸。

真的是她。

姚羽琦。

原来……那并不是临死前的幻觉……

此刻，她那双满是疲倦的眼睛里分明藏着极大的喜悦与欣慰，却一直在极力地装出平静淡漠的神色。

心口，为之隐隐一抽。

他掩唇低声咳嗽着。

"知道这是哪里吗？"姚羽琦环视了下四周，苦笑，"这是芷兰姐姐和谢太医最后见面的地方。"说着她看向脸色依旧苍白的萧靖，"昨夜你昏倒了，我只能把你扶到这里来。也幸好这地方僻静，平时没什么人来。若是被有心人看到你我半夜三更还在一起，肯定又会掀起一番风波吧？"

"谢谢。"萧靖淡淡地道。

"不用谢我。你曾经救过我，而我现在救了你，我们只不过是两不相欠了。"姚羽琦又看了萧靖一眼，"我不敢请太医，只好拿了你的药胡乱塞了几颗给你。你现在感觉怎么样？"

"我没事了。"萧靖掩唇轻咳着。

"真的没事就好。"姚羽琦微垂下眼帘，想起昨夜的情景，她到现在还心有余悸。

如果他真的就这样死了……可怕的念头刚刚浮现，就被她甩却。

不，他不会死的。

两人一阵沉默，谁也没有说话。

终于，姚羽琦犹豫了一下还是开口了："你和宁贵妃——"

"你是想问昨夜的事吗？"萧靖淡淡地问。

"如果你不方便说，就不要说了。好好休息吧！等体力恢复些，再走。"姚羽琦转身就欲离去。

萧靖却突然道："她确实是我的母亲。"

姚羽琦停住了脚步。

"不过，我不姓皇甫。"萧靖微垂眼帘，神情嘲弄，"我只不过是一场酒醉后生下来的孽种。"

他的父亲叫萧亭江，与先皇皇甫奕是结义兄弟。

萧亭江足智多谋，可谓是皇甫奕的左膀右臂，但他并不喜欢官场，更不喜欢争夺名利，所以，他只是在暗中为皇甫奕出谋筹划。

皇甫奕当年曾非常宠幸宁贵妃，就算是去萧府，也是带着宁贵妃同行。

宁贵妃貌美惊人，温柔而善解人意，又能吹奏一手极好的箫曲。久而久之，萧亭江竟对宁贵妃产生了感情，但因为对方是自己兄长的妃子，便一直苦苦压抑着自己的感情。

一次皇甫奕和宁贵妃去萧府，宁贵妃不舒服，皇甫奕让萧亭江安排了地方给宁贵妃休息。原本皇甫奕也要留宿萧府，待贵妃身体稍缓再一起回宫。而此时，宫里却传来紧急通报，要皇甫奕速速回宫。皇甫奕只能先行回宫，让萧亭江等宁贵妃醒了再做安排。

萧亭江眼见所爱之人就在自己府上，却是无法触碰，苦闷之下喝了不少酒。

趁着醉意，他闯进了宁贵妃的房间。而此时不知皇帝已先行回宫的宁贵妃，却将萧亭江当成了皇帝。

第二天一大清早，萧亭江酒醒才知自己犯下不可挽回的大错。

原本他要向皇帝请罪，却被宁贵妃阻拦。因为宁贵妃不愿意就这样离开皇帝，她宁愿让这件事成为秘密，永远地埋藏在二人心底。

面对爱人的苦苦哀求，萧亭江也只能允诺，但往后的每一个日夜都沉浸在痛苦之中，只能用酒来麻醉自己，也渐渐与皇帝疏远。

而宁贵妃回宫不久，便发现自己怀了孕。她原想打掉胎儿，无奈被皇帝早一步发现。皇帝以为是他的孩子，龙颜大悦。

她心中很清楚，这个孩子并不是皇帝的，不能将这个孩子留在皇宫里。

于是在孩子临盆之时，宁贵妃买通了稳婆，将孩子送出去，丢在雪地里，然后换了一个死婴回来，让皇帝以为胎儿刚出生便夭折。毕竟还是不忍心杀死自己的孩子，她派人通知了萧亭江，让萧亭江去雪地里捡回自己的孩子。

“那个孩子就是我。”萧靖的脸上满是落寞。

他出生的那夜，虽然宁贵妃通知了他的父亲，但因为那时父亲沉迷于酒林，直到东方发白才看到送信人留下的书信。

那一夜，他差点冻死在雪地里，后来他虽然被救活了，但心脉已被寒气严重侵蚀，自此落下了无法治愈的心疾。

姚羽琦无言以对，没想到萧靖竟有着这样一段惨痛的身世。

她终于知道，为什么他从来不笑。

若换成是她，也许她应该盼着自己在出生的那个雪夜就此死去吧？

“后来，她又怀了孩子，这一回，孩子真是皇帝的亲骨肉了，她自然疼爱。可是这世间没有不透风的墙，更何况深宫之中，多少双眼睛在紧紧盯着她。那个稳婆还是被当年的苏皇后找到了，而且将这件事告诉了先皇，先皇一怒之下，大病了一场，自此便是一病不起，直至崩天也没有原谅她。而她也当然被苏皇后关入了小木屋里。苏皇后恨她，不要她死得那么痛快，要慢慢地折磨她——而这一关就是二十年不见天日——”

“所以，她恨极了我和父亲。若是她真从小木屋里出来，要做的第一件事——做的第一件事就是——”萧靖紧紧揪住了心口，脸色再度惨白，“就是杀了我吧？”

“萧靖，不要再说了，不要再说了！”姚羽琦扑过去，抱住了萧靖冰冷的身躯，“不要再说了，这一切都不是你的错。上一代的恩怨，根本与你无关——不要再说了——”

“无关吗？不——”萧靖摇头，“就是因为有了我，她才会被关进了那间小木屋里，而父亲也最终因为愧疚和歉意而自尽身亡。”

萧靖低头看着床边的玉箫：“父亲常说，她很爱吹箫，常吹的那首曲子，他极爱听，于是，他教会了我，让我日日吹与他听。直到临终，他还想念着那支箫曲，想念着她——”

“萧靖——”姚羽琦抬起了头，心痛地看着萧靖苍白的脸。

“其实，你不该靠近我——”萧靖轻轻地推开了她，“你靠近我，只会——”他话音未落，突然伸手紧掩住了唇。

“萧靖——”姚羽琦吓了一跳，连忙摊开他的手掌一看，赫然又是一片血红。

萧靖摇头：“我没事的。”

“这叫没事吗？你一直这样吐血，这叫没事吗？”姚羽琦终于忍不住落泪，一滴滴的泪水滴落在萧靖的手掌之上，与他的血混在了一起。

“不值的。”萧靖伸出另一只手，轻轻地拭去她的泪珠，“你不值得为我流泪。”

“萧靖——”姚羽琦再度抱住了他，“值不值得我自己心里清楚。其实我对你——”

萧靖突然打断了姚羽琦的话：“是你告诉皇后宁王和德妃的关系，对吗？”

姚羽琦身形一僵，慢慢地放开了萧靖。

“是。”

萧靖垂下眼帘，声音有些沙哑：“你真的变了。”

姚羽琦苦笑：“是啊，我变了，不过，这样倒好，我比以前活得开心。我可以铲除自己想铲除的敌人——”

“你是真的开心吗？”萧靖抬头，深深凝视着她的眼眸。

姚羽琦沉默。

萧靖收回了目光：“你快离开这里吧，一夜未回羽心殿，会引起别人的怀疑——”

“嗯，”姚羽琦点头，“你先在这里好好休息吧，等身子恢复些了再回去。记住，要去看太医。”

萧靖点头。

姚羽琦转身离开，并为他关上了阁楼的房门。

站在门外，轻靠着门，她伤痛地轻闭了眼帘。

刚才，他是故意岔开话题的，他在阻止她说出自己的心意。

“萧靖，你记着，不要在我之前先死了。”

低低说了一句，她大踏步离去。

而阁楼里，萧靖正掩着唇压抑地低声咳嗽着，唇角不住地有鲜血溢出。

他知道自己活不了多久了。

自那次救她受伤之后，他的身体就每况愈下。

其实他也早就应该死了。

在那个出生的雪夜，他就应该死了。

他的存在，让他的双亲都痛苦不已。

而也正因为他，改变了昔日那个纯真少女的命运。

她活得很不开心。因为她的眼睛里没有笑容，也没有希望。

是他一手造成的啊。

萧靖轻轻合上了眼帘。

他该要如何偿还她？

姚羽琦失魂落魄地回到了羽心殿，竟发现皇帝一个人坐在殿里。

“皓——”姚羽琦吃了一惊。

皇帝淡淡地微笑，神色并无异常：“一大早你去哪了？”

“我只是去附近走了走。”姚羽琦迅速恢复了镇定。

“怎么起得这么早？”

“睡不着。”姚羽琦走过去，为皇帝倒了杯热茶，“你今天怎么这么早过来了？”

“昨夜原本是想过来，临时有事给绊住了。”皇帝伸手揉了揉脖颈，舒展了下筋骨，“跟大臣们商量了一晚上。”

“嗯，我知道。小李子已经通知过我了。”姚羽琦走过去，为他轻捶着肩膀，皇帝舒适地闭了眼。

寂静了片刻，皇帝忽然淡淡地问：“羽琦，若我不是皇帝，你是否就会真心接纳我？”

姚羽琦一怔，停下了手中的动作：“你说什么呢？我现在不是已经——”

“已经什么？”皇帝睁开了眼。

“已经和你是夫妻了。”

皇帝笑了：“我喜欢你说这句话。不过，我的意思你应该明白。我要的，是你的真心。”他伸手轻轻握住了她的手，眉峰却微蹙了起来。

“你的手怎么这么凉？”

“没事，可能刚才外面太冷。”姚羽琦微垂下眼帘，抽回了自己的手。

“是吗？”皇帝重新闭上了眼睛。

姚羽琦悄悄打量了下皇帝的神色，还是一片平静。

昨夜她一整夜都不在羽心殿，应该没被发现什么吧？

这时，晨星走了进来，手里捧着几件衣服："娘娘，天气寒冷，让奴婢给您换几件保暖的衣衫吧。"

"快去吧，多加几件衣服。"皇帝微笑。

"好。"姚羽琦不禁暗赞晨星聪明。

姚羽琦跟着晨星走入了内室，晨星大大地吐出了一口气："娘娘，你这一大清早去哪了？奴婢过来的时候，就只有皇上一人在。"

姚羽琦心头一跳："皇上什么时候过来的？"

晨星摇头："奴婢也不知道。皇上一看见奴婢，就问奴婢，您去哪了？脸色也不太看好。奴婢灵机一动，只好说您早起去散步了。"

姚羽琦稍稍放下了一颗心。

也许皇帝是清晨过来的吧？

天已经完全亮了，下了一夜的雪也终于停住了，一缕阳光划破了沉重的天际，带来了久违的明朗与光亮。

皇甫泓站在庭园前，抬头看着那蔚蓝色的天空，心神却飘向了不知名的远方。

一夜未眠。

自那木屋回来后，他就站在这园前呆呆地站了一夜。

终于还是去见了那个人。

这二十年来，他第一次去见了她。

就只那一眼，那双布满血丝的疲倦的眼睛如同烙印一般深深地刻在他的心底。他还记得他年少时，注视着自己的那双眼睛是美丽而清澈的，黑白分明，总是带着温柔的笑意。但二十年后，那双眼睛里已经没有了往日的神采。

在看到那双眼睛的刹那间，原本沉淀在心底的恨意忽然间消失了，反而生出一股冲动，想将那间该死的木屋毁了，让她重见光明。

他不应该恨她的。

归根结底，她也是名受害者。

但那时，当年少的他从云端跌进地狱的时候，他若不恨，他不知道自己如何支撑下去。

他一直在憎恨着。

憎恨着这世间所有的人。

其实，他更恨的是他自己。恨他没有力量救出他的母亲，恨他没有力量保护他想保护的人。

唇角轻轻一勾，他牵起了一抹自嘲的轻笑。

想起了昨夜她最后所说的话，他不禁在心底轻叹了口气。

这二十八年来，他真正感到开心的日子，是与她在一起的日子吧？

那时，还不知彼此身份的他们，一同开心地等待着暗香兰的花开……他忽然间，有点想回到那段时光，至少，他曾经开心过。

园外忽传来了轻微的响动声，他眉峰微微一蹙，敛起了脸上的神色，走过去打开了园门。

一道熟悉的身影就站在门外。她的发间落满了细雪，满身的狼狈，脸色更是苍白憔悴，早就没有了往日的淡定与从容。

他看着她，没有说话。

"为什么昨夜你没有来？"蓝心雅低低地问。

皇甫泓淡淡地反问："我为什么要去？"

似受到了打击，蓝心雅踉跄退了两步，手心握紧："其实，你是怕皇后会当场逮住我们，是吗？"

皇甫泓微一蹙眉："既然你心底很清楚明白，为何还要做出这样的蠢事？"

"是啊，蠢事。这确实是蠢事。可对我来说，却是最重要的事。"蓝心雅笑了，笑容凄美而哀伤，"就算被皇后抓住又怎样？以你的武功，你难道不能带走我吗？只要你想走，哪里都可以去！"

皇甫泓沉默了。

"可是你不肯，是不是？若是你带我走了，你一直争取的东西，这几年来你所做的努力，就会付诸流水，所以，你不肯，是不是？"

皇甫泓深深看着蓝心雅："心雅，你是个聪明人，不应该做出这样的事。"

"你终于——肯这样唤我了吗？"蓝心雅一手轻轻地扣上心口，"泓，你能不能告诉我，你爱过我吗？真心实意地爱过我吗？"

皇甫泓没有回答。

"连告诉我答案都不肯吗？"蓝心雅终于绝望了，泪水狂涌而下，"皇甫泓，我真想恨你，可偏偏，我恨不起你——所以，现在，我只能恨我自己——"

皇甫泓暗中握紧了手心。

深深吸了口气，蓝心雅止住了痛哭："是不是只要得到了你想要的东西，你就可以回到我的身边？我们就可以回到从前？"

皇甫泓一怔："你想做什么？"

蓝心雅牵唇一笑，含泪的目光里带着某种绝决的意味："泓，我会成全你的愿望。"丢下话，她转身离去。

皇甫泓静静地站在那里，直到她的背影消失，紧握的手心才微微松开了些。

"心雅，你还不明白吗？过去的已成为了过去，我们再也无法挽回什么了。"唇角扬起了一丝苦涩的笑，皇甫泓轻合上眼帘。

早在他决定走这条道路的那一刻，他就很清楚，自己会失去很多东西，很多人……

第二十二章 幻灭

FENGHUANG MOU

夕阳已落。

御书房里，皇帝正在批阅奏章，而萧靖则是坐在一旁，将皇帝批阅的奏章，一份份地整理出来。

半晌，皇帝抬起了头："若是累了，你先回去吧，朕看你脸色不太好。"

"臣没事。"萧靖摇头。

皇帝蹙眉："前天晚上你不是刚刚病发了吗？所以没来和朕一起议事。"

萧靖掩唇轻咳了两声。

皇帝看了他一眼："现在可是非常时期，朕不希望——"

"臣明白。"萧靖放下手中的奏章，"臣先告退了。"

皇帝等到他走到御书房门口，忽然淡淡地说了一句："前天夜里，你其实是被人救了，在听风楼休息了一夜吧？"

萧靖停住了脚步，没有回答。

皇帝一边批阅着奏章，一边不紧不慢地道："朕是皇帝，朕想要知道的事，没有谁可以瞒得了朕。你不要忘记了，当你我完成了当日的约定，凤天皇朝便不会再有萧太傅。"

"皇上放心。当约定完成，不论是萧太傅，还是萧靖，都会在这个世间消失。"淡淡地丢下话，萧靖走出了御书房。

皇帝停下了手中的朱砂笔，唇角一牵，落寞地笑："真的会消失吗？不，也许在某个人的心底，萧靖是永远也不会消失的。永远也不会——"

失神间，殿外传来了通报声："启禀皇上，清玉宫的琳儿在外求见。"

"清玉宫？"皇帝放下了手中的奏章，"让她进来。"

琳儿一进来就朝着皇帝跪下，满脸的泪水："皇上，奴婢求您去看看娘娘吧。娘娘她真的病得不轻。"

"德妃病了吗？"皇帝拧眉，"请过御医了吗？"

"请过了，药方也开过了，却不见什么效果。"

"怎么会突然病了？"皇帝不解。

琳儿伏首："奴婢斗胆进言，皇上是否肯听奴婢一句话？"

"准。"

"心病还须心药医，皇上，您算算，您有多久没去过清玉宫了？"

皇帝怔了一下，笑了："是啊，朕确实有很长一段时间没去清玉宫了。那好，朕现在就去一趟——"

"谢皇上龙恩。"琳儿的脸上露出了喜色。

当皇帝来到了清玉宫，并没有看到卧床不起、满脸病容的德妃，而是见到了一个盛装打扮、脸上带着难得笑容的德妃。

原本喜性素雅的她，今日特意换上了一袭紫色的华贵衣裙，甚至略微打了些胭脂水粉，让她清雅之中，又添上了几分妩媚与高贵。

皇帝诧异地看了眼不太一样的德妃，笑道："不知今天是什么特别的日子，朕居然多出了一个从未见过的美丽妃子。"

德妃突然跪了下来："请皇上降臣妾欺君之罪。"

皇帝将她扶了起来，微笑："德妃，朕倒是看不出你哪里欺君了。"

德妃微垂眼眉，淡淡地道："臣妾并无病痛，却装病骗皇上来了清玉宫。"

"这是朕的过失。"皇帝拉过德妃的手，一起坐入了早已准备好的酒席中，"朕真是很久没来清玉宫了。"他略有深意地看了德妃一眼，"不过，一向淡泊的你竟会用这样的方法让朕来清玉宫，倒是有点出乎朕的意料之外。"

德妃抬起头深深看着皇帝："就算臣妾的性子再淡泊无争，臣妾终究只是个女人。为了自己所爱的男人，都会耍些手段。"

"哈哈哈——"皇帝大笑了起来，"好一个为了自己所爱的男人耍手段的女人。"

德妃为皇帝倒了一杯酒，又为自己倒了一杯，然后举杯："这第一杯就当是臣妾向皇上赔罪。"说着，她一饮而尽。

"爱妃真是好酒量，朕当然不会输给你了。"皇帝笑着，也饮尽了杯中之酒。

德妃拿起酒壶，又为皇帝倒了一杯："这第二杯，当是臣妾谢谢皇上宽恕之恩。"然后，她为自己也倒了一杯，再次一饮而尽。

皇帝端起酒杯，轻笑："看来爱妃今日是想把朕灌醉了，留在清玉宫吗？"

两杯酒下肚，德妃的脸颊已微显红晕："难道皇上不愿留在清玉宫吗？"

"好，难得见到如今不一样的德妃，那今日朕便好好在这清玉宫里陪陪你。"皇帝说着又将酒饮尽。

德妃淡淡地问："那皇上不怕淑妃吃醋吗？"

"吃醋？"皇帝看着手中已空荡荡的酒杯，唇角却是牵起了一抹复杂的笑意。

"若是她真会为朕吃醋那就好了。"

这最后一句，他说得很轻很低，德妃一时没听清："皇上，您刚才说什么？"

"没什么。"皇帝拿过酒壶为自己倒了一杯酒，"今日朕是在你清玉宫，你就不要担心淑妃了。否则到时吃醋的人，会是爱妃你吧？”

“这宫里头有很多嫔妃为皇上争风吃醋，臣妾又算得了什么呢？”德妃慢慢地又为皇帝和自己斟酒，“皇上，臣妾服侍您也有三年了吧？”

“是啊，你是在朕登基那一年入宫的。”

“三年了啊，时间真是如同白驹过隙。”德妃端起盛满了液体的琉璃杯，仔细端详着，“而臣妾也已经老了。”

“老了？”皇帝不以为然地轻笑，“爱妃离这个‘老’字可是相差得十万八千里吧？”

“臣妾是说，臣妾的心老了。一个人的心若老了，那么，她自己离衰老死亡也不远了。”

皇帝慢慢地饮着杯中之酒：“爱妃今日似乎很有感悟。”

“皇上，您爱过人吗？”

德妃这淡淡的一问，让皇帝怔了一下，然后他笑了：“爱过。”

德妃有些诧异，不过随即也笑了：“那个人肯定不是臣妾。”

“为什么这么说？”

“臣妾还是有自知之明的。”德妃淡然一笑，似乎毫不介意皇帝并不爱自己，“皇上与臣妾从一开始，两个人之间就隔着一层名为权势的墙。皇上又如何爱得了臣妾？”

皇帝没有回答，等于是默认。

“那皇上，您为了和所爱之人永远呆在一起，会不顾一切，甚至豁出性命吗？”德妃又问。

皇帝轻摇了摇头。

德妃微怔：“难道皇上不想与自己所爱之人永远在一起？”

“因为朕是皇帝。朕有很多事能做，却也有很多事不能做。”一句话道尽了皇帝心中所藏的痛苦。

皇帝又倒了一杯酒一饮而尽。

德妃轻叹了一口气：“其实，说到底，您也是一位好皇帝。可惜——”德妃顿了顿，“臣妾只是个女人，并不是皇上，也没有皇上的那诸多顾忌。为了能和所爱之人在一起，明知有些事不能做，还是去做了，就为了赌那万分之一的机会。皇上，您说臣妾是不是天底下最傻最痴的人？”

德妃话音方落，皇帝手中的酒杯已“咣啷”一声跌到了地上。

“是啊，你确实是。”皇帝的脸色很苍白，唇角却还挂着笑。他试图站起来，但那一瞬间，所有的力气似乎被抽空了，又重新跌坐了回去，他连忙一手用力地撑住了桌沿，才让自己没有狼狈地跌倒在地。

德妃慢慢地站起了身，静静地看着已然失去了力气的皇帝。

此时，殿外已有士兵冲了进来。但那些士兵并不是护卫宫廷的御林军，而是宫外的士兵。

皇帝认得那些士兵的军服——他们是尚书令蓝台明所掌控的铁旗军。

不一会儿，另一道熟悉的人影也走进来。

正是尚书令蓝台明。

皇帝看了蓝台明一眼，还在笑："蓝台明，朕早就料到会有这么一天，只是没想到你竟会这么快就按捺不住动手了。"

蓝台明冷笑："皇上，我知道你身怀绝世武功，别试图用内力驱毒。这种毒就是专门用来对付你们这些武林高手的。你越用内力，毒散发得越快。"

皇帝轻咳了一声，脸色变得更加苍白："我知道，这是侵魂散。"

"你知道？"蓝台明脸色一变。

"酒一入口，朕就知道你们在酒里下了什么毒？"

"那你还喝？"德妃忍不住问。

"若是不喝，朕又如何知道你们要耍什么花样？"皇帝笑着，但气息明显有些不顺，又开始咳嗽。

蓝台明哈哈大笑："皇甫皓，你的自信也过高了些，难道你以为你中了毒还能对付我们吗？现在清玉宫里里外外都是我的人，就算你插上了翅膀，也别想逃出这里。除非——"

"除非什么？"皇帝淡淡地问。

"除非你肯签下退位诏书，让位于宁王。"

"哈哈哈——"这回换皇帝大笑了，"蓝台明，你何时变得如此好心，竟肯为他人做嫁衣裳了？"

蓝台明脸色微青了少许。

正在这时，殿外忽走进了一道白色华贵的身影。

"泓。"德妃的脸上露出了惊喜。

皇甫泓看了眼前的形势一眼，微微蹙了下眉峰："没想到，你竟真的做了。"

蓝台明听了不由一怔："心雅，他这话——"

德妃连忙打断了父亲的话，对着皇甫泓道："泓，我们不是说好了吗？我想办法逼皇帝退位，而你以皇帝兄长的名义登基，名正言顺。而且；我们两股势力合二为一，兵力肯定大于皇后和姚成，就不怕他们犯上作乱——等平定了天下，到时你再分我父亲半壁江山，各自为政，岂不是皆大欢喜？"

皇甫泓沉默了片刻。

此时蓝台明已想到女儿是先斩后奏，不由瞪了她一眼："胡闹。"

前几日，蓝心雅秘密召他入宫，说是已与宁王达成了协议，只要双方合作，便可二分天下。当时自己也考虑到，单凭自己的兵力暂时难成大业，何不与宁王携手，先拔掉眼前的眼中钉再说。但没料到，蓝心雅竟是自作主张。

皇甫泓环顾了四周一眼，淡淡地笑了："好，德妃的提议可算是现在最好的方法了。”

他已不想再等了。等得越久，他的心越空虚。

而他也感到倦了。

一切，应该早点有个结果。

蓝台明暗暗松了一口气，刚才他还真怕宁王不肯合作，或是反过来，与皇帝合作，那么他今日有可能就死无葬身之地了。

德妃的眼中也掠过了欣喜。

这时，倒在地上的皇帝忽然淡淡说了一句："与虎谋皮，不知最后的胜利会属于谁？"

"住口！"德妃打断了皇帝的话。

"德妃，被朕说中了要害吗？"皇帝微笑，脸色虽惨白，眼中却没有一丝惊惧与恐慌，"凤天皇朝只能是一个皇朝，而王，也只能有一个王。就算这二人今日暂时合作，夺得了天下，总有一天还会兵戎相见——"

"那也是以后的事了。"宁王淡淡地插了一句，然后走到皇帝面前，俯身蹲下，"皇甫皓，不管以后这天下是谁的，至少，不会再是你的了。"

皇甫皓没有回答。

宁王看了他一眼："我替你感到可怜。身边虽女人无数，却无一人真心待己。你如今会落至这样的下场，也是拜你身边的女人所赐。"

皇帝竟笑了："等你当上了皇帝，你就能体会朕现在的心情了。就算你拥有了一切，就算你站在最高位，手中握着生死大权，你还是会觉得空虚，觉得寒冷。"

宁王怔住了。

"不过——"皇帝话语一顿，竟强撑着慢慢站了起来，"不到最后一刻，朕都不会认输的。"他话音刚落，清玉宫外忽然起了一阵喧哗声，还有阵阵刀剑相击的声音。

"来人，将清玉宫所有叛党拿下。"

那是姚成的声音。

皇甫泓脸色一变，第一反应就是伸手去抓皇帝。

然而，颈间一凉，一管玉箫架在了自己的脖颈之上。

皇甫泓冷冷一笑，看着来人："萧靖，我早就应该杀了你。"

萧靖紧抿着唇。

此时，清玉宫外那阵刀剑相击的声音停住了。

蓝台明和德妃脸色一片惨白。

姚成带兵闯了进来，分别架住了蓝台明和德妃。

而殿门前，清玉宫所有的宫女太监都被绑了起来。

"启禀皇上，所有叛党皆已擒下。蓝府也被微臣团团包围。"

"好。"皇帝走了几步，但脚下一晃，幸而及时扶住了桌沿。

"皇上——"姚成连忙扶住他。

"朕没事。"皇帝有些虚弱地摆了摆手。

萧靖见状，微拧了下眉峰。

他没料到，皇帝竟真的喝下了毒酒。

早在蓝台明秘密入宫的那一天，他们就已有所察觉，也早已算到会有今日一变。

以皇帝的武功和才智，应该有其他方法可以避免自己直接中毒的。可他却喝下了？

这时，宫外又传来了脚步声，闯进来的居然是皇后。

"皇上，您没事吧？"皇后扶住了脸色苍白虚弱的皇帝。

"没事。"皇帝在桌旁坐了下来。

"快请御医。"皇后吩咐，立刻有人领命而去。

"蓝台明、德妃、宁王，你们真是好大的胆子，竟敢犯上作乱，阴谋夺位吗？"皇后冷冷地环视了众人一眼。

蓝台明已浑身虚软地跌在了地上，面无人色，德妃还是站着，目光却是看向皇甫泓。

"皇兄，这一回你是彻底地败了。"皇帝淡淡地对皇甫泓说。

皇甫泓只是扬唇笑了一下："胜者为王，败者为寇，要杀要剐，悉随尊便。"

"好。"皇帝微笑着点头，"皇兄真是好气魄。"

这时太医已经赶了过来，看到如此场景，更是不敢怠慢，连忙拿出药箱为皇帝看诊。

皇帝忽然低下头问："林太医，你应该看出朕中了什么毒吧？"

"回皇上，这是侵魂之毒。毒性厉害，若是普通人一服下，可能会立即毒发身亡。幸好皇上内力深厚，所以暂时控制住了毒性，只要解药及时，接下来好好调养，就不会有大碍。"太医说完，从药箱里拿出一个瓷瓶，倒出一颗药丸给皇帝服下。

服下了解药的皇帝，在皇后的搀扶下站了起来，拿出桌上那剩下的半壶酒，倒了一杯出来，递到宁王跟前。

那一刻，萧靖和德妃同时变脸。

"皇上——"萧靖想说些什么，却被皇帝阻止。

"朕记得答应过你的事。"

萧靖收回了伸出去阻止的手。

"皇兄可想尝尝这毒酒的滋味？"皇帝将酒递与皇甫泓。

皇甫泓淡定地接过酒杯，正要一口饮尽，突然，斜旁里冲出了一道人影，夺过了酒杯，然后一口气全喝了下去。

"心雅！"皇甫泓想阻止，已是不及。

德妃笑了："皇上，这酒是我给你喝的，当然剩下的，也应该由我来喝完。刚才我虽与皇上喝了同样的酒，但我的酒杯里却是抹了解药，而这个酒杯并没有解药——”说完，德妃将手里的酒杯狠狠地一摔，摔了个粉碎。

“心雅——”蓝台明泪流满面。

蓝心雅看向了殿门前的那些宫女太监们：“皇上，这些奴才与这件事根本就毫无关系。臣妾请皇上看在多年夫妻的恩情上，放了他们。”

皇帝微微点了下头。

“臣妾多谢皇上龙恩。”蓝心雅脚下一个踉跄，就朝地上跌去，皇甫泓一把扶住了她：“心雅——”他抱着她冰冷的身躯，慢慢地跌坐在了地上。

“知道我为什么要进宫吗？”剧毒已开始蚕噬蓝心雅的生命，但此时此刻，她的眼神却明亮得如同夜空的星子一般。

“这一生，你都在想着夺回属于你的东西，从来，从来也不肯看我一眼。你可知道，我的心每夜都在痛，都在疼。我不甘心，泓。为什么——为什么你不肯爱我？哪怕只有一点点——所以——所以——我也要与你争夺它，只有这样，你才会回头看我一眼。”

皇甫泓轻轻合了眼帘，心竟如同刀绞一般。

看着那张倾城俊美的脸上流露出心痛的神色，蓝心雅笑了，那笑容为她那苍白的脸色添上了几分明亮：“泓，你这是在为我而痛吗？”

“心雅——”皇甫泓伸出手，轻抚上她冰冷的脸颊，指间却在微微颤抖着。

蓝心雅艰难地抓住了他的手，声音已渐渐地微弱：“泓，我好想回到我们初遇的那一天，若是时间就停止在那一天，该有多好——可惜——这一切只能是梦——”

无力的手，最终滑落。

蓝心雅缓缓闭了眼，再无生息。

皇甫泓眼神空洞地注视着那张熟悉的容颜，仿佛回到了三年前，他们在梅花树下相遇的那一刻。

那个时候，她的笑容是多么的真诚而单纯。

是他毁灭了她。

在她与他相遇的那一刻，上苍就注定了由他亲手毁灭她。

在这一刻，他突然觉得什么权势，什么皇位，一切都只是流水浮云。即使他得到天底下的一切，最亲最爱的人也都离他而去了，什么都没有了意义。

“德妃娘娘——德妃娘娘——”

宫女琳儿在殿外哭喊着，已是泣不成声。

那一声声的哭喊就像把尖刀，一刀接着一刀地刺进他的心头，让他流出了血，却流不出任何泪。

“你赢了。”

真好，一切终于可以结束了。

他抬起了头，看向面前的皇帝，脸上竟露出了笑容。

那一笑绝美如月光，却又哀伤如雪。

小心而温柔地将蓝心雅放置在地上，他缓缓站起了身，淡淡地道："你杀了我吧！"

皇帝微抿着唇，眼底并没有丝毫胜利的喜悦。他一动不动地站在那里，看着眼前那人唇角的笑容。

这是他第一次看见他露出这样的笑容。

不知道为什么，他竟也觉得疲惫了，此时此刻，他非常非常想见见姚羽琦。

"你并没有全输，至少，你还有一个深爱你的女人。"丢下话，皇帝转身离去。

"皇上——"林太医急忙跟了上去，"皇上，您现在不能走这样快——"

"皇上——"皇后想阻拦，却是不及。

宁王怎么办？

就这样什么也不管了吗？

微一沉吟，她下了一道命令："来人，将宁王和蓝台明押入天牢，听候处置。"

"是。"

殿外走进几名侍卫，将宁王押了下去。

皇后恨恨地一跺脚："如此良机，皇上为什么不除了此心头之患？"其实，她也很想杀宁王，这么多年来，蓝台明、宁王这股势力是唯一能够与父亲抗衡的，就算这次他们功败垂成，已不成气候，但以宁王的聪明才智，也许有可能东山再起。可是皇帝没下命令，宁王是皇族血脉，即使他犯了多大罪，自己也不能代皇上下令。

脑海里忽然闪过刚才皇帝临走时对宁王所说的话——

"你并没有全输，至少，你还有一个深爱你的女人。"

当时，她听到这句话时，愣了一下，所以才没能及时拦住离开的皇帝。

皇帝说这句话是什么意思？

宁王有一个深爱他的女人，而身为皇帝的他，却没有？

心口似隐隐痛了一下，她强压下心头的烦乱："摆驾回宫！"

顷刻间，一干人等走得干干净净，偌大一个清玉殿里，就只剩蓝心雅安静地躺在地上，还有一直守在蓝心雅身边痛哭的琳儿。

夜风里，忽然飘来了一阵奇异的香味。

泪眼模糊的琳儿抬眼朝窗台下望去，只见那里一朵雪白如玉的花朵不知何时盛放了开来。

"娘娘——娘娘——您看见了吗？您种的暗香兰开花了。"欣喜闪过眼角的同时，泪水落得更凶，琳儿爬过去，将那盆暗香兰抱回蓝心雅身边。

"娘娘，奴婢记得您说过的，暗香兰基本是不会开花的。若有一天，暗香兰真的开花了，那就代表着宁王殿下其实是爱着您的——娘娘，宁王殿下是爱您的——暗香兰开花了——娘娘——您看见了吗？”

不自觉地，加快了脚步，他也不顾眼前还感到阵阵晕眩，一心只想快点见到那个想见的人。

“皇上——皇上——您剧毒未清，不能这样急走——”

身后太医不住地叫唤着，他也是充耳未闻。脚下忽然踉跄了一下，他连忙扶住了一旁的梁柱。

“皇上——”一只柔软的手扶住了他，“皇上，你这是怎么了？”

他抬起头，甩了甩，才看清了眼前那张熟悉而刻骨铭心的脸庞：“不是说过了吗？你不要再叫我皇上——”说着，他身子一软，竟就朝地上倒去。

“皓！”

姚羽琦吃了一惊，想拉他起来，反倒被那股惯力拖了下去，一起跌坐于地上。

“皇上——皇上——”林太医已气喘虚虚地赶了上来，一张老脸急得满头大汗。

“林太医，皇上这究竟是怎么回事？”姚羽琦感觉他的手好冷好冷。

“回淑妃娘娘，皇上他中了毒。”

“中毒？”姚羽琦震惊不已，“这是怎么回事？”

林太医将刚才发生的事简要地说了一遍。

姚羽琦微白了一张脸。刚才她也是隐隐听到一些风声，才赶至清玉宫的，没料到事情竟会如此严重。

“德妃竟已经死了吗？”姚羽琦一时之间也说不清自己是悲是喜。

“羽琦——”皇帝总算缓过了劲，反手握住了姚羽琦的手，“若是我死了，你会伤心吗？”

姚羽琦一怔：“皓，你这是乱说什么？林太医不是说过了吗？你会没事的。”

“是，是。皇上您会没事的。只是刚中了毒，气血太虚——”

林太医话音未落，就被皇帝出声打断：“林太医，你退下吧！”

“可是——”林太医露出了为难的神色。

身后忽有人轻拍了拍他的肩膀，林太医抬起头，就看见了萧靖。

“萧太傅。”

姚羽琦浑身不可抑制地一颤，却没有抬头。

萧靖淡淡地道：“请太医跟我走吧，皇上他没事。”

“那好吧。”林太医只能起身告退。

萧靖带着林太医离去，临行前，看了眼姚羽琦和皇帝。

他心里突然明白了，皇帝之所以喝下那毒酒，其实是为了姚羽琦吧？

原来皇帝真的爱上了她。

心头隐隐掠过一丝酸涩，他强行压了下来，头也不回地转身离去……

第二十三章 棋子

皇帝安静地靠在柔软的床铺上，姚羽琦正在细心地给他喂药。

羽心殿里，一片宁静祥和。

将药喂完，姚羽琦放下药碗就见皇帝还是深深注视着自己，若有所思。

“现在头还晕吗？”姚羽琦轻声问。

皇帝轻摇了摇头，微笑：“我应该多中几次毒。”

姚羽琦怔住了：“哪有人诅咒自己中毒的？”

“只有在这个时候，我才能看见你眼底真正的温柔和关切。”皇帝满足地微笑，只是那笑容还带着几分虚弱。

姚羽琦闻言浑身一颤。

皇帝抓过了姚羽琦的手，紧紧地握住：“虽然你一直在我的身边，可是你的心却离我很远很远。刚才我在清玉宫喝下毒酒的那一刻，我忽然间想，若是我被毒死了，你会不会为我而伤心，为我而流泪？”

姚羽琦沉默了。

皇帝苦涩一笑，没有再追问下去：“现在德妃已经服法，你心中的负担与仇恨是不是可以减轻一分了？”

姚羽琦诧异地抬起头。

“我知道，你一直没有忘记朵儿的死。”

“是啊，我没有忘记。”姚羽琦抽回了被皇帝握住的手，“有很多事我都没有忘记。”微微一顿，她又问，“你现在准备拿宁王怎么办？”

“你想怎么办？”

姚羽琦一怔。

“我知道，他一直在利用你。从纪芷兰开始——”

“原来你什么都知道吗？”姚羽琦苦笑了一下。她应该早就明白的，眼前这个男人是这个皇朝的君王。他的手中掌控着这个天下的一切。

“那你想要他死吗？”皇帝淡淡地问。

姚羽琦的脑海里忽然闪过了宁贵妃那双沉痛的眼睛，她轻摇了摇头。

“你不恨他吗？如果不是那场刺杀，佳莹也不会落入佑魂井，也不会因此而怨恨上了你。唐钰也不会进宫，既而发生那么多的事——”

“我不知道。”姚羽琦转头看着殿外，天已经开始暗沉下来了，好像又要下雪了吧。

她恨宁王吗？

她真的不知道。

她的怨恨已太深太沉了，若再加一分，她会崩溃……

他静静地坐在阴暗的角落，看着窗外那飘扬的雪花，唇角角牵起了一抹淡淡的微笑。

从来都没有像今天这样平静过。

这么多年来，他一直在想尽办法，不择手段地想夺回自己的东西。放弃了很多东西，也失去了很多东西。

如今，一切算是尘埃落地。

他忽然觉得，以前的争夺显得有些可笑。

是啊，就算得到了那些以为自己想要的东西，他的心还是空的。

如今一切都结束了，即使惨败，他却觉得心头异常的轻松。

“心雅。”

他低声轻唤着这个名字，想起了昔日她那灿烂的微笑。

如果那个时候，他愿意放弃一切，与她一起去一个谁也不认识的地方，过着幸福平淡的生活，如今又会是怎样一幅光景呢？

唇角的笑容又扩大了两分，他忽然间很憧憬。很憧憬那样的生活，但一切都已经太迟了。

这一生，他都活在怨恨里，忽略了很多事，也错过了很多人。

牢房外忽然响起了脚步声。

他没有转头，已从脚步声里判断出了来人的身份。

脚步声停下了，他淡淡地开口：“能不能答应我一个请求？我以弟弟的身份向你请求这唯一一件事，也是最后一件事。”

他转过了头，看着面前脸色苍白的萧靖。

萧靖掩唇轻咳了两声：“什么事？”

“把她带离那间小黑屋，她被关得太久了。这是我唯一的愿望。”

萧靖微垂眼帘：“她更希望你来做这件事。”

“我吗？”皇甫泓笑了，“你认为我还能活着走出这座皇宫？”

萧靖抬头看了他一眼：“这本来就是我和他之间的交易。只要你心甘情愿地放下，我就可能带你走。”

皇甫泓一怔，随即都明白了："原来你所做的一切都是为了我和她吗？"

萧靖没有回答。

皇甫泓复杂地笑了。

是啊，他怎么可能忘记了呢。

三年前，当他在这座皇宫里第一次遇到萧靖的时候，萧靖说，他是他的兄长。要自己跟着母亲一起离开这座皇宫。那时以萧靖的武功，以他的武功，带走一个被关押了近二十年的老人又哪里是件难事？

可那时，他拒绝了。

因为他不想走，也不愿走。因为他还未争夺到属于他的东西。

那个时候，他的心里只有怨，只有恨。

再后来，他在这座皇宫里第二次见到萧靖，萧靖已成为了太傅，成为了皇帝身边的得力助手。

那时他更恨了。更是发誓要夺回属于他的东西，属于他的尊严。

"仇恨就是容易蒙蔽人的眼睛。"皇甫泓轻叹了一声，靠着冰冷的石壁，"你应该早点告诉她的，免得让她那么恨你。"

"她原本就恨我。"萧靖淡淡地道。

"是啊，如果没有你父亲，她不会落于这样的下场——不过，你大可不必这样做，因为你也完全有理由恨她还有我。"

萧靖忽然掩着唇又剧烈咳嗽起来。

"你的气色很差。"皇甫泓微蹙眉峰。

萧靖摇了摇头，却一直在喘息着，似乎一时半会儿还没办法说话。

"你要真的没事才好，因为她还要靠你——"皇甫泓微微一顿，苦笑，"你不要低估了他。就算你们之间有过约定，他也不会就这样轻易放了我的。就算他真的履行了诺言，皇后也未必会同意。"

"我、我有办法。"萧靖好不容易止住咳。

"你有办法？"皇甫泓诧异地看了他一眼，随即了然，"也许你真的有。"谁让他是萧靖呢？他总是安排好了一切。

只是，他可有想过他自己？

看着萧靖苍白的脸，他的心底隐隐涌上了一丝复杂莫名的情绪。

萧靖轻轻舒了一口气，强行压下心口不断涌上的疼痛："你现在要做的，是在这几日之内，保住自己的性命。"

皇甫泓笑了："是啊，除了皇帝，还有很多人想要我的命。"他顿住笑，深深注视着萧靖，"你放心，这宫里除了你，没有人能要走我的命。不过——"他顿了顿，又道，"我一向不喜欢欠别人的人情。特别是你的。"

"你若不想欠我，就帮我一个忙吧。"萧靖的眉宇间流露出了浓重的倦色，"这样我们就两不相欠了。"

她在牢房门前犹豫了一下,还是走了进去。

皇甫泓正微合着双目,坐在地上,背靠着石壁。即使牢房阴暗潮湿,处境狼狈,他也依旧淡定而优雅。

她站在那里,静静看着皇甫泓,犹豫着该不该开口叫他。

"我知道你会来的。"皇甫泓忽然睁开了眼。

她抿唇沉默着。

"其实我还欠你一句话。"皇甫泓深深注视着姚羽琦的眼睛,"对不起,羽琦。"

姚羽琦笑了一下,不知是苦涩还是辛酸:"是我告诉皇后你和德妃的关系。"

"我猜到了。"皇甫泓淡淡地道。

姚羽琦怔住了。

"这就算我还给你的吧!"皇甫泓的神色很平静。

"还给我吗?"姚羽琦低声轻喃,"就算你还给了我,很多死去的人都已经回不来了。"

皇甫泓沉默了。

"如果有机会离开这里,你要好好善待宁贵妃——"姚羽琦丢下话,转身离开了天牢。

皇甫泓目送着她的背影直到消失,才轻轻叹了一口气:"羽琦,你知道吗?我这一生唯一做对的一件事,就是认你做了我的妹妹。"

夜已深,落雪飞扬,寒意充斥着大地,几乎冷进人的骨头里。

箫声悠扬而婉转,空灵如风,在寂静的夜空里回荡着。

皇帝静静地听完一曲,微笑:"不知朕日后还能不能听到这样优美的箫声?"

萧靖收起了玉箫,淡淡地道:"皇上不是说过要学习这支箫曲吗?"

皇帝轻摇了摇头:"现在不需要了。"他略有深意地看了萧靖一眼,"只要你不在,朕不需要学这种东西。"

箫靖低头看着手中的玉箫,那曾经断裂过的地方,到现在还是几乎不见一丝痕迹:"我们的约定是履行的时候了。"

"君无戏言。"皇帝端起面前的酒,一饮而尽,"朕会放了宁贵妃还有宁王。而你——"

"我已经完成了父亲的遗愿,自然会离开。"萧靖淡淡地道,"以后再也不会出现萧靖这个人。"

就让一切在这里彻底地结束吧!

荒山孤坟伫立，一片萧瑟凄凉，寂静的夜空里却有萧声在回荡，声声凄切哀伤。

一曲终了。

吹箫之人握紧了手中的玉箫，向来清冷的黑眸里流露出了一丝淡淡的伤痛。

"我已经完成了你的心愿。我们萧家再也不欠皇甫家什么了。"一阵寒风吹来，引得他掩唇不住地低咳。

"你终于可以瞑目于九泉了。明日，她就会离开了。跟她一直挂念的孩子一起离开这里，去一个没有伤害没有争斗的地方——我想，她一定会过得很幸福很安宁——"

倦意涌上了心头，他在坟旁坐了下来，也不顾那满地的寒雪湿冷。

抬起头，他看着漫天飞舞的白雪。

终于完成了父亲的遗愿，而他也终于让她重见了光明。

他应该感到开心，但每每想起另一张脸庞，他的心就一阵阵地揪痛。

他是还清了皇甫一族的债，却欠下了另一个人的债。

他该如何还她?

轻轻叹了口气，他站起身就欲离开，心口却蓦然涌上了一阵剧痛，血腥顿时涌上了喉间，一口鲜血吐了出来，染红了面前的雪。

"萧靖——"黑暗中冲出了一道人影，扶住了他，"你怎么样? "

萧靖摇着头，却在不住地咳嗽，脸色灰败，身体冰冷。

那人见状忙一手抵住了他的背心，以内力驱散他身体里的寒意。

过了半炷香的时间，萧靖的脸色才缓和了些："谢谢。"

来人将萧靖扶至一旁的树下坐好："等你气力再恢复些，我们再走吧。"

萧靖点头，从怀里掏出了一个小锦盒。那人见他又拿出了银针，不由拧眉："你总是用这种方法来抑制病情，已经让你的病越来越严重了，再这样下去——"

"我迟早会死的。"萧靖淡淡地说着，然后凝神屏气，一针往自己胸口的大穴上扎下去，然后盘膝坐在地上调整内息。

他的脸色渐渐恢复了，站在一旁观望的男子却轻叹了口气："你若真的死了，羽琦该怎么办? "

萧靖缓缓睁开了眼睛，看着他："所以，唐钰，你必须带她离开这里。"

雪地里，唐钰沉默了。

一夜无眠。

今夜皇帝并没有出现，刚刚平定了那场叛乱，有很多要事需要处理。其实这个时候，她也不想皇帝出现，她只想自己一个人清静一下。

据早上收来的消息，宁王还是要被处斩。

就算他是皇族血脉，毕竟犯下了弑君夺位的重罪，那所谓的皇族血脉并没有救成他。兴许，在有些人的眼里，宁王是不是皇族一脉的子孙还有商榷吧？

姚羽琦轻轻叹了口气。

她想起了初见宁王时的情景，想起了与宁王一起种花时的情景，也想起了，那日她受宁贵妃所托，做好了芙蓉糕，为他庆生的情景……往事历历在目，即使从一开始宁王就是有目的性地接近自己，但她是真心地将他当成了自己的兄长。

很多情感一旦付出了，是很难再收回来的。

即使最后她遭到了背叛。

她的身边已经没有什么人了。她不想再失去什么人，也不想再有什么人死去……如果这一刻，她还是当初那个姚羽琦，那该有多好。

突然，皇宫的东面起了火光，熊熊大火几乎染红了半边天际，宫里更是喧哗的锣鼓声阵阵。“发生什么事了？”

羽心殿里守夜的太监宫女们都被火光惊吓到了，有人立刻奔向殿外打探消息，不一会儿，那些人便回来回报。

“天牢那里不知为什么忽然起火了，火势太大，里面的人根本就出不来——”

天牢起火吗？

姚羽琦心中一跳。

那泓大哥呢？

连狐裘也顾不上披，她连忙朝着火势漫延的地方跑去……

常听父亲说起，她是一个温柔而美丽的女人。

他曾无数次地做过同一个梦。

他梦见，她站在他的面前，对着他温柔而慈爱地微笑，甚至对他伸出了双手。

然而，每一次，那双从梦中伸过来的手并不是温情地拥抱住他，而是紧紧地掐住了他的脖颈，连同那双美丽温柔的眼睛都变成了充满怨恨与冰冷……

她曾说过，她不应该生下他。

所以，她一直要他死。

天已经蒙蒙亮了，他站在那间孤寂阴森的小木屋前，发呆了许久许久。

他的手中有锁匙，只要用这把锁匙就能打开那扇紧关了二十年的木门，他就能真正见到她了。

然而，此时此刻，他竟有些却步。

他害怕，害怕梦中的情景会真实地上演。

原来他也有害怕的时候。

他在心底暗暗嘲弄地笑。

喉间似乎又涌上了淡淡的腥气，他强行咽了下去，深吸了口气，走到屋前，拿出锁匙。

“谁在外面？”

屋里，宁贵妃警觉到了外面的气息，冷声质问。

他没有回答，而是沉默地打开了那把锁了二十年的铜锁。

“叮”的一声，锁开的同时，他的心为之一紧。他轻轻地推开了那扇沉重的铁门，“吱呀”的艰涩声在寂静的夜空里响起。

随着门缝渐开，淡淡的天光长驱而入，赶走了屋里的冰冷与黑暗。

他看见一道瘦弱狼狈的身影蜷缩在阴暗的角落，浑身微微颤抖着，甚至将头深深地埋进了膝间，似不愿看见任何光明。

“不可以杀我——不可以杀我——”她的嘴里低念着，“我还不想死，我要见我的泓儿——我要见他，所以我不可以死——”

他们还是要来杀她了吗？

她很清楚，这扇门是绝不可能打开的，若是打开了，那么也就预示着她的死期就要到了。

但她不能死。

她的泓儿还需要她。

她怎么可以死？

“我是来带你出去的。”萧靖低声开口。就算她以为自己到了临死的绝境，她的眼底心间，念念不忘的还是只有皇甫泓一个。

宁贵妃浑身一颤，僵硬地抬起了头。

他终于看清了她的脸。

虽然二十年来未曾梳洗，脸上布满了污垢和泥泞，肌肤更因为长年不见天日而变得惨白并布满皱纹……但他终于见到了她的模样。

不管是美是丑，是年轻还是苍老，他终于见到他生母的模样。

“萧靖？为什么是你？”

那双布满了血丝的眼睛里刹时迸射出了冰冷与憎恨，那就像一把刀，直刺入了他的心底，几乎让人痛不欲生。

“我来带你走。”深吸了口气，萧靖强压下胸膛里那翻江倒海般的剧痛，伸手拉起了她。

“不，我不走。萧靖，我说过，我就算死，也不要你救——你给我滚——”她剧烈地挣扎着，拉扯间，她一拳狠狠地打上了萧靖的心口。

萧靖轻哼一声，脚下一个踉跄，脸色瞬间惨白，但他的手依旧紧紧抓着她：“你、你不想见皇甫泓吗？”

“泓儿？”

皇甫泓这个名字，让她瞬间安静了下来。

萧靖微微别开了眼，将所有的情绪都掩进了黑暗之中：“嗯，我带你去见他。然后，你跟他一起离开这里。”

“真的？”宁贵妃将信将疑。

“真的。”萧靖轻点了点头，“跟我来，我们必须争取时间——”转过身，正欲举步，但喉间一阵腥甜毫无预兆地涌上，连忙用衣袖掩住了唇。

眼前阵阵黑暗，他身子倾靠着门沿，压抑地低咳。

“你——”宁贵妃看着那因咳嗽而微微颤抖的双肩，怔忡地问，“你怎么了？”

萧靖摇头，边咳边挣扎着起身：“出去、出去再说。”迈开步伐的那一刹那，他脚下又颠了一下，宁贵妃下意识就伸出手，但伸出了一半，还是僵硬地收了回来。

她跟着萧靖走出了木屋，此时天又亮了些。

二十年了，她终于走出了这里，看见天光。

第一次，她正视了萧靖的脸庞。

他长得有些像年轻时的萧亭江，只是那脸色过于苍白，就连双唇也毫无血色，眉宇间也写满了浓重的倦意。

“不是说带我去见泓儿吗？”忽略了心底突然涌上的疼惜，宁贵妃收回目光，淡淡地问。

“嗯。”萧靖点了点头，“我还有一件事必须处理。”他话音方落，忽然听到了急促的脚步声。神色一变，他一把拉过宁贵妃藏进了一旁高高隆起的雪堆旁。

手被握住的那一瞬间，宁贵妃只觉掌心传来了骇人的冰冷。刚才与他发生争执时没发觉，此刻平静下来，这才知道原来一个人的手竟也可以这么冷。

微低眼眉，她看了眼那只苍白冰冷的手，眼角的余光却瞥见了衣袖上所沾染的一片触目惊心的血红。

宁贵妃心头一紧。刚才他咳嗽的时候，好像就是用这块衣袖挡住双唇的。

还未及细思，脚步声已近了。

出现的人竟是姚羽琦。

“宁婆婆——宁婆婆——”当姚羽琦气喘吁吁地跑到木屋前时，几乎惊呆了。

木屋被打开了，而且里面根本没有人。

“丫头——”

身后响起了熟悉的声音，姚羽琦惊喜地转过身，看到了一名满身狼狈、衣衫褴褛的老妇人，她的身边还跟着另一个让她意想不到的人——萧靖。

“你——你是宁婆婆？”

“是啊，是我。我出来了。”宁贵妃已经对姚羽琦如同女儿一般看待。

“萧靖，是你放宁婆婆出来的？”

萧靖没有回答，只是轻点了点头。

姚羽琦还来不及开心，忽然想起自己来这里的目的：“糟了，我是来告诉你，刚才天牢那里起了一场大火，泓大哥——泓大哥他没来得及从天牢里逃出来——可能已经——"

"你说什么?"宁贵妃震惊地一把扣住了姚羽琦的肩头,"什么天牢?什么大火?我的泓儿怎么会在那里?"

"他阴谋夺位,被皇上当场擒获——"

萧靖还未说完,宁贵妃一巴掌甩上了他的脸。

那苍白的脸颊上顿时印上了五指红痕。

"萧靖,我还以为你真是来救我们的,原来,你是来害我们的。是你害了泓儿对不对?你是帮着皇帝害我泓儿的对不对?"

萧靖沉默地站在那里,没有说话。

"宁婆婆——"姚羽琦忽然跪了下来,"与萧靖无关,一切都是我的错。"

"什么?"宁贵妃只觉眼前一黑,几乎站不稳身形,"原来,你——你也有份害我们泓儿吗?泓儿——我的泓儿——"

宁贵妃悲恸地转过头,看着皇宫东面那还在燃烧的红光,"娘不会让你就这样死了——"说着,她就要往火光处冲去。

萧靖身形一错,已拦在了她的面前。

"你——"宁贵妃正欲推开萧靖,只觉肩上一麻,眼前一黑,便不省人事。

萧靖一把接住她的身躯,但手上突然间失去了气力,双膝一软竟跌跪在了雪地上。他只能将宁贵妃暂时先放在雪地上躺好。

"萧靖——"姚羽琦连忙赶过去,紧张地看着萧靖毫无血色的脸庞。

"麻烦你,帮我一个忙。"萧靖微微喘息着,似乎一时之间还站不起来。

"什么忙?"姚羽琦担忧地看着他苍白灰败的脸。

这是她第一次看见清醒时的萧靖竟如此的虚弱。

"烧了这间屋子。"萧靖从怀中掏出火石,递给了姚羽琦。

姚羽琦一接过,萧靖就盘膝坐下调息。

现在是大冬天,但此时萧靖的额际却布满了细细密密的冷汗。

姚羽琦强压下心头的疼痛,将火石擦出火花,然后捡了一些枯枝点燃了木屋。

大火,迅速地漫延了开来。

那座关押了宁贵妃二十年的木屋在大火里慢慢地倒塌了。

姚羽琦忽然觉得很快意。

这座木屋早就应该烧成灰烬。

此时萧靖已经调息完毕,姚羽琦看见他又拿出银针往自己胸前扎了几下,不由蹙眉:"你都是这样为自己治病的吗?"

萧靖没有回答,但这一次,他已经有力气站起来了。

此时,不远处已传来了脚步声和人声,很显然是宫中之人闻讯赶来了。

萧靖俯下身,神色复杂地抱起了雪地上昏迷的宁贵妃。

"我们去听风楼。"

幸好那场大火又闹了宫中一个人仰马翻，昨夜才刚刚发生一场大火，紧接着清晨竟又是一场火灾，宫中人人自危，谁也没有注意到姚羽琦和萧靖。

跟着萧靖来到了听风楼。

她不知道萧靖究竟在做什么。但她至少明白一件事，萧靖所做的一切，对宁贵妃而言肯定是有利而无害的。

就算是宁贵妃不肯认他这个儿子，但在萧靖的心底，却是非常想认这个母亲吧？

然而，当她将宁贵妃带到目的地时，却惊异地看到了另一个本不该在这里出现的人——宁王皇甫泓。

"泓大哥？这——究竟是怎么回事？"姚羽琦诧异万分。

昨夜天牢发生了火灾，当她赶到现场时，皇帝告诉她里面的人无一幸免。当然包括皇甫泓在内，所以，她才会急忙跑去跟宁贵妃报信。但此时，皇甫泓却活生生地出现在自己面前。

皇甫泓深深看了姚羽琦一眼："羽琦，我很高兴，你现在还肯叫我一声泓大哥——"

姚羽琦微微别开了脸："这究竟是怎么回事？"

"那场大火是萧靖安排的。只有我死了，我才能逃出这座皇宫。"皇甫泓淡淡地道，看了眼还在昏睡的宁贵妃，正要运指解开她被封的穴道，却被萧靖阻止。

"先不要解。"萧靖微顿了下，"等你们出了宫再帮她解开穴道吧。"

皇甫泓一怔，随即像是明白了什么："好。"

姚羽琦看了眼萧靖脸上还残留的指痕，忽然间感到些许心酸。

"从这里往西走，有一条密道，我都已经安排好了。以你的武功要避开那些守卫应该不难。"萧靖忽然掩唇轻咳了两声，"现在木屋那边大火，皇帝想必会找我，我不能送你们出宫了。"

"你不想跟她说些什么吗？"皇甫泓看了眼宁贵妃。

萧靖黯然转身："不用了。"走到门口时却停了下来，"淑妃娘娘若是有话就尽快说完，不要在这里停留太久。"丢下话，他举步离开了听风楼。

"萧靖——"

姚羽琦原想追上去，却见萧靖头也不回，不禁停住了脚步。

他刚才竟叫她淑妃娘娘？

心中泛起了一丝苦涩。

"羽琦，你有想过离开这里吗？"皇甫泓忽然在身后淡淡地问。

姚羽琦回过头，苦笑："泓大哥，你认为我现在能走得了吗？"

皇甫泓犹豫了一下，还是决定说出来。他轻轻叹了一口气："羽琦，有件事我必须要告诉你。等你知道了这件事的来龙去脉之后，你再决定要不要和我一起离开。"

姚羽琦不解："什么事？"

"其实，打一开始，你和佳莹会入宫选秀都是一个人一手安排的。"

"谁？"姚羽琦心跳了一下，忽然间有点不想知道答案了。

"萧靖。"

皇甫泓的答案让姚羽琦苍白了一张脸："泓大哥，你这话究竟是什么意思？"

"不知道萧靖有没有告诉过你，他父亲萧亭江和我父皇皇甫奕的事？"

"嗯。"姚羽琦点头。

"自那些事发生后，萧亭江抑郁寡欢，不久就病死了。临死前他告诉萧靖，自己有一个心愿，他觉得愧对皇甫奕，于是要萧靖为皇甫家做一件事，无论皇甫一族要求他做什么，他都必须要完成。因为这是萧家欠皇甫家的债。"

"三年前，皇甫皓找到了萧靖，他要萧靖协助他统一这个江山，收回兵权。因为萧亭江的遗愿，萧靖自然答应。"

"而当今天下，兵权一分为三。一为勒晋的铁刃军，二为蓝台明的铁骑军，三，则为你父亲姚成的铁甲军。勒晋和蓝台明各拥兵自重，各自为政，而姚成则是保持着中立的态度。他既不表示保皇，也不表示要独立出来，所以姚成将归属哪一方就是这场战争的重点。"

"萧靖给皇帝提议，让你和你妹妹姚佳莹入宫当妃子。一个原因自然是为了试探姚成。若是他站在保皇一派，那么兵力也自然会因女儿的得宠而归属于皇帝；若是他不站在任何一方，那么，他们就将你和姚佳莹推上风口浪尖，成为另两方的目标人物，三虎相斗，必有损伤，那么他们就可以坐享渔翁之利——"

姚羽琦越听心越凉，虽然她早已猜到自己会受宠，一半是由于父亲的关系，却没有想到这么深的层面。

三虎相斗吗？

姚羽琦只觉手足冰冷。

看来萧靖三番四次救自己并不是因为他想救她，而是不得不救，她只是他们棋盘上的棋子，还有着利用价值，又怎会让她这样轻易地死去？

而皇帝——他口口声声说爱自己，也都只是一些欺人的谎言。

忽然间，她觉得整个天地都是黑色的。

萧靖！

皇甫皓！

他们一个是自己深爱的人，一个是口口声声说爱她的人……原来，逼着自己走到如今这副田地的暗中黑手，竟是他们两个吗？

姚羽琦浑身虚软地靠在门沿上，久久无法回神。

皇甫泓轻叹了口气："羽琦，你现在跟着我离开这里还来得及。其实，这些话是萧靖让我告诉你的。他说，你应该回到属于自己的地方。应该过自己想过的生活。”

姚羽琦轻轻合上了眼帘，等睁开来时，眼中已是一片死寂。

“重新过回自己想过的生活吗？”唇角一扬，她牵起了一抹冷笑，“在彻底打乱了我的人生之后，他竟还能说出这样的话吗？”

“我不会原谅他们！”

“我绝不会原谅他们！”

她不知道是怎样走回皇宫的。

原来……她只是一枚棋子。

从一开始，她就是皇甫皓和萧靖安排的棋子。而她，很好地充当了这枚棋子的角色，所有的一切，都在皇甫皓和萧靖的掌控中发展着。

她忽然间觉得，心好冷。

手足更是冰冷得如同不是自己的一般。

她所做的一切在顷刻间失去了意义。

“萧靖——皇甫皓——”她抬起头，看向乌云密布的天际，硬生生地将要流出的泪水逼了回去。

“我恨你们！”

“我恨你们！恨你们！”

如同发了疯一般，她向前狂奔而去。

雪落无声。

皑皑白雪几乎淹没了整个大地。

他站在雪中，任由雪花落满了全身，却无心思拭去。他一直在向前张望着，他期盼着，他想见的人会出现。

一会儿她看见他，是不是会惊喜地跳起来呢?

想起她久违的笑脸，他的唇角也不自觉地扬了起来，露出了脸颊边那浅浅的酒窝。

终于，前方有黑点出现。

渐渐地，那黑点近了。

那是一辆马车。

他欣喜地迎了上去。

有人从马车上跳了下来。

“宁王殿下。”他微抱了抱拳。

来人淡淡一笑，那笑容绝美倾城，却也平静而淡定：“现在不应该再叫我宁王了。”

"皇甫公子。"他连忙改了称呼。

车帘忽然被掀了开来，他看见了一张脸露了出来。

那是一张苍老的脸庞，虽然脸色过于惨白了些，那是长年未照射日光的结果，但那目光却是柔和的。

"宁夫人——"他朝她点了点头，然后往里看了眼。

马车里并没有第二个人。

"她没有来。"皇甫泓轻叹了口气，"萧靖料错了，她不仅没有跟我一起离开，反而回去了。"

他一怔，脸色顿时刷白，连礼也未及行，便往皇宫的方向狂奔而去。

"希望那丫头没事。"宁夫人叹了口气，又回到了马车里。

"娘，我们得走了。"皇甫泓道。

"嗯。"里面的宁夫人应了声。

皇甫泓跳上了马车，正欲扬鞭策马，忽然轻声问了一句："如果萧靖死了，你会伤心吗？"

里面没有人回答，但隐隐有压抑的哭声传来。

皇甫泓微微垂下了眼帘，轻叹了一声。

"驾！"

一鞭挥下，马车顿时疾行而去，驶向了那苍茫的远方……

眼前就是霜龙殿。

她的视线已经有些模糊了，但殿前站的那道身影，她还是认得。

那是皇帝。

不仅皇帝，皇后和一帮大臣也都在那里，还有萧靖，那个让她爱极恨极的男人。

她的手心不由得握紧了些。

"羽琦，你跑去哪里了——"

皇帝看到她走过来，高兴地走过去，就欲拉起她的手，却被她冷冷地甩开。

皇帝愕然。

她笔直地朝萧靖走了过去，走到他的跟前，一字一字地问："他说的可都是真的？"

除了萧靖，没有人知道她所说的那个"他"是谁。

一帮大臣低声议论着，皇后更是铁青着脸。

她仿若未见，也仿若未闻，只是紧紧地盯着萧靖苍白的脸："回答我。"

"是。"萧靖回答。

那一个"是"字，深深刺痛了她的心。

"啪！"一个巴掌甩上了萧靖的脸，萧靖没有还手，更没有回避。

“羽琦，你这是做什么？”皇帝隐隐察觉到了不对，连忙赶过来，一把扣住姚羽琦的双肩，“究竟发生了什么——”

他话音未落，“啪！”一个巴掌竟毫无预兆地落在了他的脸颊上。

四下里顿时一片寂然无声。

姚羽琦先打了当朝太傅不说，这一回打的人，是一国之君。

“大胆！”

皇后首先反应了过来：“来人哪，把这个以下犯上的贱人给本宫拖出去斩了。”

左右已有侍卫冲了上来，就要拖姚羽琦下去，却被皇帝伸手阻止。

皇帝深深凝视着姚羽琦，眼中已有怒意：“你知道你在做什么吗？”

姚羽琦直勾勾地注视着他，就好像眼前之人并不是高高在上的君王：“我知道自己在做什么。就算再给我一次重新来过的机会，我还是会这么做。”

皇帝怔住了，僵硬地放开了姚羽琦的肩。

他从她的眼睛里捕捉到了恨。

那是比刀子划在心头还要痛的恨意。

第二十四章 冷宫

姚羽琦被关入了冷宫。

原本她当众打皇帝，皇后当场就要把她处以极刑，被皇帝阻止了。

那么多大臣在场，就算是皇帝有意想放姚羽琦一马，也无法做到。

皇帝很明白，她是存心在找死。

已不记得这是第几杯苦酒了。

皇帝烦躁地又将杯中之酒一饮而尽："萧靖，是你告诉她的，对不对？她今天这样做根本就是在自找死路。"

她已经不想活了。

所以才会当着那么多人的面，掌掴他这个一国之君。

直到现在，他的脸还在火辣辣地疼，但那疼痛却比不上心中的痛。

萧靖轻靠着殿门，看着殿外那飘扬的大雪，并没有回答皇帝的话。

原本以为让皇甫泓告诉她实情之后，她心灰意冷之下，会跟着皇甫泓一起走，城外，他早就安排好了，唐钰会在那里等着她，她不会是孤单一个人生活着，只是没想到她竟然没跟着皇甫泓走，反而回来了。

皇帝说的没有错，她是在找死。

她已经不想给自己生的机会了，所以才会选择了那么极端的做法。

这一步，他还是没有算到。

"放她走吧。" 萧靖回过头看着皇帝，"若不是我们，她也不会有如今这样的下场。"

"放她走？"皇帝一怔，随即冷冷地拒绝，"不，就算她死了，朕也要她死在皇宫里。她是朕的妃子，生是朕的人，死也是朕的鬼。"

"你若真的爱她，便放她走。"萧靖淡淡地道。

"爱她？"皇帝忽然笑了，"萧靖，你是不是想说，比起朕，你更爱她——"微微一顿，皇帝的眼中现出了一抹冷意，"不要以为朕什么都不知道，你们在劲竹园，在听风楼，每一次见面，朕都清清楚楚——其实她也爱着你吧！就算上了朕的床，她叫的，还是你萧靖的名字。"

萧靖心口一紧，疼得他眼前发黑。

“但萧靖，你比起朕更没有资格爱她。因为她爱的人是你，你却是背叛伤害她最深的人。你为了完成你父亲的遗愿，为了救出你的母亲和弟弟，却利用了姚羽琦。说到底，最对不起她的人，是你。”

萧靖一手紧紧抓住胸口的衣襟：“是我欠她的，所以，我一定要带走她。”

“萧靖，你敢。”皇帝霍然起身。

“我为何不敢？”

“好，那朕就先杀了你。”皇帝正欲出手，萧靖的玉箫却已指向了皇帝的咽喉。

皇帝微微眯起眼眸：“怎么？你想弑君？”

萧靖摇头：“当初我会答应与你合作，一是为了我父亲的遗愿，二是为了我母亲和皇甫泓，还有一个原因，则是因为我不想看到天下大乱，战争又起。如今你皇位已渐渐稳固，姚成兵力也为你所用，你为何还不放了姚羽琦？”

“因为她是朕的人，属于朕的，朕绝不会放手。就算她不爱朕，朕也要把她留在身边——”

萧靖看着皇帝发怒的脸庞，忽然间有些羡慕。

其实，皇帝确实比他有资格爱姚羽琦。

至少，他从来没有掩藏自己的情感。

慢慢地放开了玉箫，萧靖黯然转身，但喉间一甜，一口鲜血已吐了出来。

皇帝冷漠地看着地上的血：“你都是一个快死的人了，又能给她什么？”

“我没想过给她什么，我只是还她。这是我欠她的。”丢下话，萧靖落寞地离开了霜龙殿。

皇帝看着萧靖的背影，唇角忽然扬起来一抹自嘲的笑。

他的爱好卑微，居然要用到这样强硬的手段，才能留下自己心爱的人吗？

但，即使他留下了她的人，她的心不在，又有何意义？

又有何意义？

冷月高照，也将冷宫里的一切照得惨白而没有生气。

她坐在窗前，木然看着一切。

这一刻，她已经什么感觉都没有了。

一个是口口声声说着爱自己的人，一个是自己深深爱着的人，但推自己走上绝境的，正是这两个人。

朵儿、芷兰姐姐、谢太医，还有佳莹和唐钰……说到底，都是她连累的。

她应该早一点相信宁贵妃所说的话，应该早一点察觉，那么，她就不会如他们所愿般的，一步步走上已经安排好的道路。

月光淡淡地洒落窗台，她看着铜镜中苍白的自己，目光黯然无神，就如同死了一般。

她轻轻一笑。

现在的她,还剩下什么呢?

就连灵魂也失去了吧?

那么,她生存在这个世间又有何意义?

伸手猛地一扫,"咣啷"一声,铜镜顿时跌落。她看着地上那些碎裂的锋利镜片良久良久,然后弯下了腰,捡起其中一块碎片。

月光投射在碎片上,反射出了令人刺目的光芒。

是啊,她已生无可恋了,那么,她就去找佳莹、唐钰他们吧。

牙一咬,她一狠心,将碎片狠狠刺入了自己的胸膛,就在碎片离心口不到寸许的时候,她只觉手腕一阵剧痛,手中的碎片顿时握不住,丢到了地上。

"羽琦!"

那道熟悉的声音,让她以为自己产生了幻听。

"羽琦,你这是干什么?"那道身影已飞奔而进,目光焦急地上下打量着她,"有没有哪里伤到了?"

"唐——钰?"姚羽琦颤抖着手,轻抚上来人那苍白的脸颊,"唐钰,真的是你吗?"

那触感是温热的。

她是在做梦吧?

为什么?已经死了的人,怎么可能再次出现在自己面前?

"羽琦,是我,是我。"唐钰一把将姚羽琦紧紧地抱在了怀里,"我是唐钰,我没有死。"

那怀抱好温暖,好真实。

是唐钰。

唐钰他没有死。

他回来了。

"唐钰——唐钰——"

置身于熟悉温暖的怀抱中,姚羽琦心中压抑的痛苦顿时如山洪般爆发,她"哇"的一声,嚎啕大哭了起来。

她哭得肝肠寸断,声嘶力竭。

"羽琦——"唐钰抱着她,语声也已哽咽,"对不起,是我不好。对不起——"

也不知哭了多久,姚羽琦终于哭得累了,唐钰扶着她在床头坐好,并为她取了件外衣披上。

看着她苍白憔悴的神色,还有眼中那无法掩饰的绝望与伤心,唐钰的心头阵阵抽痛。

若是刚才他晚来一步,也许羽琦已经……

“羽琦，你真傻。怎么可以就这样草率地结束自己的生命呢？”

姚羽琦惨笑着摇头：“你们都不在了，我还有什么存活的意义？”

“羽琦——”唐钰叹气。

姚羽琦打断了唐钰的话：“唐钰，究竟是怎么回事？你不是已经——”

“是萧靖救了我。”

“萧靖？”姚羽琦一怔。

“嗯。”唐钰点头。

原来，萧靖那日去看唐钰给他吃的药并不是毒药，而是一种让人假死的药。

后来那两个牢头把唐钰丢到井里了事，随后，萧靖便悄悄地把他救了上来，暗中安置养伤。直到现在，他的伤才痊愈。

“竟是萧靖救了你吗？为什么他不说？”

姚羽琦想起那日自己质问萧靖时的情景，那个时候，他为什么不告诉自己？宁愿自己误会他？

“当时我重伤未愈，越少人知道应该越好。萧靖也是怕万一被皇后察觉——”唐钰低下头，轻轻叹了口气，“对不起，羽琦，让你这样伤心。”

姚羽琦摇头：“只要你没事，我就算再伤心一百倍也没关系。”

“羽琦——”唐钰心中一暖。

“唐钰，现在你是我唯一的亲人，你不能再让自己有事，答应我好吗？”

这样脆弱的羽琦，让他心痛。

“嗯，我答应你。”唐钰俯身深深凝视着她，“但羽琦，你也要答应我，要好好照顾自己。我和萧靖都商量好了，我们会一起把你救出这座牢笼。这一次我们原本已经安排好了，你跟着宁王一起离宫，我在城外接应你们，谁知，你竟没有来。”

“我不需要他救。”姚羽琦别开了眼。

“你不肯原谅萧靖吗？”唐钰轻叹，“他都告诉我了。其实他——”

“不要再说了！”姚羽琦转过了身，“凡是有关他的事，我都不想再听。”

“可是——”唐钰无奈地叹息，不自觉地悄悄望了眼殿外那不知名的角落。

“羽琦，这里我也不能久留，我先走了。”

“嗯。”姚羽琦重新回过头，“你要小心。”

“我会的。”唐钰点头，“你也是，不要再做傻事了。”

“嗯。”

唐钰深深看了姚羽琦一眼，似想说些什么，但最终什么也没说，转身飞奔而出。

姚羽琦看着那道挺拔的身影消失在夜幕里，伸手轻轻扣上了心口。

唐钰还活着。

至少，现在她不是一个人。

走出冷宫不久，唐钰就看见黑暗里站着一道落寞的身影。

“我就知道你来了。”

藏在黑暗里的人没有回答，却有低而压抑的咳嗽声传来。

“走吧！”好不容易压下咳嗽，那人低声道，然后转身。

“萧靖——”唐钰唤住了前面的人，“如果你跟她好好解释一下，也许她会谅解你的。”

黑暗里，萧靖轻摇了摇头，然后继续向前走去。

月光打在他的衣袖上，赫然映出了一片刺目的血红。

唐钰轻叹。

他又吐血了吗？

他表面装得冷漠，其实还是很在意羽琦的吧？

唐钰又回头看了那座死寂的冷宫。

而羽琦，也是在意他的。

因为爱，所以恨。

所以，她才不会轻易地原谅萧靖。

自从知道唐钰未死，姚羽琦的精神好了许多。

唐钰三天两头都会趁着夜色来看她。他说，他会一直在黑暗里保护着她，不会再让她受到伤害。

对这样的一个男人，她无法不动容。

她姚羽琦何德何能，竟在今生遇到这样一名男子？

他一直为她无怨无悔地付出，而她却什么也偿还不了。

夜已经很深了。

直到现在唐钰还没出现。

他说过，至少三天他都会来一趟的。而今天已经是第三天了。

不会是出什么事了吧？她的心又提了起来。

经历了这么多事，让她不得不凡事都往最坏的地方打算。

失神间，她似听到殿外传来脚步声，心中一惊，她冲了出去。

“唐——”

月光打在那个人的脸上，勾勒出了一张桀骜俊朗的脸庞，让她蓦然停口，原本的欣喜也被冷漠所代替。

来的人，不是唐钰，而是皇帝。

她冷冷地背过了身子。

“羽琦，你还不肯原谅我吗？”皇帝轻轻叹了口气。

姚羽琦沉默。

看着那道纤弱削瘦的背影，皇帝伸出了手，想触碰她，却被她避开，躲到了一旁。

“我不想见到你。”姚羽琦淡淡地道。

“羽琦——”

“你走啊！”

皇帝收回了僵滞在半空中的右手，苦笑：“好吧，我走。但我不会放弃的，羽琦。我会一直等到你原谅我的那一天。”

冷风吹过，带来了阵阵寒意，也让这座冰冷的宫殿越发的阴森。

“你放心，我会尽快让你离开这里。”

皇帝丢下话，大踏步转身离去。

姚羽琦回过身，看着他走远的背影，微微失了神……

雪已经越下越大了。

这个冬天是越发的冷了。

她站在长廊里，看着外面那层层积雪，却突然觉得很寂寞。

现在德妃已死，姚羽琦又被打入了冷宫，这后宫之中再也没有人能威胁到她了。为什么，她还是觉得这么空虚，这么浮躁，老觉得心里头空荡荡的一片。

算算日子，皇帝有多久未来坤清殿了？

自打姚羽琦入宫，皇帝就都在羽心殿，现在就算是把姚羽琦打入了冷宫，他也是呆在御书房，甚至在想方设法找名目把姚羽琦放出来。

她怎么能让他把那个贱人再放出来呢？

就算她肯，朝中众大臣也不会肯的。

她扬唇冷冷地笑。

不过，姚羽琦始终都是个祸害。

只要她在这世上一日，她就一日不得安宁。

如果她死了，自己肯定就平静了。

不远处，一名小太监匆匆赶了过来，在她耳畔低声说了几句话。

她满意地点了点头，眼中掠过了一丝冰冷的杀气。

斩草，还是要除根的。

她该要听唐钰的话离开这里吗？

轻轻叹了口气，姚羽琦怔然看着窗外飘扬的细雪。

今天唐钰已经来过了，他在说服自己离开这座皇宫。

发生了太多的事，伤了太多的心，她已经不知道自己该何去何从了。原本那日她狠绝地掌掴了皇帝的脸，就是给自己备了条死路。

但她没料到，即使是这样，皇帝也没有让她死。

真的爱她吗?

她不知道该如何相信他。

不过,唐钰未死,总算让她生出了一丝小小的希望。

她已经不是一个人了啊,她的身边还有唐钰。

至于那个人……脑海里闪过了萧靖的身影,她的心隐隐一痛。

为什么直到现在她竟还在为他而痛?

她早应该忘了他,彻底地忘记他!

那么,她也许可以和唐钰一起离开这座皇宫,去一个谁也不认识的地方,隐姓埋名,重新过回以前平静的生活。

只是,她真的做得到吗?

突然,一阵寒风吹过,将未关好的房门重新吹了开来。

那艰涩的"吱呀"声在寂静的夜色里显得阴森而又恐怖。她起身走到门前,正欲把房门关起来。

眼前突然剑光一闪,她下意识地闭上了眼睛。

只是顷刻间,她就领悟到有人要杀她了。

她不怕死,她的心早已死了。

也许,就这样死了,对她来说反倒是一件好事吧?

然而,在剑光袭向胸前的那一刻,有一道人影从旁斜插而进,拦在了她的面前。

"嗤——"的一声轻响,那是长剑刺入肉体的声音。

她永远也不会忘记这个声音。

那一天在静安堂,那个不知名的侍卫也是这样拦身在她的面前。

也是这样被夺去了生命。

她艰难地睁开了眼。

她好怕那一幕会重演。

她好希望,不会再有人因她而死去。

但噩梦还是重演了,甚至比以前那个噩梦还要可怕上千百倍。

拦在她身前的人,是唐钰。

一个从小就发誓要保护她的男人,一个为她放弃了江湖梦的男人,一个无怨无悔爱着她的男人。

"唐钰。"

她在心里不断地喊着这个名字,却一声也发不出来,喉间就像被什么堵住了,胸膛里,有气血在翻涌着。

此时此刻,她多么希望,那把长剑是刺在她的身上。

"不,唐钰!唐钰!"

终于,喊出这个名字,一遍遍地喊着。

凄厉的哭喊声响彻了云霄。

唐钰身上那一剑刺得好深好深，从前胸贯进，透背而出。

而刺杀她的杀手，也同样被刺穿了胸口，早已倒地气绝身亡。

“羽琦，我——我不能再保护你了——”唐钰虚弱地躺在姚羽琦怀里，微微笑了起来，脸颊上那浅浅的笑窝，让他显出了几分稚气。

“唐钰，不，你不会死的——不会——”

姚羽琦却是恍若未闻，眼神变得空洞而绝望。她不断地用手捂住唐钰胸前的伤口，试图将不断流出的鲜血掩住，但徒劳无功，越来越多的鲜血流泻而出，将她的衣裙也染得通红。

“唐钰——唐钰——不要死——不要死好不好？不要跟佳莹一样离开我——唐钰——唐钰——”

泪水无意识地滑落而下，一滴滴地落在唐钰苍白的脸上。

“羽琦，你能原谅我吗？那个时候，我不应该错手杀了佳莹——不应该——”话音未落，他突然剧烈地呛咳起来，鲜血也不住地涌出了唇角。

极深的倦意在他的眼底涌现，气息更为微弱了。

这一次的相逢，他一直不敢再提佳莹。

即使心底明白羽琦也许不会真的恨自己，但那一句请她原谅的话，就是无法说出口。

归根结底，是因为自己害怕不被她原谅。

“不要说了，不要说了！”姚羽琦拼命地摇头，“唐钰，我早就原谅你了，真的早就原谅你了——佳莹的死，不是你的错。不是你的错。是我没能保护好佳莹——我不能将这种错推在你的身上——唐钰——唐钰——不要死——好不好？”

唐钰笑了：“只要你肯原谅我——我就真的死而无憾了——”

“不，你不能死！不能死！我们这就去找御医——这就去——”

姚羽琦试图将唐钰抱起来，但所有的力气早被惊痛抽光了，她复又跌坐了回去，脸颊擦上了唐钰胸前的衣襟，染上了一片骇人而触目的艳红。

“来人——来人哪——”

她哭喊着，只想这时快点来一个人。

可这里是冷宫。

白天时都没有人会出现，更何况晚上？

“不，不要这样对我——来人——救命——救命——”

无助与绝望几乎将她吞噬了。

她感觉得到，唐钰的身体在渐渐地冰冷。

“唐钰——唐钰——不要死——”

泪水不断滑落，惊醒了已是陷入迷离状态的唐钰。

“羽琦——”唐钰虚弱地叫着她的名字，伸出了手，试图为她拭去眼角的泪痕，但最终，右手还是无力地垂下。

“不！”

姚羽琦抱着已是毫无生息的唐钰，嚎啕大哭。

“为什么？为什么所有我最亲最爱的人都要离我而去——为什么——老天爷，你为什么这样对我——为什么——”

唐钰才刚刚死而复生回到了她的身边，怎么可能又会离开她？

这一定是老天在开玩笑！

这一定是她在做梦！

这一夜，姚羽琦就这样抱着唐钰的尸体在冰冷的地上坐了一整晚，直到皇甫皓和萧靖接到消息出现。

“羽琦！”

心痛地看着满身是血的姚羽琦，皇甫皓试图接近她，却被她喝止。

“不要过来！”姚羽琦的眼睛里满是血丝，眼神空洞，加上那半边脸颊的血迹，让整个人看起来可怖阴森，“谁也不要靠近唐钰。”

唐钰他只是睡着了。

她在等着唐钰醒过来。

他一定会醒过来的。

“羽琦！”

听到了萧靖的声音，姚羽琦浑身颤了颤，心却跟着一阵剧痛。

她抬起头，神色哀痛地看着萧靖，那目光几乎让萧靖站不稳身形。

“羽琦，不要这样——”萧靖一步步地靠近她，“我会医术，我能给唐钰治伤——”

“唐钰真的会好吗？”姚羽琦的眼中终于浮现出了一丝希望。

“会。”萧靖点头，趁着姚羽琦缓劲的那一个瞬间，他出指如风，一指点了姚羽琦的昏睡穴。

姚羽琦眼前一黑，软倒在萧靖的怀里。

“萧靖——你——”也不知是从哪里生出的意志力，她竟没有立即昏倒，而是紧紧地抓着萧靖胸前的衣襟，声声泣血地控诉。

“萧靖，你又骗我！为什么让我遇到你——为什么——要让我遇到你——又让我爱上你——你杀了我——求你杀了我——”

她真的活得好痛苦。

她害死了一个又一个最亲最爱的人，每一日，都如同生活在炼狱中一般。

再也抑止不住喉中的甜腥，她吐出了一口鲜血，那口血，染红了萧靖胸前的衣襟。

黑暗，也终于虏获了她。

萧靖抱着她，看着她唇角残留的血渍："你是不应该遇上我。"

心口一阵剧痛涌上，他眼前一黑，几乎站不稳身形。

皇甫皓扶了他一把："我抱她回去。"然后，从他怀里接过了昏迷过去的姚羽琦。

萧靖并没有拒绝，只是站在原地怔怔地看着皇甫皓抱着姚羽琦的身影走远。

"杀了你吗？"萧靖一手紧紧揪着胸口，唇角扬起一抹凄恻的笑，"原来，我都把你逼到如此境地了——其实，最应该死的人——是我——"

第二十五章 反击

夜，寂静如死。

她呆呆地坐在床头，几乎什么也听不见了，什么也看不见了。

此时此刻，她的眼前只有唐钰浑身是血的模样，还有那恋恋不舍的笑容……老天总是这样残忍呵，给了她希望之后，又狠狠地让那抹希望破灭。

恍惚间，她感到有熟悉的身影靠近。

她木然地抬起头，看到了萧靖。

"我带你离开这里。"

萧靖朝她伸出了手，她看着那只苍白修长的手，忽然笑了，笑容平静得让人心惊："我为什么要离开？"

萧靖微怔了怔。

她缓缓站起了身，直视着萧靖的眼睛："萧靖，你以为现在的我还能若无其事地离开吗？不——"她摇了摇头，"除非我死了。"

萧靖的眼中闪过一丝痛楚。

姚羽琦将头靠在他的胸膛上，轻轻合了眼帘："萧靖，你真正爱过我吗？无关那些愧疚与歉意，你有没有爱过我？"

萧靖紧抿着唇，没有回答。

姚羽琦又笑了："我却是爱惨了你。如果我爱上的是皇帝，那现在我就不用这么痛苦，我大可以安心做我的淑妃，安心地在这座皇宫里生活下去。可为什么，上苍偏偏要我爱上你呢？萧靖——"

萧靖的身躯震动了一下，微微举起右臂，似想抱住那具娇弱冰冷的身躯，但最终还是收了回去，紧紧地握起手心。

姚羽琦抬起了头，注视着萧靖苍白的脸："萧靖，你欠我的，你这一辈子都还不清了。有时候，我真的好恨，恨自己为什么不能彻底地怨恨你？"

"羽琦——"

这是萧靖第一次叫她的名字。

她心底掠过疼痛的同时，唇角再次勾起了笑容："如果这个时候，你不是太傅，我不是淑妃，那么，一切都会不同了吧？"

萧靖微微别开了眼。

"萧靖，我要你帮我。"微微一顿，姚羽琦环顾了眼四周，"帮我离开这座冷宫。"

这一次，她要彻底地舍弃一切。

一夜无眠，她呆坐在床头，一直坐到了天亮。

萧靖早就走了。

直到离开，他也没告诉她，他究竟有没有爱过她。

不过，现在这个已经不重要了。

她的唇角勾起了嘲弄而苍凉的笑。

此时寂静的殿门外传来了急切匆忙的脚步声。

"羽琦——"

她听到了皇帝的声音。

抬起头时，皇帝已经走进了殿里。

她站起来，面无表情地对着皇帝下跪："臣妾参见皇上。"

皇帝连忙将她扶了起来，让她重新坐回床边。

伸手轻抚上那张苍白憔悴的脸颊，皇帝的眼中闪过一丝沉痛："你已经不肯再叫我皓了吗？"

姚羽琦没有回答。

"羽琦，你不要这样——"一把将姚羽琦拥进怀里，皇帝心痛难当，"我知道你怨我、恨我，是我对不起你，当初不该利用你，但我却是真的喜欢你，羽琦，你听到了吗？我对你是真心的。"

被他拥在怀里，姚羽琦也未挣扎，只是淡淡地说了一句："我现在已经不相信任何人了。"

"羽琦——"皇帝摇头，将她抱得更紧，就仿佛要融入骨血中一般，"我不会让你一直怨恨我的，我会为我所做的一切做出补偿。

"补偿？"姚羽琦笑了，"那些死去的人，会因为这些补偿而活过来吗？"

皇帝轻合上眼帘，无言以对。

姚羽琦猛地推开了他，站起身，指着皇帝："我不需要你的补偿，你走！"

"羽琦——"

姚羽琦的神色忽然激动了起来："我不需要！我什么也不需要！我只想安安静静地呆在这里——呆在这里等着佳莹和唐钰他们来接我——除了这个，我什么也不需要——什么也不需要——"

话音未落，她身子一软竟朝地上倒去。

"羽琦！"皇帝惊慌地抱住了她的身躯，"羽琦，你怎么了？羽琦——"

怀中的人没有任何回应，脸色一片骇人的惨白。

“来人哪，快传御医！”

一声怒吼响彻了整座冷宫。

当姚羽琦睁开眼睛的时候，皇帝还没有走。

他依旧守在她的床边，黑眸里满是担忧，却也掺杂着一丝喜悦：“羽琦，你还有没有感觉哪里不舒服？快告诉我。”

姚羽琦还是没有什么表情地注视着皇帝的脸。

皇帝又一把将她抱了起来，让她靠着自己的胸膛：“现在你不能伤心，也不要生气。你知道吗？你已经有了我们的孩子，所以，你一定要好好调养身子——”

“孩子？”姚羽琦木然的脸终于起了一丝变化。

“是啊，我们的孩子。已经两个月了。”皇帝年轻的脸上写着欣喜的笑，“我现在就把你接出冷宫。这一回皇后没有任何理由可以阻拦。”

姚羽琦微微垂下了眼帘：“我不想离开这里。”

皇帝一怔：“羽琦，你说什么？”

“我不想离开这里。”姚羽琦又重复了一次。

“为什么——”

“除非皇后亲自来接我出宫。”姚羽琦淡淡地道。

皇帝的眼中闪过了诧异。

有些记不清了，她在这里呆了多久。

这里是冷宫，比坟墓还要死寂，比炼狱还要可怕，而住在这里的人，更是连幽魂野鬼还不如，因为她们的心都死了，如同行尸走肉。

每一晚，她都听着隔壁那些恐怖的令人毛骨悚然的凄喊声入睡，而每一晚她也都要自己记住这些凄喊声，牢牢地记住、刻骨铭心地烙在心田里，就像记住那一笔笔未偿的血债。

她在等待着出去的那一刻。

身后，终于传来了脚步声。

她的唇角也勾起了一抹淡淡的笑。

她等的人，来了。

“皇后娘娘驾到！”

紧接着那一声通报，她听到了一阵阵熟悉的轻脆的“叮当”声响。

那个女人的身上总是带着很多腰环玉佩，每每人未到，声先到了，就像在时刻提醒着众人那高贵的身份，提醒着众人应该跪地接驾了。

她又笑了，眼角却闪过轻蔑与嘲弄，虽然那“叮当”声近了，她并没有转身看一眼,更不用说跪地接驾。

"姚淑妃,见到皇后娘娘还不接驾?"身后有太监在叫嚣。

她还在笑,终于站起回身,朝面前那个高高在上的女人福了福身。

"恭迎皇后娘娘。"

她依旧没有下跪。现在她这双膝只跪那些为了她而死去的人。

那一瞬间,她满意地看到那个女人的眼角微微抽搐了一下。

"妹妹就不用行这诸多礼仪了。皇上这次是让本宫亲自接你回羽心殿,妹妹你终于可以离开这里了,本宫为你感到高兴啊。"皇后的脸上也挂着笑,但那虚伪的笑容里却藏着冰冷的刀。

"是啊,臣妾终于可以离开这里了。不过,还是有些舍不得呢。"她漫不经心地环顾了四周一眼。

这里其实什么也没有,除了那冰冷惨白的石墙,还有那一张老旧残破的硬床。

"舍不得?"皇后眼中掠过一丝诧异,"妹妹真是爱说笑了,这里本宫还真是看不出有什么令妹妹舍不得的地方。"

她抬眼,深深注视着皇后,眼神清澈明亮,却又犀利如箭:"等娘娘日后住进这座宫殿时,自然能体会到臣妾所说的舍不得。"

皇后的脸色终于变了。

她笑着走过皇后的身边,甚至很明显地感觉到了那具身体在微微颤抖。

是愤怒呢?

还是害怕?

一步步地,她慢慢地踏出了这座冰冷死寂的宫殿。

当宫外那刺目耀眼的阳光照射在她的脸上、身上时,她唇角的笑容也一点点地凝结。

她终于走出了这里。

然而,在这座宫殿之外已经没有了等待她的人,也没有了值得她去爱的人。

姚羽琦自从回到羽心殿后,就很少说话。她好不容易从冷宫出来,竟也不争宠,只是呆在羽心殿里,只是安心养着她的龙胎。但现在,皇帝只要一下朝就会来陪她,更让三宫六院的女人全都嫉恨红了眼。

姚羽琦要的,就是这种结果。

冬天已经越发地近了,每当有风吹过来,总会带来些冬天冰冷的气息。

坐在殿外的放了厚厚软垫的躺椅上,姚羽琦抬起头,看着黑沉的天际,微微眯起了眼。

什么时候会下雪呢?

她想起去年初冬下第一场雪时,皇帝便拉着她坐在这殿外看雪。而那时,虽然坐在他的怀里，她却浑身僵硬，连手脚都不知该往哪里放。

转眼，竟又到了冬天了。

脑海里忽然闪过了一道熟悉的身影，她轻轻地扬了扬唇角。

那个人……她应该忘记了。

只是，她忘得掉吗?

曾经的爱，曾经的恨都纠结在心口，那是谁也无法抹灭的痕迹。

轻轻舒了一口气，她站起身，可能因为坐得太久了，让她的腿有些麻木了，脚下不由得踉跄了一下。

那一刻，她似听到了身后传来轻微的响动。

她转过身，却没有看到任何人影。

她伸手轻捶了捶还有些微麻的腿，低下头的那一瞬间，她的唇角勾起了一抹落寞而凄迷的笑。

她知道，他来过了。

他总是悄悄地出现，然后悄悄地离开。

"萧靖，你欠我的，你要怎样还我呢？"

她轻声地问，四周一片寂静，只有风声依旧。

皇帝已经接连着半个月夜宿羽心殿了，几乎对其他嫔妃不屑一顾，三宫六院里一片怨声载道。

身为后宫之首，皇后又岂能让姚羽琦一人独自坐大?

好不容易将德妃铲除，没想到竟留下了一个更大的祸根。

"娘娘，这姚淑妃若是不尽早除掉，等她生下龙子，那您怕是连皇后之位都保不住了。"皇后身边的小安子也是忧心重重。

毕竟他与唐钰的死脱不了干系，万一有一天淑妃爬到了皇后的头上，那么，他的小命也难保了。

"本宫如何不知？还用你这奴才提醒吗？"皇后心浮气躁地拍了拍案头。

"奴才知罪。"小安子吓得一脸惨白。

皇后冷哼了哼。

姚羽琦怀上龙种，是她始料未及的。

上次在冷宫行刺失败，原本正打算再次见机行事，谁知，姚羽琦因怀上龙种，而被放出了冷宫。现在皇帝更是寸步不离地守着，她连下手的机会都没有。

最重要的是，她现在不能除去姚羽琦的龙种。

现在所有的人都盯着她，万一姚羽琦的龙种出了什么事，首当其冲被怀疑的，将是她这个皇后。

她必须要想一个万全之策。

也许，她应该先用缓兵之计，跟姚羽琦先打好关系，然后再想其他办法。但现在姚羽琦应该恨极了她，她又如何向姚羽琦示好？

脑海中灵光一闪，她想到了两个人。

柳贵妃和柳贤妃。

这一天，姚羽琦的羽心殿来了两名意外来客。

柳氏双生姐妹。

“二位姐姐今天怎么有空过来？”姚羽琦的脸上挂满了客气的微笑。

她和柳氏姐妹平时并无往来，而这两姐妹平时仗着有皇后做主，对其他嫔妃也没什么好脸色，更谈不上交往。

“听说妹妹怀了龙种，我们姐妹二人一直想来看看，可惜一直没找到机会。”姐姐柳如娟腰身极好，如同传闻中的那般有着一副水蛇小蛮腰，走起路来，一摇三摆，唯恐别人忽略了她那美好的身段。

妹妹柳如秀有着一副好嗓子，声音轻脆悦耳，可惜语气尖酸刻薄了些：“妹妹真是有幸啊！我们姐妹俩服侍了皇上三年，都没能怀上，姐姐入宫才一年多吧，竟这么快就怀上了——”

姚羽琦还是保持着一脸的笑容：“二位姐姐请坐。”

柳氏姐妹坐下。

柳如秀瞄了姚羽琦的小腹一眼：“不知是男是女？这若是个女孩儿，皇上可能就白高兴一场了，毕竟这可是皇上的第一个龙胎。”

“如秀。”柳如娟朝妹妹使了个眼色，柳如秀哼了哼，闭了嘴。

柳如娟朝姚羽琦略带歉意地笑了笑：“妹妹见谅，我这个妹子就是性子直了些，想到什么说什么。”

“没事。”

姚羽琦吩咐宫女拿来了糕点茶水。

柳如秀朝柳如娟努了努嘴，柳如娟马上心领神会。

“妹妹，其实是这样的。这次我们姐妹俩除了来看你之外，还受人所托。”

“受人所托？”姚羽琦淡淡一抬眉。

“是——”

“是皇后娘娘。”柳如秀已不想再绕弯子，直接打断了柳如娟的话。

“皇后娘娘？她找我有什么事吗？”姚羽琦还是一脸的平静，看不出喜怒。

柳如娟轻叹了口气：“皇后娘娘原本也想来看望妹妹的，不过，娘娘说，她和你之间还有一些误会没有解释清楚，所以不想过来惹妹妹你生气，免得影响龙胎。”

姚羽琦沉默。

柳如娟轻击了两掌，殿外立刻有一名太监送进了一个玉制锦盒。

“妹妹，这是皇后娘娘的一片心意。”柳如娟笑道。

姚羽琦接过那玉盒，打开一看，里面装满了珍珠粉末。

“这是今年进贡的上等养颜珍珠粉，既可以内服，又可以外用。据说怀孕的人吃珍珠粉，将来生出来的孩子会特别漂亮。皇后娘娘得知妹妹你怀了龙胎，自己都舍不得吃，便托我们拿来送给妹妹。”

“替我谢过皇后娘娘了。”姚羽琦盖上了盒盖，放在了案桌上。

柳氏姐妹轻舒了一口气。

姚羽琦既然肯收下这珍珠粉，就说明与皇后之间还不至于到水火不融的地步了，她们也总算是可以跟皇后交差了。

“那我们就不打扰妹妹你安心保胎了。”柳氏姐妹起身告辞。

“二位姐姐慢走。”

姚羽琦目送着柳氏姐妹离去，然后又将目光重新落回那个玉盒之上。

“养颜珍珠粉吗？”她的唇角勾起了一抹淡淡的笑。

天色刚黑的时候，羽心殿忽然出了骚乱。

姚羽琦突然莫名腹痛，痛得死去活来，几乎吓掉整个羽心殿的人半条命。请来了御医之后，那些宫女太监们都颤抖着跪在殿外，动也不敢动。

当皇帝接到消息赶来羽心殿时，就是看到这样一副情景。

“怎么回事？”皇帝看着满地跪着的宫女太监，心中升起了不祥的预感。

冲进殿里，发现姚羽琦闭着双目躺在床上，一脸惨白，额际上更是布满了冷汗。

“羽琦！”皇帝奔至床边，抓起她的手，一片骇人的冰冷，“羽琦，你怎么了？”

床上的人没有回应。

“这是怎么回事？”皇帝龙颜大怒。

来看诊的林太医吓得跪在地上，哆嗦着身子：“启禀皇上，娘娘她——她——”

“她到底怎么了？”皇帝一把揪起了林太医的衣领，双目几乎喷出了火焰。

“娘娘的龙胎小产了。”

皇帝顿时浑身冰冷，踉跄着退了两步：“怎么可能？昨天还好好的。这几天，朕看她心情尚好，为什么会无缘无故小产？”

“理应是药物所致。”林太医垂着头道。

“药物？”此时已恢复了镇定的皇帝，冷冷地扫了眼殿外跪着的宫女太监们，“这几日是谁负责娘娘的饮食药膳？”

立刻有人带着晨星走进了殿里。

“是你负责的？”皇帝冷声问。

晨星早已吓得面无人色：“皇上，奴婢一直负责着娘娘的饮食药膳，今日娘娘所吃的东西，与前几日相差无几，奴婢真的不知为什么会——会——”晨星已是说不下去了，皇帝的第一个龙胎就这样小产了，看来他们整个羽心殿的人都会跟着一起陪葬。

“把她拖出去斩了！”皇帝已是怒火攻心。

这一声令下，殿外候命的侍卫便冲了进来，拖起晨星就要拉出殿外斩首。

“皇上饶命啊！”晨星大声哭喊，也不知哪来的力气挣开了侍卫的钳制，爬到了皇帝的脚边，“皇上，皇上，奴婢冤枉——娘娘的每一道食物药膳奴婢都亲自尝过了，才敢给娘娘吃，奴婢对娘娘真的是尽心尽力，求皇上饶命——”

皇帝黑眸沉了沉：“你真的是每道都亲尝？”

“是。”晨星连连点头，忽然她像是想到了什么，“只除了今天——”

“今天？”

“今天娘娘吃了一样东西，奴婢不敢尝。”

“什么东西？”

“早间柳贵妃和柳贤妃来看望过娘娘，还送来了一盒养颜珍珠粉。娘娘用过晚膳后，便吩咐奴婢泡了些珍珠粉。因为这是二位娘娘所送，就算赐给奴婢天大的胆子，奴婢也不敢尝试——”

“珍珠粉？”皇帝眼中已露出了寒气，“去把那盒珍珠粉给朕拿来。”

晨星连忙拿来了玉盒。

皇帝打开玉盒，见里面果然是珍珠粉。

他将玉盒递给了一旁的林太医：“林太医，你看看这些珍珠粉有没有什么问题？”

林太医战战兢兢地接过玉盒，闻了闻，忽然皱起眉：“这珍珠粉——”

“怎么？”

林太医躬身道：“回皇上，这珍珠粉确实是上等的养颜珍珠粉。不过，这粉里掺杂了另一种东西。”

“什么东西？”

“七香粉。”

“七香粉？什么东西？”

“七香粉是一种民间专门用来坠胎的药粉。外表几乎与珍珠粉一样，雪白晶莹，混在里面几乎无法分辨，但七香粉自身带着一种淡淡的特殊香味。老臣曾研究过这七香粉一段时间，所以对这香味很熟悉。”

“把柳贵妃和柳贤妃给朕押过来！”这一回，皇帝的眼中流露出的是杀气。

坤清殿

“皇后娘娘，皇后娘娘，大事不好了——”小安子跑得上气不接下气，更因为惊慌和恐惧，接连跌倒了好几次。

“怎么了，小安子？何事如此惊慌？”正在殿外赏景的皇后见到心腹那狼狈不堪的模样，不禁微微蹙起眉心。

“大事不好了。皇后娘娘，淑妃的龙胎小产了。”

皇后先是一怔，既而大笑了起来：“小安子，这对本宫来说，可是一件好事。你这奴才竟说什么大事不好了。你是高兴傻了吗？”

“娘娘，这可不是一件好事啊。据说淑妃是吃了娘娘送的珍珠粉才导致小产的，现在羽心殿一片大乱，皇上已经派人去抓柳贵妃和柳贤妃了。”

“什么？”皇后脸色一变，“这怎么可能？”

“娘娘，您不是前些日子还在说，现在不是动手的好时机吗？怎么突然又借了柳贤妃和柳贵妃的手——”

“啪！”一个响亮的巴掌打断了小安子的话。

“你这奴才多什么嘴！”皇后眼中写满了恼怒，但也隐隐夹着一丝惊慌。

“姚羽琦，你真是好狠的手段！”皇后恨恨地低咒了一句，恢复了一脸的镇定，“马上摆驾羽心殿。”

当柳氏姐妹被侍卫押进羽心殿的时候，已是吓得不见了三魂七魄。

“皇上——皇上饶命啊！这根本不关我们姐妹俩的事。我们根本不知道这珍珠粉里掺杂了什么七香粉——”

“是啊，皇上，这珍珠粉是皇后托我们送给淑妃的，我们只是受人所托——求皇上明察啊！”

柳氏姐妹哭得一脸梨花带雨。

“皇后吗？”皇帝眸光一凝，“好，那朕就让皇后与你们当堂对质。”

正欲让人去找皇后，殿外传来了一声通报。

“皇后娘娘驾到。”

“来得好快啊！”皇帝冷笑。

皇后已经走进了殿里：“皇上，出了这么大的事，怎么也不通知臣妾一声？现在妹妹怎么样？”

皇帝冷冷地看了她一眼：“你说她能怎样？”

柳氏姐妹一看见皇后，立刻扑了过去：“娘娘，你快告诉皇上，那珍珠粉是你托我们送给姚淑妃的，根本不关我们的事啊！”

“两位妹妹在说什么？什么珍珠粉？本宫从来没托你们送过珍珠粉给淑妃。”

“你——”

柳氏姐妹脸色惨白。

“勒蓉，你好狠的心，想要我们姐妹俩当替死鬼吗？”柳如秀指着皇后的鼻子大骂。

"啪！"皇后一巴掌甩了柳如秀的脸，打得她踉跄跌倒。

"贱人！你是什么身份，竟敢这样同本宫说话？"

"如秀！"柳如娟扶起妹妹，已知皇后不会为她们做证，一咬牙，她转身屈膝一跪，跪在了皇帝的面前，"请皇上明鉴，这珍珠粉确实是皇后托我们姐妹俩送给淑妃的。若我们真有心要害淑妃，不会傻到明目张胆地送上毒药——这不是给我们自找死路吗？"

皇帝没有说话，只是沉默地注视着眼前的一切，看不出喜怒。

皇后有些急了："皇上，您不会相信这两个贱人的片面之词吧？臣妾真的从未托她们送过任何东西——"

沉寂了良久，皇帝终于开口了："这件事，朕自会查清。来人哪。"

殿外走进了几名侍卫。

"把皇后、柳贵妃、柳贤妃，一并打入冷宫，待朕查明真相，再做处治。"

"皇上——"皇后脸色一白，"你不能这么做——臣妾并没有犯下什么过错，不能将臣妾打入冷宫——"

皇帝淡淡地看了皇后一眼："皇后，朕这也是为了给你避嫌。现在你与柳贵妃、柳贤妃三人都有嫌疑，朕若只关她们二人，百姓定会说朕处事不公。若是这件事真与皇后无关，那朕自会亲自去冷宫接你回来。"

皇后浑身一冷，已知自己说什么都没用了。

"带下去。"皇帝冷冷地命令。

羽心殿又恢复了一片平静。

皇帝挥退了闲杂人等，坐到床边静默地守着还在昏睡的姚羽琦。

她的脸色很苍白，额际上的细汗从刚才开始就一直没停过。拿过一条手巾，他为她轻轻拭去了冷汗。

"羽琦，我真的很希望，是我猜错了。"

皇帝的眼中闪过了一丝淡淡的复杂。

第二十六章 叛乱

寂静的黑夜里，回荡着令人毛骨悚然的低泣声和疯癫的呐喊声。

这里是冷宫。

关的都是一些死了心的“孤魂野鬼”，她没想过，有一天，她也会被关进这里。

姚羽琦那一语成真了。

“原来比起手段，姚羽琦，你并不会输给本宫啊！”

她冷冷地笑了起来。

事情发生得太突然了，让她措手不及，甚至没来得及向父亲求援。

皇帝也是抓准了这一点，快刀斩乱麻，不给她任何机会就把她打入了冷宫。

皇帝等这一天，其实也是等了很久了吧？

心中隐隐泛起了酸意。

她紧握起手心。

这时，殿外传来了轻轻的脚步声，她吓了一大跳。

“什么人？”

殿外没有人应声。

冷汗瞬间湿透重衣，她努力克制着害怕。

“什么人，给本宫滚出来。”

殿外的人终于现出了身形，皇后看着面前之人，冷笑：“姚羽琦，原来是你。怎么，你是来看本宫笑话的吗？”

姚羽琦轻轻一扬唇，走进了冰冷孤寂的宫殿里。

“记得吗？皇后娘娘，我曾说过，总有一天，我会让你亲自感受一下，这冷宫之中，究竟有什么东西是让我‘不舍’的。”

皇后脸色顿时铁青，但强忍着没有发作。

“听到了吗？这些哭喊声——”姚羽琦的眼中慢慢现出了冷意，“这些人大多数都是因为你而被关进这座如同坟墓一般的宫殿里的吧？如果我告诉她们，皇后娘娘现在就在这里，她们一定都很迫不及待地想见见你吧？”

“姚羽琦！”皇后再也忍不住站了起来，“比起手段和狠辣，本宫可能还差你几分！

你连自己的亲骨血都愿意牺牲，本宫又哪里比得上你？”

姚羽琦神色未变，只是很安静地听着。

“怎么？你无话可说了吗？”

姚羽琦还是没有回答，那平静的眼神，让皇后心底涌上了一股寒意，她僵立在那里，也不敢再质问些什么。

姚羽琦嘲讽地一笑，便转身离开了这座冰冷的宫殿。

然而，还未走出多远，她就看见夜色下一道熟悉的身影正站在那里等着她。

“皇后所说的都是真的？”皇帝淡淡地问。

姚羽琦没有回应。

“羽琦，你回答我！”皇帝一把扣住了姚羽琦的手腕，用力之大，让姚羽琦几乎以为自己的手骨就要被硬生生折断，但她只是闷哼了一声，不做任何挣扎。

“真的是你自己在珍珠粉里掺杂了七香粉！”

皇帝放开了她的手，不敢置信地踉跄退了一步。

他早就有所怀疑了。

皇后并不是个笨女人，她不会在这个时候，用这么明显的方法来伤害羽琦。那根本就是自找死路。

“就算你多么恨皇后，恨我，你也不能伤害我们的孩子——”皇帝的眼中慢慢升起了怒火。

姚羽琦忽然笑了：“皇上，不是你一直让我适应宫里的残酷吗？现在我适应了，怎么皇上您倒是不适应了？”

皇帝眼中的怒火褪了下去，取而代之的，是一片懊悔和苍凉：“羽琦——”

“皇上若是想为你的孩子报仇，大可以杀了我！”姚羽琦凑近皇帝，眼中竟带着从未有过的挑衅。

皇帝微合了合眼眸，将所有的伤心和怒火强行压下，然后转身大踏步离去。

姚羽琦怔然看着他远去的背影，忽然浑身一软，轻靠着墙头滑坐在了冰冷的地上。

“为什么不告诉他真相？”

黑暗里，又出现了另一道身影。

姚羽琦没有抬头，只是满含倦意地道：“告诉他什么？告诉他我根本没有怀他的孩子？告诉他，他所信任的太傅与我联手，一起骗了他？”是啊，她根本没有怀上什么龙种。这只是她为了走出冷宫，让萧靖串通了太医一起设下的骗局。

“你刚才是真想死在他手里吗？”来人的声音里带着沉痛。

“是啊。”姚羽琦很干脆地承认了，“反正我活在这世上，也等于行尸走肉，若是死了，反倒是一种解脱。”她抬起头，深深望进那人的眼里，“萧靖，若是我死了，你就要欠我一辈子了。”

姚羽琦慢慢地站了起来，然后转身投入了夜幕之中，再也没有看萧靖一眼。

看着她的身影消失在黑暗里，一道剧痛贯穿了萧靖的心口，他伸手掩住唇，压抑地低咳着。

——羽琦，我一定会带你离开这里。

——无论要付出多大代价。

那烦人的哭声和喊声又响起来了。

她烦躁地起身，伸手一扫桌面，却没扫到任何东西。

是啊，这里是冷宫，不是她的坤清殿，除了四面墙和一张床、一副桌椅，没有任何东西可以给她摔，给她发泄。

不，她绝不能就这样老死在这座冷宫里。

她一定要出去。

"娘娘——娘娘——"

窗台下响起了低低的呼唤声。

"小安子？"她心中一喜，冲向窗前，打开窗户一看，果然是小安子。

"小安子，快去通知我爹，让他救我出去。"

"娘娘，奴才早就通知太师了。太师也进宫找了皇上，可是皇上一口咬定，娘娘是害淑妃流产的嫌疑人之一，就是不肯放娘娘出冷宫。甚至——"小安子忽然不敢再说下去。

"甚至什么？"

小安子悄悄地拿出了一个锦盒。

"这是什么？"

"这是皇上打算明天赐给您的，奴才偷了出来。"

"什么东西。"皇后接过锦盒，打开一看，里面竟赫然躺着一把匕首，脸色顿时一变。

她很清楚，皇帝赐她匕首的含义。

"他想杀了我？"

小安心点头抹泪。

"好一个皇甫皓，在没有任何证据之下，竟敢杀我！这事我爹知道吗？"

"皇上原是打算秘密处决皇后，然后告知天下，皇后是畏罪自杀。奴才实在看不过去，已经报信给太师。"

"那我爹怎么说？"

"太师说，他绝不会让女儿就这样不明不白地死去。"

皇后心中一暖："爹。"

"所以，太师让奴才过来跟您说一声。他打算——"小安子做了个"杀"的手势。

皇后心中不由得跳了下："爹他——真的要这么做吗？"

"嗯。"小安子点头,"娘娘,太师这也是迫不得已了。现在皇上龙颜大怒,他原本就一直在找机会铲除勒氏一脉,眼前有这么一个大好的机会,皇上肯定不会轻易放过的,所以,太师想先下手为强。"

"这个计策可行吗?"皇后犹豫了一下,毕竟现在蓝台明和姚成的兵力都在皇帝手上,父亲虽然在朝中势力庞大,但——

"太师说已定好计策,请娘娘放心,只要一成功,奴才就放娘娘出来。到时,娘娘想做什么都可以。"

皇后冷哼一声:"本宫现在最想做的,就是亲手杀了姚羽琦那个贱人。"

小安子点头:"到时娘娘一定会如愿以偿了。"

天已经大亮了。

皇后一直在等小安子,却等得她心焦。

她不知道父亲发动兵变,究竟是成功了还是失败了。

焦心不已地在殿里来回踱步,她心急如焚。

终于,到晌午的时候,小安子急匆匆赶来了。

"娘娘——娘娘——"

"怎么样?"

小安子的脸上满是喜色:"娘娘,成功了,太师已成功将皇上软禁在了霜龙殿,现在正让他写退位诏书。"

"太好了。"皇后喜形于色。

"奴才这就带您离开这鬼地方。"小安子躬下身,让皇后扶上了自己的手臂,"娘娘,现在这三宫六院你就是真正的主人了,你想做什么,不会再有人拦着你。"

"摆驾羽心殿。"皇后眼中闪过冷酷的光芒。

羽心殿里,姚羽琦静静地坐在床头,倚着床柱发呆。

她一直在等皇帝杀她,可是,皇帝却迟迟不动手。

不过,皇帝也已经好几天没再踏进羽心殿了。

是对她心寒了吧?

姚羽琦嘲讽地笑。

在这座皇宫里,若不狠心,根本没有办法活下去,更有甚者,会累及许多无辜的人。

不知道皇帝会怎样处置皇后呢?

一般是不会轻易放过的。泓大哥曾说过,皇帝之所以这样利用她,就是为了借助她爹姚成的兵力,帮他铲除蓝台明和勒晋。

现在这样大好的机会,皇帝又怎会放过?

殿外忽然传来了杂乱的脚步声,中间还隐隐夹杂着玉饰轻撞所发出的"叮当"声。

难道是她出来了?

思忖间,一道人影已冲了进来。

果然是皇后。

姚羽琦只是淡淡地一抬眉,并没有表露出过多的惊讶。

现在已没有什么事能让她的情绪产生波动了。

"淑妃妹妹,没想到吧,本宫还能走出那鬼地方!"皇后冷冷地逼视着姚羽琦,试图从她眼中找到一丝惊慌或是惧怕的神色,却是徒劳无功。

姚羽琦淡淡地一笑:"娘娘当初不是也没想到,我进去了,也走出来了。"

"你——"皇后脸色一变,"好,本宫倒要看看你这副淡定从容的样子,能强撑到什么时候?现在皇上已经被我爹制住,只要退位诏书一下,我们勒家将主宰这个皇朝。"

姚羽琦闻言微微怔了一下。

皇后露出了笑容:"这让你害怕了?"

转眼间,姚羽琦又恢复了镇定,语气淡漠而又倦怠:"谁主宰这个王朝都与我无关。"

"确实与你无关了。一个死人,又何必关心这么多事?"皇后朝后一伸手,"小安子。"

"是。"小安子递上了一把匕首。

"这把匕首原是皇上要赐给本宫的,好安本宫一个'畏罪自杀'的罪名。"话语一顿,皇后拔出匕首,靠近了姚羽琦,"不过,现在,本宫就用这把匕首杀了你这个贱人,以雪我心头之恨。"

姚羽琦忽然看了殿外一眼,笑了。

"你笑什么?"皇后只觉心头发寒。

"你真以为皇上这么容易被制住吗?"

皇后心一惊,蓦然回身,就看见皇帝正站在殿门前,而他的身边居然还站着自己的父亲勒晋,还有萧靖和几名朝中大员。

看皇帝悠闲的模样,哪里像是被制住?

"爹!"

皇后手一抖,匕首顿时掉落在地。

"原来现在整个皇朝都由你们勒家主宰了吗?怪不得敢在光天化日之下,刺杀朕的妃子——"

"皇上饶命!"

勒晋一哆嗦,跪了下来,老脸惨白一片。

她中计了。

皇后面如死灰。

皇帝以勒氏一族阴谋叛乱为名，当场就抓获了勒晋，完全不给他任何反击的机会。再以迅雷不及掩耳之势、火速包抄了勒府及其党羽，一网打尽，让他们连集结兵变的余力都没有。

短短一天之内，皇帝就肃清了凤天皇朝最大的一颗毒瘤。

他的皇位总算是坐稳了。

这一切，都是萧靖布下的局。

他策反了本就心生惧意的小安子，让他给皇后报假信，再引导皇后出手刺杀姚羽琦，让他们当场抓获，这样就算勒晋再老奸巨滑，也无从狡辩。

事态的一切发展几乎都在萧靖的掌控之中。

皇帝不得不佩服萧靖，但同时，他也很清楚，这样的人，若是有一天成为了敌人，那将是一件很可怕的事。

他绝不会容许这样的事情出现。

"来人，即刻罢免勒蓉皇后之位，打入天牢，明日午时三刻处以极刑。勒氏一族，满门抄斩。"

无情的命令一经颁下，殿外的侍卫便冲了进来，将那个彻底软倒的女人拖了出去。

姚羽琦坐在主座上，坐在那个手握生死大权的帝王身边，居高临下地注视着殿内发生的一切，一直就这么安静地注视着，直到那个女人狼狈的身影消失在了视线之内。

"羽琦，都结束了。"

恍惚间，她听到身边的皇帝对她轻声地说。

终于……都结束了吗？

她的唇角微扬了扬，却没有丝毫的笑意。

是啊，她铲除了最后一名敌手，是应该结束了，她更应该感到高兴，感到开心。但此时此刻，她的心却如同刀绞一般地疼痛，痛得她喘不过气来。

慢慢地，她站了起来，一步步地走下那代表着无上权力的高台宝座。

每走一步，她都好像看到一张熟悉的笑脸……

每走一步，她都仿佛听见一道熟悉的声音在呼唤她……

曾经那些熟悉的人，那些熟悉的声音，一遍又一遍地在脑海里盘旋浮现。

朵儿。

芷兰姐。

谢大哥。

佳莹。

唐钰。

一切都结束了啊。

但此时此刻,你们都在哪里?

都在哪里?

眼角好像有些湿润了,却流不出一滴眼泪。

怕是早已流干了吧?

现在的她能流出的,只有心头的血。

"羽琦。"

她听到了身后皇帝的呼唤,却没有回头。

"羽琦,你要去哪里?"

"去哪里呢?"她低声地重复了一句,也不知是在问身后的人,还是在问自己。

抬起头,她看向殿外那空荡荡的黑暗,竟然连月光都没有啊。

真是一片惨淡而沉重的黑。

她在心底暗暗嘲弄。

"你究竟还要什么?难道这天下还有朕无法给你的东西吗?"

"有啊。"她终于笑了,转过身看向还站在高台上、那个满脸惊痛的帝王,"我想要的东西,你永远也给不了我。"

皇帝也笑了,笑容惨淡,他无力地跌回了金黄色的龙椅之上,看着面前那双几乎冷寂如同死灰般的黑眸。

"是朕给不了你想要的东西,还是你不想给朕想要的东西?"他悲痛地问。

他们之间究竟是谁欠了谁?又或是谁负了谁?

已是永远也理不清了。

"都有吧!"她还在笑,然后,再度转身朝殿外走去。

殿内的夜明珠散发出耀眼的光芒,将那一身华贵的长裙映射得闪闪生辉,却也在她的身后拖出了一道长而寂寥的影子。

终于,她踏出了殿外。

在那片黑暗之中,她看到了另一道熟悉的身影。

他静静地注视着她。

她也静静地回望着他。

时间就仿佛在这一刻凝固了。

许久许久,她终于开口打破了沉寂,眼睛里那原本的死灰色也亮起了一道明亮的光彩:"萧靖,你欠我的,你要怎样还我?"说完这句话,她便毫无预兆地倒了下去。

黑暗里的那个人伸手及时接住她软倒的身躯,眼眸里浮现出了一抹深刻的沉痛。

"用我的命来还。"

这是他唯一可以还她的。

第二十七章 自由

FENGHUANG MOU

他又是一个人坐在这里喝酒。

夜色很寂寥，也很寂寞。

虽然身边宫女太监都在忙碌穿梭着，虽然宫内灯火通明，可是，他却觉得寂寞。一股很深很深的寂寞。这种寂寞仿若毒藤，已经深植入他的心底，绞得他的心阵阵疼痛。

他终于铲除了所有的劲敌，他终于坐稳了王位，但此时此刻，他的心却是空的，找不到边际。

一杯又一杯地独饮着，直到酒壶空了，他已有了三分醉意。

"小李子，再给朕拿一壶酒来。"他伏在桌面上，低唤。

忽然，一道熟悉的声音响起："一个人喝酒不闷吗？"

他抬起了头，看见了一张熟悉万分的脸，然后，他笑了："怎么，太傅想陪朕同饮？"

萧靖拿起小李子刚拿来的酒壶，为皇帝倒了一杯，也为自己倒了一杯。

"我们很久没一同喝过酒了。"

皇帝唇角的笑意又深了几分："好，那今晚我们不醉不归。"

头一仰，他将那一杯酒全数喝了下去。

他们已经很久没像这样坐在一起喝酒了。

酒壶空了一个又一个，甚至连萧靖都有了几分醉意。

"萧靖，朕从来不知道你的酒量竟也这么好?你不是从来不喝酒吗?"皇帝手里拿着琉璃夜光杯，看着杯中那清透醇香的液体，眼中的神色却一分分地凝结起来，"原来，有很多事朕并不了解。"

很多时候，他一直在思索，他和萧靖究竟是朋友，还是敌人?

也许，他们之间什么也不是。

从一开始，他们之间就只存在着交易。

萧靖掩着唇，轻轻咳了几声，没有回答。

“今夜，你并不是只找朕来喝酒的吧？”皇帝抬眼看向萧靖，“现在酒已空，意已足，你也应该说了。”

萧靖沉默了片刻，终于开口：“放她自由吧！”

这淡淡的一句话，却让皇帝大笑了起来：“萧靖啊萧靖，你可知道自己在说什么？”

“我很清楚。”

皇帝霍然起身，紧紧地盯着萧靖的脸：“你以为，朕会让你带走她？在所有的一切都结束之后，朕还会让她走吗？”

“她不爱这里，你又为何强留她在这里？”

“强留？”皇帝的眼中掠过了苍凉的神色，却是一闪即逝，瞬间转为了倨傲与冷凝，“朕说过，属于朕的，永远都只能留在朕的身边。”

“但我一定要带她走。”萧靖淡淡地道。

“萧靖！”冰冷的愤怒爬上脸庞，皇帝一把揪起了萧靖的衣领，“你是什么身份，朕又是什么身份？只要一句话，朕现在就可以让你死无葬身之地。”

萧靖的神色未变，依旧淡定而从容。他静静地迎视着皇帝，那眼神直穿透进皇帝的心底：“即使让她的人跟她的心一样枯萎而死吗？”

那一刹那间，皇帝怔忡了片刻。

是啊，她的心确实已经枯萎而死了。

现在在她的眼睛里，根本就找不到昔日那灿烂而神采奕奕的希望光芒。

是他们一手摧毁了她的希望。

是他们一手摧毁了她。

可是，他又怎能就这样放她走？

她走了，他该怎么办？

放开了萧靖，皇帝踉跄退了一步，再度大笑了起来：“是人都会死的，萧靖。只不过是早一日与晚一日的区别而已。只要她在朕身边一日，朕就珍惜她一日，绝不会再让她受到伤害——不会让她死——”

“伤害她最深的，正是我们两个。”

萧靖这句话，让皇帝停下了笑。

萧靖轻轻叹了口气：“放她走吧，也许这是我们补偿她的最好办法。”

杀意掠过皇帝的眼角：“放她走？然后让你们双宿双飞吗？”除却帝王的身份，他也是一个男人。

“我已经活不了多久了。”

萧靖竟笑了。

这是皇帝第一次看见萧靖笑。

那淡淡的笑容中带着极深的倦怠。

"皓,能成全我最后一个心愿吗?"

再度听他叫起这个名字,皇帝微闭了闭眼,虽然没有答应,却也没有拒绝。

三年前,他们刚刚相识的那一天。

他曾叫过他的名字。

那时,他微服出巡,与他结识,二人彼此惺惺相惜,成为了朋友。

但这样的日子并没有过多久,他就知道了自己的身份。

于是,朋友这二个字也离得他们很远很远了。

他们之间剩下的,除了交易,就是上一代留下的恩怨。

"让我带她离开这里,这是我欠她的,也是你欠她的。"萧靖轻声道。

深默了片刻,皇帝也笑了。

"好。那今晚,我们便一起把所有的账都算清了吧?不管,是谁欠了谁。"

微微一顿,他朝小李子淡淡地道:"小李子,拿翡翠鸳鸯壶来。朕要亲自为太傅饯行。"

"皇上——"小李子的眼中闪过了震惊。

"没听到朕说的话吗?"皇帝冷冷地问。

"是,奴才这就去。"小李子转身退下之时,沉沉地叹了口气。

当小李子拿着翡翠鸳鸯壶再度出现的时候,萧靖的唇角依旧挂着笑容。

小李子从来不知道,原来当一个从来不笑的人笑起来的时候,竟是这般好看,而这抹笑容也让小李子记住了一生。

皇帝拿起了翡翠鸳鸯壶,亲自为萧靖倒了一杯酒。

酒的醇香,顿时飘泻而出,染醉了夜色。

"萧靖,这是我送你的最后一杯酒。喝下这杯酒,我们之间所有的一切也算是清了。从此,你不再是凤天皇朝的萧太傅,也与皇甫皓这个人,再无任何关系。"

萧靖接过了那杯酒,毫不犹豫地将酒一饮而尽。

然后,两个人相视大笑了起来。

此时的夜色,更为深沉寂寥了。

看着大笑的二人,小李子的眼角却湿润了。

他知道,这是自己最后一次看见太傅。

睁开眼睛的时候,她发现自己已经回到了羽心殿。

好寂静。殿里竟没有一个人,但殿外却满是来来往往的脚步声。

起身走到殿门前,她打开了殿门,举目望去,是一片浓烈鲜艳的火红色。

所有的人都在忙碌着,为了迎接明日的封后大典。

可此时此刻,她的心却是冰冷的。

心已灰，意已冷。

当她达成了自己最后的愿望，这世间，还有什么是她眷恋的呢?

她觉得好累好累，累得她直想再躺到床上再也不要睁开眼睛。

寂静的夜色里，忽然传来了熟悉的音律。

那是箫声。

一瞬间，疼痛自心房炸了开来。

曾经，她爱极了这箫声。

因为这箫声，让她深深爱上了一个人。

而此时，她又恨极了这箫声。

因为这箫声，也让她恨透了一个人。

不自觉地，向前迈出了几步，她却停下了步伐。

心口的疼痛越来越甚，就好像有刀在绞着一般，她伸手捂住胸膛，紧紧地揪着衣襟。

她觉得自己喘不过气来。

箫声越来越近了。

当那道熟悉的身影出现在她面前时，她的泪水终于再也抑制不住，狂涌而出。

箫声停了。

浑身无力地跌坐在地上，她泪眼模糊地看着他一步步朝自己走近。

“羽琦，我来带你走。”

他朝她伸出了手，微笑。

“这是我欠你的。”

她怔然看着他唇角的笑容，几乎以为自己置身于梦境。

他笑了。

她终于看到他笑了。

可这一刻，来得太晚太晚。

他们之间，彼此伤害得太多，又失去得太多。

如今这笑容，竟比任何刀刺在心口上都疼，都痛。

“走吧，我带你离开这里，你不应该属于这里。”他牵住了她的手，紧紧地握住。

两个人的掌心却是同样的冰冷。

马车在缓慢地前行，驶向不知名的远方。

夜色很宁静，就好像连风的声音都停止了。

他就躺在她的怀里，微合着双目，眉宇间写满了浓重的倦意，但唇角却是噙着一抹淡而欣慰的轻笑。

在很久很久以前，她曾期盼着能见到他的笑容，她始终认为，他若是笑起来，一定很好看很好看。

现在，她终于见到了，他笑起来的样子，真的很好看，可是她的心却狠狠地揪在了一起。

"萧靖。"

她将他紧紧地抱在怀里，试图给他冰冷的身躯一些温暖，却是徒劳无功。

"羽琦——"他终于睁开了眼睛，眉宇间的倦意却又深重了几分，"对不起，羽琦。我现在能做的，就是带你离开那里。可是，我却无法永远陪在你身边——我想，我要永远欠着你了——"

她摇着头，泪水已如同珍珠般落下："萧靖，你说过要偿还我的。我不准你食言。你还没教我吹箫——萧靖，你听到了吗？你有很多诺言都没现实——萧靖——"

他伸手轻抚上她苍白的脸颊，轻轻地拭去她眼角的泪痕："不要哭，我教你。"

艰难地撑坐起来，他靠着车厢，拿起身边的玉箫，递给她："这只玉箫，送给你。我教你怎么吹那首曲子。"

她深深吸了口气，将所有的泪水都逼了回去，然后接过玉箫，紧紧地握在手里……

箫声，终于在夜色中响起。

虽然还很生涩，却充满了哀伤。

她坐在车厢里，缓缓吹奏着。

身边那人轻轻扬起了笑容："羽琦，你说她会原谅我吗？"

她浑身一颤，心底很清楚他所说的"她"是谁。

她轻轻点了点头。

不管是什么样的恨意，毕竟血浓于水，那是谁也割不断、抹不去的……

萧靖终于轻轻地合上了眼睛，似乎很安详很平静地睡着了，但自始至终，他的唇角一直挂着温柔的笑容。

泪水，终于再度无声地滑落。

——萧靖，你记得吗？

——当年就是因为这首箫曲，让你我相遇。

——我会永远记住这首曲子。

——永远地记住。

那辆马车已经走得很远了，渐渐地消失在了黑色的夜幕里。

只剩下那一曲哀伤而凄婉的箫声在夜色里回荡。

他站在高高的城楼上，负手远眺着夜色，眼眸深处藏着一丝极深的寂寞。

"我成全了你们的心愿，那么，又有谁来成全我的心愿呢？"

他的唇角扬起了笑。

他高高在上，他手握生杀大权，这整个天下，都是他的。但他，却永远也得不到一个女人的心。

他多么想像萧靖一样，不顾一切，带走自己所爱的女人，但他不能。

因为他是王。

也许，这就是位高者的悲哀。

伸手入怀，他掏出了一个红色的流苏饰坠，做工精致，可惜饰坠被剪去了一半，残缺不全。

这是她唯一留给他的东西。

抬起头，他看见了天际有一抹雪花飘落。

伸出手，他接住那朵冰冷的雪花，任由那丝寒意渗入心间。

往后的每个冬天，只有他一个人赏雪了。

元庆四年十一月二十七日深夜，皇宫突遭大火，羽心殿被烧毁，原本第二日要被封为皇后的淑妃娘娘也跟着羽心殿一起香消玉殒，结束了她短暂的生命。但第二日，皇帝依旧举行了隆重的封后大典。皇帝拿着淑妃的灵牌，摆在了凤冠之上，封了一个已死去的人当皇后。

于是，皇甫皓在位期间，再也没有出现过第三任皇后。

人们在感叹皇帝痴情的同时，民间也涌现了各种各样关于姚羽琦的传说——

有人说，姚皇后是被前任皇后勒蓉的怨灵所害，所以在封后的前一天，羽心殿才会发生火灾。

也有人说，是姚皇后厌倦了宫廷里那尔虞我诈的争斗，才自己纵火烧了羽心殿，以求解脱与自由。

还有人说，姚皇后根本就没死，她是借着那场大火离开了皇宫，跟着自己真正爱的人去了谁也找不到的地方。

……

很多很多年以后，有人在一处僻静的边疆看到了一名女子。

据说，那名女子长得跟姚皇后很像。

有人看见她经常拿着一支玉箫，独自留连于青翠繁茂的竹林中，吹奏着忧伤的箫曲；但也有人看见她并不是一个人，她的身边好像总有另一道优雅的身影默默陪伴，不离不弃。

但传闻终究只是传闻，谁也无法探知真相，随着岁月的变迁与流逝，一切皆已成谜……